2,50

Über dieses Buch Die Geschichte Jephtas (so die originale Transkription) und seiner Tochter wird im Alten Testament im Buch der Richter erzählt. Lion Feuchtwanger hat sie, wie viele vor ihm durch die Jahrhunderte, 1957 in seinem letzten Roman aufgegriffen. Der große Richter, als Halbbürtiger von seinen Brüdern zunächst vertrieben, wird von ihnen zurückgerufen, um mit ihnen als ihr Anführer gegen die Feinde zu kämpfen. Er gelobt, seinem Gott zu opfern, was ihm nach dem Sieg als erstes Lebendes begegnet; er kann sein Volk einsetzen in das bedrohte Land; als erstes aber kommt ihm bei seiner Heimkehr seine Tochter entgegen. Der Widerstreit des Vaters mit dem Opferbereiten (und dem Staatserhalter) in Jephta ist das eine Thema dieses Romans – die Tochter, die sich Aufschub erbittet, um mit ihren Gefährtinnen um ihre Jungfrauenschaft, ihre Nichterfüllung als Frau und Individuum klagen zu können, ehe sie wissend ihren Opfergang tut, das andere.

Der Autor Lion Feuchtwanger, geboren am 7. 7. 1884 in München, gestorben am 21. 12. 1958 in Los Angeles, wurde nach vielseitigem Studium Theaterkritiker und gründete 1908 die Kulturzeitschrift ›Der Spiegel‹. Im Ersten Weltkrieg in Tunis interniert, gelang ihm die Flucht. Er wurde vom Militärdienst beurlaubt, um für Soldaten Stücke zu inszenieren. Von München ging er 1925 nach Berlin. Bei einer Vortragsreise durch die USA wurde er vom nationalsozialistischen Umsturz überrascht, lebte 1933–1940 in Sanary-sur-mer (Südfrankreich) und besuchte 1937 die Sowjetunion. 1940 wurde er in einem französischen Lager interniert, floh und gelangte über Portugal in die USA. Bis zu seinem Tode lebte er in Pacific Palisades (Kalifornien).
Von Lion Feuchtwanger sind außerdem im Fischer Taschenbuch Verlag erschienen: ›Erfolg‹ (Bd. 1650), ›Jud Süß‹ (Bd. 1748), ›Goya oder Der arge Weg der Erkenntnis‹ (Bd. 1923), ›Exil‹ (Bd. 2128), ›Die Geschwister Opperman‹ (Bd. 2291) – Fernsehfilm ›Die Geschwister Oppermann‹ von Egon Monk (Bd. 3685), ›Die häßliche Herzogin Margarete Maultasch‹ (Bd. 5055), ›Der jüdische Krieg‹ (Bd. 5707), ›Die Söhne‹ (Bd. 5710), ›Der Tag wird kommen‹ (Bd. 5711), ›Die Jüdin von Toledo (Bd. 5732), ›Ein Buch nur für meine Freunde‹ (Bd. 5823).

Lion Feuchtwanger

Jefta und seine Tochter

Roman

Fischer Taschenbuch Verlag

13.–17. Tausend: September 1984

Ungekürzte Ausgabe
Veröffentlicht im Fischer Taschenbuch Verlag GmbH,
Frankfurt am Main, Januar 1983

Lizenzausgabe mit freundlicher Genehmigung
des Aufbau-Verlags, Berlin und Weimar

Umschlaggestaltung: Jan Buchholz/Reni Hinsch
Foto: Foto + Bild, Wien
Druck und Bindung: Clausen & Bosse, Leck
Printed in Germany
980-ISBN-3-596-25730-1

Sedulo curavi humanas actiones non ridere, non lugere, neque detestari, sed intelligere.

Ich habe mich redlich bemüht, die Handlungen der Menschen nicht zu verlachen, nicht zu beklagen, nicht zu verabscheuen: ich habe versucht, sie zu begreifen.

Spinoza

Erstes Kapitel

1

Es mochten an die dreihundert Menschen sein, die den Stammeshäuptling Gilead zu Grabe trugen. Das war kein ansehnliches Trauergefolge für einen so großen Krieger und Richter. Freilich war der kaum sechzigjährige, kräftige Mann überraschend schnell gestorben, und nur wenige hatten von seiner kurzen Krankheit erfahren.

Des Morgens, gleich nach seinem Tode, hatten ihm seine Söhne die Augen geschlossen und das Kinn hochgebunden; auch die Haare hatten sie ihm geschoren, damit sie ihn in seinem künftigen Bereich nicht behinderten. Dann hatten sie ihm die Beine hochgezogen in eine bequeme Hockerstellung und ihn in grobes Tuch gehüllt. So nun trugen sie ihn jetzt auf einer roh gezimmerten Bahre von seinem Haus in Mizpeh den Stadthügel hinunter und dann wieder aufwärts nach Obot, der Gräberstätte, damit er fortan dort wohne in der Höhle bei den andern Geistern.

Der Mittag war lange vorbei, die Hitze nahm ab, ein kleiner Wind ging. Trotzdem fiel der Weg den Trauernden nicht leicht. Die Söhne des Toten und die angesehensten Männer der Sippe trugen die Bahre, sie lösten einander ab. Sie gaben sich beflissen, sie beugten bereitwillig die Schulter, die nicht schwere Last aufzunehmen; doch war in ihnen ein leiser Widerstand, eine kleine Angst vor dem Toten.

Die Verwandten und Freunde hatten ihre Kleider zerrissen, ihre Haare geschoren und sich Asche auf den Kopf gestreut. So zogen sie durch die helle, fröhliche Landschaft, barhaupt, barfuß, erst den schmalen, gewundenen Pfad hinab, dann den noch engeren Weg hinauf zur anderen Höhe. Die Männer waren zumeist stumm, die Weiber aber schrien und klagten; auch sie hatten die Kleider zerrissen und Asche gestreut auf das gelöste Haar, und sie schlugen und zerkratzten sich die Brust.

Durch wildeste Trauer tat sich hervor die Frau des Toten, Silpa. Die stattliche Frau war in den Fünfzig; doch ihr Haar war noch nicht verfärbt, das kühne Gesicht mit der starken Nase noch nicht faltig, die finstern, herrischen Augen unter der breiten, niedrigen Stirn blickten noch klar und stark. Gemeinhin gab sich Silpa, die Gattin des Ersten Mannes von Gilead, verhalten und würdig. Heute indes raufte sie sich das Haar und zerkratzte sich die Brust, und ihr Klagegeschrei, bald schrill, bald kehlig drohend: „Echah, echah!" und: „Choh und Chah und Ach!", übertönte das der andern.

Sie wollte dem Toten die Ehrfurcht erweisen, die ihm zukam, wollte zeigen, daß da ein ganz Großer zu Grabe getragen wurde. Er war mehr gewesen als der Vater seines Hauses und der Führer seiner Sippe, mehr sogar als Richter in Gilead: manche hatten ihn als „Richter in *Israel*" gegrüßt. Und wenn auch manche ihm diesen Namen verweigerten, er hatte ihn verdient. Denn immer von neuem drangen die Kinder Moabs, Ammons, Midians ins Land, raubten die Herden, verwüsteten die Äcker, verbrannten die Häuser, erschlugen die Männer, taten den Weibern Gewalt an, führten die Kinder fort in die Knechtschaft und bedrängten nicht nur den Stamm Gilead, sondern das ganze Israel im Osten des Jordan. Dieser ihr toter Mann, der den Feind zurückgeschlagen hatte wieder und wieder, war also in Wahrheit Richter in *Israel* gewesen.

Sie klagte um sich, klagte um den Stamm Gilead, klagte um das ganze Israel. Klagte so ehrlich wie laut. Aber sie konnte nicht hindern, daß sich inmitten dieser schrillen Trauer etwas regte wie Erleichterung und sogar Triumph.

Ein Toter hatte starke Macht, man mußte sich seine Gunst erhalten, sonst konnte er einem viel Böses antun. Ein Toter, der noch nicht in seiner Höhle wohnte, war doppelt gefährlich, und nichts lag ihr ferner, als gerade diesen ihren sehr lieben und gewaltigen Toten zu reizen. Trotzdem, es wird auch sein Gutes haben, wenn er dort liegen wird bei seinen Vätern hinter den großen Steinen, welche die Höhle fest verschließen, so daß auch ein kräftiges Gespenst Mühe hat, herauszudringen.

Der Richter Gilead hatte sich – und das war in diesen Zeiten das Wichtigste – als wehrhafter, kriegskundiger Führer seiner Tausendschaften bewährt; um die andern Aufgaben des Schofet, des Richters, hatte er sich wenig gekümmert. So hatte denn sie ihm diese Geschäfte abgenommen. Sie hatte dafür gesorgt, daß Häuser und steinerne Hürden gebaut und Brunnen und Kanäle gegraben wurden im ganzen Land. Hatte „Die Bärtigen", die Ältesten, beraten, wenn sie richteten zwischen einem Mann und seinem Nachbarn, hatte sich als die rechte Mutter des Stammes gefühlt. Der Richter Gilead hatte das gern geschehen lassen. Manchmal indes wehrte er sich, und dann konnte er aufbrausen in so wilder Hitze, daß man sich kein zweites Mal an ihn heranwagte. Vielleicht war es gerade diese stürmische Wildheit, die ihn zu einem so großen Krieger gemacht hatte. Es wird ein ewiger Ruhm Israels bleiben, daß er in tollkühnem Entschluß die Bundeslade Jahwes zurückholte mitten aus dem Lager der Feinde. Gleichwohl war es gut, daß in Zukunft solche wilden Ausbrüche nicht mehr die Geschäfte des Friedens stören werden. Wer immer von Gileads Söhnen oder von den andern „Mächtigen", den Sippenvätern in Gilead, seine Nachfolge antritt, wird sich ohne Widerrede von ihr beraten und betreuen lassen.

Eigentlich war es seltsam, daß Jahwe ihren Gilead vor den andern mit Sieg und Segen begnadet hatte; denn der Tote war kein Eiferer gewesen im Dienste Jahwes. Er hatte manchen gefangenen Feind verschont, der dem Banne Jahwes verfallen war und den er hätte töten müssen. Den erbeuteten Weibern gar hatte er freventliche Milde gezeigt. Es war nichts dagegen zu sagen, wenn israelische Männer gefangene Mädchen zu Kebsweibern nahmen; doch Kebsweiber sollten als Mägde gehalten werden, nicht wie rechtbürtige Töchter des Stammes.

Ruhm und Preis dem Toten, Trauer und Klage um seinen Hingang. Aber wenn Silpa an das Kebsweib ihres Gilead dachte, an Lewana, die Ammoniterin, dann spürte sie eine kleine, dumpfe, böse Freude, daß Gilead nun eingeschlagen war in sein letztes Tuch und in die Höhle ging. Die Ammoniterin Lewana freilich war seit vier Jahren tot. Aber nur vier Jahre war sie tot, und Gilead hatte dreiundzwanzig Jahre mit ihr gelebt. Und alle die Jahre hindurch hatte er dieser Lewana kaum geringere Achtung bezeigt als ihr, der Silpa, die aus der angesehensten Sippe des Stammes war und seine rechte Frau. Und sicher hatte er diese Lewana mehr geliebt. Er hatte Heiterkeit um sich haben wollen, immer nur Lachen und unbeschwerten Sinn. Er hatte es nicht verstanden, daß sie, Silpa, strenge Augen, harte Hände, ein ernstes, genaues Wesen haben mußte, um Sippe, Stamm und Land auf dem rechten Weg zu halten, und war immer wieder fortgegangen von ihr zu der andern.

Fast tat es Silpa leid, daß die andere tot war. Hergeschritten war sie, diese Lewana, wie des Gilead rechtbürtige Frau, und nun die Gelegenheit da war, sie ins Gehörige zurückzuweisen, war sie tot, und Silpa konnte ihr nicht mehr zeigen, daß sie mit all ihrem hochmütigen Gehabe die gleiche geblieben war, als die man sie eingebracht hatte: Ammoniterin, Gefangene, Beuteweib, des Gilead Hure.

Aber die Brut der Lewana wenigstens lebte noch, Tochter und Sohn, dieser Bastard Jefta, von dem Gilead mehr hergemacht hatte als von seinen drei rechtbürtigen Söhnen.

„Echah, echah!" und: „Choh und Chah und Ach!" schrie Silpa. Und: „Gestorben ist Gilead, der große Richter in Israel!" schrie sie, und: „Hin ist seine Tapferkeit, seine gesegnete, sieghafte Stärke!" So schrie sie, doch gegen ihren Willen dachte sie: Und hin ist seine Sucht und Schwäche vor dem fremden Weib, ihrer Verstocktheit, ihren Götzen und all ihrer Brut. Und jetzt wird es aus sein mit dem Liebling des Gilead, dem Bastard, dem Jefta.

Die Männer des Trauergefolges zogen stumm dahin, in den Ohren das Geheul der Weiber, unbehagliche Gedanken in der Brust. Der Mann Gilead war ein guter Richter gewesen, ein großer Stammesfürst, er hatte die räuberischen Kinder Ammons und Moabs kräftig aufs Haupt geschlagen und die verlorene Bundeslade zurückgeholt. Manchmal allerdings in seiner gotteswütigen Tapferkeit war er zu kühn vorgestoßen, darüber waren viele gefallen, und nun rumorten murrend und ohne Lebenshauch unter der Erde von Gilead zahlreiche Männer, die gerne noch auf ihr herumgegangen wären. Sie werden den Richter unfreundlich empfangen in seinem neuen Bereich. Wie immer: es blieb ein Jammer, daß man ihn nicht mehr hatte. Man saß unsicher hier im Lande östlich des Jordan, man hatte keine rechten Grenzen, überallher aus Steppe und Wüste konnten die Feinde eindringen, nur der gewaltige Name des Feldhauptmanns Gilead hatte sie abgeschreckt. Wo jetzt sollte man einen finden, der den Toten ersetzte, den Feinden Furcht einflößte, den Israelitern Zuversicht?

So, unter schrillem Geschrei und trüben Gedanken, wand sich der Zug die schmale Straße hinan durch das heitere Land der Höhe Obot zu. Da hob sich schon zur Linken die Remet-Habonim, „Der Hügel der Kinder", wo unter mächtigen, steilen Steinen in Krügen die Leichen jener Kinder lagen, welche frühere Bewohner des Landes ihren Göttern geopfert hatten, um sie günstig zu stimmen. Mit leiser Beklemmung zogen die Trauernden an dem Hügel vorbei. Die Zukunft war undeutlich; wer mochte wissen, ob nicht ein Gott auch von einem unter ihnen bittere Opfer fordern werde?

Man war am Ziel. Hier diese schweren Felsen verbargen den Eingang der Höhle. Mühsam wälzten die Männer die gewaltigen Blöcke fort. Dumpfe, übelriechende Kühle schlug ihnen entgegen. Die Höhle war niedrig, finster, der Boden uneben. Sie trugen den in sein Tuch gehüllten Toten ein gutes Stück hinein, gebückt, beschwerlich, sehr behutsam; ihn fallen zu lassen hätte Unglück gebracht. Gänge verzweigten sich, Kammern waren da, die weitaus meisten schon belegt mit Toten. Die Männer berieten flüsternd, wo sie Gilead niedersetzen sollten. Fanden einen rechten Platz. Da hockte er nun unter den andern. Sie verharrten einige Zeit, wie es sich ziemte. Mit Unlust; es drängte sie fort. Es war nicht geheuer in der Höhle.

Sie gingen zurück ins Freie, wider Willen den Schritt beschleunigend. Wohlig atmeten sie die reine Luft. Schichteten die Blöcke wieder vor die Höhle, doch nur notdürftig. Erst wenn der Tote am Tag seines Mahles seine Gaben erhalten hatte, durfte der Eingang wieder recht verschlossen werden; bis dahin hatte er Anspruch, unbehindert zu schweifen.

Sie zogen zurück, den Weg von der Höhe Obot hinunter, dann den Stadthügel hinauf nach Mizpeh. Sie mußten nun fasten bis zum Totenmahl, das erst am nächsten Tage, vielleicht noch später, stattfinden wird. Trotzdem war ihnen leichter, nun der Tote bei seinen Vätern hockte.

2

Abijam, der Erzpriester des Stammes Gilead, nahm nicht an dem Trauerzuge teil; er durfte sich nicht durch die Nähe der Leiche verunreinigen. Wohl aber verfolgte er, vom Dach seines Hauses aus, den Zug mit den Blicken. Die Stadt Mizpeh, „die Warte, der Auslug", war hoch gelegen, und das Haus stand auf dem Gipfel des Stadthügels. Abijam wohnte hier als der Diener Jahwes. Das Haus gehörte dem Gott; es wurde „das Zelt Jahwes" genannt mit dem alten Namen, den die Wohnstätte des Gottes getragen hatte, solange er die Kinder Israels auf ihren Wanderungen begleitete.

Auf dem flachen Dache dieses Hauses also hockte der Priester Abijam auf seiner Matte, blickte dem Zuge nach, der den toten Richter in seine Höhle brachte, dachte und wog.

Gilead war ein Gesegneter gewesen; Jahwe hatte sein Schwert gesegnet, er hatte ihn große Siege erringen lassen und es ihm vergönnt, seine Bundeslade zurückzuerobern. Der Priester Abijam hatte das schon sehr früh erkannt. Aber er hatte sich alle die Jahre her gefragt, warum der Gott gerade diesen auserwählt hatte. Denn das, worauf es ankam, die Aufgabe, die Stämme Israels im Bunde Jahwes zu vereinigen, diese große Aufgabe des wahren Richters hatte der Tote nie begriffen.

Abijam hockte auf seiner Matte, alt, klein und dünn inmitten der vielen Hüllen. Auf dem kläglichen Leibe aber saß ein gewaltiger Kopf; das Gesicht war hager, mächtige Augen lagen tief in ihren Höhlen unter dicken, zusammengewachsenen Brauen, die große Nase höckerte über schmalen langen Lippen. Abijam war kein Krieger, er hatte versagt in dem einen Feldzug, den er mitgemacht hatte, und er litt unter der Armseligkeit seines Körpers, die ein schwerer Mangel war in dieser Zeit der großen Kriege. Aber wenn ihm Jahwe einen schwachen Leib gegeben hatte, so hatte er in dieses kümmerliche Gefäß einen starken Hauch des eigenen Atems eingeblasen. Zuweilen, wenn Abijam opferte, spürte er die Blutsverwandtschaft mit dem Gotte, wie sie immer wieder neu geschaffen wurde durch das Blut des Opfers, spürte sie mit solcher Gewalt, daß es ihn schier umwarf. Jahwe gab ihm Zeichen, sprach zu ihm.

Gerade jetzt, indem der Gott den Gilead vor der Zeit unter die Erde in seine Höhle rief, gab er ihm, dem Abijam, ein Zeichen. Trug ihm auf, einen andern, bessern Richter zu finden.

Bitter not war ein solcher Richter und Führer. Die Israeliter saßen nun hier im Osten des Jordan in der siebenten Generation, sie waren satt und schlaff geworden, fett vom Öl und der Milch des Landes, von den vielen gebratenen Lämmern, und hatten ihren Gott vergessen. Wohl bekannten sie sich noch zu ihm und brachten ihm Opfer. Doch ihr Jahwe war nicht mehr der gewaltige Gott der schweren Wetter und der Wanderungen durch die Wüste, nicht mehr der Feuergott vom Sinai; er war einer von den vielen Göttern, die ringsum auf den Höhen wohnten, ein bequemer Gott des Fettes und der Fruchtbarkeit. Die Männer von Gilead hatten ihren Bund und ihre Bestimmung vergessen, sie freuten sich ihres Besitzes, sie aßen, tranken und schwatzten mit den alten Sassen des Landes und schauten behaglich zu, wie diese ihre fremden, lächerlichen Götter verehrten, sie mischten sich mit ihnen und schliefen mit ihren Töchtern.

Und der Richter selber, der tote Gilead, hatte es nicht besser gewußt und nicht besser gehalten. Noch jetzt klang dem Abijam das fröhliche, kräftige Lachen nach, das Gilead gelacht hatte, als Abijam ihn beschwor, sich zu lösen von dieser Lewana, der Ammoniterin. In gottloser Selbstsicherheit hatte er ihn getröstet: „Sei ruhig, Abijam. Ich nehme Jahwe nichts weg, wenn ich dieses Weib genieße, das er zu meiner Freude geschaffen hat."

Und da stand Abijam vor der andern Aufgabe, die der Tod des Gilead ihm auflegte. Sie war nicht so wichtig wie die Bestallung eines neuen Richters, doch war auch sie stachelig, und sie mußte sogleich gelöst sein. Was sollte mit den reichen Gütern in Machanajim geschehen, die Gilead der toten Ammoniterin geschenkt hatte und auf denen nun ihre Nachkommenschaft saß, der Bastard Jefta und seine Schwester Kasja?

Abijam atmete hart. Er dachte an seine eigenen Kinder. Seine Tochter hatte früh geheiratet und war an ihrer ersten Geburt gestorben; sein Sohn war gefallen in einem der Kriege Gileads, und die Witwe, eine Frau aus dem Stamme Efraim, war mit ihren beiden Kindern hinüber in den Westen des Jordan gezogen, in ihr Heimatland Efraim, wo man dem Stamme Gilead und seinem Priester nicht wohlwollte.

Abijam verscheuchte die trüben Bilder, wog und rechnete. Gilead hatte die Kinder seiner Kebse mehr geliebt als die der Silpa, dieser Jefta war sein Liebling gewesen. Mit Recht. Jefta war ein tüchtiger Bursche, voll Kraft und ansteckender Zuversicht, bei allen wohlgelitten. Aber er gab Ärgernis. Man mochte es ihm verzeihen, daß er der Sohn einer ammonitischen Kebse war, doch er hatte sich selber eine Ammoniterin geholt und sie zur Frau genommen. Sollte man ihm Erb und Anspruch belassen? Niemals wieder wird eine solche Gelegenheit kommen, ihn in den gehörigen Stand zurückzuverweisen. Anderenteils war dieser Jefta ein guter Mann, vom Fleisch und Blute Gileads, und man hatte nicht viele zur Wahl. Sollte man ihn ausmerzen?

Den Priester fröstelte in seinen vielen Hüllen, wiewohl es noch warm war. Er krümmte sich zusammen, stand auf, streckte sich. Beschattete die Augen mit der magern Hand, um den Blick zu schärfen. Spähte hinunter nach dem rückkehrenden Trauerzug, und was seinen Augen undeutlich blieb, ergänzte seine Vorstellung.

Er sah die Familie des Toten, die Frau, die drei Söhne. Er sah Silpa mächtig hügelauf schreiten, er kannte sie gut, er erriet genau, was sie jetzt dachte. Sie erwog, wie sie es anstellen sollte, einen ihrer Söhne zum Richter in Gilead zu machen und durch ihn das Land zu beherrschen.

Vielleicht wäre es trotz allem das Beste, ihr zu helfen. Vielleicht sollte er die Ältesten bereden, den Schamgar zum Richter zu bestellen. Schamgar, der Jüngste der Silpa-Söhne, war betrachtsam; die Leute nannten ihn den Grübler. Er hatte die Zeichen der Schrift gelernt und mühte sich, den Sinn der alten Tafeln und Walzen auszufinden. Er suchte seine, des Abijam, Gegenwart und Unterweisung. Er wird sich, auch als Richter, von ihm lenken lassen.

Heiße Scham überkam den Priester. Da überlegte er, ob er sich nicht selber auf den Richterstuhl setzen solle in Gestalt des Schamgar. Pfui über solche späte Eitelkeit.

Doch wo den rechten Führer finden?

Abijam hob die Schultern, seufzte, Verdrossenheit, Verzicht, Unmut über dem ganzen lebendigen Gesicht. Der Gott hatte ihm befohlen, den Nachfolger Gileads zu bestellen, aber er trieb seinen Spott mit ihm und ließ ihn ohne Eingebung.

3

Später am Abend suchte Abijam die Familie des Toten auf.

Das einfache, niedrige Haus war voll von Menschen. Die Töchter Gileads und ihre Männer waren da, dazu die Frauen seiner drei Söhne und die zahlreichen Enkelkinder. Sie hockten und schlenderten herum, trüb und träge, einige im Vorhof, die andern in dem mit heißer, stickiger Luft erfüllten Innern des Hauses. Da sie bis zum Totenmahle fasten mußten, waren sie hungrig, und die Erwartung, was die nächsten Tage bringen mochten, beunruhigte sie.

Silpa und ihre Söhne waren nicht da. Der Priester fand sie auf dem flachen Dache des Hauses, in der Kühle des Abends. Er wollte mit ihnen beraten, wann die Totenfeier stattfinden sollte, eine Frage, die aus gewissen Gründen verfänglich war. Er sprach indes zunächst von anderem und wartete darauf, wer von den vieren als erster zur Sache reden werde; wer es tat, nahm in Anspruch, Wortführer und Haupt der Familie zu sein.

Keiner der Söhne hatte diesen Ehrgeiz. Der Älteste, Gadiel, hatte vom Vater die starke, etwas derbe Gestalt, die breite, offene Miene und das laute, zufahrende Wesen. Doch fehlte ihm die Helligkeit, die ungestüme Treuherzigkeit, die dem Gilead Männer und Frauen gewonnen hatte. Gadiel hatte sich als Krieger bewährt, er hatte keine Angst vor Kampf und Gefahr. Aber er folgte lieber dem Gebot eines andern, als daß er selber befahl, und der Gedanke, daß er eine gewisse Anwartschaft hatte auf das Amt des Richters, machte ihm Unbehagen; er wollte keine Verantwortung tragen vor dem strengen, schwer verständlichen Gott Jahwe.

Ebensowenig ließ sich der zweite Sohn, Jelek, vom Amt des Richters locken. Auch er hatte die breite Gestalt des Vaters, doch hatte sie sich ins Behäbige gedehnt. Aus dem fleischigen Gesicht schauten ruhige, wägende, etwas schläfrige Augen. Er hatte sich früh um den reichen Besitz der Familie gekümmert, zur Genugtuung der Mutter, die ihm einem immer größern Teil der Wirtschaft überließ. Er hatte die Häuser und Äcker betreut, welche das Geschlecht Gilead überall im Lande besaß, die Weinberge und Ölpflanzungen, die Herden, die Knechte und Mägde, und der Besitz war gediehen unter seiner Fürsorge. Er freute sich darauf, sich um diese Dinge noch mehr zu kümmern als bisher; andere Pflichten aber wollte er nicht übernehmen.

Und Schamgar, der Jüngste, der Nachdenkliche, Langsame, der Grübler, war schon gar nicht willens, Wortführer des Geschlechtes Gilead zu sein.

Silpa schaute mißbilligend auf ihre Söhne, von denen keiner den Mund auftat, und nicht ohne kleine Heiterkeit beobachtete der Priester, daß schließlich sie selber die Führung in die Hand nahm. „Ich denke“, sagte sie mit ihrer kehligen, entschiedenen Stimme, „wir werden das Totenmahl morgen richten in der Kühle des Abends.“

Es war billig und vernünftig, die Trauernden nicht lange fasten zu lassen. Aber da war jenes andere, vor dem man offenbar in diesem Hause die Augen schließen wollte, jener jüngste Sohn und Erbe, der fern von Mizpeh lebte. „Hast du auch bedacht“, fragte Abijam, „daß es ein langer Weg ist von Machanajim hierher? Jefta kann schwerlich hier sein zu der Zeit, die du vorschlägst.“

Der zweite Sohn, Jelek, wollte zustimmen, aber mit Vorbehalt. Es gelüstete ihn sehr, die fetten Güter in Machanajim dem Besitz der Silpa und ihrer Söhne zuzufügen, doch sollte das auf eine ehrsame Art geschehen, ohne daß böses Gerede entstand, und er war gerne bereit, seinem Bruder Jefta einen Anteil am Totenmahl zuzubilligen. Bevor er sich indes auf seine besonnene Art eine Antwort zurechtgelegt hatte, erwiderte bereits Silpa. „Ich fände es unbillig“, sagte sie, „wenn wir alle länger als üblich der Speise entbehren und der Tote länger als üblich sollte warten müssen auf seine Gaben – wegen des Bastards der Ammoniterin.“

Gespannt schauten die Brüder auf Abijam. Dieser, gleichmütig, ja fast erheitert, meinte: „Ich glaube, der Tote wartet gern. Er hat seinen Sohn Jefta sehr geliebt.“ Silpa, jetzt nicht ohne Heftigkeit, sagte: „Auch du scheinst dem Bastard sehr freund, Erzpriester Abijam.“ – „Du weißt, daß ich es nicht bin“, antwortete der Priester. „Aber ich an deiner Stelle würde den Toten nicht erzürnen, Frau Silpa. Es kann dir nicht unbekannt sein, wie sehr er an seinem Sohne Jefta hängt, und die Freude an seinem letzten Mahle wäre getrübt, wenn sein Jüngster nicht teilnähme. Auch wäre es nicht wohlgefällig vor dem Antlitz Jahwes, wenn es einem Sohne verwehrt sein sollte, dem Vater ein letztes Mal Ehre zu erweisen.“

Silpa schwieg, unzufrieden. Der Priester, nicht ohne Schalkheit, meinte: „Ihr habt dem Jefta wohl keine Nachricht gesandt?“ Und da er keine Antwort erhielt, fuhr er fort: „Laßt euch das Versäumnis nicht kümmern. Gerüchte reisen schnell, und Jefta ist jung, kräftig, rasch von Entschluß. Er kann am übernächsten Tage hier sein.“ – „Du legst uns viel auf“, sagte zornig Gadiel. Abijam antwortete: „Nicht ich leg es euch auf, sondern der Gott Jahwe und das Ansehen des Richters Gilead.“

Wieder wollte Jelek zwar zustimmen, doch Rechtsverwahrung einlegen. Wieder aber kam ihm ein anderer zuvor. Diesmal war es Schamgar, der Jüngste, der Grübler, der fromm und einfältig sagte: „Da Jahwe es bestimmt hat, werden wir gerne auf unsern Bruder Jefta warten.“

Die Mutter schaute ihn an, mehr verächtlich als erzürnt, und alle konnten ihr vom Gesicht ablesen, was sie dachte: Dummkopf.

Laut aber und streitbar erklärte sie: „Das sag ich dir, Priester: ob dieser Bastard Jefta zur Totenfeier zurechtkommt oder nicht, es wird ihm wenig nützen. Er wird nicht in dem Hause bleiben, in welchem die blinde Liebe des alten Vaters ihn hat wohnen lassen.“ – „Amen, so sei es“, bekräftigte zornig und überzeugt Gadiel.

Abijam aber sagte: „Ich liebe ihn nicht, ich hasse ihn nicht.

Und du, Silpa, laß du dich nicht blenden von deinem Hasse. Hüte deine Zunge, wenigstens solange der Tote nicht gesättigt ist mit seinem Mahle."

4

Schon am Abend des nächsten Tages traf Jefta ein, früher, als irgendwer erwartet hatte.

Er hatte sich nicht die Zeit genommen, sein Haar scheren zu lassen, wie es sich für Trauernde ziemte. Auch ritt er eine hellfarbige Eselin. Das war ein Ärgernis; das Recht, Tiere edler Art zu reiten, war den Adirim vorbehalten, „den Mächtigen", und es war fraglich, ob er zu diesen gehörte. Ein noch schlimmeres Ärgernis war es, daß ein Mann in Trauer solche Hoffart zeigte. Trotzdem empfing ihn das Haus der Silpa mit den Ehren, die dem Gast gebührten. Man versorgte gewissenhaft sein Reittier, man hieß ihn sich auf der Eingangsmatte niedersetzen, die Töchter des Hauses wuschen ihm die Füße.

Es hätte gegen den Brauch verstoßen, den Gast mit Fragen zu behelligen. Stumm stand man um ihn herum, die Männer und die Frauen des Hauses beschauten ihn mürrisch, angelegentlich, doch nicht zu aufdringlich, die zahlreichen Kinder mit unverhohlener Neugier. Zilla freilich, die Frau des Schamgar, ein dürres, kleines Geschöpf, hatte sich so unziemlich nahe herangedrängt, daß sie diejenigen behinderte, die Jefta bedienten, und starrte ihn an mit heftigen, hassenden Augen.

Er kümmerte sich nicht darum. Er hockte auf der Matte, hob und senkte wohlig die Zehen, streckte wohl auch ein wenig die Arme. Das massige, breitstirnige Gesicht mit den braunen, klugen Augen, den sehr roten Lippen und den sehr weißen Zähnen war nachdenklich und erwartungsvoll.

Mit gutmütig spöttischem Lächeln fragte er schließlich: „Habt ihr einen Boten geschickt, mir den Tod des Vaters mitzuteilen?" – „Wir haben es nicht getan", antwortete herausfordernd Gadiel. Jelek fügte schnell und begütigend hinzu: „Wir haben erwartet, das Gerücht werde schneller reiten als jeder Bote." – „Da habt ihr euch nicht getäuscht", meinte freundlich Jefta. Schamgar aber, der Jüngste, sagte ehrlich: „Das Totenmahl wurde auf morgen verschoben, damit du teilnehmen könnest." – „Dann müßt ihr also länger fasten, meinethalb", stellte mit schalkhaftem Bedauern Jefta fest. „Ich habe nicht gefastet", fuhr er fort, „ich hatte nicht soviel Rücksicht von euch erwartet." Und, immer fröhlich, schloß er: „Aber ich bin da, wie ihr seht", und jetzt schaute er streitbar und wissend der feindseligen Zilla voll ins Gesicht.

Dann freilich versank er in Trauer. Es bekümmerte ihn, daß er anstatt des Vaters, der ihn jederzeit mit sichtbarer, schallender Freude empfangen hatte, nun zumeist Mißgünstige im Hause fand.

Schamgar geleitete ihn hinauf in das Zelt auf dem flachen Dache, daß er dort in angenehmer Kühle schlafe. Jefta streckte sich auf die Matte, grinste, freute sich seiner schnellen, den andern so verdrießlichen Ankunft, genoß seine Müdigkeit, schlief ein.

Schlief lang und tief. Schamgar weckte ihn; es war Zeit, sich zur Totenfeier vorzubereiten. Diesen jüngsten seiner Stiefbrüder mochte Jefta leiden. „Hat es euch sehr geärgert", neckte er ihn, „daß ich zum Totenmahl zurechtkam?" – „Ich hätte es bedauert", antwortete Schamgar, „wenn du es nicht geschafft hättest", man merkte seiner Stimme an, daß er es aufrichtig meinte. „Deine Zilla hätte es nicht bedauert", sagte lächelnd Jefta. „Aber du bist ein guter Bursche", anerkannte er.

Schamgar musterte ihn und fragte vorsichtig: „Solltest du dir nicht den Bart scheren fürs Totenmahl?" – „Du hast recht", antwortete Jefta. Mit Hilfe Schamgars schor er sich den kurzen, schräg vorstehenden Kinnbart und das Haar. Es war umständliche Arbeit. Jefta begleitete sie mit Geschwatz. Zu Hause in Machanajim, erzählte er, habe er ein Schermesser aus diesem neuen, guten Stoff, Eisen genannt, Barsél. Das Messer sei hart und scharf und schere den Bart viel schneller und gründlicher; freilich gehe manchmal ein Stück Haut mit. Drei Zicklein habe er für das Messer zahlen müssen; aber er liebe nun einmal neue, nützliche Dinge.

Während man vor dem Hause der Silpa das Totenmahl bereitete, zogen die Verwandten und Freunde ein zweites

Mal hinauf zur Höhe Obot, und dieses Mal war auch Jefta im Zuge. Von neuem wälzte man die Steine vom Eingang der Gräberstatt, und die Brüder suchten mühselig die Stelle, wo man den Toten niedergesetzt hatte. Da standen sie in der niedrigen Höhle um ihn herum, gebückt, leicht verrenkt, flüsternd. Mit Ehrfurcht, Trauer, einem kleinen Grauen schaute Jefta auf das undeutliche, hockende Etwas, das sein Vater gewesen war. Dann stellte man um den Toten Gaben aller Art, die ihm in seiner neuen Welt nützlich sein mochten, Kleider, Hausgerät, Geschirr mit Speisen, Krüge Weines, auch Spezereien. Jefta hatte die abgeschorenen Haare in ein Tongefäß gesammelt. Mit zarter, langsamer Bewegung stellte er es zu den übrigen Gaben.

Stumm verweilten die Brüder eine Zeitlang bei den Geistern der Väter. Verneigten sich ein letztes Mal vor dem Toten, gingen. Wälzten die schweren Felsblöcke zurück vor die Höhle, dieses Mal sehr dicht, um die Toten zu bewahren vor Räubern und freßgierigen Tieren und um sich selber zu schützen vor den Toten.

Jefta war einsilbig auf dem Rückweg. Er war ein furchtloser Mann und hatte ohne Beklemmung und Beschwer auf so manchem Schlachtfeld viele Tote gesehen, gräßlich zerstückelt. Doch der Anblick des finster und armselig Hockenden in der moderigen Höhle hatte ihn mächtig angerührt. Er hatte den Vater geliebt, er hatte sich gut mit ihm verstanden, er hatte alles, Großes und Kleines, mit ihm bereden können. Von nun an wird er ihn nicht mehr sehen oder doch nur in anderer, undeutlicher Gestalt, mehr Luft als Mensch, als Bewohner einer fremden, sicher recht ungemütlichen Welt. Fortan wird er, Jefta, allein sein, nur auf sich selber gestellt. Er fühlte sich seiner Zukunft gewachsen, aber es machte ihn nachdenklich.

Vor dem Hause in Mizpeh setzte man sich zum Totenmahl. Matten waren bereitet und für die Angesehensten Tische und Bänke. Silpa hatte viele Hammel schlachten lassen, auch zwei Kälber, um allem Volke den Reichtum des Hauses zu zeigen. Die Gäste, von denen die meisten aus Liebe und Achtung für den toten Richter gefastet hatten, machten sich mit Lust über das üppige Mahl her, erst vorsichtig, damit es dem leeren Magen nicht übel bekomme, dann immer schneller und gieriger. Oft und abermals wuschen sie sich das Fett vom Mund und von den Händen. Erst tranken sie Wasser, später Wasser mit Wein, wieder später reinen Wein, zuletzt „Scheker", ein starkes, weißliches Getränk, gemischt aus dem gegorenen Saft von Granatäpfeln, von eingeweichten Datteln und von Gerste, das Ganze mit Honig gesüßt.

Sie aßen, tranken, schwatzten. Stellten Betrachtungen an über das, was nun werden würde. Es war lange her, daß man im Lande saß, sie waren die siebente Generation, seitdem die wandernden Väter hier eingefallen waren, man hatte sich daran gewöhnt, Äcker zu besitzen und zu bestellen, Brunnen zu graben, in festen Häusern zu wohnen, es den alten Einwohnern des Landes gleichzutun und sich mit ihnen zu mischen. Die Einwohner hatten sich an den Gott Jahwe gewöhnt, sie, die Kömmlinge, ließen die Götter des Landes gelten; es waren umgängliche Götter, die auch den neuen Einwohnern Segen und Fruchtbarkeit gönnten. Der Richter Gilead hatte einen jeden, der im Lande saß, nach seiner Art schalten und walten lassen, aber ein wildes, glückliches Schwert geführt, wenn die Söhne Ammons und Moabs über einen kamen. Wird man einen neuen solchen Richter finden, umgänglich mit den Seinen, stark und blutig gegen die Feinde? Verstohlen, dann immer häufiger und ohne Scheu schauten die Leute von Mizpeh auf diejenigen, die als erste zur Wahl standen, die Söhne der Silpa, und sie wurden nachdenklich, schätzten, wogen, sprachen ohne Schwung.

Wogen auch den Jefta und verglichen ihn mit seinen Brüdern. Nun sein massiges, breitstirniges Gesicht nackt war, traten die starken, entschiedenen Züge noch deutlicher ins Licht, die harten Backenknochen, die auffallend flache Nase, das kräftige Kinn, die vollen, fröhlichen Lippen. Und die Leute dachten, und der eine und andere sagte es auch laut: „Schade, daß die Frau Silpa dem Gilead keinen solchen Sohn geboren hat."

Silpa hatte Jefta nicht an den Tisch gesetzt, von dem sie und ihre Söhne aßen, sondern an den des Vogtes, dem das Gesinde unterstand. Das war kein geringer Platz, doch auch nicht eben ein guter. Jefta nahm es hin mit einem Gefühl, das gemischt war aus Ärger und Heiterkeit, und es war ihm

Genugtuung, daß die Gäste ihre Augen häufiger und freundlicher auf ihn richteten als auf die Brüder.

Als das Mahl mit der einfallenden Nacht sein Ende genommen hatte, stiegen Silpa, ihre Söhne und Abijam auf das flache Dach des Hauses, um die Kühle zu genießen. Jefta, von dem Priester eingeladen, kam mit ihnen.

„Ich werde", erklärte er nach einer kurzen Weile, „kein lästiger Gast sein. Ich kehre morgen mit dem frühesten nach meinem Machanajim zurück. Da der Richter Gilead in der Höhle ist, bin nun wohl ich Hausvater und Adir in Machanajim und habe dort viel zu tun."

Schweigen war. Aus dem Hause und dem Hof kamen die Geräusche der Weiber und Kinder, welche die Überbleibsel des Mahles wegräumten und Ordnung schufen, auch aus andern Häusern und Straßen drang verklingender Lärm des späten Abends herauf. Silpa sagte, und sie sprach beiläufig, gleichmütig: „Ich fürchte, du hast deinen Platz im Geschlechte Gilead von Anfang an nicht richtig gesehen, Jefta, Sohn der Lewana." Dieser erwiderte, und es kümmerte ihn nicht, daß seine etwas rauhe, männliche Stimme auf der Straße vernehmlich sein mußte: „Höre, Frau, bin ich oder bin ich nicht der Sohn Gileads, sein sehr geliebter Sohn, dem er das Haus und die Güter in Machanajim geschenkt hat?"

Gadiel sowohl wie Jelek wollten antworten. Der Priester Abijam winkte ihnen, zu schweigen, und nahm selbst das Wort. „Du bist der Sohn des Gilead", sagte er, „aber eben auch der Sohn der Lewana, einer Tochter Ammons. Was immer der Stand der Lewana war, bestimmt nicht war sie die Be'ula Gileads, seine rechtliche Gattin." Gadiel sprang auf, fiel dem Priester in die Rede mit ungestümer, klingender Stimme: „Wozu die vielen Worte? Er ist ein Bastard Gileads, nicht sein Sohn."

Jefta blieb auf seiner Matte sitzen, antwortete nicht, schaute die andern an, lange, aufmerksam, prüfend. Dann sagte er gelassen, fast behaglich, zu keinem und zu allen: „Ich sehe, es ist ein Anschlag. Ich sehe, ihr wollt mir meine Erbschaft stehlen, mein Haus und meine Güter und meine Herden in Machanajim." Er hielt sich nicht länger, sprang auf, auch er, und rief, daß es weithin durch die nächtliche Stadt hörbar war: „Ich sage euch, das wird nicht sein. Ich werde als Erster unter den Hausvätern sitzen am Tore von Machanajim, und keiner von euch!"

Es hatte sich aber, da er heftig aufgesprungen war, der kleine Beutel gelöst, den er im Gürtel trug, der Beutel fiel, und es drangen heraus kleine gelbe und rote Steine, Halbedelsteine, Sonnen- und Mondsteine, auf rohe Art zugeschliffen, daß sie Tiere und Menschen darstellten, und die gelben und roten Figürchen glitzerten im Lichte des aufsteigenden Mondes. Deutlich konnte man sehen, daß da ein Stier war mit großem Kopf und großen Hörnern, und da war eine Frau mit übermäßigen Brüsten und spitz und weiß herausstehendem Nabel, und ein Mann mit gewaltigem Geschlecht, und alle wußten: das waren Zauberpüppchen, Amulette, Talismane, Göttern geweiht, die Israel fremd waren und nicht freund.

Schweigend, bestürzt blickten sie auf die Ungeheuerchen, die da leuchteten und glitzerten im Mondlicht. Es hatten aber diese kleinen Figuren der toten Mutter des Jefta gehört, der Lewana, es waren ihre Terafim, ihre Schutzgeister, und Jeftas Frau Ketura hatte sie ihm mitgegeben, daß die Götter seiner Mutter, die auch die ihren waren, ihn schützen sollten auf dem verfänglichen Gange nach Mizpeh.

Jefta, beschämt, daß ihm die Talismane entglitten waren, kauerte nieder, sie zusammenzusuchen, und erklärte mit etwas unsicherer Stimme: „Der Schmuck gehörte meiner Mutter, er war ihr sehr teuer." Abijam, mit fast freundlichem Hohn, sagte: „Das will ich dir wohl glauben, Jefta. Aber es kann dir schwerlich unbekannt sein, daß solche Bildsteine böser Zauber sind, Zeichen des Milkom und seiner Schwester Aschtoret, der falschen Götter Ammons." Gadiel aber sagte heftig: „Du willst ein Sohn des Gilead sein und beschmutzest sein Haus mit diesem Unrat! Bastard!" Und selbst der sanfte Schamgar forderte bekümmert und dringlich: „Laß die Talismane, Jefta, mein Bruder! Tu sie von dir! Tu sie fort!" Jefta erwiderte nichts und suchte weiter seine Püppchen.

Abijam indes tadelte den Gadiel: „Beschimpfe nicht den Gast in deinem Hause. Du aber, Jefta, klaube dein Zeug zusammen, wenn du das für recht hältst, und setze dich wieder auf deine Matte."

Als Jefta wieder saß, sagte der Priester: „Du mußt begreifen, Jefta, daß dein Anspruch auf Machanajim nicht nur eine Streitsache ist zwischen dir und deinen Brüdern. Die Frage ist, ob ein Stück von Gilead in diesen Zeiten gegeben werden kann in die Hand eines Mannes, der solches Zauberwerk an seinem Leibe trägt." Jefta, hartnäckig, doch ohne Schwung, wiederholte: „Die Steine gehörten meiner Mutter."

Der Erzpriester ging darauf nicht ein. Wohl aber nahm nun Jelek das Wort und sagte, dem Jefta freundlich und vernünftig zuredend: „Es verhält sich genauso, wie der Herr Erzpriester erklärt hat, und das mußt du begreifen, Jefta. Wem immer das verruchte Bildwerk gehört hat, deiner Mutter oder deiner Frau oder beiden, ein Mann, der solchen Unflat in seinem Hause duldet, kann nicht gezählt werden unter die Adirim und Sitz und Stimme haben am Tore von Machanajim. Weil aber deine Mutter Gunst gefunden hat in den Augen unseres Vaters und weil wir dir freund sind, mein Halbbruder Jefta, schlage ich vor, daß wir dir Hürden geben bei Machanajim und dich zum Vogt und Aufseher des Gesindes bestellen."

Jefta bezwang sich und antwortete: „Ich will dich nicht züchtigen vor den Augen deiner Mutter, du Raffer und Scharrer, der du mir mein Haus und meine Äcker stehlen willst, kaum daß unser Vater in der Höhle ist. Aber es wird dir nicht gelingen. Es stehen die großen Grenzsteine um mein Gebiet, und es sind die Zeichen meines Namens eingegraben, und der Richter Gilead hat sie eingraben lassen, und der Herr Erzpriester Abijam mag sie lesen, wenn er es wünscht, und auch du, mein Bruder Schamgar, der du lesen kannst."

Jelek sagte: „Das mag so sein, und ich selbst habe die Zeichen gesehen. Aber ein Mann, der nicht ein rechter Sohn ist, kann bewegliches Gut aller Art erben, doch Haus und Acker fällt zurück an die Sippe. Ist das nicht Rechtens in Israel, ist das nicht ‚Mischpat', Herr Erzpriester?"

„Man hat", stellte Silpa fest, und auch sie wandte sich an den Priester, nicht an Jefta, „man hat es in ruhigen Zeiten zugelassen, daß der Sohn einer Fremdstämmigen von seinem Vater aus dem Volke Jahwes einen Mantel erbte oder ein paar Böcklein oder vielleicht sogar eine Herde Rinder. Nun aber kommt dieser und verlangt das feste Haus und alle Äcker und Hürden. Und es sind Zeiten der Not, die Söhne Ammons und Moabs rotten sich zusammen, um herzufallen über Gilead, ein neuer Krieg Jahwes steht bevor. Soll da der Sohn einer Ammoniterin, der selber die Zeichen der fremden Götter am Leibe trägt, ein Adir sein, ein Mächtiger in Gilead? Er soll es nicht. Du selbst hast es gesagt, mein Herr Erzpriester, und die Ältesten werden es zu Recht befinden am Tore von Mizpeh."

Jefta gab finster zurück: „Mein Vater *hat* Recht gesprochen, Frau, und er war Richter in Israel. Sein Recht und sein Wille ist eingetragen in den Grenzsteinen von Machanajim."

Dem Priester Abijam, fast wider seinen Willen, gefiel Jefta. Manches, was er sagte und tat, war anrüchig, er wanderte noch im Dunkel oder doch in der Dämmerung und führte mit sich die Götter seines ammonitischen Weibes. Aber er ging einen festen Schritt und hielt sein Auge klar. Sicher wußte er, wie verfänglich seine Sache war, doch zeigte er keine Furcht und ließ sich nicht hinreißen in sinnlose Wut. Die Tausendschaften des Stammes konnten einen Mann so kräftiger Hand und so hellen Verstandes gut brauchen, nun der Hingang des Gilead die Söhne Ammons anstacheln wird zu neuen Räubereien.

Milde belehrte er ihn: „So einfach, wie du denkst, liegt die Sache nicht, Jefta. Du warst in Machanajim nicht Hausvater, du warst nur der Vertreter Gileads, so wie diese hier in Mizpeh Vertreter Gileads waren. Du hast Ansprüche durch den Tod deines Vaters, doch auch der Stamm Gilead hat Ansprüche gerade durch diesen Tod und durch die Gefahren, die er bringt. Du hast ein Stück Recht, aber auch der Stamm Gilead hat ein Stück Recht, ein ansehnliches Stück. Der Rat der Frau Silpa ist gut. Mögen die Ältesten entscheiden, wer in Machanajim Erbe ist." Und da Jefta auffahren wollte, sprach er freundschaftlich väterlich weiter: „Stelle dich ein im Tore von Mizpeh, auch deine Brüder sollen sich einstellen. Sprich zu den Ältesten, führe du selber deine Sache. Sei morgen am Tor, oder wenn du deine Worte gut bedenken willst, übermorgen." Nicht ohne Wärme schloß er: „Und wenn es dir nicht länger behagt, Gast zu sein hier im Hause, dann wohne du bei mir im Zelte Jahwes."

Jefta zögerte. Er hatte so freundschaftliche Rede von Abijam nicht erwartet. Er überlegte. Dann erwiderte er: „Ich danke dir, mein Herr Erzpriester. Ich werde in Mizpeh bleiben. Aber ich will nicht hier im Hause wohnen und auch nicht in deinem Hause. Ich werde im Freien schlafen, unter den Sternen."

5

Jefta nächtigte auf einem Hügel nahe der Stadt. Er lag unter einem Baum, ein Wasser rauschte. Er freute sich des raschelnden Laubes, des rauschenden Wassers, das gleichmäßige Geräusch sänftigte ihn. Vermutlich wohnte ein Gott in der Quelle oder im Baum, sicher würde Ketura, Jeftas Frau, ihn mit frommen Worten begrüßen.

Es war ein dummes Mißgeschick, daß ihm die Amulette entfallen waren. Sie hatten wahrhaftig nichts zu tun mit seiner Treue zum Bunde Jahwes; sie waren ihm eine liebe Spielerei, nichts mehr. Die Mutter hatte die bunten, merkwürdigen Dinger sehr wert gehalten, und wenn Ketura mit ihren dünnen, zärtlichen Fingern daran rührte, bekam sie andächtige Augen. Es hätte sie gekränkt, wenn er ihr's abgeschlagen hätte, das Zauberzeug mitzunehmen, und es tat Jahwe keinen Harm, wenn er's in seinen Gürtel steckte. Aber nun glauben die in Mizpeh wunder was, und sicherlich werden sie vor den Ältesten die unschuldige Spielerei bösartig mißdeuten.

Es war dunkel. Trotzdem holte er die Amulette heraus, und seine tastgewohnten Finger erkannten gut die kleinen Unholde. Er spielte, griff, befühlte, ließ gleiten. Dachte nach. Lächelte im Dunkel. Lachte.

Ja, nun hatte er's gefunden. So wird es Jahwe gefallen, der tote Vater wird seine Freude haben, und Silpa, die Brüder und der Priester werden sich zufriedengeben müssen. Guten Mutes schlief er ein.

Andern Tages tat er nach seinem Plan.

Am Morgen darauf fand er sich am Tore von Mizpeh ein. Von den Bärtigen, den gereiften Männern, den Ältesten, waren elf zur Stelle und bereit, die Klage der Brüder gegen Jefta anzuhören, und schon sieben genügten, ein Urteil zu fällen. Bänke wurden herbeigeschafft, sie setzten sich nieder. Der große steinerne Sitz des Richters Gilead blieb leer.

Für Silpa und die Ihren sprach Jelek; er hatte sich seine Worte sorgfältig zurechtgelegt. Er habe seinen Bruder Jefta gern, legte er dar, aber er trage Bedenken, ihm den Besitz in Machanajim zu überlassen, ohne zuvor das Urteil der Ältesten anzurufen. Jefta, der Sohn einer ammonitischen Mutter und Mann einer ammonitischen Frau, sei von Kind an umgeben gewesen von fremden Göttern; deren Namen und Zeichen hätten Raum in seinem Hause neben denen des Gottes Jahwe. Bei Lebzeiten des Vaters habe man darüber hinwegsehen können; denn er habe seinen Bastard geleitet mit schützender Hand. Jetzt aber sei es fraglich, ob ein solcher Mann Stimme haben solle unter den Adirim des Stammes.

Es war früh am Morgen, viele Leute kamen ans Tor, um hinaus auf ihre Felder und zu ihren Hürden zu gehen. Nun aber verzogen sie, neugierig, was bei diesem Handel zwischen den Silpa-Söhnen und Jefta herauskommen werde.

Sie standen und hockten rings um die Bänke der Ältesten. Sie schauten auf die Silpa-Söhne, sie schauten auf Jefta und den leeren steinernen Sitz des Richters, sie hörten die wohlgesetzten Worte des Jelek. Was er sagte, hatte Sinn und Verstand, und sie begriffen auch, was er nur andeutete: daß nämlich bald Krieg ausbrechen werde mit den Söhnen Ammons, und daß da keiner, der mit den Ammonitern verknüpft sei, kämpfen sollte in den ersten Reihen der Israeliter. Aber die Leute von Mizpeh sahen den Jefta, sie verglichen ihn mit seinen Brüdern, er gefiel ihnen. Die Worte des Jelek fielen zu Boden und erreichten nicht ihr Herz.

Und nun sprach Jefta. Breit im Sonnenlicht stand er, stieß den massigen Kopf vor und sagte: „Der Richter Gilead, mein Vater, hat mir das Haus und die Güter in Machanajim geschenkt und meinen Namen eintragen lassen in die Grenzsteine. Ich habe meinen Vater geliebt und ihm gehorsamt. Was immer ich tat, ob ich betete oder kämpfte oder ein Weib nahm, ist geschehen mit Wissen und Willen meines

Vaters, der Richter war in unserm Stamm. Was dieser da vorbringt, mein Halbbruder Jelek, das klagt meinen Vater an, nicht mich. Er ist ein Schamloser, dieser da. Kaum daß unser Vater in der Höhle ist, beschimpft er ihn aus Gier seines habsüchtigen Herzens."

Das waren einfältige Worte, sie waren keine rechte Widerlegung der wohlbegründeten Einwände des Jelek gegen Jeftas Erbrecht. Aber was Jefta sagte, gefiel sichtlich den Ältesten.

Die Mehrzahl dieser Ältesten war übrigens nicht alt; schon wer mehr als dreißig Jahre zählte, durfte sich den Bart der „Bärtigen", der Ältesten, wachsen lassen. Doch war unter ihnen ein sehr greiser Greis, Menasche mit Namen. Er war dem Gilead befreundet gewesen. Er hatte viele Feldzüge mitgemacht, und einmal hatte er eine Ammoniterin erbeutet und sie sogleich beschlafen, ehe der Krieg zu Ende war, und er hatte zusehen müssen, wie sie dann gebannt und dem Jahwe geopfert wurde; denn so befahlen es die Priester und das Gesetz. Ein zweites Mal hatte er's klüger gemacht; er hatte sich bezähmt, sich des erbeuteten Mädchens enthalten, bis der Krieg zu Ende war, und sie dann zum Kebsweib genommen. Er hatte Kinder von ihr, und diese hatten Kinder und sogar schon Enkel. Die Frau war längst tot wie die erste, die meisten der Kinder waren tot, und das Gedächtnis des sehr alten Mannes war nicht ganz sicher. Aber daran erinnerte er sich, daß die Priester ihn dringlich gewarnt hatten vor der Verbindung mit der Ammoniterin. Er indes hatte nicht auf die Priester gehört und die Frau behalten, und er war froh, daß er's getan hatte; denn auch ihr Gott Milkom war ein starker Gott, und noch die Urenkel seiner Ammoniterin waren gut geraten. Und wenn der Geist seines Freundes Gilead jetzt auf dem steinernen Sitze saß, dann hörte er sicher lieber die Stimme seines Sohnes, den ihm seine Ammoniterin geboren hatte, als die des wackern, vernünftigen Jelek. Der alte Menasche sagte also freundlich mit seiner etwas klapperigen Stimme: „Sprich weiter, Jefta, Sohn meines Freundes Gilead. Sag uns alles, was du zu sagen hast. Dein Vater war ein guter Mann, und auch du scheinst mir nicht schlecht geraten."

Unter den Zuhörern war der Priester Abijam. Klein auf

seinen schwachen Beinen stand er an die Stadtmauer gelehnt, sich stützend auf seinen Stab, und sah und hörte. Die Worte des Jefta hatten nicht viel Sinn, aber sie hatten Herz und Kraft. Sie rührten diesen alten Menasche an, sie rührten die meisten hier an, sogar ihn selber. Doch Abijam hatte den Beutel mit den abscheulichen kleinen Bildwerken nicht vergessen, er schaute nach dem Gürtel des Jefta, ob er sie nicht vielleicht sogar jetzt bei sich habe. Und Abijam konnte sich nicht entscheiden, weder für die Silpa-Söhne noch für Jefta. Jahwe schwieg noch immer.

Jefta mittlerweile sagte: „Ich danke dir, o Greis, Freund meines Vaters, aber ich habe nicht mehr viel zu sagen. Was dieser da behauptet, der gierige Sohn der Silpa, daß meine Mutter und meine Frau den Gott Jahwe aus meinem Hause zu verdrängen suchten, das ist Bosheit und Lüge. Der Richter Gilead hatte seinerzeit meiner Mutter Lewana die Haare abgeschnitten, wie es das Mischpat befiehlt, und mit dem neuen Haar war Lewana neu geworden und aufgenommen in den Bund Jahwes. Sie war eine Israeliterin, als sie mich empfangen hat. Und auch ich habe getan nach dem Mischpat, dem Brauch und Recht, und der Ketura die Haare abgeschoren und sie neu gemacht, ehe ich sie zu meinem lieben Weib genommen habe."

Die Männer von Mizpeh hörten zu, nachdenklich, eher mit Wohlwollen. Dieses Mal antwortete Silpa, und sie sprach mit Kraft: „Verstecke nicht die Wahrheit hinter vielen Worten, du unechter Sohn Gileads. Du selber bist wie deine Weiber durch und durch verseucht vom Hauche Milkoms, des Aftergottes. Hast du dich nicht erdreistet, die Terafim deiner Weiber mitzubringen an deinem Leibe in das Haus des Toten? Mit meinen eigenen Augen habe ich sie glitzern sehen im Mondlicht. Alle haben wir sie gesehen, auch der Erzpriester Abijam. Vielleicht hast du sie noch in deinem Gürtel, Götzenanbeter."

Das war eine Bezichtigung, die den Leuten von Mizpeh triftig schien. Mit sehr andern Blicken jetzt, voll Scheu, Zweifel, Empörung, schauten sie auf Jefta und auf seinen Gürtel.

Der wunderliche Mann aber gab ihre Blicke zurück, ein wenig verlegen vielleicht, doch sicher nicht schuldbewußt, und lächelte. Und sagte: „Der Schmuck gehörte meiner Mutter und war ihr sehr wert. Und mein Vater hat darum gewußt und hat gesehen, daß sie mit den Terafim spielte, und hat es geduldet."

Damit indes gewann er die Hörer nicht. Gilead war tot, und verleumdete er ihn nicht, nur um sich zu verteidigen? Silpa lachte laut und verächtlich über die plumpe Lüge. Und Gadiel sprach aus, was alle dachten: „Nun beschimpft er auch noch den toten Vater!" Jelek aber fragte sachlich und gelassen: „Und warum hast du dir den Beutel mit den Terafim in den Gürtel getan, mein Halbbruder Jefta, und sie mit dir gebracht nach Mizpeh?" Das leuchtete den Hörern ein. Sie lachten, erst einige, dann alle, schallend klang das höhnische Lachen über den Platz.

Jefta, nach einem Schweigen und mit einer Verlegenheit, die vielleicht vorgetäuscht war, erklärte: „Ich wollte es keinem sagen, denn es geht keinen an, nur mich und den Vater. Aber da du so ungläubig fragst, du neugieriger Jelek, will ich es dir sagen. Ich habe die Figürchen meinem Vater gebracht, in die Höhle, daß er auf sie lächle, wie er es in seinen glücklichen Zeiten getan hat, in Machanajim. Ich wußte keine bessere Gabe."

Das war eine merkwürdige Erklärung. Doch klang sie glaubhaft, und sie rührte die Hörer an, die Männer und die Frauen, und der sehr greise Menasche mit seiner klapperigen Stimme sagte: „Ja, das wird ihm Spaß machen, meinem jungen Freunde, dem Gilead, in seiner Höhle." Und: „Du bist ein wohlgeratener Sohn", lobte er den Jefta.

Der Priester Abijam glaubte dem Jefta nicht. Bestimmt hatte die Ammoniterin Ketura ihm die Steine des Afterglaubens mitgegeben, und erst als sie ihm nicht Segen, sondern Unheil brachten, hatte er sich die Ausrede erdacht. Aber es war eine kluge, wirksame Lüge. Man konnte es ja den Hörern von den Gesichtern ablesen, wie gläubig sie den Betrug schluckten. Auch hatte Jefta seinen Lug und Dunst treuherzig vorgebracht; wahrscheinlich glaubte er selber daran, solange er sprach. Der junge Mann war findig, das mußte man ihm lassen. Es war schon so: Jahwe hatte diesem im schlechten Bett Geborenen einen bessern, kräftigeren Hauch eingeblasen als den echten Söhnen des Gilead. Warum aber hatte er ihm die zweideutige Mutter gegeben und ihn bewogen, sich selber wiederum eine Ungläubige ins Bett zu holen? Peinlich unentschieden stand der Priester Abijam. Und wußte doch, daß alle auf sein Eingreifen warteten.

Jelek mittlerweile, ärgerlich über die Leichtgläubigkeit der Ältesten und des Volkes, setzte dem Jefta zu. „Wir alle", meinte er bösartig freundlich, und seine Augen waren jetzt keineswegs mehr schläfrig, „anerkennen deine gute Absicht, du frommer Sohn des Gilead. Doch eines verstehe ich nicht: warum hast du deine Zauberpuppen dem Vater nicht gleich hingestellt, als du mit uns in der Höhle warst? Es muß harte Mühe gewesen sein, ein zweites Mal die schweren Felsen wegzuwälzen und einzudringen. Und wie überhaupt hast du's geschafft?" Jefta antwortete: „Ich habe zwei von den Hirten geholt, die in der Nähe hüteten, von den Hirten unseres Vaters, Chananja und Namer. Erst hatten sie Furcht, aber ich redete ihnen zu. Sie sind stark, und auch meine Arme sind nicht schwach. Ruft sie doch, den Chananja und den Namer, daß sie Zeugnis ablegen."

Silpa sagte erbittert: „Sie hätten bei ihren Schafen bleiben sollen, die schlechten Hirten. Sie hätten dem Bastard nicht helfen dürfen, den Frieden der Höhle zu stören. Ich werde sie bestrafen." Die Leute von Mizpeh aber glaubten dem Jefta. Er hatte sich angestrengt, dem Gilead Ehre zu erweisen und ihm eine besondere, mit Liebe ausgewählte Gabe zu bringen. Er war der gute Sohn des guten Richters.

Jelek indes setzte ihm weiter zu. „Du hast meine erste Frage nicht beantwortet, mein Halbbruder Jefta. Warum hast du die Amulette nicht in der Höhle niedergelegt, als du mit uns dort warst? Der Gedanke ist dir wohl erst später gekommen, gib es zu."

Nun hatte in der Tat Jefta die kleinen, bunten Götter nur deshalb mitgenommen, weil es ihn bewegte, wie fest seine Frau Ketura an ihren Zauber glaubte, und für einen Augenaufschlag machte Jeleks verfängliche Frage ihn betreten. Sogleich aber kehrte ihm die frühere Sicherheit zurück. Die rechte Erkenntnis war ihm eben erst fern von den tückischen Brüdern gekommen. Da, in der Stille der Nacht, hatte er überlegt, wie tief diese Andenken an seine Lieblingsfrau den Vater erfreuen mußten, und so sehr Ketura ihre lieben Terafim entbehren wird, er hatte sie dem Vater in die Höhle gebracht. Die Erinnerung an die Größe und Aufrichtigkeit seines Opfers legte helle Entrüstung in seine Stimme, als er nun dem schlauen, mißtrauischen Jelek erwiderte: „Ich wollte nicht, daß eure zweiflerischen, schmutzigen Gedanken zwischen mir und meinem Vater seien, wenn ich ihm die Gabe bringe. Ich wollte nicht, daß eure dreisten Augen zuschauten. Ich bin der Lieblingssohn des Gilead. Ich wollte allein mit ihm reden, ungestört." So überzeugt klang, was er da sagte, daß vor seinen Worten die letzten Zweifel der Hörer verwehten. Sie schauten mit Wohlgefallen auf den jungen, kühnen Mann, der allein in der unheimlichen Höhle Zwiesprache gehalten hatte mit seinem Vater.

Silpa aber sagte: „Wie er lügt, der Mensch, der nur zu einem Drittel vom Volk Jahwes ist und zu zwei Dritteln Ammoniter. Und wenn wirklich die Zauberpuppen jetzt in der Höhle liegen sollten, ich bin gewiß, sie waren nicht der einzige götzendienerische Unrat in dem Hause in Machanajim. Sag es uns doch, Jefta, schwör es uns bei Jahwe, wenn du kannst: hält sich deine Ammoniterin nicht noch andern frevlerischen Tand in deinem Hause?"

Jefta, langsam und nicht zu laut, sagte: „Beschimpfe du nicht mein Weib!" Dann aber hielt er sich nicht länger. Sein Zorn schlug hell empor, daß alle davor zurückschraken, wie sie wohl manches Mal zurückgeschreckt waren vor dem Zorn des toten Gilead. „Ich soll mich rechtfertigen vor euch, ihr traurige Brut?" brach er stürmisch aus. „Rechtfertigt ihr euch vor mir! Mein Vater hat sein Herz an mich gehängt, ihr alle wißt es. Und das hat seine guten Gründe gehabt. Ich bin der Sohn seiner jüngeren Frau, und sie war schön, und er liebte sie. Und ich bin der jüngste Sohn, und sind da nicht viele, die sagen, der Jüngste soll der Haupterbe sein, weil er der Geliebteste ist? Und hat nicht unser Urvater Israel den Sohn seiner jüngsten Frau Rachel, unsern Ahnherrn Josef, seinen älteren Söhnen vorgezogen? Rechtfertigt ihr euch vor mir, ihr Söhne der Silpa, daß ihr das Haus in Mizpeh behalten wollt!"

Zunächst verblüffte diese ungeheure Dreistigkeit die Leute. Dann aber fanden sie, daß Jefta im Grunde recht habe. Was er da vorbrachte von dem Stammvater Josef, hatte seinen guten Sinn. Die Leute von Gilead gehörten zu den Josef-

Stämmen, und Josef war wirlich der Lieblingssohn des alten Israel gewesen. Der Urvater hatte ihm einen kostbaren Mantel geschenkt und seinen besten Segen, und dieser Segen hatte sich ausgewirkt an ihnen, den Leuten von Gilead, den Nachfahren Josefs, und sie waren als erste eingezogen in das versprochene Land.

Das also ging den Leuten von Mizpeh durch den Sinn, und die Rede Jeftas gefiel ihnen. Es legte sich nach seinem Ausbruch eine große, mächtige Stille über den Platz am Tor. Ein Esel schrie, von ferne hörte man die Rufe spielender Kinder, hoch oben kreiste ein Habicht.

Der uralte Menasche schließlich, kopfwackelnd und kichernd, sagte in diese Stille hinein: „Der jüngste Sohn – der Liebling des Vaters – ein gutgeratener Sohn." Dann aber riß er sich zusammen und sagte: „Schwierig. Der Fall ist schwierig. Die Söhne der Silpa haben recht, aber auch unser Jefta hier hat recht, und er gefällt mir." Er schaute nach dem leeren Steinsitz. „Schade, daß der Richter Gilead nicht da ist, um das zu entscheiden."

Silpa sah voll Verachtung auf den gackelnden Greis. Wie kläglich waren diese Bärtigen von Mizpeh, wie jämmerlich alle die Männer hier auf dem Platz, auch ihre Söhne. Gilead hatte wenigstens Kraft und Zorn gehabt, doch wäre auch er ruhmlos in die Höhle gegangen, hätte sie ihm nicht geholfen mit rechtem Rat. Immer waren es die israelischen Weiber gewesen, die den rechten Geist gehabt hatten in Zeiten der Härte. Israel hätte das Land nicht gewonnen ohne die Begeisterung der Mirjam und der Debora. Und werden diese Bärtigen endlich begreifen, daß man auf Silpa hören muß, nicht auf den frechen Fant, den Bastard?

Mittlerweile indes war einem der Bärtigen ein Einfall gekommen. Er flüsterte mit dem uralten Menasche, und dieser wandte sich an Abijam: „Hast du uns nichts zu sagen, Erzpriester Abijam? Hast du keine Botschaft von Jahwe?"

Silpa spürte einen bittern Geschmack im Munde. Es kränkte sie, daß die dummen Ältesten an ihr vorübergingen und den Priester befragten.

Der trat von der Stadtmauer weg in die Mitte vor die Ältesten. Klein, gestützt auf seinen Stab, stand er in der Sonne. Peinlich bewußt war er sich seiner Ratlosigkeit. Sie forderten eine Botschaft Jahwes, und mit Recht; denn er war der bestellte Bote des Gottes. Aber Jahwe schwieg.

Ingrimmig dachte er: Du wirst mir Rede stehen, Jahwe. Ich werde dich zwingen. Und mit seiner dunkeln Stimme, mit gemachter Entschiedenheit sagte er: „Wartet mit euerm Spruch, ihr Bärtigen. Ich werde die Zeichen Jahwes befragen."

6

Am folgenden Tag, in aller Frühe, machte sich Abijam daran, die Zeichen Jahwes zu befragen, die Urim und Tumim, die Täfelchen des Lichtes und der Vollkommenheit. Das war ein Unternehmen, das besondere Heiligung verlangte. Die Gehilfen hatten Quellwasser herbeigeschafft, damit wuschen sie Abijam vom Kopf bis zu den Füßen. Dann taten sie ihm das weiße Priesterlinnen an. Darüber legten sie den Efod, einen nur bis zu den Hüften reichenden, viereckigen Mantel aus schwerem, blauem Stoff mit einer Öffnung für den Kopf, an den Ecken besetzt mit den Urim und Tumim, den aus Edelstein geschnittenen Täfelchen, die den Hauch des Gottes übertrugen.

So angetan, löste der Priester die Schnüre der Vorhänge, die das Innere des Hauses umschlossen, raffte diese schweren, schwärzlichen Vorhänge zurück und trat ein in das Allerheiligste, in das Zelt, in welchem Jahwe die Israeliter auf ihren Wanderzügen begleitet hatte.

Das Zelt Jahwes enthielt nichts außer der Bundeslade und dem Steine Jahwes. Die Bundeslade stand an der rechten Seite; sie war ein einfacher Schrein, der die Zeugnisse des Bundes mit Jahwe enthielt, die Tafeln, in welche der Gott mit eigenem Finger die Worte der Verpflichtung und der Verheißung eingetragen hatte. Der Stein Jahwes, das Heiligtum der Heiligtümer, stand hoch und schwärzlich an der Rückwand des Zeltes; auf ihm thronte Jahwe, unsichtbar, wenn er weilte in Gilead.

Es war dämmerig innerhalb der schweren, säuerlich riechenden Vorhänge, kühl, ein wenig moderig. Der Priester spürte Beklemmung und Zweifel. Die Befragung Jahwes verlangte von dem Fragenden hohe Selbstzucht. Er mußte

Antwort und Entscheidung ganz und gar dem Gotte überlassen. Er, Abijam, hat oft und abermals überlegt, was mit Jefta geschehen solle, er hat verschiedene Wege gesehen und geprüft. Hat er solche menschlich frechen Wägungen und Überlegungen ausgetilgt aus seinem Kopf und aus seiner Brust? Hat er von sich abgetan jede Regung eigenen Willens und Vorwitzes? War er zur Genüge geheiligt? War sein Sinn blank wie frisch bereiteter Ton, daß Jahwe seine Entscheidung einritze? Er wartete voll Angst und Bedrückung. Wird der Gott kommen und zu ihm reden?

Er begann zu zittern. Er spürte es, wußte es: der Gott war vom Sinai gekommen und hatte sich niedergelassen, unsichtbar, hier auf seinem Sitz in Mizpeh. Der Priester schloß die Augen. Nun zitterte sein ganzer armseliger Leib, Schweiß brach ihm aus, in seinem Innern sah er das furchtbare Antlitz Jahwes, überaus streng und dennoch mild, mit den riesigen Feueraugen und dem Horn der Kraft und der Fülle, das mächtig aus der Stirn ragte.

Er fiel nieder auf sein Angesicht. Lag mit der Stirn zur Erde, damit nicht der Anblick des Unsichtbaren auf dem Stein ihn töte. Lag und fragte: „Willst du deinen Knecht begnaden und zu ihm reden?" Er umklammerte mit den dürren Händen die Urim und Tumim, um ihrer Heiligkeit teilhaftig zu werden. Wartete. Fühlte, wie ihre Macht in ihn einströmte. Hörte die stumme Antwort des Gottes: Hier bin ich.

Drei Fragen durfte er tun; so hatte er's gelernt von seinem Vorgänger, und dieser von dem seinen. Er mußte die Fragen klug stellen, der Gott antwortete nur ja oder nein. Er mußte die Fragen immer mehr einengen, wenn er auf die letzte eine klare Antwort haben wollte.

Er fragte: „Soll ich den Jefta, wie seine Brüder es verlangen, für verlustig erklären seines Erbes?" Er holte tief Atem, wartete. Der Unsichtbare sagte stumm: Das sollst du nicht.

Der Priester tat seine zweite Frage: „Soll ich also den rechten Söhnen Gileads, den Söhnen der Silpa, das Erbe von Machanajim absprechen?" Er wartete voll banger Spannung eine kurze Weile, ihm schien sie lang. Der Gott antwortete: Das sollst du nicht.

Abijam, nun die Entscheidung kam, lag schlaff und kläglich und fühlte schmerzhaft die Schwäche seines Körpers.

Er umklammerte die Urim und Tumim noch fester, ihre Kraft half ihm, durchfloß ihm Kopf und Brust. Der Gott rauschte in seinem Blut. Er tat seine letzte Frage, dieses Mal nicht mit den Lippen, sie versagten ihm, sondern mit dem Herzen: Soll ich den Jefta versuchen und prüfen, ob er die Greuel Ammons ausreißt aus seiner Brust und aus seinem Hause? Seine alten Finger zitterten so, daß sie die heiligen Täfelchen kaum mehr halten konnten, sein magerer Leib krampfte sich in reißender Spannung. Nichts war im Zelt als sein röchelnder Atem. Da endlich kam die Antwort des Gottes: Das sollst du.

Abijams Hände ließen die Täfelchen los. Er sackte vollends zusammen, sterbensmüde, bar aller Gedanken. Lange lag er so. Dann, mühsam, richtete er sich auf, hockte auf dem Boden, vornübergelehnt, schwankend, mit geschlossenen Augen. Überdachte Jahwes Antwort. Sie war weise und erhaben und solcher Art, daß menschliche Vernunft ihre Weisheit noch begriff.

Die Grenzen Israels waren undeutlich hier im Osten des Jordan, der Acker ging über in Weide, Heide, Steppe und schließlich in Tohu, in Wüste und Ödnis, und aus dieser Wüste drangen immer von neuem die Feinde ins Land, die Männer von Ammon und Moab. Sollte Gilead nicht aufgehen in den Völkern der Wüste, dann mußte es sich streng abschließen. Die Männer von Gilead aber widerstanden nicht den Weibern der Feinde, sie mischten sich mit ihnen und ließen ihre Götter in ihre Herzen. Auch Jeftas Herz war nicht frei von den Göttern Ammons. Deshalb war es nicht unbillig, wenn seine Brüder forderten, er solle hinuntergestoßen werden zu den Kleinen und Knechten. Andernteils aber hatte Jahwe diesen Jefta offenbar gesegnet, er hatte ihm Kraft verliehen und die Gabe, den Menschen zu gefallen, und deshalb wiederum war es unbillig, ihn zu verwerfen. Der Gott hatte den rechten Weg gewiesen: Jefta sollte versucht werden und geprüft.

Welch eine Bestätigung auch für ihn, Abijam, daß Jahwe ihm auftrug, den Jefta zu prüfen. In seiner Hand lag jetzt das Schicksal des Mannes und damit das Schicksal der Silpa-Söhne. Er jetzt, allein, hatte zu wägen und zu wählen, wer Richter sein sollte in Gilead.

Er erschrak. War es denkbar, daß ihm solcher Ehrgeiz die Fragen an den Gott gefügt hatte? Ängstlich genau erforschte er sich. Nein, nicht Vorwitz und Eigensucht hatte ihn geleitet, er hatte die Fragen aus der Tiefe gläubigen Unwissens geschöpft. Er hatte nicht den Gott und nicht sich selber betrogen.

Er öffnete die Augen, schielte unsicher nach dem großen, schwärzlichen Stein. Der Schauder, der ihn während der Befragung beklommen hatte, wich. Der Gott war nicht mehr da. Abijam atmete auf.

Er schickte nach Jefta, daß der sich einfinde im Zelte Jahwes.

7

Jefta kam. Er war von mittlerem Wuchs, doch vor dem schmächtigen Priester stand er groß, breit, den Raum füllend. Mit seiner rauhen Stimme sagte er, und es klang beinahe spaßhaft: „Nun, Herr Erzpriester, hat dein Jahwe gesprochen?"

Abijam ließ sich Zeit mit der Antwort. Er beschaute den jungen Mann. Der hatte von seinem Vater Gilead die fröhlich unbekümmerte Stärke und die geringe Sorge um den Glauben. Immerhin hätte der Vater niemals so dreiste Worte über die Lippen gebracht im Zelte Jahwes. Aber der Priester ließ keinen Verdruß in sich aufkommen. Er hatte nachgedacht über die Worte Jahwes. Wenn Jefta seinen Glauben giltig erweisen sollte, dann mußte Abijam ihm eine harte Forderung stellen; auch war es gut, wenn er ihm zeigte, daß Jahwe kein bequemer Gott war. Andernteils wünschte Jahwe kaum, daß Jefta versage; er hatte Wohlgefallen gefunden an dem jüngsten Sohne Gileads. Der Priester mußte ihn also mit geduldigen, behutsamen Worten kneten und locken.

„Ich war deinem Vater sehr zugetan", hub er an, „du warst sein Liebling, und ich selber schätze deinen Wert. Tätest du nur die Augen auf, Jefta, dann sähest du, daß ein Freund vor dir steht. Dein Anspruch ist undeutlich, aber wenn du zu dem Bunde Jahwes gehörst, dann werde ich dir beistehen im Namen des Gottes, und dein Recht wird eingemeißelt bleiben in den Grenzsteinen von Machanajim für alle Zeiten."

Jefta antwortete mißtrauisch: „,Wenn du zu dem Bunde Jahwes gehörst', sagst du. Bin ich nicht hineingeboren in den Bund? Bin ich nicht Gileads Sohn?"

Abijam antwortete vorsichtig, umständlich: „Ich kannte Lewana gut, schon als du noch nicht geboren warst, und verhüte Jahwe, daß ich den Mund auftäte gegen das Weib, das deines Vaters Lieblingsfrau war und deine Mutter. Aber als Priester Jahwes kann ich's nicht verschweigen: wie weit ihre Verbindung mit Jahwe ging, war undeutlich und blieb es bis zuletzt. Du sagtest gestern, dein Vater habe ihr die Haare abgeschnitten und sie neu gemacht, so daß sie aufgenommen werden konnte in den Bund. Ich widersprach dir nicht, weil du dich zu wehren hattest gegen unbillige Ankläger. Aber hier, wo nur Jahwe uns zuhört, muß ich dir's sagen: es war fraglich, ob deine Mutter aufgenommen werden durfte in den Bund. Dein Vater hatte sie erkannt und genossen, noch ehe der Krieg zu Ende war, so daß sie hätte gebannt und getötet werden müssen zu Jahwes Ehren. Nun war in jener Schlacht der Gott nicht gegenwärtig, die Bundeslade war fern, man mochte die Schlacht einen Kampf Gileads nennen, nicht Jahwes. Doch das ist eine nachsichtige Deutung, und wäre es nicht um deinen Vater gegangen, einen Gesegneten, dann hätte mir der Gott eine strengere Deutung befohlen. Es war denn auch so, daß Jahwe deine Mutter niemals zuließ in die rechte Gemeinschaft. Sie konnte ihr Herz nicht losreißen von den fremden Göttern, sie wollte sogar dir einen Namen geben nach einem ihrer Baale, und ich bewog deinen Vater nur mit Mühe, dir den Namen zu geben, den du nun trägst, den glückbringenden Namen: Jefta, Gott öffnet das Tor. Daß ich dir's nur gestehe", schloß der Priester bekümmert, „ich argwöhne sogar, daß bei deiner Geburt deine Mutter dein Haar und deine Vorhaut dem Gotte Milkom geopfert hat."

Jefta war zornig; kleine, grüne Lichter funkelten in seinen braunen Augen. Er sprang auf. „Du sagst, du wolltest meine Mutter nicht beschimpfen", antwortete er, „und du wählst auch deine Worte so, daß kein einzelnes ein Schimpf ist. Aber der Hauch und Sinn deiner Worte ist Schimpf." – „Laß dich nicht hinreißen vom Sturm deines Herzens", beschwichtigte Abijam. „Höre, Jefta, den ich meinen Freund heißen möchte, ich spüre es, ich habe dir den Namen ausgesucht in einer Stunde der Eingebung. Du bist zu Großem ausersehen, doch nur, wenn du in Wahrheit ein Glied des Bundes bist. Du mußt dich fester ketten, damit Jahwe sein Blut mit dir teile."

Jeftas lebendiges Gesicht zeigte Argwohn und Unmut. „Du machst viele Worte, Priester", entgegnete er, „das ist nicht gut. Sag klar und deutlich, was du von mir willst."

Abijam, klein auf seiner Matte sitzend, betrachtete mit seinen mächtigen, dringlichen Augen den andern, den jungen. Er war sich seiner eigenen, armseligen Körperlichkeit scharf bewußt, er beneidete und bewunderte die Kraft des Jefta, aber er genoß seine eigene bessere Erkenntnis und freute sich der Aufgabe, den andern auf den schmerzhaften Weg des Wissens und der Größe zu leiten. Gelassen redete er ihm zu: „Du bist klug und verstehst sehr wohl, was ich meine, wenn du's nur willst. Ein neuer Krieg Jahwes steht bevor, Jahwe braucht gute Männer, und du wärst ein rechter Führer seiner Heerscharen. Aber bevor der Stamm Gilead und sein Priester dir vertrauen, muß Sicherheit sein, daß auch nicht ein kleinstes Teil von dir einem der fremden Götter gehört."

„Sag endlich, was du willst", bestand Jefta.

„Schau in dich selber hinein", befahl streng Abijam. „Du sagtest gestern, du habest die Lügensteine Milkoms mitgebracht als Opfergabe für deinen Vater. Aber war das deine Absicht von Anfang an, als du dein Haus verließest? Hat nicht etwa dein Weib Ketura dir den Zauber mitgegeben, damit ihr Gott Milkom dich schütze? Und hast du nicht in einem Winkel deiner Brust an den Zauber geglaubt?" Er stand mühsam auf und trat nahe vor Jefta. Gestützt auf seinen Stock, klein und doch bedrohlich stand er vor ihm. „Willst du wirklich", fragte er, „hier im Zelte Jahwes behaupten, du habest die Götterbilder mitgebracht für deinen Vater? Und kannst du dir vorstellen, daß Jahwe in den Reihen seiner Adirim einen Mann haben will, der solchen Zauber in seinen Gürtel steckte?"

Jefta, betreten, weil der Priester so tief in seine Brust hineinsah, antwortete: „Ich gebe dir's zu, meine Frau Ketura liebt die Püppchen. Ich kann mir nicht denken, daß Jahwe die Spielereien einer Frau übelnimmt."

Nun aber zürnte Abijam. Seine Augen unter den dicken, zusammengewachsenen Brauen ließen den andern nicht los, er richtete den Stab gegen ihn und eiferte: „Spielereien! Deine Frau Ketura hat einen Bund mit dem Gott dieser Lügensteine!“ Und da Jefta vor der Heftigkeit seines Ausbruchs schwieg, fragte er herrisch weiter: „Oder sind diese Puppen die einzigen Zeichen des fremden Gottes, die deine Frau in deinem Hause verwahrt? Sprich keine Lüge aus im Zelte Jahwes! Wurden oder werden nicht fremde Götter verehrt in deinem Hause, Jefta, Sohn Gileads? Und glaubst du, daß Jahwe in dem Kriege, den er führen wird gegen den Gott Milkom, einen Mann segnen wird, in dessen Hause Milkom wohnt?“

Jefta, dumm und störrisch, erwiderte: „Es ist aber kein Krieg, und es braucht kein Krieg zu sein. Es braucht kein Hader zu sein zwischen uns und den Söhnen Ammons.“

Abijam sah bitter und mit Genugtuung, wie sich Jefta drehte und wand. Er griff härter zu und sprach: „Laß das Gerede, an das du selber nicht glaubst! Du kannst nicht einen Bund mit Jahwe haben und gleichzeitig mit seinem Feinde Milkom, du weißt es. Jahwe ist ein eifersüchtiger Gott. Er zertritt die fremden Götter“, und still, doch mit Bedeutung, schloß er: „... und diejenigen, die ihnen anhängen.“

Jefta hatte geahnt, was der Priester wollte; nun sah er's deutlich. Er wollte ihm sein Erbe lassen, aber dafür sollte er die Andenken seiner Mutter zu den Ratten und Fledermäusen werfen und sein liebes Weib vertreiben aus seinem Hause. Ein großer Zorn stieg in ihm hoch, er schickte sich an, dem unverschämten Priester derb über den Mund zu fahren.

Abijam sah den empörten jungen Menschen, das breite, massige Gesicht, dem die flache Nase etwas Löwenhaftes gab, die kaltfunkelnden, bösen Augen. Dieser Jefta gefiel ihm, und jetzt, da Gefahr war, daß er ihn endgültig verlor, wurde der Wunsch, ihn zu gewinnen, zur Leidenschaft. Welch ein Jammer, daß er seinen Gott und sich selber einem Schamgar verständlich machen konnte und nicht diesem. Wie gerne hätte er diesen zum Richter bestellt.

Er beschwor ihn: „Sei nicht zu schnell, bedenke deine

Antwort. Bedenke, was alles du von dir weisest, wenn du dich weigerst, die fremden Götter auszutreiben.“ Er zeigte nach dem Innern des Zeltes. „Dort in der Lade liegen die Tafeln, in welche Jahwe mit eigener Hand eingegraben hat die Verpflichtungen seines Bundes, aber auch seine Verheißungen. Es sind Zeichen da, daß der Gott Wohlgefallen an dir hat. Verzichte nicht darauf, dich zu bewähren. Der neue Krieg verspricht höchsten Lohn demjenigen, den Jahwe zu seinem Feldhauptmann macht. Er wird Feldhauptmann sein nicht nur über Gilead, sondern über alle Sippen und Stämme diesseits des Jordan: Re'uben und Gad, Machir und Abi'eser. Wenn einer, dann, Jefta, bist *du es*, dem es vergönnt sein wird, diese vielen Tausendschaften zu versammeln und zu führen.“

Jefta sog seine Worte innig und begehrlich ein.

Der Priester, leise und bedeutsam, fuhr fort: „Verweigere dich nicht deiner Größe, Jefta! Zerschneide das Band mit dem fremden Gott! Bewahre dich! Schaffe fort aus deinem Haus, was dem fremden Gott angehört: die Terafim und Zeichen und Bilder – und diejenigen, die sie verehren.“

Als aber der Priester seine Forderung so deutlich aussprach, zerriß der Zauber, in den wie ein sanfter Westwind seine Versprechungen den Jefta eingehüllt hatten. Er fuhr hoch. „Ich weigere mich . . .!“ setzte er heftig zu sprechen an. Doch ein zweites Mal, väterlich und entschieden, schnitt ihm Abijam die Rede ab. „Weigere dich noch nicht!“ befahl er. „Sprich nicht im Zorn! Denk und wäge, bevor du erwiderst!“

Jefta bezwang sich. Der Priester hatte recht. Er durfte es nicht machen wie sein Vater, er durfte nicht aus seinem Trieb heraus antworten. Er mußte folgerichtig denken. Er starrte vor sich hin, finster, gesammelt, mit engen Augen. Dachte.

Abijam hatte ihn vor die Wahl gestellt: Treibe deine Frau aus, und ich erhöhe dich über deine Brüder und mache dich groß in Gilead, in Israel. Oder aber behalte deine Frau und – ja, was und? Der schlaue Priester hatte ihn nicht bedroht. Er brauchte nicht zu drohen. Wenn er ihn nicht schützte, dann werden ihm die Ältesten sein Erbe absprechen, und die Silpa-Söhne werden ihn aus dem Hause jagen und ihn zum Knecht machen.

Abijam war nicht sein Feind, er meinte es ehrlich, er wird sein Versprechen halten, und er konnte es. Aber er wird auf seiner Forderung bestehen. Er stellte ihn vor die Wahl: Feldhauptmann – doch ohne Ketura. Mit Ketura – Knecht.

Jefta sah hoch. Sah den Priester. Der stand auf seinen Stock gestützt, schlaff vornübergeneigt, die erbärmliche Gestalt verbergend unter weiten Hüllen. Jefta begann zu lächeln, lang, dreist, zornig, verächtlich. Ein Mann, der einen so armen Leib hatte wie dieser, was konnte der wohl tun, wenn ihn die Adirim vor eine solche Wahl stellten? Der mußte verzichten. Ich aber bin Jefta. Mich hat Jahwe mit Kraft gesegnet, sogar dieser gibt es zu, und der Stiergott der Mutter hat mir die Kraft gemehrt. Ich verzichte nicht, nicht auf mein Haus und nicht auf meine liebe Frau.

Abijam las dem Gesicht des Jefta ab, wie er ihm entglitt. Er wurde sich seiner Einsamkeit schmerzlich bewußt. Er wollte diesen Jefta zum jüngern Freund haben, zum Sohn. Er sagte: „Übereile nichts, Jefta. Die Wahl ist schwer, auch ein kluger Mann braucht Zeit, sich zu entscheiden. Ich werde nicht zulassen, daß ein Spruch gefällt wird in den nächsten Wochen. Geh zurück in das Haus in Machanajim. Es soll dein Haus sein bis zum übernächsten Vollmond. Dann gib deine Antwort."

Jefta, mit kaum merkbarem Hohn, sagte: „Du bist sehr langmütig, Erzpriester Abijam." Er schickte sich an, das Zelt Jahwes zu verlassen.

Der Priester aber hielt ihn zurück. „Tritt näher, Jefta, mein Sohn, bevor du gehst", forderte er ihn auf. Er legte ihm die leichte, knochige Hand auf den Kopf, und die Stimme voll Sorge und Freundschaft, sagte er: „Möge Jahwe dich machen gleich Menasche und Efraim."

8

Noch am gleichen Tage verließ Jefta die Stadt Mizpeh und ritt nordwärts, nach Machanajim.

Unterwegs bedachte er wieder und wieder das Gespräch mit Abijam. Seine Vernunft bestätigte ihm sein erstes Gefühl; das machte ihn grimmig vergnügt. Nichts und niemand wird ihn dazu vermögen, seine Frau Ketura und sein Kind Ja'ala fortzuschicken.

Allein seine lebendige Einbildung ließ nicht ab, mit der Vorstellung zu spielen, was alles er erreichen könnte durch einen Bund mit dem klugen, mächtigen Priester. Sicher würde es diesem gelingen, ihn zum Feldhauptmann zu machen. Und sicher hätte er die Kraft, alle Wehrfähigen diesseits des Jordan in *ein* Heer zu versammeln. Der Vater war stolz gewesen, als er einmal acht Tausendschaften zusammengebracht hatte. Er, Jefta, traute sich zu, eine Macht aufzustellen von fünfzehn Tausendschaften. Dann sollen sie kommen, die Söhne Ammons, und die Moabs mit ihnen. Sie werden zahllos sein, und sie werden Pferde haben und eiserne Streitwagen, und im Rücken werden sie ihre feste Burg Rabat-Ammon haben, und seine Israeliter werden schlecht bewaffnet sein. Aber er vertraute seiner Kunst und Findigkeit, er wird die Feinde zerteilen und zerkleinern und zerbrechen und zermalmen.

Dummes Geträume. Der Priester wird nie einen Bund mit ihm schließen. Der Priester ließ sich nichts abhandeln. Der Priester wird ihn nie zum Feldhauptmann machen, wenn er nicht die Frau wegschickt.

Eigentlich war das merkwürdig. Er, Jefta, tat nicht anders als der Vater. Der war der Mutter draufgekommen, wie sie ihren Gott Milkom und die kleinen Terafim weiter verehrte, er hatte gelacht, ihr mit dem Finger gedroht und sie geneckt, und der Priester hatte ihn gewähren lassen. Von ihm, Jefta, verlangte er, daß er seine Frau verstoße. Grimm faßte ihn. Sie werden sich verrechnet haben, der Priester und die Söhne der Silpa.

So, voll von wechselnden Vorstellungen, Spürungen, Wägungen, wanderte Jefta nach dem Norden. War der Weg eben, dann ritt er auf seiner Eselin, ging es aufwärts, dann schritt er neben ihr her. Sein Gesicht zeigte, was er dachte; häufig war es wild und zuversichtlich, mehrmals bitter schalkhaft. Dann und wann sprach er mit sich selber. Zuweilen lachte er laut heraus, schallend, bald böse, bald voll fröhlicher Rauheit, und die hellhäutige Eselin stimmte ein und schrie.

Oft sann er darüber nach, was nun werden sollte. Er

wußte genau, was er nicht tun wird; aber was er tun sollte, wußte er nicht.

So wanderte er über Höhen und durch Täler, überquerte den in tiefer Schlucht sich windenden blaugrünen Fluß Jabok und gelangte in das nördliche Gilead, wo Söhne dieses Stammes zusammen wohnten mit Söhnen von Gad und Menasche.

Kam nach Bamat-Ela, auf „Die Höhe der Terebinthe". Von hier aus hatte er weiten Blick. Dort unter ihm, das war bereits der Bezirk von Machanajim. Die Hürden dort rechts gehörten ihm und dort die Äcker, und wenn er auch das Weißglänzende am Rande des Himmels nicht erkennen konnte, in seiner Vorstellung erkannte er's: es war Machanajim und sein Haus.

Er rastete unter der Terebinthe, die der Höhe den Namen gab. Er liebte die Stätte, er war oft hier. Der Baum war alt, nicht hoch, doch mächtig, gewaltig, verzweigt, so recht ein Ez Ra'anan, einer jener grünen Bäume, wie Götter sie zu ihrem Wohnsitz wählten. Auch dieser Baum war heilig, bewohnt von dem Baal der Gegend, der Gewalt hatte, Fruchtbarkeit zu verleihen und zu versagen. Es stand auch ein Felsblock unter dem Baum, auf dem man dem Gott Opfer und Gaben darbringen konnte. Manche sagten, jetzt sei der Baum dem Jahwe heilig; eifernde Anhänger Jahwes aber hatten Jefta aufgefordert, ihn zu fällen, es sei ein verdächtiger Baum, er gehöre einem fremden Gott. Doch Jefta hatte sich widersetzt; der Baum war vielen seiner Leute, und vor allem war er Ketura teuer. Er lächelte böse. Wenn er sich dem Abijam fügte, dann würde er wohl auch darein willigen müssen, den Baum zu fällen. Er schaute hinauf in das dichte Laub der Terebinthe, er grüßte den Gott, der dort wohnte.

Er ritt den Hügel hinunter. Eine gute Stunde vor der Stadt begann das Gebiet, das Gilead ihm und der Mutter geschenkt hatte. Schmal und hoch ragten die Grenzsteine, sie hatten die Form des männlichen Gliedes, sie waren zugeeignet dem Baal Machanajim, einem mächtigen Gotte der Fruchtbarkeit. Die Steine waren uralt, es waren auf ihnen die Namen vieler Männer eingeritzt gewesen, denen diese Äcker gehört hatten, sie waren ausgelöscht, und es waren neue an ihre Stelle gesetzt worden. Nun trugen sie seinen, Jeftas, Namen. Er strich mit dem Finger über die Zeichen, Keile, Dreiecke, waagrecht und auf die Spitze gestellt, wirr durcheinander, die besagten, daß diese Äcker ihm gehörten. Jetzt also, wenn der zweite Neumond kommt, werden seine Zeichen ausgetilgt werden, und an ihrer Statt werden die Steine die Zeichen der Silpa-Söhne tragen.

Jefta atmete hart. Er wird es ihnen zeigen, daß zuletzt doch der Wille des Vaters gilt, und der tote Gilead hat diese Flur ihm gegeben, nicht den andern.

9

Der Weg nach Machanajim stieg sanft an. Jefta hätte reiten können, doch er sprang ab, so kam er schneller voran. Die lange Reise hinduch hatte er keine Eile gehabt, jetzt drängte es ihn nach Hause.

Wer aber kam ihm da entgegen, unerwartet und zum glücklichen Zeichen? Sie waren es, Ketura und das Kind, groß schritten sie daher im Licht der niedergehenden Sonne. Nun sahen auch sie ihn, sie liefen, sie erreichten einander. Er küßte sie, und es war ein Kuß des Verlangens, wie er nicht statthaft war im Freien vor den Augen anderer. Und er küßte das Kind, sein Mädchen, seine Tochter Ja'ala. Sie schaute ihn an, verliebt, ehrfürchtig, glücklich, begeistert. Strich ihm über Kinn und Wangen, wo der abgeschorene Bart nachzuwachsen begann. Rieb ihr Gesicht an den Stoppeln und lachte fröhlich lautlos, da die Stoppeln ihr die Haut ritzten und kitzelten. Und dann entstand ein Streit, wen Jefta nun auf die hellfarbige Eselin heben sollte, die Frau oder das Kind; beide drängten, daß es die andere sein solle, doch er entschied sich für Ketura, die Frau. Mit der einen Hand lenkte er das Tier, mit der andern führte er das Kind, und wenn der Weg zu schmal wurde, lief wohl Ja'ala voraus.

Ketura hätte gerne gewußt, was sich in Mizpeh ereignet hatte, aber sie bezähmte sich, wie es sich schickte, fragte ihn nur nach seinem Ergehen und erzählte ihm von den kleinen Dingen des Hauses und der Stadt. Er beschaute sie, wie sie dünn, braun und lieblich auf dem Reittier saß. Diese sollte er wegschicken! Diese sollte nicht Gnade gefunden haben vor den Augen Jahwes! Und plötzlich, und ohne ihr den Grund zu sagen, lachte er laut und fröhlich auf.

Sie kamen in die Stadt, ins Haus. Seine Schwester Kasja und ihr Mann Par begrüßten ihn, Freude überm ganzen Gesicht. Die Frauen wuschen Jefta die Füße. Es war Abend, die Knechte kamen zurück von der Arbeit, sie begrüßten den Herrn, voll Achtung, doch nicht unterwürfig, manche mit Späßen. Gilead hatte gerne gescherzt, Lewana war lustigen Gemütes gewesen, das Haus in Machanajim war immer voll von Geschwatz und Gelächter.

Man setzte sich zum Essen. Zuerst aßen die Männer, sie hockten auf Matten um den niedrigen Tisch. Die Frauen bedienten sie. Viel munteres Gespräch war. Alle waren neugierig, doch keiner so dreist, den Jefta zu befragen.

Doch. Einer war es: der alte Tola, ein wackeliger, schlohweißer Mann; er war aus Babel, dem großen Nordreich, er war Beuteknecht gewesen, Gilead hatte ihn vor langer Zeit freigelassen, und Jefta hielt ihn trotz seiner Jahre und seiner Gebrechlichkeit als den Ersten unter dem Gesinde. Der alte Tola also mummelte vielerlei, er zeigte durch Gebärden, daß er was zu sagen habe, tat schließlich den Mund auf und fragte geradezu: „Hat dich dein Bruder Jelek, der Habgierige, der Fuchs, freundlich begrinst, wie das seine Art ist? Wir hatten da ein gutes Wort: Wenn dich so ein Jelek küßt, dann zähl deine Zähne nach.“ Jefta ging auf seine Rede nicht ein, doch Tola ließ nicht ab und fuhr fort: „Ich hoffe, du hast es denen in Mizpeh gegeben, unser Herr Jefta. Du bist jung, aber auch eine junge Brennessel brennt.“ Der Alte liebte es, Sprichwörter zu gebrauchen, häufig längst verschollene.

Nachdem die Männer gegessen hatten, hockten sich die Frauen zum Mahl. Die Männer aber gingen vors Haus und setzten sich in der einfallenden Nacht um den Brunnen zu einem guten Männergespräch. Jefta indes sprach auch jetzt nicht von dem, was sich in Mizpeh ereignet hatte.

Erst am andern Tag, als er mit Ketura allein war, erzählte er. Sie gingen übers Feld, er hielt ihre Hand, später faßte er sie um die Schulter. Er trachtete, genau wiederzugeben, was sich ereignet hatte, und war beansprucht von der

Mühe, das rechte Wort zu finden. Gleichzeitig indes nahm er mit allen Sinnen wahr die Nähe der Frau, die Sanftheit ihrer braunen Haut, die Kraft ihres zierlichen Ganges. Als er am Ende war, löste sie sich von ihm, trat ihm gegenüber, schaute ihm voll ins Gesicht, ihr langer, geschwungener Mund lachte, und spielerisch fast, als sei das Ganze ein Scherz, fragte sie: „Und was wirst du tun? Wirst du mich wegschicken?"

Sie stand ihm gegenüber, nicht groß, straff, anmutig von Wuchs, er liebte sie, alles an ihr, am meisten die grauen Augen. „Dich wegschicken! Mich meiner besten Kraft berauben!" antwortete er, und auch er lachte. „Das könnte ihm so passen, diesem Priester!"

Sie gingen weiter, der Weg wurde schmaler, er ließ sie vorangehen, er freute sich, wie sicher und leichtfüßig sie ging. Sie schaute über die Schulter auf ihn zurück und meinte mit ihrer dunkeln Stimme, neckend und nachdenklich: „Er muß dich sehr wertschätzen, sonst verspräche er nicht soviel. Richter in Israel, Schofet Godol, war wohl keiner mehr seit dem Richter Gideon. Du wärest der Fünfte dieses Ranges." – „Ganz stimmt das nicht", antwortete Jefta, scherzend auch er. „Du hast meinen Vater vergessen, freilich war sein Titel umstritten. Und als Debora Richterin war, trug Barak den Titel mit ihr, und auch den Ja'ir sollten wir mitzählen, obzwar er kein großer Richter war. Siehst du, ich wäre erst der Achte." – „Ich merke, du hast darüber nachgedacht", entgegnete, immer scherzend, Ketura.

Der Weg wurde wieder breiter, sie konnten nebeneinander gehen, doch nur sehr dicht aneinander. Ketura sagte: „Es ist mir leid um die Amulette deiner Mutter, aber ich gönne sie dem Richter Gilead in seiner Höhle. Ich glaube auch nicht, daß Jahwe dir zürnt, weil du sie mitgenommen hast und weil du meine eigenen Terafim in unserm Hause duldest. Zeichen seines Zornes hat der Gott jedenfalls nie gegeben. Es steht gut um Machanajim, scheint mir. Der Weizen gedeiht, das Öl trieft aus der Presse, die Herden mehren sich, die Gäste kommen zahlreich zur Schafschur, sie sind fröhlich und sind uns freund. Und deine Tochter Ja'ala ist wohlgeraten; es wird nicht schwer sein, sie einem Manne von guter Art und reichem Besitz zu vermählen."

Ein kleiner Schatten wölkte Jeftas Miene. Ketura hatte ihm keinen Sohn geboren, aber er liebte die Tochter nicht minder, als er den besten Sohn hätte lieben können. Trotzdem war es nicht gut, daran zu denken, daß ihm der Sohn versagt war; vielleicht war dies der Zorn Jahwes, an den der Priester ihn gemahnt hatte. Dabei hatte doch Jefta, als er Ketura das erstemal sichtete, so streng und genau darauf geachtet, Jahwes Gebot zu halten. Deutlich noch spürte er den Schmerz und die Lust, die er damals gespürt hatte. Das Gefecht war kaum zu Ende gewesen, das Herz rauchte ihm noch von Kampfgier, als sie bei der Verfolgung des Feindes herfielen über die Zelte. Und es liefen die Weiber und Kinder, und sehr schnellfüßig lief diese. Er aber packte sie, die Hitze seines Blutes drängte ihn, es verlangte ihn mit Macht, sie hinter den ersten Busch zu zerren, ihr das Kleid durchzureißen, an ihr zu tun nach seiner Lust. Da aber sah er aus ihrem braunen, fleischlosen Gesicht die Augen wild und riesig auf sich gerichtet, voll von Haß, von mehr als Haß, und mitten hinein in seine Gier schlug ein noch heftigeres Verlangen: Ich will sie ganz haben, diese Hassende, ich will mehr haben als ihre Scham, ich will sie „erkennen“ ganz und gar, ich will sie haben mit ihrem fremden Gott und mit ihrem Haß, ich will sie brechen. Und während er so brannte und wütete, überlegte es in ihm kalt und schneidend: Wenn ich sie jetzt nehme, sogleich, dann gehört sie dem Blutbanne Jahwes und wird dem Gott erschlagen und geopfert mit den andern Gefangenen. Und aus diesen wilden Wägungen und Spürungen war jäh und kraftvoll der Entschluß gesprungen: Ich bringe sie zurück, wie sie ist, ins Lager, als Jungfrau, dann gehört sie mir nach dem Mischpat, nach dem Brauch und Recht des Stammes und Jahwes, und dann nehm ich mir ihr Alles. Und genauso war es gewesen, und da war sie nun, und er hatte ihr Alles, und es war sehr gut, und er hatte Jahwe nicht gekränkt. Warum also blieb ihm der Sohn versagt? Und zürnte ihm vielleicht trotzdem der unberechenbare Gott?

Als hätte sie seine Gedanken erraten, forderte sie ihn mit spielerischem Ernst heraus. „Wenn du's recht bedenkst“, sagte sie, „dann ist es sehr vieles, was der Priester dir verspricht, und dein Herz begehrt danach. Vielleicht solltest du mich doch wegschicken, mein Jefta, mich und das Mädchen Ja'ala." Jefta bat: „Du solltest so nicht scherzen, Ketura." Ketura sagte: „Aber was willst du tun? Was wird werden, wenn du mich behältst?" Jefta, harten Gesichtes, erwiderte: „Das will ich dir sagen. Mit dem zweiten Neumond werden sie kommen im Namen Jahwes und der Bärtigen und uns austreiben aus unserm Hause. Und sie werden in die Grenzsteine die Namen der Silpa-Söhne einritzen. Und wenn sie großmütig sind, dann werden sie mir ein oder zwei Hürden anvertrauen, und ich werde Richter sein über dreihundert Schafe. Und Jelek wird mir drei Schekel Lohnes zahlen für das Jahr, und wenn er guter Laune ist, vielleicht auch dir einen Schekel."

Ketura, nachdenklich, beinahe heiter, sagte: „Ich kann mir dich nicht vorstellen unter den Knechten des Jelek." Und kindlich stolz auf ihre Menschenkenntnis fügte sie hinzu: „Ich weiß, was du tun wirst." – „Was werde ich denn tun?" fragte Jefta. „Sag es mir, Ketura, meine Kluge."

Ketura, langsam, vor ihm herschreitend, sagte, und das Maß ihrer Rede begleitete das Maß ihrer Schritte: „Schön sind die weißen Häuser von Machanajim, angenehm ist es, vom Dach unseres Hauses und von den Wachtürmen der Hürden auszuschauen über das Land. Lieblich ist das wehende Getreide und der Anblick der Ölfrucht inmitten ihres Laubes. Aber schön auch sind die braunschwarzen Zelte der Wanderhirten, schön ist die Furcht und die Freude vor dem undeutlichen nächsten Tag, die Hoffnung auf die Wasser und die Palmen der Oase und die Furcht vor dem dürren Sand, und beglückend ist es, den weiten, leeren Himmel über sich zu haben und um sich die grenzenlose Steppe." Unvermutet blieb sie stehen, ihre Augen wurden weit und wild, sie hob beide Arme in den Himmel hinein und stieß einen lauten, hohen Schrei aus.

Jefta schaute und hörte. Ihr Schrei kam aus seiner Brust.

Es war ihm mancherlei vorgeschwebt, was er tun könnte. Er hatte etwa daran gedacht, herumzuziehen im nördlichen Gilead und Freunde aufzurufen gegen die Unbill und Gewalt, die ihm geschehen war. Aber alles das war nebelhaftes Planen gewesen. Jetzt mit einemmal war ihm klar: es gab nur *eines*. Er wird mit der Frau und dem Kind hinausgehen in die Wildnis und dort warten auf die rechte Gelegenheit.

Der Priester hatte ihn vor die Wahl gestellt zwischen Macht und Knechtschaft. Er hatte nicht bedacht, daß ein Jefta ein Drittes wählen konnte: die Wildnis.

Sein ganzes Leben hatte Jefta verbracht innerhalb fester, schützender Wände. Aber wie oft hatte er sich herausgesehnt aus der behüteten Enge. Er wollte nicht länger Tag um Tag an die Grenzsteine eines Nachbarn stoßen und sich scheren müssen um Gesetz und Verbot. Er wollte tun, was recht war in seinen Augen, und nichts sonst. Er freute sich darauf, in der Weite zu leben, im Grenzenlosen, in der Steppe.

Weil Ketura die Ungebundenheit der Steppe war, deshalb wollte Abijam ihn von ihr trennen. Der Priester wollte ihn halten in enger Nähe jener Tafeln, in welchen die Vorschriften des Bundes mit Jahwe eingeritzt standen.

Ketura hatte keine hohen Worte gebraucht wie der Priester. Sie hatte von Haus und Acker gesprochen, von Wanderzelt, Wasser und Steppe. Trotzdem war es dem Jefta, als stehe er vor einer Seherin. Sie hatte ihm das Rechte gekündet.

10

Jefta kannte genau die Gefahren, denen er entgegenging.

Ketura, wenn sie von dem Leben in der Wüste sprach, dachte an die Wanderzüge ihres Stammes. Wer mit einem solchen Stamm zog, hatte guten Schutz. Alle, die dem Stamm angehörten, waren ein Einziges, das Unrecht, das einem von ihnen geschah, war allen angetan, sie übten gemeinsame Vergeltung, Schlag um Schlag, Wunde um Wunde, und der Gedanke daran schreckte den Angreifer. Er indes, Jefta, konnte sich keinem solchen wandernden Ammoniterstamm anschließen, er konnte nicht den eigenen Gott aufgeben. Er wird also mit Ketura und dem Kind in der Wüste allein sein, nackt, schutzlos; keiner wird da sein, zu helfen oder zu rächen. Auch war ihnen das Midbar verschlossen, die Steppe, das Grasland, in dem die Wanderstämme zu ziehen liebten; ihnen blieb nur das Tohu, die Öde, die Wildnis.

Auch dort gab es Menschen. Es waren das Geächtete, Flüchtlinge. Einige sogar trieben sich freiwillig in der Wildnis um. Denn wenn auch die Seßhaften die Wanderstämme verspotteten und ihnen Namen gaben wie „die Hastigen, die Hüpfenden, die Heuschrecken", so scheuerten und zerrten trotzdem an vielen die engen Vorschriften und Verbote, und man hörte immer wieder von solchen, die hinausgezogen waren ins Tohu.

Anaschim Rekim, Freibeuter, Leere, Verlorene Leute wurden diese Männer genannt, sie waren verachtet und gefürchtet, und einer von ihnen wird Jefta fortan sein. Sogleich entwarf seine schnelle Phantasie Pläne für das neue Leben. Er verstand es, Menschen zu gewinnen, man hörte ihm gerne zu, vielleicht konnte er welche von den Leeren Leuten bewegen, sich zusammenzutun. Eine Schar, geführt von einem findigen Manne, hatte wohl bessere Aussichten als der einzelne, sich durchzufechten. Jefta lächelte böse. Hatte nicht der Priester aus ihm einen Führer machen wollen? Er wird aus den Leeren Leuten einen Heerhaufen bilden, eine neue Sippe, einen neuen Stamm.

Es war von jeher eine gute Verbundenheit gewesen zwischen Jefta und seiner Schwester; er pflegte offen und vertraulich mit ihr zu reden und fragte sie oft um Rat. Auch mit ihrem Manne Par war er von früher Jugend an eng befreundet. Par stammte aus einer der angesehensten Sippen Gileads und hatte seine Tüchtigkeit in Krieg und Frieden erwiesen. Er war zwei Jahre älter als Jefta und ruhig und besonnen von Wesen. Trotzdem hatte er sich niemals, wie andere, über die zuweilen seltsamen Einfälle Jeftas lustig gemacht, vielmehr hatte der schnelle, beschwingte Jefta mit seinen krausen, kühnen Eingebungen den gelassenen Par von Kindheit auf angezogen, er anerkannte neidlos die Überlegenheit des Jüngern und hielt ihm verlässige Freundschaft.

Diesen beiden als ersten, seiner Schwester Kasja und ihrem Manne Par, erklärte Jefta in dürren, bündigen Worten seinen Entschluß, Machanajim und das Land Gilead noch vor der gestellten Frist zu verlassen.

Der kräftige, etwas untersetzte Par stützte den runden Kopf in die Hände; er brauchte Zeit, die Mitteilung zu überdenken. Kasja, nach einer Weile, fragte vorsichtig: „Und wohin willst du gehen, Jefta? Wirst du in die Zelte der Ammoniter gehen zum Stamme Keturas?" Jefta schaute sie groß an, verwundert. Par indes, als wäre Jefta gar nicht da, wies seine Frau zurecht: „Aber Kasja, was sagst du da! Soll er dem Milkom opfern?" Kasja, und sie stieß die breite Stirn vor wie der Bruder, rechtfertigte sich: „Man darf doch fragen. Schließlich hat ihm der Stamm Gilead einiges Unrecht angetan."

Sie saßen am Brunnenrand, dachten nach. Jefta wartete auf ein Wort des Par. Der, auf seine bedächtige und entschiedene Art und immer über Jefta hinweg, erklärte endlich seiner Frau: „Den Silpa-Söhnen den Knecht zu machen, dazu taugt Jefta nicht. Es bleibt ihm nichts anderes, als in die Wildnis zu gehen, zu den Leeren Leuten."

Jefta wurde hell übers ganze Gesicht. Daß der gelassene, vernünftige Par zu dem gleichen Schluß kam wie er selber, war ihm hohe Genugtuung.

Par mittlerweile überlegte weiter. „Höre, Kasja", sagte er. „Wenn der Krieg mit Ammon kommt, dann werden sie wohl auch von mir verlangen, daß ich dich fortschicke, weil du die ammonitische Mutter hast." Er schaute ihr mit den gescheiten, braunen Augen voll ins Gesicht, er sah, daß sie das gleiche erwog wie er, sie lachten sich an, er wandte sich an Jefta: „Ich sag dir was, Jefta, wir gehen zusammen."

Nun war Par der rechtbürtige Sohn eines großen Geschlechtes, Kasja eine Tochter des Richters Gilead und eine treue Anhängerin Jahwes, und niemals werden die in Mizpeh ihn bedrohen. Wenn sich Par also erbot, mit Jefta zu gehen, dann tat er's aus reiner Freundschaft. Dem Jefta weitete sich die Brust. Er umfaßte die Schultern der beiden, und mit seiner warmen, etwas rauhen Stimme sagte er: „Ihr wollt wirklich mit mir gehen? Und was soll aus den Kindern werden?" Dieses Mal erwiderte Kasja. „Die nehmen wir natürlich mit", sagte sie. „Du wirst doch auch Ja'ala nicht zurücklassen."

Par erwog: „Wir werden also in der Wildnis zwei Männer, zwei Weiber und vier Kinder sein", und er schaute Jefta fragend an. Der, vergnügt, daß Par auch hierin so dachte wie er, antwortete: „Du hast recht, das sind zu wenige und zu viele." Und listig fuhr er fort: „Wir wollen es nicht eben hinausschreien, daß wir in die Wildnis ziehen, aber geheimhalten wollen wir es auch nicht." – „Ja", meinte Par schmunzelnd, „es sitzt so mancher in Stadt und Flur, der sich nicht freut, wenn er nun Knecht der Silpa-Söhne sein soll." Und Kasja, auch sie mit heitern Augen, sah voraus: „Viele werden sagen: Lieber mit Jefta in der Wildnis als unter Silpa am warmen Herd in Machanajim."

Sie legten es also darauf an, die Vorbereitungen ihres Auszuges umständlich und sehr augenscheinlich zu treffen. Es kam, wie sie es erwarteten. Der Wandertrieb der Väter saß den Gileaditern noch immer im Blut, die Kunde, daß jetzt sogar der Lieblingssohn des toten Richters in die Hauslosigkeit gehen werde, rüttelte die jungen Männer mächtig auf, und viele kamen und immer mehr und wollten sich dem Jefta anschließen.

Die Hausväter, die Bärtigen, wurden nachdenklich. Sie gingen zu Jefta und sagten: „Es bekümmert uns, daß du uns verlassen willst. Bezähme doch dein unruhiges Herz und bleibe bei uns, lieber Freund Jefta, Sohn des Gilead. Gedulde dich, laß uns eine kurze Zeit, und es wird geschehen, daß du am Tor sitzest und Gericht hältst in Machanajim." Er aber erwiderte: „Nicht ich bin es, der euch verläßt; es sind die Söhne der Silpa, die mich vertreiben. Und wenn einer es erreichen kann, daß ich Gericht halte in Machanajim, dann, liebe Väter und Freunde, bin ich es selber."

Diejenigen, die mit ihm gehen wollten, prüfte er lange. Er redete ihnen nicht zu; vielmehr stellte er ihnen vor, wie hart und gefährlich das Leben in der Wildnis sein werde, und er nahm nur solche an, die er für rüstig und zuverlässig hielt und deren Gesicht ihm gefiel.

Der alte Tola, der Erste Knecht, bestand darauf, mitzukommen. „Du schaffst es nicht, mein Alter, mein Vater", warnte ihn Jefta. „Bleibe du, ich bitte dich, in der Sonne und am Feuer sitzen und wärme deine Glieder. Ich werde den Ältesten von Machanajim auf die Seele binden, daß sie dir kein Unrecht geschehen lassen." Allein Tola, gekränkt und unglücklich, sagte: „Das ist nicht schön von dir, Jefta, mein Sohn und Herr, daß du das Alter nicht ehrst. Ich weiß, ich bin etwas wackelig, aber ‚ein erfahrener Sinn ist gleich einem dritten Fuß'", führte er ein verschollenes Sprichwort an. Jefta brachte es nicht über sich, den Greis der Willkür der Silpa-Söhne auszusetzen, und erklärte sich bereit, ihn mitzunehmen.

Nun aber mußte er sich entschließen, wohin er gehen sollte. Sollte er sich nach dem Norden wenden, wo es viel unzugängliches Bergland gab? Oder nach dem Westen, wo sich weithin magere Wüste dehnte, so dürr, daß die Wanderstämme sie verschmähten?

Als Jefta zehn Jahre alt war, hatte ein gewisser Re'uben, ein junger, flinker Mensch, den alle gern hatten, einen andern im Streit erschlagen. Der andere war ein widerwärtiger Bursch gewesen, er hatte zudem den Streit angefangen und den Re'uben lang und übel herausgefordert. Aber der Richter Gilead mußte wohl – so verlangte es das Mischpat, das Recht des Stammes – den Re'uben der Sippe des Erschlagenen ausliefern, daß sie ihn steinige. In der Nacht indes war Re'uben entflohen. Ins Land Tob, wie sich später herausstellte. Gilead meinte, da habe sich der Re'uben eine gute Zuflucht ausgesucht; im Lande Tob sei er sicher. Seither hatte Jefta seine Träume von Freiheit und Unabhängigkeit in diesem Lande Tob angesiedelt.

Bevor er aber einen endgültigen Entschluß faßte, besprach er sich mit Par und mit andern Männern von Urteil. Das Land Tob lag dort, wo der Bezirk des Stammes Menasche undeutlich grenzte an die Königreiche Baschan und Zoba, im Norden. Es war ein wildes Land, berüchtigt wegen seiner harten Winter, kein Stammesfürst erhob Anspruch darauf, niemand maßte sich dort ein Richteramt an. Im Lande Tob war Freiheit. Es war die rechte Welt für Jefta und die Seinen.

Als es sich umsprach, daß sie dieses rauhe Land zum Ziel gewählt hatten, wurde den Zurückbleibenden voll bewußt, in was für ein Schlimmes, Ungewisses ihre Verwandten und Freunde zogen, und auch diejenigen, die freudig festen Willens waren, dem Jefta ins Unbegrenzte zu folgen, verspürten ein Brennen in der Brust. Sie sehnten sich nach dem Neuen, aber eigentlich jetzt erst merkten sie, was an dem Lande Gilead gut war. Fast alle gingen sie hinauf nach Bamat-Ela, auf die Höhe der heiligen Terebinthe, um dem Baal, der in ihr wohnte, dem Gott und Herrn des Bezirks, ein letztes Mal ihre Ehrfurcht zu bezeigen. Sie fühlten sich schuldig vor dem Gott des festwurzelnden Baumes, fühlten sich als Deserteure, erflehten seine Verzeihung. Aber weil sie zu dem Baal der Höhe gegangen waren, fühlten sie sich auch schuldig vor Jahwe, auf dessen Hilfe sie in Zukunft mehr angewiesen sein würden als je vorher, und sie brachten auch ihm Opfer.

Jefta fühlte wie seine Männer. Aber so deutlich ihm war, daß jetzt ein völlig Neues begann, ihm war das alte Leben nicht zu Ende. Der Zorn gegen die Stiefmutter und die Brüder wird weiter brennen, auch in der Wildnis, und ein Tag wird sein, da wird er sie den bittern Becher der Demütigung austrinken machen bis zum Rest. Er hatte auch sonst noch allerhand zu tun in Gilead. Er wird zurückkehren.

Auf keinen Fall wird er das Band zerreißen, das zwischen ihm war und den Männern von Machanajim. Sie hatten ihm nichts getan, sie achteten ihn, sie waren ihm freund und sollten ihm freund bleiben.

Er rüstete ein Bundesfest, ein Mahl, an welchem Jahwe in seiner Eigenschaft als El-Berith, der Gott des Bundes und der Verbrüderung, teilnehmen sollte. Ein einjähriges Kalb wurde dem Gotte geschlachtet, der Kadaver in Stücke geschnitten; die zurückbleibenden Hausväter und die Führer der zwölf Siebenschaften, in welche Jefta seine Schar geteilt hatte, gingen zwischen den Stücken hindurch und schworen, sie selber sollten zerschnitten werden wie das Tier, wenn sie einander die Treue brächen.

Es ging hoch her bei diesem Fest. Kaum je hatte es in der Gegend von Machanajim eine Feier gegeben, Hochzeit, Trauermahl oder Schafschur, bei der gegessen und getrunken worden wäre wie bei diesem großen Bundes- und Abschiedsfest der „Unsteten". Zwanzig „Enten" Feinmehl, viermal das übliche Maß, waren zu Kuchen verbacken worden, außer dem einjährigen Kalb wurde ein gemästetes Rind geschlachtet und unzählige Hammel und Schafe. Von denen, die mit Jefta auszogen, bekam ein jeder Lendenstück und Fettschwanz eines Hammels vorgesetzt, dazu zwei Becher Weines und zuletzt einen Becher Scheker.

Am Tage nach diesem Mahl, in aller Frühe, verließ Jefta

die Stadt Machanajim. Auf Drängen des alten Tola hatten Kundige ins Stadttor eine Inschrift eingegraben und mit roter Farbe bestrichen. Nur wenige konnten sie lesen, aber alle wußten, was sie bedeutete: „Gesegnet sei dein Ausgang, gesegnet deine Rückkehr." Begleitet von diesem Wunsche, zog Jefta in die Wildnis.

Er und Ketura ritten auf hellfarbigen Eselinnen. Sein Kinnbart stieß vor in die helle Luft, Keturas Haar wehte im leichten Wind. Das Mädchen Ja'ala saß auf einem älteren, gutgezogenen Reittier. Die Siebenschaften waren wohlbewaffnet, zwei Herden begleiteten den Zug, zwölf schwerbepackte Esel trugen das Gut der Ausziehenden.

Nein, das war wirklich nicht die Flucht eines Mannes, der aus seinem Stande verstoßen war, es war der Auszug eines Führers in ein großes Unternehmen.

Zweites Kapitel

1

Das Land Tob mit seinen dichten Eichenwäldern, Berghängen, Schluchten und wilden Gießbächen gab Jefta und seiner Schar Sicherheit. Aber es war ein strenges Land, und im Winter wurde es grausam. Drei Frauen und zwei Männer kamen um. Ein großer Teil des Viehs ging verloren.

Einige aus Jeftas Schar stahlen sich fort nach milderen Ländern. Doch die meisten ertrugen grimmig und klaglos Frost, Hunger, Entbehrung. Auch die wenigen Weiber und Kinder bewährten sich. Sie kletterten sicheren Fußes auf regenschlüpfrigem Stein und wanden sich auf glitschigem Grund durchs Gestrüpp. Sie zeigten keine Angst vor dem wilden Getier der Ödnis. Als Ketura einmal ein verlorenes Lamm zurückholen wollte, wurde sie von einem Wolf übel zugerichtet. Zwei Wochen lang litt sie arge Schmerzen. Die heilkundige Kasja pflegte sie, träufelte Balsam von Gilead, Saft der kräftigen Kräuter gemischt mit Öl, auf ihre Wunden, verband sie. Es blieben tiefe Narben an der Schulter und am Schenkel. Ketura hielt das Blut, das sie hatte vergießen müssen, für ein Opfer; fortan, wenn sie die Narben betrachtete, war sie stolz und fühlte sich sicher in der Hut ihrer Götter.

Frühling kam und offenbarte die ganze Schönheit des Landes. Grüne und blaue Wasser rieselten und rauschten die Hänge herunter, kräftige Winde brachten belebenden Geruch, vom Norden her glänzte gewaltig der beschneite Gipfel des Chermon. Jede neue Höhe gab neue Sicht über den gewundenen Fluß Jarmuk tief hinein in das wellig weite Land Baschan. Die Männer streiften umher voll fröhlicher Ruhelosigkeit. Die Weiber schritten aufrecht und leicht unter den schweren Lasten, die sie auf dem Kopf trugen.

Der harte Winter hatte Jefta noch enger mit seinen Leuten verknüpft. Er saß unter ihnen am Feuer, ein Gleicher unter Gleichen, er lachte und scherzte mit ihnen, er gab einem jeden das Gefühl, er nehme an ihm besondern Anteil.

Mit Par hielt er vertraute Freundschaft. Es stärkte ihn, daß der kundige, besonnene Mann ihn vorbehaltlos als den Überlegenen anerkannte. Auch schätzte er Pars Frommheit, die hart und fest war, doch wortkarg und frei von priesterlichem Gehabe. Es war gut, einen solchen Mann um sich zu haben, es gab Anspruch auf den Segen Jahwes.

Man brauchte seinen Segen. Die nackte Not des Lebens blieb hart auch in der warmen Jahreszeit, sie wurde härter, als die mitgebrachten Vorräte zu Ende gingen. Anaschim Rekim, Freibeuter, wie Jefta und seine Leute es waren, lebten gemeinhin vom Zoll, den sie Siedlungen und einzelnen Bauern auflegten für den Schutz vor Gefahren und Überfällen. Hier gab es nur kümmerliche Zeltdörfer mit spärlichem Weideland, und wenn man bei der Schafschur erschien, konnte man schwerlich einen Zoll eintreiben von mehr als zwei oder drei Lämmern.

Trotzdem nahm die Schar des Jefta zu. Es kamen Männer sogar vom andern Ufer des Jarmuk. Dort nämlich war Unrast und Verwirrung. Als seinerzeit die Israeliter eingefallen waren, hatten sie den ganzen Norden bis hinauf nach Dameschek erobert; mittlerweile aber hatten die früheren Einwohner, Emoriter, einen großen Teil des Gebietes zurückgewonnen und ihre alten Königreiche Baschan und Zoba wiederhergestellt. Einzelne Städte des Landes wechselten häufig die Herren, bald herrschten Israeliter, bald der König von Baschan, und jeder Umschwung zwang viele Einwohner zur Flucht. Die stark waren und tatenlustig, suchten Aufnahme bei Jefta.

Der war freundlich, doch prüfte er genau. Zu manchem sagte er: „Das Leben hier ist zu hart für dich, mein Bruder, du müßtest viel Hunger leiden, Kälte, Hitze und schwere Wanderungen, und mein Ohr verträgt keine Klagen. Such du dir Dach und Herd und Matte wo immer, zu uns Unsteten taugst du nicht."

Die Emoriter, die zu Jefta kamen, waren zumeist Burschen von mächtigem Körperbau. Wenn Jefta sie sah, verstand er's, daß die Israeliter die Einwohner von Baschan, als sie ihnen zuerst begegneten, Refa'im, Riesen, geheißen hatten, und es war ihm eine Genugtuung, daß so kriegstüchtige Burschen sich ihm beigesellen wollten. Doch war da ein Hindernis. Die Schar wurde zusammengehalten durch den Glauben an Jahwe, und diese Männer hingen dem Baal von Baschan an, einem geflügelten Stiergott, und seiner Gemahlin Aschtoret. Jefta duldete es, daß sie ihre alten Götter beibehielten, aber sie mußten Jahwe als obersten Gott anerkennen. Manche lehnten das ab. Die meisten indes waren bereit, in einen Bund zu treten mit dem Gott, der einen so starken Feldhauptmann hatte. Sie nahmen Handgeld, opferten dem Jahwe ein Lamm, tranken einen Becher Weines, dem das Blut des Lammes beigemischt war, und waren nun Krieger Jahwes und Jeftas.

Dieser, bei aller Kameradschaftlichkeit, hielt strenge Zucht. Wer gegen seine Weisung verstieß, wurde aus seiner Schar und aus dem Lande Tob vertrieben. Es kam vor, daß Jefta in jähen, wüsten Zorn ausbrach, das hatte er von seinem Vater geerbt, und was er im Zorn sagte, ob recht oder unrecht, das galt. Einmal, als sein Schwager Par ihm Vorstellungen machte, erklärte ihm Jefta finster, die Schar müsse den Führer nehmen, wie er sei. „Müssen nicht auch wir", sagte er mit böser Scherzhaftigkeit, „ich und du und das ganze Land Israel, den Jahwe nehmen, wie er ist, mit seinen gnädigen und furchtbaren Launen?" Par war bestürzt ob der lästerlichen Rede.

Nun der Frühling mit Macht kam, trieb es den Jefta umher wie die andern. Er wanderte gern allein und ließ seine Gedanken schweifen.

Oft erinnerte er sich jenes Gespräches mit dem Priester Abijam im Zelte Jahwes. Abijam war nicht sein Feind, doch auch nicht sein Freund, er hat ihm Böses angetan, und er wird es ihm heimzahlen. Trotzdem hatte sich alles von dem, was der Priester damals sagte, festgehakt in Jeftas Kopf und bohrte weiter.

Das ganze Israel östlich des Jordan einigen – es war eine mächtige Lockung. Aber wie stellte sich Abijam das vor? Auch in seinen besten Jahren hatte der Vater Gilead nur die Tausendschaften des eigenen Stammes aufbieten können.

Wie sollte es einer anstellen, die Adirim aller Stämme und Sippen des Ostens aufzubieten? Ein solcher Hauptmann und Richter müßte durch Taten erwiesen haben, daß er die Widerspenstigen an den Haaren ihrer harten Köpfe herbeiziehen kann. Wenn er's kann, dann freilich hat er ein Heer von fünfzehn, vielleicht von zwanzig Tausendschaften, und die Kraft aller dieser Tausende wächst ihm zu. Sie gehören ihm wie seine Hand oder sein Fuß, sie werden Teile von ihm, seine Kraft wird vertausendfacht.

Er träumte weiter. Sah sich herumreiten bei den Adirim. Er redete freundlich auf sie ein, drohend, er schickte Kriegsvolk, sie zu holen. Er schloß die Augen und sah sie zusammenkommen auf der Flur von Mizpeh. Sah die Tausende von Zelten, die riesige Zeltstadt und die bewaffneten Männer. Und *er* führte sie, sie gehörten ihm.

Mit Gewalt schüttelte er das Geträume von sich.

Er schweifte sein ganzes Land Tob auf und ab in diesem Frühjahr. Jede Höhe reizte ihn, sie zu erklimmen. Da stand er wohl, scharf im Licht, breit, mächtig, auf kahlem Gipfel unter leerem Himmel. Sog mit dem Blick die Weite ringsum ein. Sie nannten das Land „Tob", „gut", nannten es so im Spott, weil es so schlecht und wüst war. Aber es war ein gutes Land, ein guter Mann konnte vieles daraus machen. Er stieß das Kinn mit dem kurzen Bart vor ins Leere. Lachte mit den roten Lippen und weißen Zähnen hinauf zu dem fernen, beschneiten Gipfel des Chermon.

2

Unter Jeftas Emoritern war ein gewisser Nusu, ein ungewöhnlich langer, starker Bursch, doch dürftig im Geiste. Den Jefta hatte das Plump-Treuherzige, Naiv-Mürrische des Menschen angezogen; auch war er froh um jeden Emoriter. Nusu sprach wenig, überdies war seine Sprache, das Ugarit, wiewohl dem Hebräischen ähnlich, nicht immer leicht verständlich. Die andern suchten ihn zunächst aus der Trägheit seines Geistes aufzurütteln; da dies nicht gelang und er im übrigen willig tat, was ihm aufgetragen wurde, ließen sie ihn in Ruhe.

Eines Tages nun entstand Streit zwischen Jefta-Leuten und Hirten des Zeltdorfes Sukkot-Kaleb. Es ging um ein armseliges Stück Weideland, und die Hirten waren zweifellos im Recht. Doch die Jefta-Leute verbissen sich, und plötzlich stieß der ungeschlachte Emoriter Nusu einen dumpfen, gewaltigen Schrei aus, „Hedád, hedád!" schrie er, seinen Kriegsgott anrufend, und haute dem nächsten Hirten fürchterlich die Faust auf den Schädel. Auch die andern schrien nun „Hedád!" und fielen über die Hirten her. Die flohen, zwei unter den mächtigen Schlägen des Nusu blieben liegen. Die Jefta-Leute, Nusu immer voran, setzten den Fliehenden nach, sie nahmen das Dorf Sukkot-Kaleb, übten ihre Lust an den Weibern, plünderten die Zelte, es gab wenig zu plündern.

Das Ganze dauerte nicht lange, und als es zu Ende war, wußten die Männer nicht recht, warum sie es getan hatten. Was war da plötzlich über den blöden Nusu gekommen, und warum waren sie ihm gefolgt? Sie fürchteten den Zorn ihres Feldhauptmanns. Doch Jefta tadelte sie nicht. Er verstand. Es wurde immer schwieriger, in der Wildnis für die wachsende Schar Fleisch, Mehl, Zelte, Matten, Kleider zu beschaffen, die Leute wurden unruhig, und wenn er selber sich bezwang und gelassen auf die rechte Stunde und die rechte Eingebung wartete, so begriff er, daß sich die Tatenlust der andern austoben mußte.

Der Emoriter Nusu aber wurde ungebärdig von diesem Tage an. Offenbar enttäuschte ihn das ruhige Leben in Jeftas Lager, und daß ihn der Feldhauptmann nach dem Überfall auf das Zeltdorf nicht tadelte, bestätigte ihn in seiner Ungeduld. Eines Abends, als man ums Feuer hockte und wiederum nichts zu essen hatte als ungesäuerte Fladen, fragte er böse, ob man sich noch länger einen so lahmen Hauptmann gefallen lassen solle. Einer meinte: „Du findest wohl, da wäre der lange Nusu ein besserer Hauptmann?" Nusu nickte mit dem mächtigen Kopf und antwortete bedächtig: „Da sag ich nicht nein." Kaum aber hatte er das geäußert, als sich Par auf ihn stürzte, der Kleine, Untersetzte auf den Riesigen, den Mordskerl, an ihm heraufsprang und ihm den Hals umkrallte, so unvermutet, daß der andere sich nicht wehren konnte und bald ohne Hauch und Bewegung liegenblieb.

Man holte Jefta, erzählte ihm. Er schaute auf den baumstarken, ohnmächtigen Kerl, und plötzlich lachte er schallend. Dann, sichtlich guter Laune, gab er Weisung, man solle die heilkundige Kasja herbeischaffen, daß sie sich um Nusu mühe; sowie er aber wieder halbwegs bei Sinnen sei, solle man ihm bedeuten, sich schleunigst aus dem Lande Tob fortzumachen. „Gebt ihm ein paar Fladen und Datteln mit", fügte er gutmütig hinzu.

Die Männer wunderten sich über Jeftas Fröhlichkeit. Es war aber dies, daß ihm die Eingebung gekommen war, auf die er so lange gewartet hatte. Als er nämlich den Emoriter am Boden hatte liegen sehen, nichts als ein gewaltiges Stück hauchlosen Fleisches, hatte er sich gesagt: da es seinem wackern Schwager Par ohne weiteres geglückt war, den Mordskerl hinzustrecken, warum sollte es ihm, Jefta, weniger glücken, wenn er endlich ein bißchen herfiel über die Leute von Baschan? Er gedachte einer berühmten Tat der Israeliter, von der sein Vater ihm oft erzählt hatte: wie sie nämlich auf dem großen Kriegszug, da sie das Land östlich des Jordan nahmen, den Og gefällt hatten, den König von Baschan, den Riesigsten der Riesen, mit seinem ganzen Kriegsvolk, so daß von diesem König Og nichts mehr da war als die Lieder von seiner Niederlage und sein mächtiges Bett aus schwarzem Stein, das noch in Rabat-Ammon gezeigt wurde.

Daran also dachte Jefta, und aus seiner Eingebung wurde Plan und fester Entschluß.

Er schickte drei seiner Leute nach Norden über den Fluß Jarmuk ins Land Baschan, in die nicht große, doch reiche Stadt Afek. Sie waren unauffällig gekleidet, sie gaben sich als Hirten, sie kauften ihren Bedarf, dann gingen sie zu den Huren der Stadt, um sich eine gute Nacht zu machen. Währenddessen überschritt Jefta mit hundertzwanzig tüchtigen Männern den Jarmuk, bald nach Mitternacht öffneten ihm die Vorausgeschickten das Tor, und am Morgen stand er inmitten seiner Bewaffneten auf dem Marktplatz der Stadt Afek, vor ihm bestürzt und hilflos die Ältesten. Die Mehrzahl der Einwohner waren Israeliter, Leute der Sippe Ja'ir aus dem Stamme Menasche, doch viele auch waren Abkömmlinge der Emoriter und hingen dem starken Baal von Baschan an, dem geflügelten Stiergott. Jefta sagte zu den Ältesten: „Man hat mir berichtet, daß ihr bedroht seid. Der König Abir von Baschan, der uns bereits den Gau Argob weggenommen hat, schielt nun auch nach eurer guten Stadt. Deshalb bin ich gekommen. Ich will euch schützen. Ich habe einige meiner Siebenschaften mitgebracht, damit ihr seht, daß ich es kann. Sie sind immer da, wenn ihr sie braucht. Ich denke, das wird euch ein gutes Schutzgeld wert sein." Wie gerne hätten ihn die Ältesten mit den Waffen aus dem Tor gejagt. Aber sie hatten gehört von dem Überfall auf das Zeltdorf Sukkot-Kaleb, und dieser Jefta schien nicht der Mann, viel Federlesens zu machen. Sie redeten unter sich mit nachdenklichen Gesichtern, die Herzen voll Angst. Vielleicht gelang es, Boten in nahe, befreundete Städte zu schicken, Beistand zu holen, den Räuber mit Gewalt auszutreiben. Vor allem mußte man Zeit gewinnen. Sie sagten zu Jefta: „Bleibe doch über Nacht, unser Bruder Jefta, Sohn des Gilead, und morgen werden wir dir antworten." Jefta indes sagte freundlich: „Aber nicht doch, ihr Bärtigen. Auch keine einzige Nacht will ich euch zur Last fallen." Da seufzten sie und fragten: „Was wäre ein angemessenes Schutzgeld, Jefta, unser Bruder?" Jefta sagte: „Sechstausend Schekel Silber für das Jahr, und zwei Jahre soll der Vertrag gelten." Die Ältesten wurden blaß unter ihren Bärten und sagten: „Ist das nicht ein sehr hohes Schutzgeld für eine kleine Stadt?" Jefta antwortete höflich: „Seid nicht zu bescheiden, meine Brüder. Ihr seid weit berühmt für die Erzeugnisse eurer Handwerkskunst und für euern Reichtum. Auch kommen viele Karawanen zu euch und euerm guten Wasser und zollen euch. Eine solche Stadt will mit Kraft und Bedacht verteidigt werden." Da sagten sie: „Es sei, wie du vorschlägst. Aber so viele Schekel zu beschaffen erfordert Zeit. Wir wollen dir zweitausend Schekel sogleich geben, und mehr nach sechs Monaten, und den Rest nach einem Jahr." Jefta entgegnete: „Wieder seid ihr zu bescheiden, Männer, die so würdige und wertvolle Kleider am Leibe tragen, haben sicher die paar tausend Schekel in ihren Truhen. Wenn euch aber wirklich ein Teil fehlen sollte, dann schickt einen Mann in die nächste Stadt, das Silber zu borgen. Solang er nicht zurück ist, schließe ich das Tor, und wenn ein

Feind kommt, von wo immer, dann kämpfen wir alle zusammen, und wem es Jahwe bestimmt hat, der geht dann eben unter die Erde." Da seufzten sie abermals und sagten: „Gut, wir wollen versuchen, alles gleich zu zahlen." Und Jefta erwiderte: „Das ist weise gesprochen, meine Brüder. Laßt uns ein Bundesfest feiern und den Gott Jahwe dazu einladen, und wenn welche unter euch sind, die auch den Baal von Baschan einladen wollen, habe ich nichts dawider."

Auf solche Art wurde Jefta Schutzherr der Stadt Afek.

Und ehe die Männer von Afek sich recht erholt hatten, drang er ein in eine zweite Stadt, Golan mit Namen, und dann in eine dritte, mit dem Namen Geschur, und zwang auch diese Städte, einen ähnlichen Bund mit ihm zu schließen.

Sein Ruf und die Furcht vor ihm nahmen zu.

Nicht ferne der Grenze des Landes Tob führte die große Handelsstraße, die Straße des Pharao. Jefta und seine Leute zeigten sich mehrmals in der Nähe der Karawanen und begleiteten sie ein Stück Weges, Händler und Wächter mit angstvoller Erwartung füllend. Jefta brauchte indes keine Gewalt, er bezahlte die Waren, die er sich aussuchte. Wohl aber verlangte er von den Stadtfürsten des Nordens, denen die Karawanen Schutzzoll zahlten, daß sie ihm einen Teil des Zolles abgäben; denn vom Flusse Jarmuk bis zum Flusse Jabok könne niemand außer ihm die Wanderzüge wirksam schützen.

Die Städte fügten sich, und Jeftas Macht wuchs.

Er ließ sich indes durch den Erfolg nicht aus der Sicherheit seines Berglandes Tob hinauslocken. Er wechselte in der schwer zugänglichen Wildnis häufig seinen Aufenthalt, so daß nur seine Vertrauten darum Bescheid wußten. Gewisper war, er sei immer unsichtbar und immer gegenwärtig; er trachtete, dieses Gerücht zu nähren.

Er liebte es, Erkundungsfahrten zu unternehmen jenseits des Jarmuk unter angenommenen Namen, unauffällig gekleidet, gewöhnlich in Gesellschaft seines Freundes Par. Sie strichen umher im Lande Baschan. Welch ein Jammer, daß die Emoriter den größern und bessern Teil zurückerobert hatten! Wie reich war das Land, wie geschickt seine Männer!

Der Baal von Baschan hatte schwarze Erde und schwarzen Stein ausgeworfen aus seiner feurigen unterirdischen Behausung, seinen Verehrern zum Geschenk; Erde und Stein rauchten zuweilen noch heute. Die schwarze Erde war fett und fruchtbar, die Männer aus Baschan zogen aus ihr Getreide, Wein und Öl in Fülle. Der schwarze Stein war fest und gut, die Männer aus Baschan bauten sich Häuser aus ihm, die meisten mit zwei Stockwerken; im obern wohnten die Besitzer, im kellerigen Untergeschoß brachten sie die Knechte und Vorräte unter. Und überall gab es Straßen, Zisternen, Kanäle, nirgends mangelte es an frisch schmekkendem Wasser. Auch von jenem harten, schwärzlichen Stoff, dem Barsél, dem Eisen, gab es die Fülle; die Zimmerleute hatten eiserne Äxte und Sägen, die Bauern eiserne Sensen und Sicheln. In Gilead wurde einer angestaunt, wenn er derartiges Gerät besaß.

Und was für Waffen hatten sie im Lande Baschan: Brustpanzer, Beinschienen, Helme, kupferne, bronzene! Jefta und Par hatten solche Waffen schon gesehen, Ammoniter und Moabiter hatten sie geführt in der Schlacht, es hatte wohl auch ein Mann aus Gilead dem toten Feind eine solche Waffe abgenommen. Hier in Baschan schaute niemand hin, wenn einer derlei Wehrgerät trug, es war Alltagsgerät, man konnte es kaufen.

Und die Streitwagen! Sie waren mit Bronze gepanzert, sie waren furchtbar im Kampf, das hatte man erlebt in den Schlachten Gileads. Jefta und Par ließen sich in Gespräche ein mit den Männern, welche die Gefährte betreuten; sie waren stolz auf ihre wunderbaren Wagen und ließen die Fremden nach Lust sehen, tasten, prüfen.

Jefta beriet mit Par, wie man solche Wagen und Waffen erwerben könne. Sie waren sich einig, daß es nicht viel Mühe machen werde, die Schar mit guten, eisernen Schwertern, Wurfspießen, Lanzen auszurüsten. Aber Wagen zu beschaffen, das schien Par ein hartes Geschäft, ja geradezu unmöglich; denn die Stadtfürsten Baschans hielten auf ihre Streitwagen, und wenn man versuchte, Gewalt anzuwenden, würden sie wohl ein geeintes Heer gegen die Räuber vorschicken. Jefta meinte, dann müsse man die Wagen eben kaufen; was sei nicht käuflich im Lande Baschan? Par, der den Schatz der Schar verwaltete, wandte ein, ein Wagen koste mindestens sechshundert Schekel, die zwei Pferde dazu je einhundertfünfzig Schekel, und wie sollte er das Geld aufbringen? Jefta sagte ungeduldig: „Die Stadt Afek hat sechstausend Schekel bezahlt, Golan fünftausend." Par, gelassen, erwiderte: „Davon hast du neuntausend unter die Leute verteilen lassen, den Rest hab ich aufgebraucht für die Verpflegung." Er dachte nach, belebte sich. „Die Männer hängen an dir", sagte er, „sie werden nicht murren, wenn du weniger großmütig bist."

Jefta war ungern knauserig, aber die Ausrüstung aller war wichtiger als der Gewinn des einzelnen. Er duldete, daß sich Par bei der Verteilung der Beute streng an das Mischpat hielt, den Brauch Gileads. Es wurde fortan nur die Hälfte unter die Schar verteilt. Dann wurde der Anteil Jahwes abgesondert, ein Zehntel, und Par sah darauf, daß es ein fettes Zehntel war. Der ganze Rest wurde verwandt für den Erwerb von Waffen, vor allem von Streitwagen.

Es dauerte nicht lange, und Jefta war im Besitz mehrerer solcher Wagen. Sie waren im Bergland nicht zu brauchen, Jefta verwahrte sie in der Ebene, in seinen drei Städten in Baschan. Das gab ihm willkommenen Vorwand, Bewaffnete in die Städte zu legen.

Es stellte sich heraus, daß seine Leute nicht fertig wurden mit der Kunst des Wagenkampfes. Jeder Wagen erforderte drei Männer, den Lenker, den Kämpfer und den Schalisch, den Dritten, den Schildträger, und diese Dreiheit mußte zusammengefügt sein wie die Glieder eines Körpers. Dazu gehörte Geduld, Kunst, langwierige Übung. Offenbar konnte man es ohne Unterweisung durch erfahrene Emoriter nicht schaffen.

Dem König und den Stadtfürsten von Baschan kundige Wagenkämpfer abspenstig zu machen war nicht einfach. Es kam vor, daß ein solcher Kämpfer, von Par schon halb gewonnen, zurückschrak vor der Forderung, er solle in den Bund mit Jahwe eintreten; er wollte seinen Baal nicht erzürnen. Sprach dann aber Jefta selber mit ihm, so ließ sich der Kämpfer gewöhnlich überzeugen. Der Gott dieses tapfern, fröhlichen Hauptmanns führte seine Krieger sicher nur in Schlachten, die Ruhm brachten und Gewinn.

Vier Jahre nach seinem Auszug aus Gilead war Jefta Schutzherr von drei Städten in Baschan und Hauptmann von sechs Hundertschaften gutgerüsteter, kriegsgeübter Männer, dazu Besitzer von neun Streitwagen. Er wählte aus seinen Kriegern die besten aus, die Giborim, die Helden, nicht unterscheidend zwischen Israelitern und Emoritern, einundzwanzig Mann, und schuf sich aus ihnen eine Leibwache.

3

Mit Jeftas Stärke wuchs die Gefahr, daß eines Tages der König von Baschan heranziehen werde, ihm die eroberten Städte wieder abzunehmen.

Vorläufig freilich war König Abir im Osten festgehalten. Er hatte die Oberherrschaft Babels vor kurzem erst abgeschüttelt, er mußte befürchten, daß der Großkönig über ihn kommen werde, er mußte seine Macht zusammenhalten und konnte auf Jahre hinaus nichts gegen Jefta unternehmen. Aber wenn er Männer und Wagen wieder frei hat, dann wird er gegen Jefta ziehen und mit ungeheurer Übermacht.

Mit Sorge dachte Jefta an diese Zeit. Er sprach darüber mit Par. Ohne den stärksten Beistand Jahwes, meinte er, sei man dann verloren. Wohnte aber Jahwe nicht fern im Süden, im Berge Sinai, so daß er nicht viel Macht hatte hier am Flusse Jarmuk? Und hauste nicht der Baal von Baschan sehr nahe, im Schneeberg Chermon, und konnte jederzeit zur Stelle sein, wenn König Abir losschlug? Und auch er, der Baal, war ein starker Gott, ein Feuergott wie Jahwe, ganz abgesehen davon, daß ihm zahllose Streitwagen zu Diensten standen, mehr als hundert, vielleicht sogar zweihundert.

Par schalt ihn um seines schwachen Glaubens willen. Die Emoriter seien, als Israel in das Land einfiel, zehnmal stärker gewesen, und Israel habe nichts gehabt als armselige Bogen und Spieße. Da aber sei Jahwe zu Hilfe gekommen, er habe feurigen Hauch geblasen aus seinen Nüstern, die Emoriter, die Riesen, mitsamt ihrem König Og und ihre Wagen und Pferde seien zerstäubt zu Asche, und Israel habe das ganze Land genommen, alle sechzig Städte von Baschan und Zoba bis hinauf nach Dameschek.

Das sei richtig, antwortete Jefta, damals sei Jahwe einhergefahren vom Sinai auf seinem Gewölk mit Blitz und Donner. Seither indes habe er sich hier im Norden nicht mehr sehen lassen und habe es geduldet, daß die Emoriter den größten Teil des Landes wieder zurückeroberten. Er sei ein launischer, unberechenbarer Gott, und es sei sehr fraglich, ob er ihm, Jefta, zu Hilfe kommen werde, wenn König Abir gegen ihn ziehe.

Nun war der gelassene Par ernstlich ungehalten: „Wie kannst du so reden!" ereiferte er sich. „Nicht aus Laune hat der Gott seine Hand zurückgezogen von den Israelitern hier im Norden, sondern weil sie lau und lässig wurden in seinem Dienst, und weil sie nicht stritten gegen die alten Götter des Landes. Wir haben nicht fest genug an Jahwe geglaubt, das ist es. Wir haben den Bund mit ihm locker werden lassen. Die Weiber der Emoriter sind daran schuld, die wir auf unsere Matten genommen haben. Wir haben die fremden Götter nicht ausgetrieben aus ihren Herzen, wir haben sie eingelassen in unsere Zelte und Häuser. Niemand weiß das besser als du."

Jefta, erstaunt und verärgert, wehrte sich. „Hast nicht du selber Kasja zum Weib genommen?" fragte er. Par antwortete gelassen: „Sag nichts gegen deine Schwester. Es gibt keine treuere Anhängerin Jahwes in Israel."

Jefta setzte das Gespräch nicht fort. Manchmal also spürte selbst dieser verlässige Par den Argwohn des Abijam. Die Warnung des Freundes verdroß ihn, gerade weil sie wahrscheinlich gerechtfertigt war. Jahwe war kein bequemer Gott, er war schnell gereizt, er war zornig und eifersüchtig, er wollte umschmeichelt sein, er verlangte immer neue Beteuerungen, Beschwörungen, Opfer.

Jefta schnaubte ungeduldig. Er war nicht geeignet zu solchem Dienst. Und wenn dies ein Makel war, so hatte Jahwe darum gewußt und hatte ihm trotzdem seinen Segen nicht verweigert. Der Gott hatte ihn genommen, wie er war. Er mußte ihn weiter so nehmen.

Jefta schüttelte die Bedenken ab.

4

Ketura fand in der Wildnis von Tob die Freiheit, nach der sie sich gesehnt hatte. Hier gab es kein Zelt Jahwes mit feierlich eingeschlossenen, drohenden Tafeln, die vorschrieben, was recht war und was nicht, und die einen Mann wegreißen wollten von dem Weib seiner Rippe und seines Herzens.

Hier in der Wildnis spürte sie Sicherheit. Ihre Götter lebten in Bäumen und Gewässern, hier war sie umgeben von ihnen und beschützt, wo immer sie ging und ruhte. Ihr höchster Gott Milkom war der Gott auch der Söhne Baschans, sie verehrten ihn unter dem Namen Baal, auch sein Wohnsitz, der Berg Chermon, war nicht fern. Sie schaute auf die Narben, die ihr von dem Kampf mit dem Wolf geblieben waren; sie war froh, daß sie den Göttern des Tohu Zoll und Opfer gezahlt hatte.

In Machanajim hatte ihr gegraut vor dem Priester Abijam, vor seinen Drohungen und seinen Lockungen und seinem Gott Jahwe, der, ein wildes Tier, immer im Begriff war, ihren Jefta anzuspringen. Jetzt lagen viele Flüsse und Berge, viele Tagereisen zwischen Jefta und diesem Jahwe, jetzt konnte sie fast mit Hohn an den Priester denken und seinen Gott.

Mit Haß dachte sie an Silpa und an Jeftas Brüder, die sie für eine Unwürdige erklärten, deren Berührung den Mann schände. Sie lechzte nach Vergeltung, und sie wußte, Jefta teilte ihre Gier. Sie redeten nicht davon, doch manchmal lächelte er sie an, und es war ein Versprechen. Sie wartete auf die Demütigung der Hoffärtigen mit tiefer, stiller Vorfreude.

Das Mädchen Ja'ala spürte an der Wildnis die gleiche innige Freude wie die Mutter. Ja'ala war nun zwölf Jahre alt, die Jahre in Machanajim lagen fern und vergessen hinter ihr, das freie, unbegrenzte Land Tob war ihre Heimat. Das Leben in den Bergen und Wäldern hatte ihr die Sinne geschärft und sie schnell gemacht von Auffassung und Entschluß. Sicheren Auges und Fußes streifte und kletterte sie herum, keine Anstrengung machte sie müde. Sie hatte den straffen, anmutigen Leib der Mutter, auch deren mattbraunes, fleischloses Gesicht, und wie Ketura war sie zart und fein in aller Kraft und Härte.

Es waren nur sehr wenige Kinder in der Schar, Ja'ala war oft allein. Sie war gerne allein. Sie schwatzte dann wohl und spielte mit sich selber. Sie hatte eine rasche Einbildungskraft, die alles ringsum menschlich bunt belebte. Ihr dachten die Bäume und Tiere, jedem Felsen ersann sie seine Geschichte. Sie erfand sich Lieder, die sie mit ihrer dunkeln Stimme bewegt vor sich hin sang. Einmal brachte Jefta ihr aus dem Lande Baschan eine Zither mit; sie lernte sie spielen, sie war glücklich.

Mutter und Tochter fühlten sich den Geschöpfen der Wildnis verschwistert. Sie kannten die Wechsel der Tiere, die Stellen ihrer Tränke; sie belauschten äsendes Wild, sie verstanden sich auf die Sprache und Bewegungen der Tiere. Sie lachten einander lautlos glücklich an, wenn sie eine neue Entdeckung machten.

Es kam vor, daß Jefta oder einer seiner Männer Ja'ala mit auf die Jagd nahm. Das selige und zerreißende Gefühl, wenn das gejagte Tier vom Pfeil oder vom Wurfspieß getroffen wurde! Und lange konnte sie schmerzhaft und gelockt vor der Schlinge oder der Grube stehen, in welcher sich ein Tier gefangen hatte.

Ketura liebte Ja'ala; oft, wenn sie mit ihr herumstreifte, spürte sie, wie sehr sie eins mit ihr war. Doch war kaum je ein empfindsames Wort zwischen ihnen, und Ketura ließ sie in der Wildnis ohne Zärtelei heranwachsen, fast mit Härte, als wäre sie ein Knabe.

Gerne hätte sie die Tochter in der Verehrung Milkoms und der Terafim erzogen. Aber da dies Jefta verdrossen hätte, störte sie Ja'ala nicht in ihrem bedingungslosen Glauben an den Gott Gileads. Allein sie beneidete sie um diesen Glauben, sie war eifersüchtig, sie schämte sich vor der Tochter, die so wenig Furcht vor Jahwe zu kennen schien wie Jefta selber. Sie wurde, wenn Ja'ala nach den Göttern fragte, einsilbig, befangen.

Jefta hingegen war vor der Tochter ohne Arg, und alles, was kindlich an ihm war, kam zutage. Er erzählte ihr großspurig von seinen Taten; seine Kämpfe und Abenteuer wuchsen und verzweigten sich und schauten nun so aus, wie er wünschte, daß sie gewesen wären. Und er, wenn sie sich nach den Göttern erkundigte, wußte genau Bescheid. Die Götter waren aus dem gleichen Stoff wie er selber und die andern Männer der Schar, sie hatten die gleichen Vorzüge und Mängel, nur eben in viel stärkerem Maße. Man tat gut daran, sie zu verehren, aber in Grenzen; wenn man sich von ihnen einschüchtern ließ, spielten sie einem gern einen Streich.

Am stärksten war der Gott Jahwe, er war der Gott der Götter und fuhr einher in Wolken, Wetter und Feuer. Im Bewußtsein seiner Macht war er unberechenbar, noch launischer als die andern Götter, aber ihm, dem Jefta und den Seinen, schlug das zum Segen aus. Der Gott Jahwe nämlich hatte das Volk Israel in sein gewaltiges Herz geschlossen, und aus den vielen Stämmen der Israeliter den Stamm Gilead, und aus den Gileaditern den Richter Gilead, und aus dessen Sippe ihn, den Jefta. Er also und sie, Ja'ala, brauchten den schrecklichen Gott Jahwe nicht zu fürchten. Opfern freilich mußte man ihm häufig und ihm danken für seinen Segen, so wollte er's, und so hörte er's gerne.

Einmal erlegte Jefta einen Bären, und sie aßen von dem kräftigen, wohlschmeckenden Fleisch. Jefta, während er mit den starken, weißen Zähnen große Stücke in seinen Mund riß, erzählte Ja'ala, daß die Kraft des getöteten Tieres in denjenigen übergehe, der von dem Fleisch esse, vor allem in denjenigen, der das Tier getötet habe. In den Gott Jahwe nun sei die Kraft aller der Geschöpfe eingegangen, die er getötet habe und die ihm zu Ehren getötet worden seien, das seien Tausende, aber Tausende und wieder aber Tausende seit Urzeiten. Das sei es, was Jahwe so ungeheuer stark mache und so schauerlich in seinem Zorn, viel stärker als Baal und Milkom, und darum siege der Stamm Gilead, Jahwes Schützling und Bundesgenosse, über alle Feinde, mochten sie Ammon heißen oder Moab, Baschan oder Zoba oder wie immer.

Einmal brachte Jefta ins Lager ein „Toof" mit, eine Art Trommel. Die Männer hatten ihren Spaß daran; mit den Fingern oder mit Schlegeln entlockten sie dem Instrument dumpfes Gehall. Das war lustig. Ja'ala bat, der Vater möge ihr die Trommel schenken. Sie nahm sie mit in einsame Lichtungen, übte, füllte Wald und Berg mit erhabenem, drohendem Rauschen.

So also, zu dem anmutigen Lärm ihrer Zither und dem finstern ihrer Trommel, sang, erzählte, spielte sie sich selber Geschichten vor, die Märchen des Vaters und ihre eigenen. Sie erzählte ihre Geschichten wohl auch dem Vater, und Jefta merkte heiter erstaunt: das waren seine Erlebnisse und doch ganz andere. Er hatte immer nur wenige Worte: sie fand Worte für alles, was einem Menschen durch die Brust ging.

Noch einer war da, den Ja'ala in die Heimlichkeiten ihres Bergwaldes und ihrer Brust einließ, der alte Tola. Sie saßen zusammen, das Kind und der Alte, schwatzten eifrig aufeinander ein und verstanden nur einen kleinen Teil dessen, was sie sich erzählten.

Tola war Leibeigener gewesen, erst in der großen Stadt Babel, dann in Dameschek, später in Rabat-Ammon, er hatte seinen ammonitischen Herrn ins Feld begleitet, er war in die Gefangenschaft Gileads geraten und hatte die meisten Begebenheiten des toten Richters miterlebt. Die vielen Ereignisse, die er gesehen, die vielen Götter, die er verehrt, die vielen Menschen, die er geliebt und gehaßt hatte, gingen ihm durcheinander, das meiste, was er redete, war kaum verständlich, oft verlor er sich in fremdsprachiges Gebrabbel. Ja'ala fand seine Erzählungen angenehm kraus und des Nachdenkens wert, deutete sie auf ihre Weise und ließ sie einfließen in ihre eigenen Geschichten.

Tola liebte die Tiere und wußte von ihnen viel Eigentümliches zu berichten. Er hatte große Löwenjagden mitgemacht, er hatte Wildziegen verfolgt im Libanon, er war vertraut mit Pferden und Dromedaren, jenen großen Geschöpfen, die, nun zahm und dienstbar, den Israeliterstämmen noch fast unbekannt waren. Tola war den Tieren freund und hatte Achtung vor ihnen, auch vor den wilden, gefährlichen. Ein Tier aber gab es, das haßte er: den Vogel Storch. Die Störche waren Geschöpfe, in welche schlechte Menschen verwandelt wurden nach ihrem Tode. Sie waren, die Störche, räuberische, mörderische Wesen, sie schluckten die Beute, die sie fingen, Frösche, Fische, Schlangen, mit solcher Gier, daß sie sie oft noch lebendig wieder auswürgen mußten. Dann hackten sie von neuem auf die Halbtoten ein; auch was sie nicht mehr fressen konnten, zerhackten sie. Ihre Blutgier wandte sich gegen den eigenen Stamm. Tola hatte es mitangesehen, wie Störche, bevor sie ihren Jahresflug antraten, sich versammelten, mehrere Male, und Rat hielten und klapperten und häßliche, heisere Schreie ausstießen und schließlich drei alte, schwache Storchengreise mit ihren blutroten Schnäbeln zerhackten. „Und siehst du", schloß er, „ich bin alt, und meine Jahre liegen hinter mir. Aber das will ich nicht, Ja'ala, mein Urenkelkind, meine Wildtaube, daß die Menschen es mit mir machen wie die Störche. Ich will unzerhackt in die Höhle gehen. Darum wollte ich nicht bleiben, wo die Söhne der Silpa sind, sondern in der Nähe des Jefta, meines Herrn und Freundes. Denn des Jünglings Vater ist der Greis, aber des Greises Vater ist der Jüngling."

So redeten sie miteinander und erzählten sich, was sie beschäftigte, und fühlten sich wohl einer in der Nähe des andern. Und Tola sprach es aus: „Deine Gegenwart, mein Töchterchen, tut dem alten Tola wohl wie gute Frühsommersonne dem Beglatzten."

5

Während Jefta mit Par, den Frauen und Kindern und einer Siebenschaft seiner Giborim beim Essen saß, wurde ein Fremder gemeldet, der dringend verlangte, mit ihm zu sprechen.

Der Fremde war ein kleiner Mann, nahe den Fünfzig, er war sehr zornig und forderte sogleich: „Gib mir meinen Sklaven Dardar heraus, der zu dir entlaufen ist." Jefta aß weiter und sagte gelassen: „Sprich geziemend, Mensch. Du bist in meinem Land." Der Mann sagte: „Man hat ihn in deiner Schar gesehen. Ich frage dich: ist mein entlaufener Sklave bei dir oder nicht? Und bist du der Schutzherr entlaufenen Gesindels?" Jefta antwortete: „Dies ist mein Land, Fremder, und ich wüßte nicht, daß ich dich zu Gast gebeten hätte. Ich sag dir ein zweites Mal: sprich, wie es sich gebührt." Er aß ruhig weiter. Der Fremde erläuterte: „Ich bin aus der Stadt Golan, und der Sklave Dardar ist von mir gekauft um hundertdreißig Halbschekel Silbers. Die Männer von Bet-Nimra sind über uns hergefallen, wir haben sie zurückgeschlagen, und dann sind wir über sie hergefallen und haben an die zweihundert Sklaven gemacht. Der Mann Dardar, den du in deiner Schar hast, ist mein Sklave. Er gehört mir nach dem Mischpat der Völker, die in diesen Ländern wohnen."

Vom Mischpat hätte er nicht reden sollen. Jefta antwortete, doch noch immer gelassen: „Hier ist mein Land Tob. In diesen Bergen bestimme ich, was Mischpat ist, und niemand sonst. Du aber geh und reize nicht länger meine Langmut."

Der Fremde stand da, klein und wild, und sagte mit seiner dünnen Stimme: „Ich gehe nicht. Ich habe den langen, schweren Weg nicht gescheut, mein Kleid ist zerrissen, wie du siehst, mein Reittier ist verloren, meine Schuhe sind zerfetzt und meine Sohle wund. Ich will meinen Sklaven Dardar haben nach dem Mischpat von Golan. Bist du nicht der Schutzherr von Golan? Zahlen wir dir nicht fünftausend Schekel im Jahr, und ich dreißig davon? Ich verlange mein Mischpat! Gib mir meinen Sklaven Dardar heraus."

Wieder redete der Unselige vom Mischpat. Im Namen des Mischpat hatten Silpa und die Ihren den Jefta verunglimpft und vergewaltigt. Abijam hatte ihm gedroht im Namen des Mischpat. War er ins Tohu gegangen, um das gleiche Gewäsch zu hören? Eine finstere Wut stieg in ihm auf. Er sagte: „Ein letztes Mal, Mensch: hüte deine Zunge! Es steht bei mir, wen ich in meinem Lande dulde. Wer darin verweilt gegen meinen Willen, mit dem tu ich nach Kriegsbrauch. Ihr habt die von Bet-Nimra zu Sklaven gemacht, weil sie in eure Stadt kamen gegen euern Willen. Sieh dich vor, Mensch, daß ich dir's nicht ebenso mache. Dann ist dein Dardar der Herr und du sein Sklave." Er sprang auf, schrie: „Geh jetzt! Und schnell!"

Der Fremde indes, mit seiner dünnen, durchdringenden Stimme, schrie zurück: „Mischpat! Mischpat! Gib mir meinen Sklaven heraus! Ich gehe nicht, ehe ich die Hand auf meinem Sklaven habe! Mischpat!"

Jefta, rauh, heiser, doch nicht laut, sagte: „Ich habe ihn gewarnt, dreimal, ihr habt es gehört, meine Männer und Freunde. Er aber war weiter frech und hat mich herausgefordert." Er bückte sich, hob einen Stein auf. „Wer mir Trotz bietet hier in meinem Land, den rotte ich aus!" Er wog den Stein. „Da hast du dein Mischpat!" schrie er und warf. Die andern fielen ein in seinen Schrei und warfen, auch sie, Steine; so war es Brauch gegen Übeltäter. Der Mann stand noch einen Augenblick, schwankend, ungläubig, dann brach er zusammen.

Ja'ala hatte all die Zeit her auf ihren Vater gestarrt, angeschauert, halboffenen Mundes. Kalt und grausam funkelten ihm die Augen aus dem löwenhaften Gesicht, kleine, grüne Lichter waren in ihnen wie sonst nur in den Augen zorniger Tiere. Ja'ala hatte es ganz deutlich gesehen. So mußte Jahwe ausschauen, wenn er auf der Wolke einherfuhr, Feuer und Grauen unter die Feinde schmetternd.

In der Einsamkeit des Bergwaldes sang sie ein Lied zum Preise des Vaters. Er waltete dem Jahwe gleich in seinem Lande Tob. Aber er schickte nicht nur Zerstörung, die meiste Zeit war er mild und heiter. Jahwe donnerte und zerschmetterte, und die Menschen ehrten und fürchteten ihn. Auch der Vater donnerte und zerschmetterte, aber er konnte noch ein anderes: er konnte ungeheuer lachen, und man mußte mit ihm lachen und ihn lieben.

6

Jefta selber war mit sich zufrieden. Aber er nahm an, der besonnene Par werde seine Raschheit mißbilligen. Der Freund indes gab ihm recht. „Wohin kämest du, Jefta", sagte er, „wenn ein jeder, der an einen deiner Männer Anspruch zu haben glaubt, zu dir liefe?" Und er erläuterte: „Mischpat muß sein in den Städten und Siedlungen, wo das Recht des einen immerzu an das des andern stößt. Aber darum sind wir ja hier, weil wir frei sein wollen vom Mischpat. Dieses Land Tob hat Jahwe dir gegeben. Hier gilt kein Spruch, nur der deine."

Im Lande Baschan freilich, fuhr er nach einer Weile fort, würden sie sich kaum freuen über das Schicksal dieses Mannes aus Golan. „Wie wäre es", schlug er vor, „wenn du zwei Hundertschaften in deine nördlichen Gaue schicktest?"

Jefta überlegte: „Zwei Hundertschaften könnte ich entbehren. Aber so wenige werden dem Lande Baschan kaum den gebührenden Schrecken einjagen.“ Er belebte sich. „Ich werde die Leute verstecken und verteilen“, beschloß er. „Sie sollen erscheinen und wieder verschwinden, sie sollen dort sein, wo man sie am wenigsten vermutet. Dann werden die zwei Hundertschaften sein wie ein ganzes Heer.“

Er selber wollte einen Streifzug nach dem Norden machen, um die geeigneten Schlupfwinkel aufzufinden. Es sollte eine bequeme Wanderung sein, mehr Abwechslung und Erholung als Kriegsfahrt, und er trug kein Bedenken, auch Ketura und Ja'ala mitzunehmen.

Sie brachen auf, begleitet von einer Siebenschaft und zwei Packtieren. Das Wetter war günstig, man wanderte gemächlich und wählte oft die Raststätten lange vor der Nacht. Sie fanden in der Tat wilde, menschenleere Bezirke, die für Jeftas Zwecke tauglich waren.

Das Mädchen Ja'ala hatte an dem Unternehmen noch mehr Freude als die andern. Das Land war besiedelt gewesen seit Erschaffung der Welt, viele Völker hatten hier gewohnt, viele Götter hier geherrscht; in der tiefen Wildnis fanden sich plötzlich verfallene Baulichkeiten, zerstürzte menschliche Siedlungen, verlassene Heiligtümer. Ja'ala stellte dem Vater tausend Fragen und hatte mancherlei zu denken und zu dichten. Sie drang mit den Männern vor ins Dickicht, und wenn man früh am Nachmittag haltmachte und das Zelt aufschlug, dann streifte sie wohl auch allein ins Unbekannte.

Eines Abends, da sie so allein fortgegangen war, kam sie nicht zurück. Die Gegend war nicht sonderlich gefährlich, immerhin war es Bergwald, voll von unerwarteten Steilhängen, verwirrendem Gestrüpp, tückischem Abgrund, und die Nacht war ohne Mond. Auch gab es bedrohliches Getier, Berglöwen, wilde Hunde. Überdies hieß es, daß Anaschim Rekim hier streiften, Leere Leute, Flüchtlinge.

Der Morgen kam, er brachte keine Ja'ala. Jefta und all die Seinen suchten. Der Tag schritt vor, das Gesicht Keturas wurde hager, der Mund verpreßt, die großen Augen verwildert. Die Sonne wandte sich, Abend kam, die zweite Nacht. Gering war die Klage, groß die Angst. Ja'ala war Jeftas einziges Kind. Jahwe hatte ihm und der Ammoniterin den Sohn versagt: wollte er ihnen auch die Tocher nehmen?

Ja'ala mittlerweile lag hilflos im Gestrüpp. Sie hatte, um rechtzeitig zurück zu sein, den Weg verkürzen wollen, sie war einen hohen Felsen herabgestürzt und hatte sich den Kopf aufgeschlagen und den Fuß verletzt. Als sie sich nach einer kleinen Weile der Betäubung aufzurichten suchte, schmerzte der versagende Fuß so brennend, daß ihr die Sinne von neuem vergehen wollten. Sie lag mit jagenden Pulsen, würgende Übelkeit im Magen, sie erbrach. Es war Nacht, sie fror, durchs Gesträuch sah sie ein paar Sterne. Halbe Gedanken und Gefühle gingen ihr durcheinander. Sie war tief erstaunt, daß sie hier lag, elend und hilflos. Sie war allen Geschöpfen freund, alle Geschöpfe waren ihr freund, wo blieb der Helfer, wo der Vater, Jahwe, die Mutter? Es wurde hell, durchs Gesträuch strahlte ein starker Himmel, es wurde heiß, sie lag und war sich selber widerwärtig, weil sie sich beschmutzt hatte. Sie war so schwach, daß es weh tat, Durst quälte sie, ihr Kopf verwirrte sich von neuem. Die zweite Nacht kam. Mit der einsetzenden Kühle wurde ihr besser, doch nun riß an ihr zehrender Hunger. Sie wimmerte vor sich hin, der Hunger verging, sie wollte rufen, konnte nicht. Welch ein Jammer, daß sie ihre Trommel nicht mit sich hatte. Wird sie hier zugrunde gehen, in Hunger und Durst, allein, und ihr Fleisch gefressen werden von den Tieren des Waldes? Sie schüttelte den Kopf. Nein, das konnte sie sich nicht vorstellen. Vielmehr war sie jetzt gewiß, daß nun sehr bald einer kommen wird, der Vater, und sie lächelte und sang vor sich hin.

Da brach etwas durch die Büsche, ein Großes, Plumpes. Ihr Herz setzte aus, sie wurde starr vor Schreck, es mußte ein Tier sein, ein Bär. Es war ein Mensch, ein langer, junger Mensch, einer von den Refra'im, den Riesen, einer jener Leeren Männer sicherlich, die in dieser Wildnis hausten. Ihre Angst wurde kaum schwächer, dazu schämte sie sich, daß sie sich beschmutzt hatte. Der Lange beugte sich über sie, sie schloß die Augen, von neuem schwand ihr das Bewußtsein. Der Mensch versuchte, sie hochzuheben. Schmerz durchstach sie, erweckte sie, sie stöhnte. Eine hohe Stimme fragte etwas in einer halbfremden Sprache. Sie nahm sich zusammen, sagte: „Zelt“ und wies schwach in die Richtung des Zeltes. Der Mensch wiederholte: „Zelt“ und bemühte sich sacht, sie auf den Boden zu stellen. Sie wimmerte. Da nahm er sie auf den Arm, sie klammerte sich um seinen Hals, er trug sie langsam, vorsichtig in der Richtung, die sie gewiesen hatte.

Da war das Zelt. Die Freude, als sie Ja'ala wiederhatten! Die Mutter gab der Erschöpften, Verstörten zu trinken, sie wusch ihr den Leib und das Gesicht mit Wasser, dem sie Essig beimischte. Auch legte sie Kräuter, Balsam von Gilead, um den geschwollenen Fuß und verband ihn. Es dauerte nicht lange, und Ja'ala schlief ein.

Jefta mittlerweile fragte den langen, jungen Menschen aus, der ihm Ja'ala zurückgebracht hatte. Der Lange war hell von Haut und von Augen, sichtlich ein Emoriter. Er sprach Ugarit, jene alte Sprache, die noch im Norden von Baschan gesprochen wurde und die dem Hebräischen sehr ähnlich war, doch voll von feierlichen, abgelegenen Worten. Da der Fremde überdies scheu und ungeschickt redete, hatte Jefta Mühe, sich seine Erzählung zusammenzureimen. Er hatte Fallen gestellt in einem sehr wilden Teil des Bergwaldes, hatte leises Wimmern gehört und das Mädchen tief versteckt im Gestrüpp aufgefunden. Jefta dankte ihm herzhaft und bat ihn, sein Gast zu sein.

Sie setzten sich und aßen. Jefta fragte den Fremden nach seinem Namen, seiner Heimat, seinen Umständen. Er hieß Meribaal und stammte aus dem Königreich Zoba. Seine Leute waren im Krieg umgekommen, er war ein jüngerer Sohn, er wurde herumgestoßen und verachtet in der steinernen, ummauerten Stadt, die seine Heimat war, er hatte es nicht ausgehalten und sich fortgemacht in die Freiheit der Wildnis. Das erzählte er in karger, unbeholfener Rede. Als er gar begriff, daß er mit Jefta sprach, dem berühmten Hauptmann, konnte er nur noch stammeln vor Verlegenheit. Aber er ließ nicht die begeisterten Augen vom Gesicht seines Wirtes; denn dies war der Mann, dem er's hatte nachtun wollen, als er in die Wildnis ging.

Jefta und Ketura, nach dem Mahle, schauten noch einmal nach Ja'ala, dann streckten sie sich auf die Matte.

Ketura konnte nicht schlafen. Die Narben aus jenem Kampf mit dem Wolf schmerzten; das heiße Warten dieser letzten Tage hatte sie sehr mitgenommen. Sie konnte immer noch nicht begreifen, was da geschehen war. Die Wildnis, ihre selige, geliebte Wildnis, hatte sich plötzlich gewandelt in ein Höhnisch-Grausames. Nein, es war nicht die Wildnis, es war Jahwe, der wütig eingebrochen war in ihr Glück. Doch der Baal Milkom und ihre Schutzgötter waren ihr zu Hilfe gekommen und hatten den Mann aus Zoba gesandt. Sie stand auf, ging hinüber, wo Ja'ala lag und schlief, sie mußte sich mit Aug und Hand überzeugen, daß das Kind da war, daß es lebte.

Ja'ala erwachte früh am Morgen, vor den andern. Sie wurde sich bewußt, daß sie im Zelte des Vaters und der Mutter war, bei den Menschen, zu denen sie gehörte. Gewöhnlich, wenn sie erwachte, sprang sie sogleich auf, voll Sehnsucht nach Bewegung. Heute war sie froh, daß der schmerzende Fuß sie zwang, liegenzubleiben. Sie schloß die Augen und dachte daran, wie der lange Mensch sie durch die Wildnis getragen hatte. Wunderbar geschickt hatte er sie getragen, sacht in all seiner Stärke. Es mußte ein schwerer Weg gewesen sein über Berg und Tal und Fels und durch Gestrüpp; aber der böse Weg hatte sich ihm unter die Füße geschmiegt.

Jefta und Ketura sprachen mit ihr, niemand redete von der ausgestandenen Sorge, alles war Heiterkeit. Es war ein heller Tag mit frischer, warmer Luft, man setzte sich vors Zelt. Sie hätte gerne gewußt, ob der Fremde noch da sei; sie scheute sich zu fragen. Doch da kam er bereits, verlegen, so verlegen, daß auch sie befangen wurde.

Er saß bei ihr den größten Teil des Tages. Je nach dem Stand der Sonne trug er sie von einem Platz zum andern; sie liebte es, halb im Schatten zu liegen, halb im Licht.

Nach dem Mahle, an dem heute Ja'ala teilnahm, sagte Meribaal, nun dürfe er seinen Wirten nicht länger lästig sein, er wünsche ihnen Frieden und werde bei Tagesanbruch zurück in seinen Wald gehen. Jefta sah, daß es ihn Überwindung kostete, so zu sprechen, er sah die Bestürzung auf Ja'alas klarem Gesicht, und er fragte Meribaal: „Will nicht der Retter meines Kindes Gast sein in meinem Lande Tob?" Ja'ala strahlte auf, auch auf dem Gesicht Meribaals war glückliche Bewegung. Er setzte mehrmals an, zu antworten, und er sagte schließlich schwerfällig: „Ich soll in deinem Lager bleiben?“

Das war es nun nicht gerade, was Jefta gemeint hatte. Wenn dieser Meribaal für immer in der Schar blieb, wird er dann nicht Ja’ala haben wollen, wenn sie erst reif ist? Er hatte sie in der Wildnis gefunden, er hatte Anspruch auf sie, sichtlich gefiel er dem Kind, Jefta mußte sie ihm wohl geben und wollte es auch. Aber dieser junge Mensch war Emoriter, er hieß Meribaal, schon sein Name machte ihn dem Baal von Baschan zugehörig. Die in Mizpeh werden sagen: „Seht ihn an, den Jefta, den Sohn der Ammoniterin, den Mann der Ammoniterin, und jetzt gibt er seine Tochter einem Anhänger des Baals von Baschan. Haben wir nicht recht getan, ihn auszutreiben?“ Sie sollen aber nicht so sagen.

Wie immer, er mußte wohl Meribaal ins Land Tob mitnehmen. Dort blieb der lange Mensch ein Fremder. Er war verschieden von den andern, selbst von den Emoritern. Seine vornübergeneigte, schlacksige Haltung und seine hohe Stimme forderten zum Lachen heraus. Andernteils erwies er sich kräftig und behend, und seine Hände waren geschickt und anstellig. Auch zeigte er in Öde und Urwald erstaunlich feine Witterung, er fand Wege durchs dickste Gestrüpp und wußte ungemein viel von den Tieren der Wildnis. Aber er war scheu und gewöhnte sich nur schwer in die Sprache und in das Gehabe der Schar.

Dem Jefta bezeigte er grenzenlose Anhänglichkeit. Mit ihm und den Seinen konnte er bald auch über verwickelte Dinge reden. Er war geradezu täppisch ehrlich und ließ jede Regung von dem ungefügen Gesicht ablesen. Jefta hatte für seine unbeherrschte Aufrichtigkeit eine heimliche, gutmütige Geringschätzung.

Die arglose Ja’ala indes liebte an ihrem Retter gerade diese Eigenschaft. Sie sah in ihm einen älteren Bruder, dem sie alles anvertrauen konnte. Ihr Fuß war noch nicht ganz so leicht wie früher; es wurde ihr zur lieben Gewohnheit, Meribaal in ihre einsamen Lichtungen mitzunehmen.

Zuweilen begleitete sie der alte Tola. Da saßen sie dann zu dreien, und der Greis und der junge Mensch redeten von den Geschichten des gewaltigen Nordreichs, das ihre Heimat war. Sie waren sich einig über die Namen der drei großen

Helden: Etana, Adapa und Tamus, doch nicht einig über Namen und Art der elf Ungetüme, die von diesen Helden besiegt worden waren, der Drachen, Flügelschlangen, Meerwidder, Skorpionmenschen, und einmal sagte Tola tadelnd und gekränkt: „Hätte der Greis die Kraft des Jünglings und der Jüngling die Weisheit des Greises, dann wären die Menschen Götter. So bin ich Tola und du Meribaal."

Ein Monat mochte vergangen sein, da sagte, in Gegenwart Ja'alas, der Lange zu Jefta: „Ich habe nun dein Land Tob gesehen und deine Schar, und ich bitte dich abermals: nimm mich auf in deine Schar." Nun mußte Jefta antworten. Er schaute von Meribaal zu Ja'ala und zurück zu Meribaal und sagte: „Du hast mein Kind gerettet, und mein dankbares Herz hat Freude an dir. Aber meine Schar gehört in den Bund Jahwes, und hat nicht dein Baal Krieg geführt gegen Jahwe?"

Das Gesicht des Langen zuckte und arbeitete, man sah, wie Wunsch und Bedenken ihn hin und her rissen. Er schaute dem Jefta treuherzig in das breite, löwenhafte Antlitz, suchte seine Worte mühsam und linkisch zusammen und sagte: „Ich verehre Jahwe, da Jefta ihm anhängt. Aber nicht verleugnen will ich den Baal von Baschan, der mich mit starker Hand geführt hat, bis ich deine Tochter fand und dich. Und auch die großen Helden des Nordreichs will ich nicht verleugnen, welche die elf Ungetüme besiegt haben."

Dem Jefta gefiel der Emoriter Meribaal; er hätte es gerne unterlassen, ihm weiter zuzusetzen. Aber gerade das mußte er. Mit einer kleinen, bittern Heiterkeit wurde er sich bewußt, daß er jetzt vor diesem jungen Menschen stand wie seinerzeit Abijam vor ihm selber.

Er sagte: „Es sei ferne von mir, dich zu entzweien mit deinen Göttern und Helden. Verehre du sie weiter, aber wenn du in meine Schar eintreten willst, dann muß Jahwe dein *höchster* Gott sein; denn er ist es, der uns zusammenhält. Du müßtest den Namen Meribaal ablegen. Es darf in meiner Schar keiner einen Namen tragen, der ihn dem fremden Gott zueignet."

Meribaal stammelte: „Ich soll nicht länger ...?" Er konnte den Satz nicht zu Ende sprechen. Er stand da, wilde Bewegung über dem ungefügen Gesicht, und schnaufte und schwieg und stand und schwieg. Ja'ala war dem Gespräch mit ängstlicher Spannung gefolgt. Nun saugten ihre Augen sich fest am Gesicht Meribaals. Er spürte es und quälte sich ab, daß es den Jefta erbarmte. Aber er konnte ihm nicht helfen.

Endlich sagte Meribaal: „Wie soll ich denn heißen?" Ja'ala atmete auf, klatschte voll kindlichen Jubels in die Hände und bat: „Gib ihm einen schönen Namen, Vater."

Jefta freute sich an ihrer Freude und sagte: „Er soll heißen Jemin. ‚Der zur Rechten' soll er heißen, ‚Freund meiner rechten Hand'. Bist du's zufrieden, meine Tochter?"

Der Lange dehnte die Brust. Freund und Helfer des Jefta zu heißen, das war kein Verrat an seinem Baal. Und der bisher Meribaal gewesen war, sagte: „Jemin, Freund der rechten Hand, dankt dir, Jefta."

Ein Kalb wurde dem Jahwe geschlachtet, man mischte vom Blut des Opfers in den Wein, man aß und trank, auch Ja'ala nahm teil am Mahle, und Meribaal blieb in der Schar Jeftas und hieß Jemin.

7

Ketura hielt treu und ehrlich zu Jefta, sie hatte mit keinem Wort widerstrebt, als er Meribaal einen andern Namen gab; aber es bedrückte sie, daß dieser, um in die Schar einzutreten, dem Baal hatte absagen müssen. Sie wollte sühnen. Sie wollte zu ihrem Gott wallfahrten. Er wohnte dort oben im Chermon, im Weiten, Weißen, Grenzenlosen. Sie wird den schwierigen Aufstieg nicht scheuen, sie wird den Baal ihrer Treue versichern und sich von ihm Kraft und Rat holen.

Mit frommer List erklärte sie, da sei dieser Berg Chermon und schaue immerzu höhnisch und stolz auf ihren Jefta herunter. Das gefalle ihr nicht. Sie möchte mit ihm hinauf in dieses Weiße, das Weiße solle zu Jeftas Füßen sein.

Nun hatte den Jefta schon in Gilead der weiße, funkelnde Gipfel des Chermon gelockt, den man sah, wo immer man weilte. Im Lande Baschan hatte man ihm dann viel Merkwürdiges über den Chermon berichtet. In Urzeiten war ein Heiligtum des Baal auf dem Gipfel gestanden. Dann hatte der Baal gezürnt, sein ganzer Berg hatte gebebt, und weit hinunter waren alle Städte und Siedlungen zerstört worden. Seither stand das Heiligtum verlassen und verfallen, und die Menschen fürchteten sich, die kalte, weiße Höhe zu ersteigen. Jener König Og von Baschan, erzählte man, habe es gewagt, und später der israelische Hauptmann Joschua. Doch nicht viele hatten es diesen Männern nachgetan. Denn was konnte man dort oben finden für alle Mühe und Gefahr? Nur böse Geister und das Weiße.

Als jetzt Ketura ihn aufforderte, den Berg zu ersteigen, merkte Jefta sogleich, daß sie zu ihrem Gott wallfahrten wollte. Aber sein eigener Wunsch, in das Weiße dort oben hineinzusteigen, wurde stärker, noch während sie sprach. Wenn sie sich vor dem Baal von Baschan demütigen wollte, so war Jefta Soldat Jahwes und freute sich darauf, dem fremden Gotte zu zeigen, daß er keine Furcht vor ihm kannte. Er schaute Ketura in das erwartungsvolle Gesicht und sagte fröhlich: „Was du mir vorschlägst, ist schwierig und nicht sehr nützlich. Aber ich sehe, meiner Ketura steht das Herz danach, und ich gesteh es: seitdem du es aussprachst, auch mir."

Sie machten sich auf die erfreuliche und sinnlose Fahrt. Sie nahmen nur den Jemin mit. Der hatte sich lange auf den Hängen des Chermon herumgetrieben, mit Liebe und immer wacher Neugier, bis weit hinauf in die beschneiten Höhen.

Der junge Emoriter hatte sich seinem Hauptmann immer enger angeschlossen und verehrte ihn jetzt fast bis zur Narrheit. Er ahmte seinen Gang nach, seine Sprechweise, jede seiner Bewegungen, er stieß wie Jefta das Kinn in die Luft. Er ließ den Blick nicht von ihm, begierig, wie er ihm gefällig sein könnte. Selbst Ketura mußte manchmal lächeln über seine Beflissenheit. Daß er jetzt den verehrten Mann führen durfte, und überdies auf die Höhe des Chermon, machte ihn stolz und glücklich.

Sie überquerten den Jarmuk, durchzogen, die vielen Städte und Dörfer meidend, das fruchtbare Land, erstiegen die mit Weinpflanzungen überdeckten Hänge des Berges; überall standen Heiligtümer des Baal und der Aschtoret.

Am dritten Tag erreichten sie die letzte Siedlung, Baal-Gad, die Stadt des Glücksgottes Gad. Bald begann das Weiße. Es war erstaunlich, wie tief herunter der Schnee reichte und wie lange er sich hielt. Sie wanderten über bewachsene Höhen. Kleine Zedernhänge gab es, viel Unterholz. Sie nächtigten in einem Bergtal, das von Höhen ringförmig umgeben war.

Von nun an wurde der Weg schwierig. Aus der Ferne hatte sich die Höhe des Berges als eine sanfte, weite, abgeplattete Kuppe gezeigt. Jetzt erwies sich, daß der Schnee Schründe und Abgründe überdeckte, daß er bald hart und schlüpfrig vereist war, bald weich, so daß man unerwartet einsank. Mühsam, keuchend arbeiteten sie sich in das Weiße, Funkelnde hinauf. Die sehr kräftige Ketura mußte alle ihre Kraft aufwenden. Jemin half ihr wieder und wieder aus dem Schnee heraus, er stützte sie, manchmal trug er sie, der scheinbar so ungelenke Mensch zeigte sich zart, flink und gewandt. Ketura war ihm dankbar. Wie gut, daß dieser Meribaal – in Gedanken nannte sie ihn niemals anders – mit ihrer Tochter so gut Freund war. Wenn Ja'ala den Emoriter zum Mann hat, dann wird der Baal nicht verschwinden aus ihrer Sippe.

Sehr hoch oben erreichten sie die fast ganz zerstürzten, mit Schnee überdeckten Überbleibsel eines Heiligtums. Jemin riet, hier zu nächtigen; es war sicher, daß sie am folgenden Tag den höchsten Gipfel erreichen würden. Sie hüllten sich in ihre Decken und schliefen.

Des Morgens, noch vor Tag, leise, um Ketura nicht zu stören, weckte Jemin den Jefta und bat ihn froh erregt und wichtig, ihm zu folgen. Es war bitter kalt, sie schritten, glitten, kletterten durch verschneites Gestrüpp, dann bedeutete Jemin dem Jefta, sich zu ducken und stillzuhalten. Da sah Jefta jenseits der kleinen Schlucht auf einem Vorsprung ein Tier, einen Bock mit riesigen Hörnern, einen Akko, einen Steinbock. Unbeweglich stand das Tier, starr im steifen Wind, offenbar unempfindlich gegen Kälte und Wetter. Lange lagen Jefta und Jemin, geduckt, und Jefta schaute auf das Tier, das sich scharf abhob in der immer klareren Luft. Dann, plötzlich scheu, sprang der Bock von seinem Fels, zog an dem glatten Hang hin, schwebte hin, Jefta sah nichts, wo er hätte fußen können, schwebte ins Unsichtbare, so schnell wie sicher.

Sie gingen zurück. Jemin, glücklich, geradezu beredt, erzählte von der Art und dem Leben des Akko. Stundenlang steht ein solcher Steinbock in äußerster Kälte gegen den Wind, die Ohren erfrieren ihm, er achtet es nicht. Es sind überaus stolze Tiere, sie suchen immer die höchste Höhe, und dort stellen sie sich auf. Viele von ihnen sind Helden, Halbgötter, die sich nach ihrem Tod in solche Wesen verwandelt haben. Es ist fast unmöglich, den Steinbock zu erjagen; aber wer ihn erlegt, hat Kraft bis ins höchste Alter.

Jefta hatte von diesen Tieren viel gehört. Nun hatte er mit eigenen Augen gesehen, wie der Steinbock auf seiner Höhe stand, eigensinnig im Wind. Verächtlich dachte Jefta an die Ziegen, die in den Hürden Gileads gehalten wurden, zahm und gefügig, gefüttert und gehütet. Der Steinbock gefiel ihm. Es wäre ihm recht, nach seinem Tode als solch ein Steinbock weiterzuleben.

Wie Jemin vorausgesagt hatte, erreichten sie an diesem Tage, noch bevor die Sonne am höchsten stand, den Gipfel, der all die Zeit her auf sie heruntergeleuchtet hatte, lockend, erregend, beklemmend. Mehrmals in den letzten Tagen war Dunst und Nebel um sie gewesen, doch heute war die Luft zauberisch klar, und hell im Licht vor ihnen lag tief unten Baschans fruchtbares Land und seine harte, schwarze Steinwüste und die beiden Israel, im Osten Gilead, im Westen Kana'an.

Jefta, mit seinem scharfen, ordnenden Blick, erkannte Berg und Tal und Gewässer und Städte. Verfolgte den Jordan und die vielen Flüsse, die sich in ihn ergossen, sah fern im Süden, wo Himmel und Erde sich trafen, das Tote Meer, sah unmittelbar unter sich, zur Rechten, den lebendigen, fischreichen See Keneret mit den blühenden Ufern und weiter im Westen das unendliche Wasser, und was da ganz fern im Süden verschwamm, das war Be'erscheba und seine Wüste.

Jefta nahm das alles in sich auf, das Endlose, Bunte, Vielfältige. Was damals im Zelte Jahwes des Priesters und, vielleicht, Hauch des Gottes gewesen war, wurde Gestalt. Lag vor seinen Augen, sichtbar. Zu seinen Füßen, betretbar. War da. Er streckte die Finger, krümmte sie, griff zu, ballte die Fäuste. Und das Weite, Riesige mit all seinen trennenden Wassern und Gebirgen war *eines*. Und der erwählt war, es zusammenzureißen, das war er, Jefta. Die Erkenntnis faßte ihn, füllte ihn, weitete ihn. Er sah sein Ziel. Und es war herrlich, zauberisch, das Ziel eines Helden, eines Mannes, der zu einem Drittel Gott war.

Unsinn. Wahnbilder, wie sie die Schneeluft in ihm aufdunsten ließ. Ein Abijam, den seine armselige Körperlichkeit zum Nicht-Tun verurteilte, mochte sich dergleichen nebeliges Zeug vorgaukeln. Aber ein Mann, der kämpfte und eroberte, durfte sich nicht so ins Blaue, Müßige verlieren.

Ist es wirklich blau und müßig? Da liegt das Land. Hier steht der Mann. Und was er tun will, läßt sich planen und errechnen, Schritt um Schritt. Er hat Afek genommen und Geschur und Golan. Er wird sich noch mehr Gaue Baschans unterwerfen und sein Reich im Norden festigen. Dann wird er über den Jabok gehen und sich auf den Richterstuhl setzen in Gilead. Dann – immer Schritt um Schritt – sein Nordreich und das östliche Israel vereinigen. Dann über den Jordan gehen und das Zertrennte in *eines* zusammenzwingen. Und dann wird der Richter in Israel dem Pharao nicht nachstehen und nicht dem König von Babel, der sich König der Könige nennt.

Wahnsinn! Eitelkeit! Aber wieviel Wirkliches ist zuerst Wahnsinn gewesen! In Mizpeh und Machanajim wäre es Wahnsinn gewesen, hätte er den Chermon ersteigen wollen: und nun steht er, Jefta, der Sohn Gileads, auf dem Dach des Hauses, in dem der Gott von Baschan wohnt, und überschaut alles Israel und rechnet und streckt die Finger, es zu greifen.

Er reckte sich, umweht von dem kräftigen Wind, stieß den Kopf vor mit dem kurzen, viereckigen Bart in die reine, frische Helle, lachte laut, schallend.

Des Nachts – es war kalt, Ketura unter den Decken schmiegte sich eng an ihn – konnte er trotz der Ermüdung des harten Tages nicht schlafen. Nach einer Weile fragte Ketura: „Schläfst du nicht, Jefta?“ Und leise und triumphierend sagte sie: „Ich weiß, warum du nicht schläfst. Und ich weiß auch, warum du gelacht hast. Auch ich habe gelacht in meinem Herzen. Auch ich habe es gespürt, wie der Baal im Innern seines Berges uns begrüßte und uns seine Gastfreundschaft bot. Er will uns wohl. Er will dir wohl. Und wenn der Jahwe dieses Priesters dir nicht hilft, dann kommt der Baal aus seinem Berge, dir zu helfen."

Jefta drückte sie fester an sich. Er war bestürzt, wie wenig sie von ihm wußte. Er war der Soldat Jahwes, nicht Baals. Er wollte nicht die Hilfe des fremden Gottes. Seine Grenze war nicht der Fluß Jarmuk, wo die Macht des Baals aufhörte: ihm bestimmt war das Land bis hinunter zur Wüste des Sinai, das Jordanland, das Land Jahwes. Er hatte den Segen und Beistand Jahwes. Darum auch hatte der Baal von Baschan sich nicht zu rühren gewagt, als er, Jefta, auf dem Dache seines Hauses stand zu seinen Häupten.

8

Im fünften Jahr seines Aufenthalts in der Wildnis nahm Jefta die Stadt Ramot-Baschan und ihre ganze Flur.

Wiewohl sein Gebiet nördlich des Jarmuk nun vier Städte umfaßte, blieb er weiter in der Wildnis, ein Unsteter; seine Heimat war das wandernde Zelt. Nur seine Giborim, die einundzwanzig Männer der Leibwache, wußten genau, wo er sich aufhielt.

Im Frühling des nächsten Jahres nahm er die Stadt Sukkot-Baschan. Die zahlreichen Emoriter der Stadt leisteten bittern Widerstand. Jefta wurde ernstlich in der Schulter verwundet. Er war ergrimmt. Vielleicht war diese Verwundung eine Tücke des Gottes Baal, der mächtig war hier im Norden. Vielleicht auch war es eine Mahnung Jahwes: hatte nicht Par ihn gewarnt? Von wem immer der Streich kam, von Baal oder von Jahwe, Jefta lehnte sich dagegen auf. Er achtete nicht auf die Wunde, er kehrte zurück ins Land Tob.

Er fieberte heftig, als er in seinem Zelt ankam. Die heilkundige Kasja pflegte ihn mit Sorge. Sie bestand darauf, daß er sich erhole und ruhe, im Zelt oder im Freien. Da hockte er herum, erstaunt und verärgert.

Die Seinen waren viel um ihn, die Frau und die Tochter, Par, Kasja und Jemin. Jefta schimpfte, nun sei es schon fast Sommer und es sei noch soviel zu tun vor dem Winter. Par tröstete: „Es sind noch mehr als zweihundert Tage, Jefta." Jefta, nicht ohne Spott, fragte: „Weißt du denn so genau, was ich in diesem Sommer tun will?“ Par, verlegen, da er vor den andern reden sollte, erwiderte: „Ich denke mir, du wirst noch die Stadt und den Gau Ma’aka nehmen, damit dein Baschan rund und geschlossen ist und du es leichter schützen kannst gegen König Abir.“ Jefta, nun fast heiter, sagte: „Gut getroffen, du Kluger. Die Stadt Ma’aka werde ich mir holen, und wohl auch Stadt und Gau Rechob. Dann haben wir sieben Gaue, das ist eine gute Zahl.“

Kasja, als ob Jefta nicht da wäre, sprach über ihn hinweg zu ihrem Mann: „Wahrscheinlich will er das ganze westliche Baschan vereinigen und Vater und Gründer eines Stammes Jefta sein.“ Alle schauten auf Jefta. Der lachte und sagte: „Was meinst du dazu, mein Par? Antworte doch deiner klugen Frau, du Kluger.“ Par sagte: „Gewiß wird er einmal seine sieben Gaue vereinigen zu einem Stamm und Land Jefta. Aber dann wird er wohl auch das Land Tob dazunehmen. Denn wir hier leben nicht gern in der Ordnung und Unfreiheit der Städte, und schon gar nicht Jefta. Er wird in der Wildnis von Tob bleiben wollen und von hier aus sein nördliches Gebiet richten und ordnen. Freilich wird er lange Monate auch in seinen Städten leben müssen.“ Und bedächtig verkündete er: „In seiner Jugend darf der Mann wandern und schweifen. Aber später muß er Ruhe geben und Ordnung halten.“

Jefta lächelte böse. Was für bescheidene Pläne dieser Par ihm zudachte und was für ein ärmliches Reich! „Richtig“, höhnte er, „das Land Tob werd ich wohl unserm Norden zufügen. Aber es gehen nur zwei Flüsse zum Jordan im Lande Tob – und elf im Lande Gilead. Und denke dir, mein wackerer Par, dieses ganze Gilead will ich auch noch dazunehmen!“ Er richtete sich hoch und brach aus: „Oder glaubt ihr, ich will Gilead für immer den Silpa-Söhnen lassen, den feigen Füchsen?“

Da leuchtete Ketura auf, da strahlte Ja’ala, da ging heftige Bewegung über das schwere, hölzerne Gesicht des langen Jemin. Und selbst der bedächtige Par bat: „Sprich weiter, Jefta. Du hast uns nicht alles gesagt. Sag uns mehr. Unser aller Seele verlangt danach.“

Den Jefta selber verlangte danach. Er wollte weiterreden. Wollte reden von seinen Gesichten auf dem Chermon, von dem, was ihm durch die Brust ging. „Wieder hast du recht, mein Par", sagte er. „Baschan, Tob und Gilead, das ist noch immer viel zu gering. Auch die andern sollen hinein in mein Israel, alle die Stämme östlich des Jordan, die Männer von Re'uben und Gad und Menasche, und auch die Emoriter unter ihnen. Das alles soll *eines* sein. Nicht lose verknüpft: *eines.*" Er hatte sich erhoben, er stand wie damals auf dem Chermon, ins Weite schauend, er griff aus mit den Armen und verkündete sein Letztes: „Und dann gehen wir über den Jordan und fügen das Israel in Kana'an dem Israel des Ostens zu. Es soll *ein* großes Reich sein von Dan bis Be'erscheba, von dem Großen Wasser im Westen bis zu den Wüsten Ammons und Moabs: *ein* Reich Israel."

Ja'ala konnte nicht an sich halten. Sie jauchzte: „Alle Kraft meinem Vater Jefta! Alle Kraft Jefta, dem Sohne Gileads!" Doch die erschreckte Kasja warnte: „Sprich nicht so laut, Jefta, mein Bruder. Hinter jedem Baum und Felsblock lauern böse Geister, und sie sind besonders um einen Kranken, und sie richten ihre Tücken am liebsten gegen den Starken und Stolzen." Aber die andern hörten nicht auf sie, sie waren benommen von Jeftas Worten, und selbst in der trockenen Stimme Pars war etwas wie Rausch, als er sagte: „Alle Stämme Israels zusammenfügen in *ein* Volk, das hochmütige Efraim, das widerspenstige Benjamin, das zögernde Gilead: das ist der Gedanke eines großen Richters und Helden. Da hat dir Jahwe Sturmwind eingehaucht in die Brust."

Es beglückte Jefta, daß seine Worte sogar den nüchternen Par aufwühlten. Jäh indes und frostig fiel ihn die Erkenntnis an: was er da gesagt hatte, war das viel unterschieden von dem nebelhaften Gerede, mit dem damals der Priester ihn zu betäuben versucht hatte? Gewalttätig aber und sogleich durchriß er die Beklemmung. Er hatte das Land *gesehen,* das Ein und Unteilbare Land. Vom Gipfel des Chermon hatte er's gesehen. Es war greifbar, er hatte danach gegriffen. Was er spürte, wollte, aussprach, war von dem Gerede des Abijam só verschieden wie der Eichbaum von seinem Keim.

Er mußte das den andern klarmachen. Er schämte sich des Überschwangs, mit dem er gesprochen hatte. „Das sind nicht die großartigen Sprüche eines Nabi, eines Propheten und Besessenen", sagte er. „Ich jage nicht den Wind. Ich habe mir alles genau überlegt. Ich werde Ma'aka nehmen und das ganze Baschan sichern. Erst dann geh ich über den Jabok. Und ich werde das ganze Gilead sichern. Erst dann geh ich über den Jordan."

Er hockte sich nieder auf seine Matte, hob die wunde Schulter, verbiß den Schmerz und sagte geradezu mürrisch: „So, nun wißt ihr es. Bisher habe ich es nur den Bäumen des Waldes erzählt. Und jetzt vergeßt es schnell, und denkt daran erst wieder, wenn wir über den Jabok gehen."

9

Silpa und ihre Söhne nahmen an, das meiste, was die Leute von Jeftas Taten und von seinem Glück erzählten, sei Geschwatz und Gefabel. Aber soviel stand fest: der Bastard war nicht verkommen in seiner Wildnis, er blühte und breitete sich aus, er griff um sich mit frecher Hand, er besaß Land, Kriegsvolk, Streitwagen, Macht.

Silpa, in all ihrer bittern Enttäuschung, gab die Hoffnung nicht auf, Jahwe werde am Ende die Brut der Lewana stürzen und zertreten.

Den stolzen Gadiel ärgerten kaum die Erfolge des Jefta. Aber er neidete ihm das ungebundene, abenteuerliche Leben der Wildnis. In ihm selber rumorten Erinnerungen an die Wanderzüge der Väter; er sehnte sich nach Wechsel, nach Streifen und Schweifen, nach der Freiheit der Steppe.

Der besonnene Jelek ließ sich durch Jeftas Glückslauf schon gar nicht aus dem Gleichmut bringen. Mochte der Bastard kriegen und siegen mit soviel Glanz er wollte, solang er's nur in ferner Ferne tat, dort oben hinter dem Fluß Jarmuk. Wäre er im Land geblieben, den Leuten ständig vor Augen, dann würfen die Mißgünstigen den Silpa-Söhnen immer von neuem vor, ihre Ränke hätten den Bruder zugrunde gerichtet. Nun er fort war, konnte man sich in Ruhe der schönen Güter in Machanajim erfreuen. Er, Jelek, hatte daran seine besondere Freude. Da der Mutter und den Brüdern mehr am Ansehen des Geschlechtes lag als am Besitz, hatten sie ihn zum Verwalter des gesamten Erbgutes gemacht, und er unterzog sich gern der schweren Aufgabe.

Eifrig ritt er umher, musterte die weitverstreuten Häuser, Felder, Weinberge, Ölpflanzungen, Hürden. Ordnete, besserte, mehrte. Baute die Häuser aus und stockte sie auf, grub Kanäle und Zisternen, prüfte den Boden und gab Weisung, was gesät werden sollte und was nicht. Führte Böcke ein aus der Ebene Jesre'el und aus Maschan Stiere. Kaufte nützliches Gerät von den wandernden Händlern und verteilte es. Felder und Herden gediehen, Sonne und Regen kam zur rechten Zeit. Frohen Herzens an jedem neuen Mond errechnete Jelek, wie weit und fett sein Besitztum war, und dankte Jahwe, indem er es mehrte.

Schamgar, der Jüngste, grübelte oftmals und immer wieder über das Schicksal Jeftas. Es graute ihm vor seiner Gottlosigkeit, trotzdem fühlte er sich zu dem seltsamen Manne hingezogen. Ihm, Schamgar, dem Ordentlichen, Friedfertigen, war nichts Härteres denkbar als ein Leben in Wüste und Wildnis, und er war überzeugt, Jahwe habe dem Bruder, der freiwillig ein solches Leben führte, den Sinn verwirrt. Aber warum dann hatte es der Gott gerade ihm vergönnt, dem Abtrünnigen, die verlorenen Städte im Norden zurückzugewinnen? Offenbar hatte Jahwe noch mancherlei vor mit dem Manne, den er gleichzeitig segnete und mit Verstocktheit schlug.

Auch der Priester Abijam nahm an, daß Jahwe mit Jefta Besonderes vorhabe. Er, Abijam, hatte damals die Botschaft der Urim und Tumim mißdeutet. Die Prüfung, die er Jefta auferlegt hatte, war menschlich gewesen, unweise; Jahwe wollte sichtlich den Mann auf sehr andere Art prüfen. Eines wenigstens hatten die scharfen Worte, die er, Abijam, damals gefunden hatte, bewirkt: der junge Mensch war in aller Erbitterung über die vermeintliche Unbill nicht geradewegs in die Zelte der Ammoniter gelaufen, aus denen die Frau kam, sondern in all seinem wilden Wesen Jahwe und dem Stamme Gilead treu geblieben. Nein, Abijam gab den Ungebärdigen nicht auf. Freilich quälte ihn oft die lange Wartezeit. Denn er war alt, jedes Jahr mochte ein letztes sein, und der größte Teil seines Lebens war Warten gewesen.

Die Männer von Gilead sprachen viel von den Taten des Jefta, und sie gedachten seiner mit Sehnsucht. Aber sie wagten sich an die Silpa-Söhne nicht heran. Denn es ging dem

Volk von Gilead gut unter der tüchtigen Wirtschaft des Jelek. Viele wohnten besser als zu Lebzeiten des alten Richters, nährten sich besser, hatten besseren Hausrat und besseres Werkzeug. Allein ihre Genugtuung blieb mürrisch. Wie lange wird der Friede vorhalten? Und sollte man nicht einen Führer bestellen, das Volk zu schützen vor Ammon? Wieder und wieder redeten die Ältesten davon, man müßte einen neuen Richter wählen. Aber sie redeten ohne Schwung. Denn der Name des Jefta, an den alle dachten, blieb unausgesprochen, und in Gilead war keiner, den man mit Ehrfurcht und Überzeugung „Ischi Schofet – Mein Herr Richter" hätte grüßen mögen. So kamen denn in jeder einzelnen Stadt die Bärtigen zusammen, walteten und urteilten, so gut sie es vermochten, und war der Fall zu schwierig, dann wandten sie sich an den Priester Abijam, an die Frau Silpa oder auch an Jelek. Der steinerne Stuhl des Richters aber am Tore von Mizpeh stand leer.

So blieb es vier Jahre lang und ein fünftes, und alle die Jahre hindurch lauerte an der ungeschützten, undeutlichen Grenze der kluge, tatkräftige König Nachasch von Ammon. Im sechsten Jahre aber mehrten sich die Einfälle der Ammoniter. Weitum in Gilead wurden Äcker und Weinberge verheert, Herden weggetrieben, Dörfer geplündert. Und kein Richter war da, keine starke Hand, dem Feind zu wehren. Da kroch Angst und Bitternis übers ganze Land, und überall erinnerten sich die Männer an Jefta. Die Bürger in ihren Häusern, die Bauern in ihren Hütten, die Hirten an ihren Feuern erzählten sich von seinen Taten, seinen Städten, seinem Kriegsvolk, seinen Streitwagen.

Abijam und Silpa erkannten, daß der Richterstuhl nicht länger leer bleiben durfte. Beiden war der Anblick dieses leeren steinernen Stuhles vertraut geworden. In ihrem Innersten wünschten sie den Stuhl leer. Silpa hatte sich als die Mutter und Herrin des Stammes gefühlt, als eine Nachfolgerin jener Frauen, die in allen Zeiten Israel geleitet hatten. Abijam seinesteils hatte sich für den heimlichen Richter gehalten, der vom Zelte Jahwes aus ohne ihr Wissen auch Silpa lenke.

Nun aber konnte man es nicht länger hinausschieben, einen Richter zu bestellen.

Sie forderten Gadiel auf. Jetzt, da das Land mit dem

großen Einfall der Ammoniter rechnen müsse, sei er, der Krieger, der rechte Führer. Allein Gadiel weigerte sich. Gewiß, er sei ein Krieger, doch nicht geeignet zum Feldhauptmann und schon gar nicht zum Richter. „Ich fürchte nicht den Tod in der Schlacht“, erklärte er. „Aber ich will nicht als Führer sterben. Wenn der einfache Krieger fällt oder auch der Führer einer Tausendschaft, dann empfangen ihn unter der Erde seine Väter liebevoll, und der Gott Jahwe läßt ihn wohl auch fernerhin an den Schlachten seines Stammes teilnehmen. Der Feldhauptmann aber trägt die Verantwortung, und wenn ich die Schlacht verliere, hab ich als Toter keine gute Stunde mehr.“

Auch Jelek lehnte ab, höflich und entschieden.

Blieb vom Geschlechte des Gilead nur Schamgar.

Abijam, als er dies bedachte, wurde beklommen. Schamgar wird Ton sein in seiner Hand, und der Priester fürchtete, er werde dies nützen vielleicht mehr zur Stillung des eigenen Machtdurstes als für das Wohl des Stammes und für den Ruhm Jahwes. Er war ehrgeizig und wollte noch Taten tun, bevor er in die Höhle ging; vielleicht wird er sich verleiten lassen, Taten zu tun, die Israel schädlich sein könnten. Aber so beflissen er suchte, es blieb kein anderer als Schamgar, den man hätte einsetzen können. Klärlich war es der Wille Jahwes, daß der Stamm ihn zum Richter mache. Der Priester fügte sich.

Doch wer widerstrebte, war Schamgar. Die andern stellten ihm vor, er als der Fromme und Gerechte sei unter den Söhnen Gileads am besten geeignet. Schamgar erwiderte, gerade weil er fromm sei, wisse er um sein geringes Verdienst und bringe nicht den Stolz und die Kraft auf, andern zu befehlen. Der Priester versicherte ihn der Hilfe Jahwes. Schamgar wand und drehte sich, er hockte unglücklich da, nicht stark genug, anzunehmen, noch abzulehnen.

Abijam fand den Ausweg. Er schlug vor, Schamgar solle zunächst nur den Stab des Richters erhalten; gesalbt werden mit dem heiligen Öl solle er erst später, wenn er sich durch gesegnete Amtsführung bewährt habe. Vorerst solle er nur den Menschen verantwortlich sein, nicht dem Gotte.

In der Nacht, auf der Schlafmatte, flüsterte die magere Zilla auf Schamgar ein. Klagte, wütete. Der ränkesüchtige

Priester verweigere ihm die Weihe nur deshalb, weil er den Richterstuhl frei halten wolle für den Bastard, den Götzendiener. Ein maßloser Haß klang aus ihren Worten. Dem Schamgar indes klangen sie tröstlich. Er liebte Jefta nach wie vor. Vielleicht wird der Bruder eines Tages zurückfinden in das Zelt Jahwes und ihm das unwillkommene Amt abnehmen.

Es wurde gehalten nach des Priesters Vorschlag. Schamgar wurde zum Richter eingesetzt, doch ohne Prunk und Schau und ohne heiliges Öl.

Da er den andern Aufgaben des Amtes nicht gewachsen war, trachtete er mit wütiger Inbrunst, die Abgötterei in Gilead auszurotten. Verlässige Leute mußten ihm berichten, wo auf den Höhen fremde Götter verehrt wurden, und er ließ die Pfähle der Aschtoret verbrennen, die Mazeben, die Steinsäulen, die den Baalen geweiht waren, umstürzen und besudeln, die heiligen Bäume fällen. Doch die Männer Gileads kämpften für ihre Bäume. Die Baale, die in ihnen wohnten, machten Vieh und Feld fruchtbar, und die Männer wollten die freundlichen Götter nicht kränken und vertreiben. Manchmal wehrten sie sich mit Fäusten und Waffen, und die Abgesandten Schamgars mußten unverrichteterdinge zurückkehren. Schamgar war voll Zorn und Trauer, doch die Brüder hörten den Eifernden ohne Eifer an. Jelek trat sogar für die Leute ein, die sich den Schutz ihrer Baale nicht nehmen lassen wollten.

Einmal ging Schamgar selber daran, eine alte Eiche zu fällen, welche die Umwohner heftig verteidigten. Es war ein knorriger Baum, er leistete der Axt Schamgars überraschend starken Widerstand. Stumm, feindselig schauten die Männer zu, wie ihr Richter sich abmühte. Keiner half ihm. Als er die Höhe verließ, schwitzend und finster, ließen sie ihn ziehen, ohne ihm den Gruß des Friedens zu bieten.

10

Mehr Männer als je verließen in diesem Sommer das Land Gilead und kamen zu Jefta, um sich seiner Schar anzuschließen. Sie erzählten, die Ammoniter stießen immer häufiger ins Gebiet von Gilead vor, der neue Richter Schamgar könne ihnen nicht wehren. Sie erzählten, König Nachasch treffe Vorbereitungen, um im nächsten Frühjahr mit seiner ganzen Macht einzufallen. Sie erzählten, alles Volk schreie nach Jefta.

Ketura jubelte: „Im Frühjahr also werden sie kommen, die deine Mutter eine Hure genannt haben und mich eine Metze, und sie werden dir den Bart küssen und werden um Hilfe winseln." Jefta erwiderte: „Du sagst es." Ketura fuhr fort: „Und du wirst sie erretten, und sie werden vor dir klein und erbärmlich sein. Und wir werden einziehen in das Haus deines Vaters, die Frau Silpa wird sich neigen vor dir und vor mir, und sie werden uns die Füße waschen." Und wieder antwortete Jefta: „Du sagst es."

Er hatte kaum minder sehnsüchtig als Ketura auf die stolze, glückliche Rache gewartet. Aber nun er die Tage zählen konnte, bis er sie genießen dürfte, mischte sich Bitternis in seine Freude. Denn dies stand fest: im Frühjahr, um die Zeit, da die Silpa-Söhne kommen werden und demütig um Hilfe flehen, wird König Abir von Baschan anrücken gegen Jeftas Städte.

Nur deshalb nämlich, weil Babel durch den Krieg mit Assur geschwächt war, hatte Baschan den Tribut so lange verweigern können. Jetzt aber hatte Großkönig Marduk das Heer Assurs vernichtet, er hatte die alte Herrlichkeit Babels wiederhergestellt, jetzt konnte König Abir sich nicht länger gegen seine Oberherrschaft auflehnen. Schon hieß es, er habe sich unterworfen, ja ein Gesandter des Großkönigs sei bereits unterwegs, um in Edre'i, der Hauptstadt Baschans, Huldigung und Tribut entgegenzunehmen. Sowie dies aber geschehen ist, hat König Abir sein Kriegsvolk frei, und er wird mit dem frühesten Frühling ausziehen, um die Demütigung, die er von Babel hat hinnehmen müssen, an Jefta zu rächen.

Im Frühjahr also wird Jefta alle seine Männer und Wagen gegen Baschan brauchen. Schickt er auch nur einen Teil von ihnen Gilead zu Hilfe, dann ist sein Land jenseits des Jarmuk verloren. Jefta verzehrte sich in Wut. Er wehrte sich mit aller Macht seines wilden Gemütes, das Eroberte aufzugeben, und er brannte vor Verlangen, denen in Mizpeh zu helfen.

Nachricht kam, der Gesandte Babels, Prinz Gudea, werde in der nächsten Woche in Edre'i eintreffen. Dann werde er ins Jordanland reisen, um auch dort von den Stadtkönigen Huldigung und Tribut einzufordern.

Die Straße, die der Prinz nehmen mußte, die Straße zum See Keneret, führte durch Gebiet, das Jefta als Schutzherrn anerkannte. Dem Jefta kam ein Plan, verwegen bis zur Tollheit. Aber er durfte tollkühn sein, mußte es, er hatte nichts zu verlieren.

Er schickte einen Boten nach Edre'i zu König Abir. Verlangte, der König solle ihm dreitausend Schekel zahlen für den Schutz des Gesandten von Babel auf dem Weg durchs westliche Baschan. Jefta war sicher, der König werde ablehnen; wenn nicht, anerkannte er Jeftas Herrschaft.

König Abir schickte den Boten mit abgeschnittenen Ohren zurück. Die unhöfliche Antwort machte den Jefta fröhlich; sie trieb ihn an, seinen Plan durchzuführen.

11

Der Gesandte des Königs von Babel, der Prinz Gudea, forderte und erhielt in Edre'i den schuldigen Tribut. Dann ließ er auf dem Marktplatz eine Steintafel errichten, welche die Herrlichkeit des Großkönigs Marduk feierte. Dies getan, brach er auf nach dem See Keneret, um Treueid und Tribut auch der Stadtfürsten von Kana'an entgegenzunehmen.

Das war ein ehrenvolles und müheloses Geschäft. König Marduks Sieg über Assur hatte alles Land bis zur Grenze Ägyptens mit Schrecken erfüllt, sein alter Titel „König der Könige, Herrscher der vier Himmelsrichtungen" hatte neuen Sinn gewonnen. Prinz Gudea, der Gesandte dieses Herrschers, war also gewiß, die Stadtfürsten des Jordanlandes würden ihn mit den gebührenden Feierlichkeiten und Lobpreisungen empfangen; er zog gemächlich seines Weges und schaute den neuen Huldigungen mit etwas müdem Behagen entgegen.

Der vornehme Herr, ein Vetter des Königs, war verwöhnt. Ein großer Troß begleitete ihn. Da waren zwei Leibdiener, zwei Köche, ein Bartkräusler, auch Männer, kundig des Zeltens. Ein Wahrsager war im Zug, ein Sänger, Musikanten, dazu zwei Schreiber und Meißler und ein Bildkünstler. Auch ein Trompetenbläser war da und ein Ausrufer, um rechtzeitig die Ankunft des großen Herrn zu künden und seinen Titel „Mund des Herrschers der vier Himmelsrichtungen". Viele Tiere schleppten das Gepäck, unter ihnen waren Pferde und einige jener seltsamen langhalsigen, hochhöckerigen Geschöpfe, die, vor noch nicht langer Zeit gezähmt, Bikrim genannt wurden.

Bewaffnete geleiteten den Zug, nicht viele, das erhabene Amt des Prinzen Gudea bot stärkeren Schutz als jede Kriegerschar; die Bewaffneten dienten nur der höheren Ehre des Gesandten. Der König von Baschan übrigens, zum leisen, hochmütigen Staunen des Prinzen, hatte sich's nicht nehmen lassen, das Ehrengeleite zu verstärken.

Im Norden des Landes Tob führte der Weg des Prinzen durch eine Enge zwischen bebuschten Höhen. Jefta ließ den Ausgang dieser Schlucht sperren, und sowie die Nachhut des Zuges in die Enge eingelenkt war, auch den Eingang. Seine Leute, gut versteckt auf den Höhen, erlegten mit ihren Pfeilen die Tiere der Berittenen, dann, im Nahkampf, machten sie die Bewaffneten unschädlich. Es ging ohne viel Blutvergießen ab; sie hatten Befehl, die Überfallenen zu schonen. Sie nahmen den Prinzen unversehrt gefangen und verbrachten ihn sogleich in einen Schlupfwinkel im Herzen des Landes Tob.

Die meisten der Überfallenen begriffen nicht recht, was vor sich ging. Schon gar nicht begriff es Prinz Gudea. Er glaubte lange, eine Abordnung der Stadtkönige von Kana'an sei gekommen, ihn ehrenvoll einzuholen. Seine Schreiber konnten ihm nur mit Mühe klarmachen, daß einige Tölpel, Wegelagerer, Halbtiere, sich einen närrischen Spaß mit seiner erhabenen Person erlaubten. Prinz Gudea war beleidigt.

Die Tölpel und Halbtiere behandelten den Gesandten des Großkönigs mit größter Höflichkeit, der freilich ein wenig Schalkhaftigkeit beigemengt war. Sie führten, immer die Rauheit des Weges bedauernd, den eleganten Herrn durch dichtesten Wald, er stolperte über Wurzeln und Baumstümpfe, es ging nicht ohne blaubraune Flecken und Kratzer ab, sein kostbares Kleid war zerfetzt, als er an seinem ersten

Rastplatz, in einer Höhle, anlangte. Dorthin aber brachte man ihm sogleich seine Leibdiener, Bartkräusler, Salbenmischer. Par stellte sich ein und bat um Entschuldigung, daß der hohe Gast für sein Bad mit einem nahegelegenen Tümpel vorliebnehmen müsse, im übrigen aber werde man sich bemühen, ihm jede Bequemlichkeit des Landes herbeizuschaffen. Der hohe Gast erwiderte, der König werde das tierische Gesindel schinden, pfählen und zwei Tage lang martern lassen, bevor er es in die Arallu, in die Unterwelt schicke. Par meinte ehrerbietig, der hohe Gast geruhe, die Lage zu mißdeuten; der Schutzherr des Landes Tob habe ihn gerade deshalb an diesen sichern Ort gebracht, weil er ihn bewahren wolle vor Räubern und Gelichter. Für seine Mahlzeit sei das Wildbret zu empfehlen, welches das Land Tob in Vielfalt biete, auch die köstlichen Beeren.

„Bist du der Räuberhauptmann, frecher Bursche?" fragte der Prinz. Par wandte sich an den alten, sprachkundigen Tola und sagte: „Ich habe den hohen Gast nicht ganz verstanden. Kannst du mir deutlich machen, was er meint?" Die Sprache Babels, dem Hebräischen in vielem verwandt, unterschied sich vor allem dadurch, daß sie das kehlige „ch" durch ein gehauchtes „h" ersetzte. Der alte Tola, als er nun mit dem Prinzen aus Babel sprach, trachtete dieses „h" auf besonders vornehme Art zu hauchen; manchmal wurde es dadurch völlig unhörbar, und der Alte entschuldigte sich: „Des armen Mannes Wind säuselt, wo der Hauch des Gottes donnert." – „Schafft mir den Hauptmann eurer Bande her!" befahl unwirsch der Prinz. „Ich will ihm deutlich machen, wie der Herrscher der vier Himmelsrichtungen mit ihm verfahren wird und mit eurer ganzen Bande, auch mit dir, du alter, schwachhirniger Glatzkopf."

Jefta machte dem hohen Gast seine Aufwartung, küßte dem angewidert Zurückweichenden den Bart und erwies ihm höchste Ehre. Prinz Gudea beschrieb ihm die Torturen, die er angesichts der ganzen Bevölkerung Babels werde erleiden müssen. Jefta wollte nicht verstehen und erwiderte, er bedaure, daß der hohe Gast nicht mit seinem Badewasser zufrieden sei. Prinz Gudea erklärte ihm, nur ein Verrückter und seinem Gotte Verhaßter könne so ungestüm in den eigenen Untergang rennen. Jefta bewunderte das Siegel des

Prinzen, das den Turm von Babel, den Tempel Etemenanki, darstellte. Der Prinz erwiderte, man werde den Pfahl, an dem Jefta gepfählt werde, aufrauhen und splittern, damit der Räuber härter leide. Jefta versicherte, er werde sich andern Morgens wieder nach dem Befinden seines Gastes erkundigen.

Die nächsten Tage verbrachte Jefta in schärfster Spannung. Was wird der König von Baschan unternehmen? Wieder und wieder hatte sich Jefta gefragt, was er an Stelle König Abirs täte. Natürlich wird der König zunächst versuchen, den Gefangenen zu befreien. Aber in dem wilden Lande Tob gab es unzählige Schlupfwinkel, man konnte den Prinzen von einem Versteck ins andere führen, und wenn die Krieger von Baschan ihn trotzdem aufspüren sollten, dann, das mußte sich Abir sagen, trug ein Mann wie Jefta bestimmt kein Bedenken, den Gefangenen mit in den eigenen Untergang zu reißen, ihn zu töten. Das aber durfte Abir unter keinen Umständen geschehen lassen. Denn der Großkönig würde ihn verantwortlich machen, ihn mit Krieg überziehen, ihn blenden, vielleicht auch töten. Nein, Abir konnte keine Gewalt anwenden gegen Jefta, er mußte mit ihm verhandeln. Der König durfte es nicht einmal wahrhaben, daß der Überfall stattgefunden hatte. Er stünde zu schmählich und lächerlich da, wenn er seinen Gast nicht hätte schützen können vor den Leeren Leuten von Tob. Jefta war auch gerne bereit, dem König beim Weben eines freundlichen Lügengewebes zu helfen: Prinz Gudea sei nicht sein Gefangener, sondern sein Gast – oder dergleichen.

Um dem König seinen guten Willen zu zeigen, schickte Jefta die gefangenen Krieger von Baschan sogleich zurück mit ihren Waffen und mit Abschiedsgeschenken. Sie sollten berichten, der Schutzherr von Tob habe den Gesandten als Gast empfangen und werde ihm das Geleit für seine weitere Reise stellen. Wolle der König von Baschan mehr darüber erfahren, so möge er einen seiner Räte in die Stadt Afek schicken. Er selber, Jefta, entsandte als Unterhändler den Par mit genauen Weisungen.

Die peinliche Wartezeit suchte sich Jefta zu kürzen durch Besuche bei dem Prinzen Gudea. Er hatte ein Wesen wie dieses noch nie gesehen. Der Prinz war gekleidet in schwere, kunstvoll gewirkte Stoffe, er trug viel Gold an sich, Ringe und Armbänder, troff von Öl, roch nach zahllosen Wohlgerüchen. Selbst in der wildesten Wildnis, in Höhle und Dickicht, ließ er sich salben, reiben, mit Essenzen besprengen. Er bedrohte seine Leute mit Auspeitschen, wenn sie bei seiner Fußwaschung die umständlichen Zeremonien nicht genau einhielten. Niemals empfing er Jefta, ohne sich vorher den sorglich gekräuselten Bart umhängen zu lassen. Jefta, seinen Gast neckend, steigerte seine Ehrfurcht ins Groteske, immer neu erstaunt, daß der Prinz, gewöhnt an ungemessene Verehrung, gar nicht merkte, daß er verlacht wurde.

Nachricht kam, eine Heeresabteilung König Abirs sei auf dem Weg nach dem Lande Tob. Jefta hatte angenommen, daß der König im ersten Zorn einen solchen Befehl geben werde. Trotzdem verspürte er Schreck. Allein er faßte sich bald; er rechnete damit, daß des Königs bessere Vernunft schnell zurückkehren werde. Abir gefährdete sich selbst, wenn er den Mann bedrohte, der den Vertreter des Großkönigs als Geisel in Händen hielt.

Es geschah nach Jeftas Vermutung. Nach drei Tagen meldete Par, die Krieger Baschans seien auf halbem Wege umgekehrt. Und wieder zwei Tage später, ein Vertrauensmann des Königs sei in Afek eingetroffen.

Jefta hatte alle die Zeit her seinen Leuten die heiterste Miene gezeigt. Jetzt strahlte er Sieg und Fröhlichkeit. Seine Eingebung war ein Hauch Jahwes gewesen. Er hatte nun beides im Ärmel seines Gewandes. Er konnte das eine tun und brauchte das andere nicht zu lassen. Jetzt mochte das Frühjahr kommen. Er wird seine Städte nicht preisgeben und wird dennoch seine Brüder retten und demütigen.

12

Der Unterhändler, den der König von Baschan nach Afek geschickt hatte, ließ sich von Par berichten, wie es um den Prinzen Gudea stehe. Der Prinz, erzählte Par, habe in einer seltsamen Laune Wohlgefallen gefunden an der Wildnis von Tob und genieße dort Jeftas Gastfreundschaft. Nun scheine aber König Abir rasche Weiterreise des Gesandten dringlich zu wünschen, und Jefta, dem König zuliebe, sei auch gerne bereit, seinem Gast zuzureden. Der Unterhändler erkannte sogleich, wie vorteilhaft dieses von Jefta erdachte Märchen für seinen Herrn und für den Gesandten selber war, er fragte, welche Gegenleistungen Jefta erwarte.

Par, im Namen Jeftas, schlug vor: der König von Baschan, den Jefta gerne als seinen Oberherrn anerkenne, solle ihm den Besitz seiner sieben Gaue bestätigen, und beide Fürsten sollten sich durch feierlichen Eidschwur bei ihren Göttern verpflichten, drei Jahre Frieden zu halten. Jefta wußte, ein solcher Eidschwur gab ihm stärkere Sicherheit als ein zahlreiches Heer. Denn wenn König Abir siegen wollte über Jefta, dann brauchte er den Schutz seines Gottes, des Baals von Baschan. Brach er den Schwur und kränkte er den Baal, den Schirmherrn des Eides, dann verlor er seinen Beistand und war ohnmächtig vor Jefta und dessen Gott.

König Abir wand sich und sperrte sich. Er wollte Jefta nur den Besitz von drei Gauen bestätigen. Einen Eid wollte er unter keinen Umständen schwören, und wenn er schwor, dann nur auf ein Jahr. Es waren zähe Verhandlungen. Doch Jefta blieb zuversichtlich. Er hatte keine Eile.

Jeftas Gast, Prinz Gudea, verzehrte sich in Ungeduld. Er verlor die Gelassenheit, welche der gute Ton von einem so großen Herrn auch in der übelsten Lage forderte. Er brauchte so unflätige Schimpfworte, daß der alte Tola glaubte, er habe ihn mißverstanden. Wenn Jefta dem Prinzen aufwartete, dann versank er in völlige Stummheit, die Lippen streng und ablehnend verpreßt innerhalb des umgehängten, kunstvoll gekräuselten Bartes.

Immer wieder befragte er seinen Weissager, wann endlich das unwürdige Abenteuer enden werde. Dieser, der berühmte Meister Anu, versicherte, der Prinz werde heil und ruhmvoll nach Babel zurückkehren, doch auf genaue Zeitbestimmungen wollte er sich nicht einlassen. Der Prinz beschimpfte ihn, bedrohte ihn. Der Weissager Anu indes, der lieber sein Leben verlieren als seine Kunst verraten wollte, nannte keine Zeit und keine Frist. Da Prinz Gudea ihn immer von neuem bedrängte, erklärte er ihm schließlich, warum er seine Frage nicht beantworten konnte. Die Schau der Sterne ließ Weissagungen nur auf lange Frist zu; auf kurze Frist voraussagen konnte man nur durch die Becher-Weissagung. Für ihren Vollzug aber fehlten hier in der Wildnis die Mittel: das heilige Wasser des Großen Stromes und das geweihte Öl aus dem Hain der Aschtoret. Es erhöhte den Unmut und die Reizbarkeit des Prinzen, daß er nun sogar die Annehmlichkeit der Weissagung entbehren mußte.

Der findige Jefta beschaffte aus der Stadt Afek einen Schlauch mit heiligem Wasser und eine Lederflasche mit geweihtem Öl. Der Prinz hellte sich auf, wurde aber sogleich mißtrauisch und verlangte, Jefta solle schwören, daß es in Wahrheit Euphrat-Wasser und Aschtoret-Öl sei. „Bei welchem Gotte soll ich schwören?" fragte Jefta. „Bei dem deinen, Räuber!" verlangte der Prinz. Jefta schwor.

Der Zukunftskünder Anu machte sich an die Becher-Weissagung. Er füllte die Schale mit dem Wasser des Großen Stromes. Dann goß er das Aschtoret-Öl darauf, um aus den Bewegungen des Öls die Zukunft zu ersehen. Der Prinz schaute mit unziemlicher Spannung zu, wie sich das Öl verteilte und wie es verrann. Es gab hundertneununddreißig verschiedene Arten, auf welche das Öl über das Wasser rinnen konnte. Der Prinz schaute ohne Verständnis zu. Meister Anu aber hatte die hundertneununddreißig Arten alle gegenwärtig und folgte, sein ganzes Leben in seinem Blick, dem schnell sich ändernden Gerinnsel. Er war in seiner Kunst von höchster Ehrlichkeit, er wußte, der Gott werde ihm bei der kleinsten Lüge seine Begabung entziehen, er war entschlossen, die genaue Wahrheit zu sagen. Er atmete auf, als er dem Prinzen versichern konnte, er werde, bevor der Mond dreimal wechselte, das ungastliche Land verlassen können.

Der Prinz sagte sich, daß er also die Stadt Babel erst nach einer schwierigen Winterreise durch das Jordanland und kaum vor dem Frühsommer wiedersehen werde. Trotzdem war er zufrieden. Von jetzt an konnte er die Tage zählen, die er noch bei dem Gesindel verbringen mußte.

Jefta seinesteils wartete mit heiterem Gleichmut. Er nutzte die Gelegenheit, von seinen Gästen möglichst viel über die Dinge Babels zu erfahren. Er konnte nicht genug hören von der Ausdehnung und von den Bauten der menschenwimmelnden Stadt, von ihren strenggerichteten Straßen, ihren hohen Häusern, den Sitten ihrer Bewohner. Auch von den andern Städten des gewaltigen Nordreichs mußten die Gäste ihm erzählen, von Sipar und Akad, von Barsip und Nipur und den zahllosen andern, und die kleinste dieser Städte war größer als die größte des gesamten Jordanlandes.

Auch über die Verwaltung des Reiches und seine Rechtspflege ließ er sich unterrichten. Da waren zweihundertzweiundachtzig Grundgesetze, der Großkönig Hamurabi hatte sie vor achthundert Jahren auf Steintafeln verzeichnen lassen, und sie waren noch immer gültig, freilich ergänzt und verändert, den Verhältnissen von heute angepaßt.

Es mußte bedrückend sein, in der engen Welt so vieler Gesetze zu leben, und es nahm einem den Atem weg, wenn man an die Aufgabe dachte, ein solches Reich zu richten und zusammenzuhalten. Da genügte es nicht, Eingebungen zu haben und Schlachten zu schlagen. Da mußte der König einen großen Teil seiner Freiheit aufgeben, er mußte verzichten auf das Schweifen und Wandern des Herzens und der Füße.

Wieder, als Jefta nun die Berichte und Erläuterungen der Schreiber aus Babel hörte, veränderten sich ihm die Worte, die damals Abijam im Zelte Jahwes an ihn gerichtet hatte. Sie weiteten sich, dichteten sich, wurden sichtbar, körperhaft, lockten und drohten. Es war tröstlich, daß er noch kein Richteramt zu versehen hatte, daß er noch nicht gefesselt war von alten, weisen, harten Gesetzen, daß er noch atmen durfte in der glücklichen Freiheit seines Landes Tob.

Aber während er die Lasten erwog, welche der Großkönig zu tragen hatte, stellte seine kräftige Einbildung leibhaft vor ihn hin auch die ungeheure Macht dieses Königs Marduk, der da auf seinem hohen Stuhle saß in seinem riesigen Haus in der Stadt Babel, die allein mehr Menschen hatte als das ganze Volk Israel. Dieser König verlangte von seinen Leuten viel tiefere Ehrfurcht als der Gott Jahwe von seinen Dienern. Dreimal mußten auch die Großen des Reiches sich niederwerfen, ehe sie ihm den Bart küssen durften; Todesstrafe drohte einem jeden, der zu reden begann, ehe es ihm der König durch Heben der Hand erlaubte. Er brauchte, dieser König Marduk, nur seinen prunkvollen Bart umzutun und wenige Worte aus seinem Munde zu entlassen, er brauchte nur einige seiner königlichen „h“ zu hauchen, und es setzten sich Krieger, Pferde, Wagen in Bewegung, feste Mauern stürzten ein, Städte gingen in Feuer auf, Männer starben, Weiber und Kinder gingen gefesselt in Knechtschaft. Und das alles bewirkte dieser König aus ferner Ferne, so lang und stark war sein Arm.

Aber dieser lange und starke Arm hatte den Jefta doch nicht verhindern können, sich den vornehmen Herrn zu fangen, den Prinzen Gudea, des Königs Vetter und Mund. Er, Jefta, hatte keine alten Gesetzestafeln und keine weisen Männer, die ihn hätten beraten können. Er hatte ganz allein gerechnet und gewogen, und siehe, er hatte die eigene Lage und die des fernen Königs genau und richtig gewogen. Und jetzt war er stark genug, mit dem einen Arm die Städte im Norden zu schützen und mit dem andern die zögernden, widerwilligen Brüder aus Mizpeh herbeizuholen, daß sie sich vor ihm demütigten.

13

Es war immer fröhlich zugegangen in der Schar des Jefta, doch niemals so lustig wie jetzt. Die Männer hatten ihren Spaß an den sonderbaren Menschen aus Babel. Großäugig schauten sie auf die Speisen, die der Koch bereitete. Sie scherzten täppisch zutraulich mit den Fremden, befühlten ihre Kleider und Decken, lachten über die vielen Mißverständnisse, schüttelten die Köpfe, immer neu belustigt.

Sie staunten den Prinzen Gudea an wie einen gefangenen Löwen. Sie waren glücklich, wenn er den Mund auftat, und ahmten seine vornehm fremdartige Aussprache nach. Der alte Tola suchte immer wieder mit ihm ins Gespräch zu kommen und fragte, ob gewisse Häuser, Türme, Tempel der Stadt Babel noch stünden, ob dieser oder jener große Herr noch am Leben sei. Wenn sich der Prinz angewidert abkehrte, dann entschuldigte sich der Alte lächelnd und betrübt: „Die kalt gewordenen Speisen der Jugend sind die Leckerbissen des Alters.“

Auch Ketura betrachtete gerne den merkwürdigen Gast, doch nur aus der Ferne; ihr eingeborenes Würdegefühl hielt sie ab, sich ihm zu nähern. Der kühne, lustige Streich ihres Jefta hatte ihr viel von ihrer stillen Heiterkeit zurückgegeben. Sie war stolz auf diese reichste Beute seiner List. Sie war gewiß, daß nun der Tag der großen, glücklichen Rache sehr nahe war.

Dem Mädchen Ja'ala schienen diese Wochen die schönsten ihres Lebens. Mit gieriger Teilnahme studierte sie die Herde seltsamer, kostbarer Menschen, die ihr Vater da eingefangen hatte. Wie possierlich und ernsthaft sie waren. Sie machte Jemin aufmerksam auf tausend Eigenheiten, und er konnte ihr aus seinem früheren Leben dies und jenes erklären. Sie erfaßte schnell Art und Wesen der Fremden und übernahm manche ihrer Worte und Gebärden.

Sie war nun vierzehn Jahre alt, ihr Fuß war verheilt, jene böse Lähmung ließ sie die wiedergewonnene Leichtigkeit mit zwiefacher Freude genießen. Die innere Heiterkeit, die von ihr ausging, machte ihr einen jeden zum Freund.

Sie bat die fremden Musikanten, sie in ihrer Kunst zu unterweisen. Sie hatten Harfen bei sich und Lauten, Zimbeln, Schellen, Tamburine, Flöten. Sie spielten und sangen dem Kind ihre Lieder vor, tanzten ihre Tänze. Ihre Kunst war Dienst vor den Göttern, sie drehten sich begeistert um sich selber „wie Anteranna, harmonisch kreisende Sterne". Sie erzählten der hingegeben lauschenden Ja'ala, was alles die Musik vermochte: sie sänftigte das Gemüt auch der wildesten Riesen, zähmte den Löwen, machte den Menschen der tönenden Sonne gleich.

Ja'ala verstand nicht alle die fremden Weisen und Worte, aber sie lernte schnell und verfeinerte ihre Kunst mit inbrünstigem Eifer. Die erfahrenen, gepflegten Männer aus Babel waren erstaunt, was alles die Finger dieser sehr jungen Frau ihren Instrumenten herauslocken konnten, wie sie es verstand, die Rhythmen immer neu zu verschlingen und den Wandlungen ihres Gemüts anzupassen. Mit Verwunderung, fast mit Scheu hörten sie, wie das Mädchen den Melodien Babels merkwürdig neuen Sinn ersann und neue Worte unterlegte.

Bei alledem blieb Ja'ala ganz und gar ein Kind. Obwohl bemüht, die Fremden nicht zu kränken, mußte sie zuweilen über ihre Seltsamkeiten kichern, und das Kichern ging wohl auch über in ein lustiges, unbändiges Kinderlachen. Die Männer aus Babel waren zuerst befremdet, vielleicht sogar verdrossen; lange indes konnten sie der harmlosen Fröhlichkeit Ja'alas nicht widerstehen, sie stimmten in ihr Gelächter ein.

Ja'ala blieb sich bewußt, daß es der Vater war, der ihr die Menschen aus Babel, diese wunderbaren Spielkameraden, beschert hatte. Immer höher wuchs ihr der Vater. Wieviel größer war er als all die Helden und Halbgötter, von denen Tola und Jemin ihr erzählten; denn es mußte viel schwerer gewesen sein, die gelehrten, kunstvollen, schnurrigen Herren aus Babel lebendig zu fangen, als etwa eine geflügelte Schlange umzubringen oder einen feueratmenden Drachen. Der Vater war der Gott der Wildnis; wer immer das Land Tob betrat, war ihm verfallen. Und wie fröhlich war dieser gotthafte Mann. Wenn er lachte, ging es ihr durch und durch und hob sie über die Erde.

Sie dichtete ein Lied auf den Vater, ähnlich den Liedern zum Ruhme der Götter, wie sie die Männer aus Babel sangen. Ja'alas Lied war voll der gleichen ehrfürchtigen Lobpreisung wie die Gesänge aus Babel, doch war mehr Jubel darin und Helligkeit. Ja'ala fand, es sei ein sehr schönes Lied; sie wagte aber nicht, es andern vorzusingen und vorzuspielen als sich selber und ihrem Freunde Jemin.

14

Unter den Männern im Gefolge des Gesandten zog den Jefta am meisten an der Künstler Latarak; dieser Künstler begleitete den Prinzen, um auf der Reise Begebenheiten, die des Gedenkens wert waren, in Ton oder Stein festzuhalten. Er hatte zum Beispiel auf einer Platte aus Ton dargestellt, wie König Abir von Baschan in seiner Hauptstadt Edre'i dem Vertreter des Königs der Könige huldigte. Klein stand der mächtige Abir vor dem viel mächtigeren Gudea, und die beiden Bläser stießen in ihre Trompeten.

Jefta starrte auf die Tafel, staunte. Der Prinz Gudea, der da gewaltig thronte, war in der Tat der Mann aus Babel, mit dem Jefta täglich sprach. So hielt er den Kopf, hochmütig und geziert. So reckte er künstlich den Rumpf, um größer zu erscheinen, als er war. Ja, dieser Bildner Latarak – er führte seinen Namen nach dem Sterne „Latarak, Mann der Süße, Honigmann" – besaß die Kunst, vergängliche Menschen in Ton und Stein zu verwandeln, so daß sie ihr Fleisch überlebten. „Wie bringst du das nur zustande, du Fremder?" fragte Jefta nicht ohne Scheu.

Der Künstler war ein umgänglicher Mann; Jefta, dieses ungewöhnlich intelligente Geschöpf der Wildnis, gefiel ihm, die sichtliche Bewunderung des Mannes schmeichelte ihm. Latarak arbeitete mit Leidenschaft, er arbeitete auch hier in der Wildnis. Vor dem atemlos zuschauenden Jefta ließ er Leben in Ton oder Stein entstehen, daß Jefta es sah. Er machte nicht nur Tiere, Bäume, Pflanzen, er schuf auch aus seinem scharfen, wohlgeübten Gedächtnis umständliche Begebnisse. Seine Hände und sein Meißel arbeiteten geschwind, und siehe, da regte sich schon Leben im Stein. Feierliche Priester schritten die Stufen des Etemenanki hinauf, des Turmes von Babel, der ungeheuer in den Himmel ragte. Ein König wandelte mit Hacke, Ziegelkorb und Pflug, um den Grund eines Tempels zu legen. Ein geflügelter, adlerköpfiger Gott führte einen Helden in die Schlacht. Ein Herrscher jagte den Löwen; er stand auf seinem von drei Pferden gezogenen Wagen, sein Bogen zielte nach dem Tier. Ganze Geschichten konnte der Künstler Latarak aus einer Tonplatte oder einem Steinblock herausholen. Da war zur Linken eine Stadt, deren Mauern unter dem Anprall von Sturmböcken einstürzten, in der Mitte waren Bewaffnete, welche Gefangene, Vieh und andere Beute wegführten, zur Rechten waren Schreiber, welche das Erbeutete zählten und aufzeichneten. Am tiefsten bewegte es den Jefta, als er zuschaute, wie Latarak aus und in seinem Ton eine sterbende Löwin bildete. Jefta spürte die ungeheure Kraft des heulenden Tieres, in dessen Leib drei Speere staken; er fühlte Triumph, als wäre er selber der Jäger, und gleichzeitig Leid mit dem starken, schönen, verendenden Tier.

Immer aufgelegt zu Scherz und Schwatz, sagte der Künstler zu Jefta: „Wenn du kurze Zeit stillhältst, du gastfreundlicher Hebräer, dann will ich dich in Tonerde bilden, wie du leibst und lebst, und wenn du uns deine Gastfreundschaft lange genug aufdrängst, dann will ich versuchen, dich in Stein zu hauen." – „Überhebst du dich nicht?" fragte zweifelnd Jefta. „Glaubst du wirklich, du kannst mich so bilden, daß ein jeder mich erkennt?"

Tonerde wurde bereitet, der Künstler Latarak grub und stichelte, und der Ton begann zu leben. Aus dem Ton hob sich Jefta, er schritt im Ton, er stieß kühn und lustig den kurzen, viereckigen Bart vor; das Gesicht mit der flachen Nase, wiewohl schaubar nur von der einen Seite, war gescheit und verschlagen und löwenhaft zugleich. Und der Jefta im Fleische beschaute den Jefta im Ton und sagte in seiner Brust: Das also ist Jefta, der Sohn des Gilead und der Lewana, Jefta, der Bastard, Jefta, der jüngste Sohn, der Lieblingssohn, Jefta, der dem König Marduk von Babel seinen Vetter, Freund und Rat weggefangen hat. Und er beschloß in seinem Herzen: Einmal sollen Bilder von mir sein, in denen Sippenfürsten und auch Stammesfürsten so klein vor mir stehen wie im Stein des Latarak König Abir vor dem Herrscher der vier Himmelsrichtungen.

Ein altes, launisches Verlangen erwachte in ihm angesichts des Künstlers Latarak. Immer hatte er die Heere Ammons, Moabs, Baschans beneidet um die Feldzeichen, die sie in ihren Kriegen mitführten. Wo Gefahr war in der Schlacht, tauchten diese Zeichen empor, Stangen, gekrönt mit einem Löwen aus Kupfer oder einer Schlange oder sonst einem Tier, dem Bild des Gottes, der so am Kampfe teilnahm. Schnell, wo immer dieses Bild erschien, sammelten sich die Krieger, oft wurde dadurch die Schlacht gewendet. Gilead besaß solche Zeichen nicht.

Nun sagte Jefta zu Latarak: „Ich bitte dich um einen Dienst und Gefallen, du höchst kunstreicher Mann. Willst du mir ein Feldzeichen aus Kupfer machen für meine Schar?" Latarak, schmunzelnd, ein bißchen spöttisch, fragte: „Was für einen Gott soll ich dir denn machen?" – „Mein Gott", antwortete Jefta, „ist Wolke und Blitz, Wolkensäule und Feuersäule." Der Künstler, nachdenklich die Augen schließend, sagte: „Wolke und Feuer, vom Kupfer leuchtend, das wäre ein gutes, neuartiges, wirksames Feldzeichen. Wenn ich so was mache, dann würde wohl deinem Gott das Herz im Leibe lachen, und er würde deinen Leuten Kraft und Feuer in die Glieder schicken." – „Willst du mir also das Feldzeichen machen?" fragte gierig Jefta. Latarak erwiderte: „Vielleicht werd ich es, du wilder Hebräer. In den Städten Kana'ans werden sie wohl Kupfer und die Vorrichtungen haben. Wenn nicht, dann könnte ich dir's machen, wenn ich in Babel zurück bin." Jefta, mit seiner rauhen, warmen Stimme, erwiderte: „Dafür würde ich dir großen Dank wissen, Künstler Latarak." – „Der Dank beträgt tausend Schekel", erklärte Latarak. Jefta, leicht erstaunt, murrte: „Für tausend Schekel kann ich einen Streitwagen und zwei Pferde kaufen." Der Künstler Latarak antwortete freundlich: „Kauf den Streitwagen." Jefta erwog in seinem Innern, daß der kräftige Zauber eines von diesem Manne gefertigten Zeichens gut und gern tausend Schekel wert sei, und sagte: „Ich gebe dir die tausend Schekel, Künstler Latarak."

In der Stadt Afek mittlerweile hatten sich Par und die Unterhändler Baschans geeinigt. Jefta sollte die Oberherrschaft des Königs Abir anerkennen. Auch sollte er seinen Gast, den Prinzen Gudea, zurückführen in die Enge, wo er ihn eingeholt hatte, und ihm bewaffnetes Geleite stellen. König Abir seinesteils sollte Jefta bestätigen im Besitz des westlichen Baschan und ihm feierlich drei Jahre Frieden zuschwören. Auch sollte er ihm jene dreitausend Schekel zahlen, die Jefta seinerzeit für das Geleit des Prinzen gefordert hatte, dazu dreißig Schekel Buße für die abgeschnittenen Ohren seines Boten.

König Abir und Jefta trafen sich an der Grenze ihrer Gebiete, unter einem Baum, der heilig war, vielleicht dem Jahwe, vielleicht dem Baal. Jefta war einfach gekleidet und hatte mit sich nur seine einundzwanzig Giborim. König Abir kam kräftig einhergezogen mit drei Hundertschaften, vielen Pferden, großem Troß. Der König, ein echter Emoriter, überragte Jefta um Haupteslänge. Er gab sich kühl, einsilbig, höflich, ließ sich von Jefta den Bart küssen und neigte sich, ihm die gleiche Ehre zu erweisen. Schreiber verlasen den Text der Vereinbarungen, Abir und Jefta drückten ihr Siegel ein. Dann leisteten sie die Eide, opferten, gingen zum Mahle, neigten sich vor den Göttern, die dem Mahle beiwohnten, dem Jahwe vom Sinai und dem Baal von Baschan, aßen vom Fleisch der Opfer und tranken Wein, der gemischt war mit dem Blut der Opfer. Erhoben sich, küßten einander zum Abschied, boten einer dem andern Gruß und Frieden und trennten sich. König Abir zog nach Nordost, Jefta nach Südwest.

Jeftas Krieger und die Männer seines Gebietes hatten mit Staunen gesehen, wie der mächtige König von Baschan ihren Jefta als seinesgleichen behandelte, und hatten gerufen, gejubelt, geschrien. Jefta selber indes benahm sich schlicht und ließ seine unbändige Freude nicht laut werden.

Noch während des ganzen ersten Tages der Rückkehr hielt er an sich. Dann aber, als sich seine Leute zum Schlafen lagerten, nahm er den Par beiseite, ging mit ihm tiefer hinein in die Nacht, so weit, daß sie von den andern nicht mehr gehört werden konnten, stieß den Freund in die Seite und sagte heiser vor jubelnder Erregung: „Haben wir das nicht gut gemacht, mein Freund Par? Wir haben es sehr gut gemacht, finde ich. Wir haben es ausgezeichnet gemacht, scheint dir das nicht auch so, du Mann meiner Schwester?“ Er schlug ihm kräftig die Schulter, er lachte, schwenkte wild die Arme, lachte in Stößen, hob die Beine, stampfte, tanzte einen wüsten Tanz, lallte, schrie, lachte, lachte. Packte den andern, riß ihn in seinen Tanz. Par ließ sich mitreißen, tanzte, auch er. So feierten sie in der Nacht ihren listigen, fruchtreichen Sieg über Baschan und Babel.

Den Prinzen Gudea hatten seine Schreiber und Räte überzeugt, daß er den Abstecher in die Wildnis aus freiem Willen gemacht habe infolge eines ihm vom Baal gesandten Traumes. Der Prinz hielt nun selber seinen Aufenthalt bei Jefta für ein lustiges Abenteuer und ließ es aufzeichnen, damit sich noch späte Geschlechter in der Deutung versuchten. Er war gut gelaunt und nahm herablassend teil an einem Abschiedsmahl.

Andern Tages geleitete Jefta selber ihn zurück in die Enge, wo er ihm zuerst begegnet war. Dort warteten bereits die fremdartigen Tiere, die Pferde und Dromedare – Jefta hatte sie in der Zwischenzeit in der Stadt Afek unterbringen lassen –, und unter fröhlichem Lärm setzte der Zug des Prinzen Gudea seinen Weg fort ins Jordanland.

Dies geschah im sechsten Jahre, das Jefta in der Wildnis verbrachte.

Drittes Kapitel

1

Im siebenten Frühjahr, nachdem Jefta in die Wildnis gezogen war, brach König Nachasch von Ammon mit seiner ganzen Macht in Gilead ein.

Gadiel, im Namen des Richters Schamgar, bot alle wehrfähigen Männer auf nach Mizpeh. Flammenzeichen verkündeten von den Höhen die Gefahr. Boten brachten überallhin dringliche Mahnungen und scharfe Befehle Gadiels. Er selber ritt herum bei den Säumigen. Doch die Adirim hatten kein Vertrauen zu ihm und sammelten sich vor Mizpeh nur langsam und mürrisch. Von den Wehrfähigen des Nordens, der nicht bedroht war, blieben die meisten unter lahmen Entschuldigungen zu Hause.

Die Ammoniter zogen vor Jokbecha. Die Stadt öffnete ohne Widerstand das Tor. Sie zogen vor die Stadt Jaser, die sich wehrte. König Nachasch nahm den Teich und die Quellen, so daß die Leute von Jaser ohne Wasser waren, zerschnitt die Reben der reichen Weingärten, verheerte die Felder. Brach schließlich die Mauern, ließ alle Männer niedermachen, zu Ehren seines Gottes Milkom, und Weiber und Kinder in die Knechtschaft führen. Dann zog er vor Elealeh. Diese sehr feste Stadt lag nahe dem altberühmten Cheschbon. Cheschbon war die Hauptstadt des Landes gewesen zur Zeit, da es noch den Emoritern gehörte. Israel, als es ins Jordanland einfiel, hatte Cheschbon zerstört, und die Führer hatten beschlossen, es solle für immer in Trümmern liegen zum Zeichen des großen Sieges. Die Vorväter Gileads hatten an seiner Statt das nahegelegene Elealeh ausgebaut und stark befestigt, und es war für Generationen die Hauptstadt Gileads geblieben. Nun also belagerte König Nachasch diese gute Festung, die allem Gilead teuer war, und sowie er sie genommen hat, wird er ohne Zweifel vor Mizpeh ziehen.

Das ganze Land jetzt, vom Gebirge Gilead bis zum Berge Nebo, vom Flusse Jarmuk bis zum Flusse Arnon, schrie nach Jefta. Aus allen Städten kamen die Ältesten nach Mizpeh und verlangten, daß die Silpa-Söhne ihn zurückriefen. Am stürmischsten drängten die Ältesten von Machanajim, wiewohl ihre nördlich gelegene Stadt nicht ernstlich bedroht war. Zuletzt verlangten sogar die Ältesten von Mizpeh, Jefta solle Feldhauptmann sein. Doch Silpa, in all ihrer grimmigen Hilflosigkeit, wollte nicht hören, und auch Schamgar blieb taub.

Allein dem Priester Abijam, der damals den Spruch Jahwes mißdeutet hatte, war die Gelegenheit willkommen, den Irrtum gutzumachen. Die letzten Ereignisse mußten einem jeden zeigen, daß Jahwe die Söhne der Silpa verwarf und, gleich den Menschen, Wohlgefallen fand an Jefta. Er, Abijam, hatte die rechte Eingebung gehabt, als er den Schamgar nicht salbte und den Platz offen ließ für diesen Mann, dem er selber den Namen gegeben hatte „Jahwe öffnet". In dürren Worten verlangte er, die Silpa-Söhne sollten den Jefta zurückholen, daß er in dieser Not Gilead führe. Der sanfte Schamgar fragte finster: „Fordern wir nicht Jahwe heraus, wenn wir zum Führer in seinem Heere einen Mann machen, der sich nicht losgesagt hat von dem Lügengotte Ammons?" Silpa, blaß, wild, doch beherrscht, sagte: „Du willst uns demütigen, Erzpriester Abijam, uns und dich selber. Ich sage dir, wir demütigen uns umsonst." Abijam erwiderte: „Ich verlange nicht, daß deine Söhne den Jefta aufsuchen. Laß die Bärtigen von Machanajim zu ihm gehen, denen er freund ist."

So taten sie.

2

Jefta machte nicht viel Wesens aus seinem Siege über Baschan, und Prinz Gudea hatte Grund, kein Aufhebens von seinem Abenteuer zu machen. Trotzdem tönte der Ruhm Jeftas lauter als die Trompeten, die den Großkönig im Jordanland feierten, und er wurde seinen Leuten Held und Halbgott.

Es wurde Winter. Es war der siebente Winter Jeftas in der Wildnis, und er war lang und rauh. Doch Jefta wurde nicht ungeduldig, er wartete grimmig vergnügt auf die Ereignisse, die der Frühling bringen wird.

Als erstes brachte er das Feldzeichen des Künstlers Latarak. Der ehrliche Latarak hatte sich bemüht, für die tausend Schekel gute und schnelle Arbeit zu leisten, und rascher, als er's gehofft hatte, hielt Jefta das kupferne Bild in Händen. Da flammte aus der Wolke der Blitz Jahwes, grell, herrlich, Schrecken einflößend. Das Herz Jeftas aber füllte er mit mächtiger Freude. Lang und lustvoll, kleine, grüne Lichter in den Augen, beschaute er das Bildwerk. Nun war in Wahrheit Jahwe *sein* Gott, und wie er selber dem Gott gehörte, so gehörte der Gott jetzt ihm. Er hatte ihn in nächster Nähe, er hatte ihn erworben durch Opfer, durch gutes Geld.

Seitdem er Frieden und Vertrag hatte mit Baschan, trachtete er nicht mehr, seinen Aufenthalt zu verbergen. Er ließ, wo immer er war, das Feldzeichen aufpflanzen, auch in der Wildnis, vor seinem Zelt oder seiner Höhle. Er war nie furchtsam gewesen, jetzt war er zwiefach sicher und stolz in der Hut seines Gottes.

Es kamen sodann mit diesem glücklichen Frühjahr Männer aus dem Süden und brachten Bericht von dem Einfall der Ammoniter in Gilead. Jefta hörte den Bericht in seinem Zelt, in Gegenwart der Ketura.

Ketura, des Nachts, sagte: „Ich kann nicht schlafen im Glück der Erwartung. Ich denke an Mizpeh. Ich denke an die Frau Silpa. Auch sie ist ohne Schlaf, doch nicht vor Glück, sondern weil Bitternis und Scham ihr am Herzen frißt." Von jetzt an waren die Tage der Ketura voll wilder, genießerischer Erwartung, und die grauen Augen strahlten ihr groß und glücklich aus dem braunen, fleischlosen Gesicht.

Es kamen schließlich die Hausväter von Machanajim. Sie fanden Jefta nicht im Lande Tob, er war – vielleicht war es ein kleiner Scherz – nach seiner Stadt Afek gegangen. Als sie in Afek ankamen, war er auch dort nicht mehr. Wohl aber waren da seine Pferde und Kriegswagen, und sie sahen sie, und sie sagten einer zum andern: „Ist der Mann, dem das alles gehört, ist das unser Jefta, der Sohn Gileads, der unter die Unsteten ging? Das ist ja ein König in den Ländern des Nordens."

Jefta, als sie endlich vor ihm standen in seinem mattbraunen Zelt, begrüßte sie herzlich. „Das war ein schönes Abschieds- und Bundesfest, das wir damals feierten", sagte er. „Habt ihr euch ein wenig nach mir gesehnt? Und wie geht es euch unter meinem Halbbruder Jelek? Macht er euch den letzten Schekel ausschwitzen aus euerm Blut?" Die Ältesten sagten: „Freilich ist er ein scharfer Rechner, dein Bruder Jelek, und trägt einem die Matte unter den Füßen fort, wenn man nicht aufpaßt. Aber er hört einen an, und man kann mit ihm reden. Auch versteht er viel vom Brunnengraben, das muß man ihm lassen, und vom Häuserbauen und von der Zucht der Schafe und Rinder. Es ist auch nicht wegen Machanajim, daß wir kommen, es ist wegen anderer Not. Der ganze Stamm Gilead ist in Not und hart bedrängt von den Kindern Ammons." Jefta sagte nachdenklich, fast behaglich: „Ich habe gehört, daß König Nachasch Jokbecha genommen hat und Jaser. Hat er wirklich die ganze Stadt Jaser zerstört und alle Flur ringsum, alle die schönen Weingärten? Und ist es wahr, daß er auch schon Elealeh belagert?" Die Ältesten sagten: „Es ist wahr. Vielleicht hat er jetzt, da wir mit dir sprechen, Elealeh schon genommen. Willst du zusehen, wie er auch Mizpeh erobert? Und wie Ammon im Lande herrscht an Stelle Gileads? Wir haben einen Bund mit dir, Jefta." Jefta erwiderte: „Ich habe einen Bund mit Machanajim. Machanajim liegt weit im Norden. Ich denke, die Ammoniter werden euern Richter Schamgar zum Frieden zwingen, lange bevor Machanajim bedroht ist." Die Ältesten sagten: „Willst du dein Schwert schlafen lassen, wenn ins Land Gilead der Gott Milkom einzieht und Jahwe austreibt?" Jefta, ein wenig ungeduldig, antwortete: „Wenn Machanajim bedroht ist, dann komme ich und helfe euch nach meinem Wort. Aber ich habe keinen Bund mit dem Stamme Gilead. Der Stamm Gilead hat mich ausgestoßen, wie euch nicht unbekannt ist. Ihr seid hier nicht bei einem Adir von Gilead. Wie ihr mich und meine Männer hier seht, sind wir Anaschim Rekim, Leere Leute, Geächtete, Herumstreicher, Nichtsnutze."

Die Ältesten seufzten und baten: „Verhöhne uns nicht, Jefta, unser Sohn und Bruder. Erinnere dich, wie uns die Brust brannte, als die von Mizpeh so übel an dir taten. Du bist ein sehr kluger Mann und weißt genau, wie es jetzt um Gilead steht. Du brauchst nur zu sagen: ‚Ich will mein Haus und meine Flur in Machanajim wieder haben', und auf die Grenzsteine wird dein Name eingegraben wie früher." Jefta, breit und behaglich, antwortete: „Das könnte ihnen so passen, meinen guten, rechtbürtigen Brüdern. Wenn Not ist, dann komme ich mit Mann und Roß und Wagen und vertreibe ihnen die Feinde, und wenn wieder fette Zeit ist, dann fressen sie das Fett und jagen mich fort." Er lachte, er lachte herzlich, die seiner Leute, die zugegen waren, lachten mit, schließlich lachten sogar die Hausväter von Machanajim. Dann aber sagten sie: „Wir kommen nicht mit leeren Worten, Jefta. Deine Brüder schicken uns zu dir. Sie wollen Jahwe zum Zeugen anrufen, daß sie dich fortan achten als einen rechten Erben Gileads."

Jefta, noch immer voll freundlichen Spottes, erwiderte: „Eßt und trinkt, meine lieben Freunde aus Machanajim. Ich werde euch ein Mahl richten, so gut meine Wildnis es bietet. Und dann kehrt zurück zu den Söhnen der Silpa, die mich hierhergetrieben haben, und sagt ihnen: wenn sie mich haben wollen, dann müssen sie sich selber auf den Weg machen. Der Erzpriester Abijam und die Frau Silpa mögen zu Hause bleiben, wenn ihren alten Gliedern der Weg zu sauer fällt. Aber meine Brüder müssen von Angesicht zu Angesicht mit mir verhandeln. Und sagt ihnen gleich, es wird ein harter Handel sein; wenn sie nicht den rechten Preis zahlen wollen, sparen sie sich besser die Reise."

Silpa und die Ihren hörten die Männer von Machanajim finster an, als sie ihnen Jeftas Botschaft brachten, und konnten sich nur sparsame Worte des Dankes abzwingen.

Sie schickten zu Abijam, daß er komme und ihnen rate.

Der Erzpriester kam. Durchschritt das große Tor, überquerte den Hof. Jelek hatte das Haus des Vaters gründlich umbauen und erweitern lassen. Um den großen Hof standen jetzt drei Baulichkeiten; in einem der neuen Häuser wohnte Gadiel, im zweiten Jelek, und zum Dach des Haupthauses, in welchem die Mutter mit Schamgars Familie verblieben war, führte eine schöne Außentreppe, die wie das Dach selber durch ein Geländer gesichert war.

Der Erzpriester, gestützt und geführt von Schamgar, erstieg die Treppe.

Da saßen sie auf dem flachen Dache, Abijam, Silpa und ihre Söhne. Es war ein klarer Abend mit scharfer Sicht, und sie sahen über ihren schönen Hof – wie lange noch wird er ihnen gehören? –, und sie sahen vor der Stadt die Zelte der Söhne Gileads, und sie sahen weiter über das Land, und da waren am Rande des Himmels die Zelte Ammons. Denn König Nachasch hatte die alte Hauptstadt Elealeh genommen und zerstört, und nun lagerte er auf den Höhen vor Mizpeh.

Sagte der besonnene Jelek: „Ich fürchte, meine Brüder, wir müssen unsere Lenden gürten und ins Land Tob gehen." Silpa aber, leise, heiser und wild, sagte: „Wollt ihr euch ein zweites Mal demütigen für nichts? Der Götzendiener spottet euer. Er hat euch vorausgesagt, daß er höchsten Lohn fordern wird. Er wird unbezahlbaren Lohn fordern. Geht nicht zu ihm. Vertraut auf Jahwe, meine Söhne. Führe deine Tausendschaften in die Schlacht, Gadiel, wie es dein Vater Gilead getan hätte. Und du, Abijam, gib heraus aus dem Zelte Jahwes die heilige Lade, vertraue sie dem Richter Schamgar an, daß der Gott unsere Männer begleite im Kampf, und was uns an Zahl fehlt, wird seine Hilfe ausgleichen." Die Leidenschaft Silpas bewegte Gadiel und Schamgar. Sie waren versucht, dem Ruf der Mutter zu folgen. Abijam indes widersetzte sich. „Noch hat uns Jahwe nicht an Ammon ausgeliefert", sagte er. „Er hat uns in seiner Gnade in die Hand Jeftas gegeben, der ein Sohn Gileads bleibt auch in der Wildnis. Machet euch auf, Gadiel, Jelek und Schamgar, ins Land Tob und führt zurück euern Bruder."

Begleitet von einem einzigen Knecht, zogen die Söhne der Silpa hinauf ins Land Tob. Die Reise war beschwerlich. Die Straßen des Nordens waren noch nicht getrocknet, die Flüsse noch hoch, der Furten waren wenige, die Reittiere suchten mühsam den Weg, ihre Hufe zu setzen. Aber die Brüder ließen sich's nicht anfechten und zogen in verbissener Eile durch den rauhen, strahlenden Frühling.

Jefta war allein in seinem mattbraunen Zelt, als sie

kamen. Ein Teil des Zeltes war durch einen Vorhang abgetrennt; hinter ihm stand Ketura und hörte, was gesprochen wurde.

Die Söhne der Silpa sagten: „Friede mit dir, Jefta." Jefta erwiderte: „Jetzt sagt ihr Friede zu mir und hattet doch gehofft, mich nicht mehr zu sehen auf dieser Erde. Habt ihr mich nicht abgeschnitten von der Sippe, auf daß ich verdorren sollte?" Jelek sagte gemessen: „Dem ist nicht so. Wir haben dich nicht ausgetrieben. Es war dein eigener Entschluß, fortzugehen aus Gilead." – „Ja", sagte Jefta, „es war mein eigener Entschluß. Und es ist euer eigener Entschluß, der euch herführt." – „Laß uns nicht rechten, Jefta", bat Jelek. „Wir sind in Not, du sagst es, und es ist so. Und da du es hören willst, gesteh ich dir's zu: es ist bittere Not, die uns hertreibt, und es ist niemand, der uns helfen könnte, außer dir."

Jefta genoß die Worte des Jelek, und so, hinter ihrem Vorhang, genoß sie Ketura.

Jefta aber höhnte weiter: „So, meine Brüder? Seid ihr in Not? Warum macht ihr's nicht, wie ich's gemacht habe? Ich habe nur sieben Gaue jenseits des Jarmuk, und der König von Baschan hat siebenmal sieben. Da hab ich einfach einen Friedensbund geschlossen, und König Abir hat mir schwören müssen bei seinem Gotte Baal, und nun sitz ich gut und fest im Besitz meiner sieben Gaue. Warum tut ihr nicht das gleiche mit euerm König von Ammon?" Und da sie gepeinigt schwiegen, spreizte er sich weiter: „Seht ihr's jetzt, mit wem der Segen Jahwes ist, mit euch Rechtbürtigen oder mit mir Bastard? Ich darf sagen, ich habe die Grenzen Israels erweitert. Sieben gute Städte in Baschan gehören mir, sie gehören mir, sie gehören Israel. Ihr aber könnt das Land Gilead nicht halten ohne mich, und Ammon herrscht im Osten und im Süden, und Jahwe hat sein Antlitz abgewendet von euch."

Schamgar, so sehr der Spott des Bruders ihn verdroß, war bewegt von der Kraft und dem Stolz seiner Worte. Er sagte: „Grolle uns doch nicht, Jefta. Ich war nie dein Feind, und es war mir leid, daß wir dich kränken mußten, als du dich nicht lossagen wolltest von dem fremden Gotte. Wir taten nach der Weisung Jahwes, ohne Bitterkeit. Wir gaben dir

Zeit, umzukehren und zu bereuen, aber du wolltest nicht bleiben."

Jelek, verdrossen über dieses schwachmütige Gerede, sagte: „Du erschütterst die Luft, Schamgar. Nichts wird uns rechtfertigen vor dem starken, siebenjährigen Groll dieses Mannes. Du willst dein Ohr und dein Herz daran laben, Jefta, und ich wiederhole es dir: wir brauchen dich, wir brauchen dich sehr. Es ist dein gutes Recht, viel von uns zu fordern, mehr vielleicht, als dein Dienst wert ist. Fordere!"

Jefta sagte: „Ich will Feldhauptmann sein über alle Tausendschaften Gileads." Gadiel verpreßte den Mund, um nicht loszuschreien. Doch Jelek erwiderte: „Du sagst es, wir hören es, es ist viel, es soll so sein." Jefta trank die Worte des Bruders ganz ein. Er fuhr fort, nicht laut, doch jedes Wort deutlich betonend: „Und wenn ich in Mizpeh bin und den König von Ammon abhalte, die Stadt einzuschließen, dann will ich Anspruch haben auf den Richterstuhl unseres Vaters Gilead."

Wiederum wollte Gadiel losbrechen, doch abermals hieß Jelek ihn schweigen und sagte zu Jefta: „Worum es jetzt geht, das ist die Führung des Krieges. Solang der Krieg dauert, soll dein Befehl in Gilead gelten. Über das Spätere laß uns später sprechen."

Jefta lachte: „Das ist ein Vorschlag so recht aus dem schlauen Munde meines ränkegeübten Bruders Jelek. Später! Wenn ihr die Feinde los seid! In diese Falle gehe ich dir nicht, mein Jelek. Ich will nicht ein zweites Mal der Bastard und Ausgestoßene sein, sowie ich euch geholfen habe."

An Jeleks Statt antwortete Schamgar. „Ich habe", sagte er, „das Amt des Richters mit Widerstreben angenommen, diese hier können dir's bezeugen, und ich werde aufatmen, wenn Jahwe mir's wieder abnimmt. Aber nicht ein Menschensohn soll es mir abnehmen, es muß Jahwe sein."

Jefta spottete mitleidig: „Mein frommer, bedenklicher Bruder." Er wandte sich an die andern: „Ich werde nach Mizpeh gehen, da Gilead nicht gerettet werden kann ohne mich. Aber ich nehme nur zwei Hundertschaften mit und meine Giborim. Erst wenn ihr und euer Erzpriester mir meine Forderungen zugeschworen habt im Zelte Jahwes, rufe ich meine volle Macht nach Mizpeh."

Jelek zweifelte. „Wird Ammon so lange warten?“ fragte er. Jefta, strotzend in Selbstgewißheit und Stolz, antwortete: „Wenn König Nachasch hört, daß Jefta im Anzug ist, wird er sich's überlegen, bevor er angreift. Genug geschwatzt!“ brauste er auf. „Ich habe gefordert, und ihr sagt ja. Oder aber ihr kehrt um und schlagt euch alleine mit Ammon.“

„Das wollen wir!“ schrie Gadiel und schickte sich an, das Zelt zu verlassen. Doch Jelek gebot ihm ein drittes Mal: „Ruhig, Gadiel!“ Und er sagte zu Jefta, bitterlich: „Du hast uns unterm Fuß, du trittst zu.“

Jefta aber antwortete freundlich: „Habt ihr nicht zugetreten, damals, meine Brüder?“ Und Ketura lachte hinter ihrem Vorhang.

3

Jefta übergab den Befehl der Schar und die Verwaltung seiner nördlichen Gaue dem Par und brach, begleitet von Jemin, nach dem Süden auf; er nahm, da der alte Tola inständig darum bat, auch diesen mit. Sein Feldzeichen, den aus den Wolken zuckenden Blitz, ließ er stolz vor sich her tragen, führte aber zunächst nur zwei Hundertschaften seiner Leute nach dem Süden.

Überall begrüßte ihn Jubel und Ehre. Die Ältesten der Städte kamen ihm weite Strecken entgegen, Blumen und Zweige wurden ihm auf den Weg gestreut, die Luft war voll von wilden Rufen. So, als Held und Sieger, durchzog er das Land Gilead.

Als er nach Machanajim kam, baten ihn die Ältesten, er möge in dem Hause Gileads nächtigen, in dem er den größern Teil seiner Jugend verbracht hatte und das nun wieder ihm gehöre. Er lehnte ab, er wollte seine Ankunft in Mizpeh nicht zu lange verzögern. Wohl aber beschaute er das Haus und nahm mit höhnischem Vergnügen wahr, daß Jelek es mit Umsicht und Geschmack hatte erweitern lassen. Er machte den Tola wieder zum Ersten Knecht. Der trat sogleich sein Amt an, besichtigte Haus und Hof, trippelte mit kleinen Greisenschritten herum, erklärte: „Wo das Auge des Herrn fehlt, zerbröckelt der Stein“, und ärgerte sich, daß nichts zerbröckelt und vernachlässigt war. Er brummelte vor sich hin in der Sprache Babels, hauchte die „h“ und beschimpfte die Dummköpfe, die ihn nicht verstanden.

Jefta mittlerweile mit seinen beiden Hundertschaften zog den Weg zurück, den er damals gegangen war nach seiner Demütigung auf dem Marktplatz von Mizpeh und im Zelte Jahwes. Weit vor der Stadt schon begrüßten ihn die Hausväter von Mizpeh. Sie sagten: „O Jefta, Sohn des Gilead, du hast im Lande Tob gewohnt, aber in Wahrheit hast du in unsern Herzen gewohnt.“ Auch der Greiseste der Greise, jener uralte Menasche, hatte sich ihm entgegentragen lassen und sagte nun mit seiner klapperigen, kaum mehr verständlichen Stimme: „Daß ich das noch habe erleben dürfen! Hab ich's nicht gesagt wieder und wieder, daß du ein wohlgeratener Bastard bist? Und jetzt kann ich hinuntergehen in die Höhle und meinem Freunde Gilead berichten, daß er sich nicht sorgen muß um seinen Lieblingssohn und daß dir der Segen Jahwes um die Stirne leuchtet.“

Allein das wollte Jefta selber dem Vater berichten. Noch bevor er sich vor den Mauern Mizpehs zeigte, ging er mit einigen seiner Leute hinauf zur Höhe Obot, ließ die Blöcke wegschieben, die den Eingang versperrten, trat ein in die Totenhöhle. Drang vor durch die Dämmerung in die übelriechende Kühle zu dem hockenden Bündel, das sein Vater gewesen war; trüb davor flimmerten die Terafim. Er hatte sich vorgenommen, demütig zu sein; er wollte sich die Gunst und den Segen des Vaters sichern für die verfängliche Zeit, die vor ihm lag. Aber er konnte sich nicht bändigen, all sein Stolz brach ihm aus der Brust, nun er dem Toten berichtete. „Ich werde es nicht machen wie du, mein Vater und Herr“, erklärte er ihm leise und triumphierend. „Ich werde meine wilden Wünsche nicht mächtig werden lassen über meine rechnende Klugheit. Ich werde mich zähmen. Sieh, was alles ich erreicht habe, weil ich zu warten verstand und nicht zuschlug, wenn es mich danach lüstete. Sieh es, mein toter Vater und Herr, und segne mich mit deiner knöchernen Hand. Ich war ein Ausgetriebener; deine bösen Söhne, gierig nach Macht und Besitz und arm im Geiste, haben mich ausgetrieben, mich, deinen Lieblingssohn, deinen Jüngsten, zu den Leeren Leuten. Ich aber habe eine gute Schar um mich gesammelt, und sie waren wie ein Teil von mir, wie mein

Fuß oder mein Arm, und ich habe erstiegen den Feuerberg, in dem der Baal von Baschan wohnt, und habe ihm Kampf angesagt und ihm sieben große, schöne Städte und all ihre Flur abgenommen, und ich habe den stolzen König von Baschan überlistet zum Frieden, und ich habe deine böse Frau Silpa und meine unwilligen Halbbrüder gezwungen, mich zurückzurufen, daß ich die Dinge ordne, die sie verwirrt haben. Und es ist, als wäre eine Ewigkeit zwischen meinem Auszug und meinem Einzug, und es sind doch nur sieben Jahre. Und du sollst sehen, mein lieber Vater und Herr, es werden noch viel bessere sieben Jahre folgen. Der Name, den du mir gegeben hast: ‚Jahwe öffnet', soll Sinn bekommen. Es wird eine neue Zeit anfangen, wenn ich mich auf deinen Richterstuhl setze. Man soll die Zeit und das Jahr messen nach deinem Sohne Jefta. Man soll sagen: Das war im fünften Jahre, da Jefta Richter war in Israel."

Erst als er sich und seinem Vater das versprochen hatte, zog er nach Mizpeh.

Vor der Mauer erwarteten ihn die Brüder, küßten ihm den Bart, fragten ihn nach seiner Frau und seiner Tochter. „Ihr sehnt euch wohl sehr nach meiner Ketura", erwiderte er, „aber ihr werdet euch noch ein wenig gedulden müssen. Frau und Kind sollen mir erst nach Mizpeh kommen, wenn man dort vom Feind nichts mehr sieht." Viel Volk umdrängte Jefta, glücklich, bestaunte den Gesegneten, suchte ihn zu berühren. Sie luden ihn ein, im Hause des Vaters zu wohnen, aber auch hier lehnte er's ab. Er zog es vor, mit seinen beiden Hundertschaften vor den Mauern zu lagern, inmitten der Wehrfähigen Gileads. Vor seinem Zelte leuchtete sein Feldzeichen, das fortan das Feldzeichen Gileads sein sollte.

Sein erstes Geschäft war, sich auseinanderzusetzen mit dem Erzpriester Abijam und den Eidbund abzuschließen mit seinen Brüdern.

Abijam, als Jefta eintrat, entschuldigte sich, daß er infolge seines Alters nicht aufstand von seiner Matte. Jefta hatte den Priester als klein und gebrechlich im Gedächtnis, trotzdem war er überrascht, was für ein armseliges Bündel hinfälligen, eingeschrumpften Fleisches da vor ihm saß. „Neige dich zu mir, Jefta, mein Sohn", sagte der Alte, und die

Stimme klang noch immer voll und dunkel, „daß ich dich grüßen kann." Jefta beugte sich zu ihm, die mächtigen, dringlichen Augen des Priesters hatten ihren Glanz nicht verloren, sie musterten ihn, und Jefta, zum erstenmal seit langer Zeit, fühlte sich unsicher.

Abijam seinesteils, der in den sieben Jahren, da Jefta im Norden war, oftmals im Geiste mit ihm gehadert hatte, war auf diese Unterredung vorbereitet. Als er damals die Führerschaft in dem heiligen Plan der Einigung Israels vor dem wilden Menschen hatte aufglänzen lassen, hatte der ihn begriffen; kaum aber hatte er das Zelt Jahwes verlassen, da hatte er an Stelle der großen Tat das ammonitische Weib gewählt. Jahwe also hatte ihm die höchste Gnade, die Erkenntnis, versagt, und er, Abijam, der Wissende, durfte sich als der Stärkere fühlen. Nun sich aber Jefta zu ihm niederneigte, so daß der Priester seine Nähe leibhaft spürte, zerschmolz seine Überlegenheit. Es ging von diesem Jefta ein gefährliches Zweierlei aus, das ihn verwirrte.

„Ich gestehe dir's zu", begann Abijam das Gespräch, „ich habe mich damals getäuscht. Du warst im Recht. Jahwe hat durch die Geschehnisse dich anerkannt als echten Sohn Gileads." – „Ich freue mich, Herr Erzpriester Abijam", antwortete nicht ohne leisen Spott Jefta, „daß nun auch du deine Zweifel besiegt hast." Der Anblick des Mannes, der ihm geboten hatte, seine Frau zu verstoßen, reizte ihn, und er sprach weiter, herausfordernd: „Ich sag es dir gleich: zwar hab ich in meine Schar keinen Mann aufgenommen, der nicht in den Bund Jahwes eintrat, aber von den Einwohnern meiner sieben Städte in Baschan habe ich nichts dergleichen verlangt. Dort sind Tausende, die sich zu Baal bekennen und zur Aschtoret, und ich habe kein Heiligtum des Baal zerstört."

Der Priester bezwang sich. „Gilead reicht bis zum Flusse Jarmuk", sagte er. „Was du jenseits des Jarmuk getan oder nicht getan hast, das ist eine Sache zwischen dir und Jahwe. Ich habe nicht mit dir darüber zu rechten." Und mit Wärme fuhr er fort: „Wenn du mir doch glaubtest, daß ich dein Freund bin! Es waren nicht nur meine Hände und meine Lippen, die dich segneten, als du damals auszogst." Nun glaubte Jefta, daß der Priester in der Tat nicht sein Feind war, er glaubte sogar, daß sein Segen ihm geholfen hatte in seinen Unternehmungen. Aber er wollte sich kein zweites Mal von ihm einfangen lassen. Er erwiderte böse und entschlossen: „Ich bin dein Freund nicht. Du bist härter zu mir gewesen als dein Gott." – „Jahwe ist milder zu dir gewesen als zu den andern", antwortete ohne Schroffheit Abijam. „Es tut meinem Herzen wohl, daß er dich verschont und gesegnet hat."

Die Brüder kamen.

Jelek sprach als erster. „Ganz Gilead", sagte er, „freut sich, daß du es übernommen hast, uns gegen Ammon zu helfen." – „Das hab ich nicht übernommen", sagte bündig Jefta, „und das weißt du sehr wohl, du Wortedreher. Erst müßt ihr mir einen starken Eid schwören, hier im Zelte Jahwes, wie wir's vereinbart haben in meinem Lande Tob. Nur dann werde ich euch helfen." – „Wie du uns mißtraust!" sagte der Priester. Jefta antwortete: „Ich bin offen von Rede und Sinn. Erst ihr habt mich Argwohn gelehrt. Ich will durch strengen, eindeutigen Schwur anerkannt werden als meines Vaters rechter Erbe und Lieblingssohn."

Jelek sagte sachlich: „Wolle deine Forderungen wiederholen, mein Bruder, daß sie in klaren Worten verzeichnet werden."

„Fürs erste", forderte Jefta, „will ich bestätigt haben durch Schrift und Eid den Besitz des Hauses und der Flur in Machanajim und, als Lieblingssohn meines Vaters, den Besitz auch des Stamm- und Sippenhauses hier in Mizpeh." Jelek, gelassen, antwortete: „Wir haben neue, gute Häuser gebaut für Gadiel und für mich. Wir werden ein neues Haus bauen auch für Schamgar, der jetzt im Stammhause Gileads wohnt. Aber wir wollen nicht austreiben die Frau Silpa, die sechs mal sieben Jahre in diesem Hause gewohnt und die uns dort geboren hat." Jefta erwiderte: „Die Frau Silpa und auch du, Schamgar, ihr mögt wohnen bleiben in dem Haus, aber als meine Gäste. Und wenn meine Ketura in Mizpeh ist, dann soll sie als Herrin des Hauses geachtet sein." Jelek antwortete: „Du hast es gesagt. Wir werden es verzeichnen und beschwören."

„Als zweites", fuhr Jefta fort, „verlange ich dieses. Ich will mich begnügen mit den Rechten des Feldhauptmannes, solange Ammon lagert auf den Höhen vor Mizpeh. Sowie aber" – und nun sprach er langsam, die Worte suchend – „Ammon verscheucht ist von den Toren, will ich Anspruch haben auf den Richterstuhl Gileads."

Die Wendung „verscheucht von den Toren" war befremdlich. Befremdet vor allem war Abijam. Im Grunde besagten Jeftas Worte auch in dieser wunderlichen Fassung das, was die Söhne Gileads von ihm erwarteten. Aber vorzuziehen waren Worte von höherer Klarheit. „Gut", sagte der Priester. „Wenn du Ammon besiegst, dann sollst du eingesetzt werden als Richter."

Jefta verfinsterte sich. Er hätte selber nicht recht sagen können, warum er sich so merkwürdig ausgedrückt hatte. Ein Etwas in seiner Brust hatte ihn gewarnt vor dem Fallstrick starker, prahlerischer Reden. Er war gewillt, Ammon zu vertreiben, aber er wollte sich von dem herrischen, Worte bosselnden Priester nicht vorschreiben lassen, daß er Ammon „zu besiegen" hatte.

„Wie du das jetzt sagst, Erzpriester Abijam", antwortete er gereizt, „gefällt es mir nicht. Was ein Sieg ist und was nicht, darüber läßt sich streiten. Ihr habt mich gebeten, ich soll euch retten. Hier bin ich und will euch retten und Ammon verscheuchen von euern Toren. Das hab ich euch zugesagt, das will ich euch zuschwören. Genau das, nicht mehr und nicht weniger." Seine Feindschaft gegen Abijam brach durch. „Ich lasse mich nicht ein auf eure Verdrehungen. Eher geh ich zurück in mein Land Tob."

Abijam beschaute den Mann, der dastand mit wilden Augen, den kurzen Bart vorgestoßen. Er sah besser als Jefta selber, was in diesem vorging. Jefta war nicht feig, er war sehr kühn, und wenn er sich weigerte, sich zu einem Sieg über Ammon zu verpflichten, dann war es wahrscheinlich der Gott Milkom, der Gott seiner Frau, der ihm das eingab. Aber was verschlug es, wenn man sich mit Jeftas vorsichtiger Fassung begnügte? War es nicht Sieges genug, wenn Ammon zum Abzug gezwungen wurde? Das Wichtigste war jetzt, den Mann zu halten, daß er kein zweites Mal im Zorne weglief.

„Da du es so wünschest", antwortete also freundlich und überlegen Abijam, „soll nichts von ‚Sieg' eingegraben werden in die Tafeln, sondern es soll deine Versprechung und Verpflichtung so verzeichnet werden, wie es dir gefällt. Um *eines* aber muß ich dich bitten. Es ziemt sich nicht, Eid und Gelöbnis vor Jahwe abzulegen in undeutlichen Worten. Vielleicht erscheinen mir deine Worte nur deshalb undeutlich, weil ich kein Kriegsmann bin. Willst du mir nicht erklären, was das heißt: Ammon verscheuchen von den Toren?"

Jefta war verdrossen. Er wollte nicht dastehen als ein Feigling; aber wie er's anstellte, Gilead zu retten, das war seine Sache, nur die seine. „Ich will machen", erklärte er ungeduldig, „daß kein feindlicher Krieger mehr sichtbar sein soll und kein Zelt Ammons vom höchsten Dache Mizpehs."

„So mag es verzeichnet werden", gab Abijam zu.

Jefta sagte brummig: „Ich bin ein einfacher Mann, aber ihr verkünstelt das Einfachste und macht es schwierig." Er hellte sich auf, lachte und sagte: „Seht ihr, das hättet ihr auch ohne Hader haben können."

4

Überraschend schnell trafen Jeftas Krieger vor Mizpeh ein. Sie waren geordnet in Siebenschaften, Hundertschaften, Tausendschaften und hielten strenge Zucht. Zwei Beamte kamen mit der Schar, Schoterim, Schreiber, sie führten die Listen, in denen genau verzeichnet war der Name eines jeden, seine Dienstzeit, seine Leistung, sein Anspruch auf Beute.

Die Leute von Mizpeh bestaunten Jeftas Krieger. Viele von diesen waren Emoriter, Männer aus dem Stamm der gefürchteten Riesen des Nordens; doch diese Riesen folgten dem Feldzeichen Jeftas, sie bekannten sich zu Jahwe.

Und was für Waffen hatten diese Krieger: Schwerter aus Erz, Helme und Schilde aus Erz. Es gab Soldaten, deren Waffen so schwer und vielfältig waren, daß sie nicht ohne ihre Waffenträger ins Gefecht zogen. Manche von den Männern Gileads hatten gegen eine solche Kampfweise ihre Bedenken; sollte der Kämpfer nicht lieber nur auf Jahwe und die eigene Kraft vertrauen? Noch mehr Bedenken und aus dem gleichen Grunde hatten sie gegen die Streitwagen.

Die meisten aber unter den Leuten von Mizpeh waren voll dankbarer Bewunderung. So also schauten sie aus, jene gefürchteten Wagen, die in früheren Schlachten den Schrecken unter die Israeliter getragen hatten. Diese hier waren nicht schrecklich, sie ratterten, knarrten, rollten, dröhnten für Gilead. Die Leute von Mizpeh betasteten die Wagen, freuten sich, stießen Laute hoher Genugtuung aus. Rühmten Jefta. Der tote Richter Gilead hatte schon gewußt, warum er diesen zu seinem Lieblingssohn machte. Jefta war in Wahrheit ein Gesegneter, ein Held, einer jener Großen, wie sie früher in Israel aufgestanden waren in Zeiten der Not.

Jefta musterte die Wehrfähigen Gileads, die sich im Lager von Mizpeh gesammelt hatten, die Adirim, die dem Aufruf Gadiels gefolgt waren. Die meisten empfingen ihn mit Achtung. Einige aber zeigten sich widerspenstig. Sie waren landbesitzende Männer, im rechten Bett geboren, sollten sie sich befehlen lassen von dem Bastard? Jefta versuchte, ihren Widerstand durch Scherze zu besiegen, und manche ließen sich von seiner fröhlichen Stärke gewinnen. Denjenigen aber, die in ihrem Trotz verharrten, zeigte er, daß er, der Feldhauptmann, Zucht zu halten gewillt war. Er nahm ihnen ihre Hundertschaften und mischte ihre Krieger unter seine eigenen.

Seine Schreiber, seine Schoterim, prüften die Listen der gileaditischen Wehrfähigen und stellten fest, daß viele im Lager fehlten. Jefta fragte den Gadiel, was er unternommen habe, die Säumigen herbeizuschaffen. Gadiel erwiderte, er habe sie dringlich gemahnt, manche durch Boten, zu manchen sei er selber geritten. „Ich bin froh, Jefta“, sagte er ehrlich erleichtert, „daß nun du die Verantwortung trägst.“ Jefta ließ neue Flammenzeichen der Gefahr auf den Höhen anzünden und erließ Befehl, es habe sich bei schwerer Strafe jeder Wehrpflichtige binnen fünf Tagen einzufinden.

Die meisten kamen. Ein paar Hartköpfige blieben indes auch jetzt zu Hause. Da war ein reicher Mann namens Ehud. Er hatte sich schon über Gadiel lustig gemacht, als der ihm zumutete, die Männer, die er für seine Felder und seine Herden brauchte, nach Mizpeh zu schicken. Als nun gar der Unstete, der Bastard, von ihm die zwölf Siebenschaften verlangte, die er zu stellen hatte, sandte er Botschaft zurück, er,

Ehud, benötige zum Fest seiner Tochter, die er demnächst zu verheiraten gedenke, einen Spaßmacher; Jefta, offenbar der beste Spaßmacher im Lande, könne sich da ein gutes Stück gebratenen Fleisches verdienen. Jefta schickte eine Abteilung seiner Bewaffneten ins Gehöft des Ehud; sie griffen ihn, schoren ihm den halben Kopf kahl und hauten sein Vieh in Stücke. Die Stücke schickte Jefta den widerspenstigen Adirim mit der Botschaft: „So wird dem Vieh eines jeden geschehen, der nicht zur rechten Zeit im Lager Jeftas eintrifft."

Seit Menschengedenken nicht hatte ein Feldhauptmann in Gilead über ein so stattliches Heer verfügt wie nun Jefta. Aber er blieb untätig, er rückte nicht vor gegen König Nachasch, er befahl nicht einmal seinen Kriegern, sich zum Kampf zu heiligen, sich der Weiber zu enthalten und des Weines.

Denn hier im Angesicht des feindlichen Lagers erkannte er immer deutlicher: er hatte gut daran getan, dem Priester und den Brüdern keinen „Sieg" zu versprechen. Selbst wenn er in einer offenen Feldschlacht siegte, so konnte sich Ammon zurückziehen in seine uneinnehmbare Hauptstadt Rabat und von Baschan sichere Hilfe erwarten. Der rachsüchtige König Abir nämlich hätte es kaum zugelassen, daß Jefta seine Macht mehrte durch einen großen Sieg über Ammon. Zwar hatte der König dem Jefta Waffenstillstand zugeschworen, aber sein Eid galt nur dem Schutzherrn der Sieben Gaue in Baschan, nicht dem Jefta, der vor Mizpeh als Feldhauptmann Gileads kämpfte. Ein Sieg in offener Feldschlacht hätte also Jefta in einen endlosen, aussichtslosen Krieg mit zwei mächtigen Feinden verwickelt, einen Krieg, den er nicht gewinnen konnte.

Es war noch ein anderes, ein Tiefes und Heimliches, was Jefta vom Kampfe abhielt. Er führte ungern Krieg gegen Milkom, den Gott seiner Mutter und seiner Frau. Er hoffte und hatte wohl schon im Zelte Jahwes gehofft, er werde König Nachasch durch listige Verhandlungen zum Abzug bewegen können, so wie er damals durch eine glückliche Eingebung den Frieden von König Abir erreicht hatte.

Zu seiner freudigen Überraschung sah er, daß auch König Nachasch, wiewohl ein großer Feldherr, nicht nach Kampf begehrte. Wohl vergrößerte er sein Lager, indem er sich von dem König von Moab, dem er verschwägert war, Hilfskräfte schicken ließ. Auch verheerte er das Gebiet Gileads. Aber er stieß nicht vor in die Flur von Mizpeh. Die beiden Heere lagen einander untätig gegenüber.

Die Gileaditer wunderten sich über Jeftas Untätigkeit, aber sie hatten Vertrauen zu ihm und meinten, er werde seine Gründe haben. Nicht einmal Abijam und Jeftas Brüder zeigten Unruhe über sein Verhalten. Die Stärke seines Heeres und seines Lagers zwang auch ihnen Achtung ab. Ja, der Haß des ungestümen Gadiel wandelte sich bald in Freundschaft und in fast knabenhafte Bewunderung. Jefta ließ es sich gutmütig gefallen, und da er sah, welch leidenschaftlichen Anteil Gadiel an den Übungen der Wagenkämpfer nahm, schenkte er ihm einen seiner Wagen.

Auch mit Jelek verstand er sich jetzt. Obgleich er selber das Leben im Freien und im Lager vorzog, rühmte er wohl die Stattlichkeit der Häuser, die der Bruder in Mizpeh hatte erbauen lassen. Jelek hörte es gerne.

Schwerer war es, mit Schamgar auszukommen. Nach wie vor fühlte der sich angezogen von Jeftas Kraft und fröhlicher Sicherheit, doch vermißte er in seinem Lager den rechten Eifer für Jahwe. Zilla ließ nicht nach, die Sorge ihres Mannes zu schüren. Mit Augen des Hasses prüfte sie, was Jefta tat und nicht tat, und sie war die erste, die seine Treue zum Volke Gileads verdächtigte. Warum duldete er noch immer, daß seine Leute ihr Haar lang wachsen ließen, mit Frauen schliefen und Rauschtrank tranken? Warum hieß er sie nicht endlich sich für den Krieg heiligen? Es war, weil er ein halber Ammoniter war und nicht kämpfen wollte gegen das Volk seiner Mutter und seiner Frau. Er hatte den Gott Milkom noch immer nicht ausgerissen aus seinem Herzen.

Allmählich wurden auch die Männer Gileads unruhig über Jeftas Zögern. Schließlich fragte ihn Gadiel geradezu, warum er denn nicht den Nachasch zu einer Schlacht zwinge. Ammon habe zwar ein größeres Heer als Gilead, führte er aus, aber Jeftas Leute seien doch besser gerüstet und besser zum Kampfe geschult, auch habe Jefta den Beistand Jahwes und sein gutes Feldzeichen, überdies kämpfe er im Schutze der festen Mauern von Mizpeh. Worauf also warte er?

Jefta schaute ihn nachdenklich zerstreut an und sagte trokken: „Du hast recht."

Nun endlich hieß er seine Krieger sich heiligen.

Insgeheim aber hatte er einen Boten zu König Nachasch geschickt und ihn zu einer Zusammenkunft aufgefordert.

Sehr bald kam Antwort. Nachasch nahm an. Als Ort der Zusammenkunft schlug er die Stadt Elealeh vor, eine der gileaditischen Städte, die er erobert und zerstört hatte. Das war demütigend. Jefta hätte es vorgezogen, den König auf einer Höhe zu treffen, die zwischen den beiden Heeren lag. Nachasch indes bestand, doch mit der höflichen Begründung, es zieme sich, daß der jüngere Heerführer zu dem älteren komme.

Jefta fügte sich.

5

Jefta erzählte niemand von der geplanten Zusammenkunft; doch bereitete er sich gut vor. Er wollte dem König von Ammon beweisen, daß Gilead Anspruch habe auf die Städte, die Nachasch ihm weggenommen hatte, und er fragte Schamgar aus nach der alten Geschichte des Landes. Schamgar hatte mit hoher Befriedigung wahrgenommen, daß Jefta endlich seine Soldaten zum Krieg geheiligt hatte. Er erzählte eifrig und umständlich, wie das Heer Israels die Emoriter geschlagen und auch Ammon befreit hatte von den Unterdrückern; die Sieger aber hatten keinen Dank von den Ammonitern verlangt, sondern sie großmütig im Besitz ihres ganzen Gebietes belassen. Jefta prägte sich alles gut ein.

Am festgesetzten Tage, begleitet nur von einer Siebenschaft seiner Giborim, ritt er zum Orte der Zusammenkunft. Die Städte Elealeh und Cheschbon lagen einander sehr nahe, auf zwei Hügeln. Cheschbon hatten damals bei ihrem Einbruch ins Land die Israeliter zerstört und es in Trümmern liegen lassen zur Warnung. Nun war auch Elealeh zerstört. Auf den Trümmern von Cheschbon aber wurde jetzt gebaut. König Nachasch baute dort dem Gotte Milkom das alte und berühmte Heiligtum wieder auf, das seinerzeit die Israeliter vernichtet hatten.

Nachasch war noch nicht angelangt. In den Trümmern der Stadt Elealeh drückten sich kläglich ein paar alte Leute herum, welche die Ammoniter verschont hatten. Sie machten sich an Jefta heran, erzählten ihm von König Nachasch. Sie hatten seine Hand zu spüren bekommen, er war stark, stolz und gewalttätig, aber er lachte gern. Er hatte schallend gelacht, als sie sich eilig vor seinen Soldaten zu verkriechen suchten, hatte sie aus ihren Schlupfwinkeln herausholen lassen und ihnen befohlen, sich noch einmal und noch schneller zu verkriechen. Dann hatte er noch mehr gelacht und sie verschont.

Jefta glaubte, er werde sich mit diesem König verständigen können.

Freilich mußte er auf der Hut sein; denn soviel war gewiß: Nachasch machte seinem Namen „Schlange" Ehre. Manche Götter führten ihr Dasein als Schlangen. Die Schlange war geschmeidiger als der Mensch und wußte ihren Gegner zu überlisten. Und so wußte es König Nachasch. Doch Jefta blieb zuversichtlich. Er hatte sich dem König Abir gewachsen gezeigt, er wird sich auch von Nachasch nicht überwältigen lassen.

Da kam der König, auch er nur von einer Leibwache begleitet. Er begrüßte Jefta wie einen lieben Gast. „Ich habe viel von dir gehört", sagte er, „und zumeist Dinge, die mir nicht schlecht gefallen. Ich möchte, daß wir offen miteinander reden."

Jefta beschaute prüfend den König des großen Volkes, dem seine Ketura entstammte. Nachasch sprach ähnlich wie er selber, er brauchte die gleichen Worte und den gleichen Ton. Er hätte Jeftas älterer Bruder sein können; wie dieser war er nicht groß, doch breit und kräftig, auch hatte er das gleiche massige Gesicht mit der flachen Nase. Jefta erwiderte: „Nichts ist mir lieber als klare, ehrliche Rede. Sag also, was willst du von mir, daß du mein Land mit Krieg überziehst?" Nachasch ließ sich auf die Matte nieder, forderte Jefta zum Sitzen auf und antwortete: „Es kann dir nicht unbekannt sein, daß dein Vater Gilead mehrmals in Ammon einfiel. Er scheiterte an meiner festen Stadt Rabat, in welche seit sieben Geschlechtern kein Feind eingedrungen ist. Warum soll ich es ihm nicht nachtun und euch einen Teil des Landes wieder abnehmen, das einmal uns gehörte? Wir und Moab sitzen länger hier, wir haben älteren Anspruch auf das Land zwischen Arnon und Jabok. Wir haben ja schon einmal den Schrein erobert, in dem euer Gott wohnt. Freilich hat ihn dein Vater schnell zurückgeholt. Aber das nächste Mal werden wir uns den Schrein nicht wieder abnehmen lassen. Glaub es mir, mein Jefta."

Jefta sagte freundlich: „Da wir offen reden, König Nachasch, muß ich dir antworten: ich glaub es nicht. Vielleicht kommst du einmal in mein Heerlager und schaust dir meine Streitwagen an und meine Schwerbewaffneten. Mizpeh ist keine so feste Stadt wie dein Rabat. Aber auch mein Kriegsvolk hat sich bewährt, es wird die Lade meines Gottes Jahwe zu schützen wissen. Und da dem so ist, und du nicht mächtiger bist als ich und ich nicht mächtiger als du, warum sollten wir uns schlagen? Ich habe keinen Groll gegen dich, und ich glaube, auch du hegst keinen Groll gegen mich."

König Nachasch sagte: „Es wird kein leichter Krieg sein mit dir, ich weiß es. Aber ich habe meine älteste Tochter dem König von Moab zur Frau gegeben, zwei Tausendschaften Moabs sind in meinem Lager, mehr werden kommen, sobald ich es verlange, und dann werde ich dich wohl aufs Haupt schlagen können."

Jefta erwiderte: „Du sagtest, mein Land habe einmal euch gehört. Auf unsern Tafeln und Walzen steht es anders geschrieben. Da heißt es, die Emoriter waren mächtig im Land, sie saßen fest und bedrohlich in den Gebieten, die nun die unsern sind, und sie fielen immer von neuem ein in euer Land und bedrückten euch. Bis wir gekommen sind aus der Steppe. Wir sind sänftlich und sorglich um euer Land herumgegangen und um das Land Moab und haben es nicht betreten. Aber in das Land der Emoriter sind wir eingefallen und haben sie und ihren König Sichon blutig geschlagen nicht weit von hier, so daß auch ihr vom Drucke Sichons befreit wart. Es ist klar, daß unser Gott Jahwe uns das Land der Emoriter gegeben hat vom Arnon bis zum Jabok. Wir hätten zum Dank Gebiet von euch verlangen können. Wir haben es nicht getan und keinen Teil begehrt an dem Land, das euer Gott Milkom euch gegeben hat. Warum also willst du jetzt auf einmal einen großen Krieg mit uns führen?"

König Nachasch antwortete schlicht: „Mir macht es Freude,

Krieg zu führen. Dir nicht auch? Ich denke nicht lange nach über die alten Geschichten. Wenn ich eine Stadt nehmen und halten kann, dann gehört sie mir, wer immer vorher darin gewohnt hat. Du machst es nicht viel anders nach allem, was ich von dir höre. Darin freilich hast du recht, daß wir zur Zeit gleich mächtig sind, und es würde mich viel Kriegsvolk kosten, dich zu besiegen. Auch sage ich mir: Ammon, Moab, Gilead, sind wir nicht alle Hebräer? Warum also sollten wir uns totschlagen einer den andern?"

Er erhob sich von seiner Matte, auch Jefta tat es, er trat vor Jefta hin und sagte: „Höre, Jefta, mein Gast, mir kommt ein Gedanke. Man sagt mir, du hast eine Tochter, die mannbar ist oder bald mannbar wird. Gib sie meinem Sohne Mescha zur Frau. Er ist jung, kräftig und gescheit, beide werden Lust aneinander haben, und auf diese Art wird Friede sein zwischen Ammon und Gilead."

Jefta, tief überrascht, trat einen Schritt zurück, und zunächst flog ein kleiner, läppischer, verdrießlicher Gedanke ihn an. Die rechte Ehefrau des Nachasch hatte ihm ein einziges Kind geboren, jene Prinzessin, die er dem König von Moab zur Frau gegeben hatte. Prinz Mescha, den er jetzt mit Ja'ala vermählen wollte, war der Sohn eines Kebsweibs. Aber war nicht seine eigene Mutter das Kebsweib des Gilead gewesen? Und noch während Jefta ihn dachte, wurde ihm das Albern-Widersprüchliche des Gedankens voll bewußt.

König Nachasch mittlerweile ging auf und ab, er schaute den Jefta nicht an, er sprach weiter, sprach vor sich hin, als dächte er laut: „Und vielleicht einmal werden auf diese Art Ammon, Moab und Gilead *ein* Reich werden, und der Arm dessen, der dieses Reich beherrscht, wird lang sein wie der des Herrschers der vier Himmelsrichtungen."

Was da König Nachasch vor Jefta aufsteigen ließ, war mächtige Verlockung. Ja, es wird einmal heftiger Kampf sein darüber, wer Ammon erben wird. Prinz Mescha oder der Mann der älteren, rechtbürtigen Tochter, der König von Moab. Jefta war aufgewühlt. Daß Nachasch ihn aufforderte, in diesem Streit mitzukämpfen, kam unerwartet und zeigte ihm, wieviel Macht und Ansehen er sich geschaffen hatte. Es war eine gute Eingebung gewesen, daß er's abgelehnt hatte, dem Priester „Sieg über Ammon“ zuzuschwören.

Aber diese Eingebung war ihm schwerlich von Jahwe gekommen. Es war Milkom, der ihn gewarnt hatte, Krieg zu führen gegen das Volk seiner Frau und seiner Mutter, und es ist Milkom, der ihm jetzt die Verschwägerung mit König Nachasch anbietet. Wenn er annimmt, wenn er seine Ja'ala dem Prinzen von Ammon gibt, dann wird sie Jahwe abschwören und Milkom dienen müssen. Und hatte er sie dazu so streng im Glauben Jahwes erzogen, daß er sie jetzt Milkom preisgab? Er spürte beinahe leibhaft den Glanz der Lockung und ihr Gift. Gleichzeitig wärmte es ihm das Herz, daß sich Jahwe und Milkom um ihn stritten.

König Nachasch blieb vor ihm stehen und schaute ihm ins Gesicht, ein wenig blinzelnd, schlau, spitzbübisch wie ein Knabe, der einen andern zu einem listigen, fröhlichen, nicht ungefährlichen Streich auffordert. Da aber Jefta nicht sogleich zustimmte, da vielmehr sein lebendiges Gesicht alle seine Wallungen widerspiegelte, verfinsterte sich des Königs Miene.

Jefta sah es, meisterte seine Erregung, zwang sich, folgerichtig zu denken. Unter keinen Umständen durfte er Nachasch beleidigen. Er mußte sein Anerbieten in Ruhe überlegen, er mußte Zeit gewinnen. Er sagte: „Deine Gnade überwältigt mich, König Nachasch. Ich bin beglückt, daß ich Wohlgefallen gefunden habe vor den Augen eines so klugen und mächtigen Herrschers. Gerade deshalb laß mir Zeit, deinen Vorschlag zu bedenken. Laß mich bedenken, ob ich eine so große Gabe annehmen darf, ohne erdrückt zu werden.“

Nachasch lachte. „Du fürchtest“, sagte er, „wir werden am Ende dein Land schlucken?“ – „Nichts liegt mir ferner“, antwortete Jefta. „Es ist wirklich so: dein Vorschlag hat mich überwältigt, und ich brauche Zeit. Höre. Du bist, seitdem ich vor Mizpeh stehe, nicht weiter vorgedrungen, auch ich habe mein Heer abgehalten vom Kampf. Laß uns diesen Stillstand beschwören vor unsern Göttern. Laß uns dieses festsetzen: Ihr fallt bis zum nächsten Frühjahr nicht über uns her und wir nicht über euch. Ich schicke meine Bewaffneten und Streitwagen zurück nach dem Norden. Du aber brichst deine Zelte ab, ziehst fort aus der Sicht von Mizpeh und gibst uns die drei Städte wieder, die du uns genommen hast."

Nun lachte König Schlange herzlich. „Du gefällst mir, Jefta, mein Gast", sagte er, „aber doch nicht so, daß ich darüber zum Dummkopf werde. Hast du je von einem König gehört, der eine Stadt freiwillig herausgibt, die er mit seinem guten Schwert erobert hat? Und gar drei Städte! Es wäre schon viel, und du weißt es, wenn ich dir ein ganzes Jahr ließe, daß du dir überlegst, ob mein Sohn dir gut genug ist für deine Tochter."

Jefta sagte: „Ich habe meine Krieger und Wagen weit aus dem Norden hergeführt. Ohne Schande kann ich sie nicht zurückschicken gänzlich unverrichteterdinge. Ein König, so erfahren in den Geschäften der Herrschaft wie du, weiß das. Zieh also, ich bitte dich, deine Zelte zurück aus der Sicht von Mizpeh und gib mir wenigstens die Stadt Jokbecha wieder."

König Nachasch, immer sehr vergnügt, erwiderte: „Jokbecha! Die kluge Stadt, die sich nicht gewehrt hat und die ich also nicht habe zerstören müssen! Nein, mein Jefta, die behalt ich. Da du es aber verstanden hast, dich einzuwurmen in mein Herz, so will ich dir das Jahr Frieden schenken, das du zur Überlegung brauchst. Wir wollen es folgendermaßen halten. Du entläßt die Wehrfähigen Gileads, und ich breche mein Lager ab auf den Höhen vor Mizpeh. Dann führst du deine Wagen und dein Kriegsvolk zurück nach deinem Norden, und ich überlasse dir das Gebiet der Städte Jaser und Elealeh." – „Du bist großmütig und verständig, König Nachasch", antwortete Jefta.

„Doch da ist *eines*", fügte er nachdenklich hinzu. „Mein Gott Jahwe wird mir zürnen, wenn ich die Stadt Jokbecha dem Gott Milkom überlasse." – „Das soll kein Zwist sein zwischen uns", erwiderte Nachasch. „Ich will, da du es so wünschest, diejenigen unter den Männern von Jokbecha nicht verfolgen, die noch weiter deinem Gotte Jahwe anhängen wollen. Du deinesteils bürgst mir dafür, daß keiner das Heiligtum antastet, das ich hier drüben in Cheschbon meinem Gotte Milkom errichte, und daß keiner gehindert wird, dort den Gott zu verehren." – „So sei es", sagte Jefta. „So sei es bis zum nächsten Frühjahr", verbesserte König

Nachasch, „und vorher entscheidest du dich, ob zwischen uns Friede und Verwandtschaft sein soll oder Krieg."

„Mein Herz und all mein Inneres dankt dir, König Nachasch", sagte aufrichtig Jefta. Und mit listigem Freimut fuhr er fort: „Ich weiß, du wirst diese Zeit nützen, um im nächsten Frühjahr alle Wehrfähigen von Moab in deinem Lager zu haben, und du wirst wohl auch mit andern Königen zetteln. Auch ich werde versuchen, stärker zu sein im nächsten Frühjahr. Aber vielleicht wird es mir nicht gelingen. Dann werde ich dir nicht mehr gefallen, und du wirst gar nicht mehr wollen, daß wir unsere Kinder zusammentun."

Nachasch antwortete: „Mit dir läßt sich reden, Jefta, du bist ein kluger Mann. Es ist möglich, daß ich im nächsten Frühjahr, wenn ich sehr stark bin, meinem Herzen nachgeben und über dich herfallen werde. Denn ich liebe den Krieg. Aber heute, das ist gewiß, wünschte ich, wir legten deine Tochter meinem Sohn auf die Matte. Sind wir nicht alle Hebräer?"

6

Jefta und der König bekräftigten den Bund durch Opfer und Eid. Dann kehrte Jefta nach Mizpeh zurück, versammelte das Heer um sein Feldzeichen und verkündete: „Der Krieg ist aus. Nehmt noch zwei Tage lang die Pflichten der Heiligung auf euch. Dann seid ihr frei."

Sie hörten es ungläubig erstaunt. Keine Schlacht war geschlagen, die Höhen ringsum waren bedeckt mit den Kriegszelten Ammons. Aber siehe, am zweiten Tag begann König Nachasch die Zelte abzubrechen. Am dritten Tag waren die Höhen und die ganze Flur von Mizpeh leer vom Feind.

Die Männer Gileads sahen es zwiespältigen Gefühles. Sie freuten sich darauf, in ihre Häuser zurückzukehren, bei ihren Weibern zu liegen, sich um ihre Äcker und Hürden zu kümmern. Aber sie hatten ihre Brust bereitet zum Krieg, die Rastlosigkeit und Abenteuerlust der wandernden Vorväter war über sie gekommen, und nun sollten sie zurück in ihren braven Alltag.

Auch Jeftas Leute, die Männer seiner Schar, waren enttäuscht. Doch größer als die Enttäuschung war der Stolz auf ihren Hauptmann, der, einem Gotte gleich, durch den einfachen Hauch seines Wortes die Feinde fortgeblasen hatte. Klirrend zogen sie ab, zurück ins Land Tob und in die Gaue nördlich des Jarmuk.

Jefta selber mit einem kleinen Teil seines Heeres blieb vor Mizpeh. Den Brüdern erklärte er: „Strengt eure Augen an und späht, ob ihr noch einen feindlichen Krieger oder ein Zelt Ammons entdecken könnt im Umkreis von Mizpeh. Ich habe mein Versprechen erfüllt. Ich habe getan nach eurer Bitte und Gilead gerettet."

In Gadiel regte sich der frühere Groll. Er hatte sich gesehnt nach einer guten Schlacht, warum hatte der Bruder ihn darum betrogen? Seinem eigenen Schwert hatte der Selbstling dort oben im Norden eine Menge Blut gegönnt. Aber es stand in der Tat kein Ammoniter mehr vor Mizpeh. Und da war der Streitwagen, den Jefta ihm geschenkt hatte. Gadiel seufzte. Man mußte den Bastard nehmen, wie er war.

Von ganzem Herzen zufrieden war der besonnene Jelek. Seine sinnvolle Tätigkeit war durch das Aufgebot zum Krieg gestört worden; Häuser, Äcker, Herden waren den Weibern überlassen und vernachlässigt. Jetzt konnte man zurückkehren zu gutem Werke. Jefta war nicht nur ein mutiger Mann, er war auch sehr klug; er hatte sich gezähmt und Frieden gemacht, ohne viele Männer zu opfern.

Schamgar war verwirrt. Er bewunderte den Bruder, der durch sein bloßes Wort den Rückzug Ammons bewirkt hatte. Aber der alte Argwohn fraß an ihm. Hatte Jefta den Feind vertrieben durch einen Hauch vom Atem Jahwes? Oder hatte er sich mit dem König geeinigt im Zeichen Milkoms? Überdies wühlte und hetzte Zilla. Was für einen schlechten Frieden hatte der Bastard geschlossen! Hatten sich die echten Söhne Gileads so tief vor ihm erniedrigt nur für einen solchen Frieden? Die Stadt Jokbecha, die gute Stadt Jahwes, gehörte jetzt Milkom! Wieder hatte der Sohn der Ammoniterin die Brüder überlistet und seine Befugnisse überschritten. Sie hatten ihn gerufen, daß er Krieg führe. Frieden zu schließen, hatte er keinen Auftrag gehabt. Frieden schließen konnte nur Schamgar, der Richter. Der Friede Jeftas hatte keine Geltung.

Schamgar dachte an den Wortlaut des Vertrages, den die Brüder mit Jefta geschlossen hatten. Der Feind war vertrieben von den Toren Mizpehs, Jefta hatte getan nach seinem Wort. Durfte er kämpfen gegen Jefta, den Retter, den sichtbar Gesegneten? Durfte er auch nur mit ihm hadern? Aber im Innersten teilte er die Zweifel der Frau. Er war unglücklich, zerrissen. Er suchte Zuflucht in noch heißerem Eifer für Jahwe.

Da war jene Terebinthe, welche der Höhe von Machanajim den Namen gab, Bamat-Ela. Schamgars Leute hatten den Baum fällen wollen; doch die Männer von Machanajim hatten sie mit Sensen und Sicheln vertrieben, und Schamgar, auf dringlichen Rat des Jelek, hatte sich zögernd gefügt. Jetzt zwang er sich zur Strenge. Er schickte Bewaffnete nach Machanajim mit der Weisung, den Baum zu fällen, koste es, was es wolle. Auch dieses Mal leisteten die Leute Widerstand, Blut wurde vergossen, aber das heilige Geschäft wurde ausgeführt, der Baum fiel.

Jefta stürmte zu Schamgar und herrschte ihn an: „Hast du gehört, daß gewalttätiges Gesindel den heiligen Baum von Machanajim niedergehaut hat?" Schamgar schrak zurück vor Jeftas Wut, aber er nahm sich zusammen, er stand hier für Jahwe. „Es geschah in meinem Auftrag", antwortete er. „Der Baum war nicht heilig. Jahwe wohnt nicht in Bäumen." – „Es war ein Ez Ra'anán", sagte voll Trauer Jefta, „der schönste Grüne Baum, den ich kannte. Er war allen teuer. Er muß auch Jahwe teuer gewesen sein." Und heiser vor Zorn warf er ihm ins Gesicht: „Du hast es getan, um Ketura zu kränken." Schamgar fürchtete, der andere werde ihn niederschlagen in seiner Wut, doch er rief im Herzen seinen Gott zu Hilfe und antwortete herausfordernd: „Ich habe nicht gewußt, daß die Frau des Feldhauptmanns von Gilead auch heute noch Abgötterei treibt." Jefta sagte: „Es ist nicht deines Amtes, die Frömmigkeit meiner Frau zu hüten." – „Es *ist* meines Amtes", entgegnete Schamgar. „Noch bin ich Richter in Gilead."

Nun hatte Jefta im Innersten seines Innern gespürt, daß er, als er den Krieg vermied, nicht nur als Feldhauptmann Gileads gehandelt hatte, sondern auch als Sohn seiner Mutter und Mann seiner Frau, und er hatte nicht vorgehabt, sich zum Richter einsetzen zu lassen. Nun aber der andere ihn so dreist herausforderte, schlug helle Wut in ihm empor. Sie waren also noch immer nicht klein, die Silpa-Söhne; sogar dieser traurigste von ihnen wagte es, sich gegen ihn zu erheben. „Du Richter in Gilead?“ gab er zurück, die rauhe Stimme verzerrt. „Du bist es nicht mehr. Ich verlange meinen Lohn. Von jetzt an bin *ich* Richter.“ Er packte ihn an den Schultern, schüttelte ihn. „Sag ‚Ischi Schofet‘ zu mir, sag zu mir ‚Herr Richter‘!“

Dem Schamgar wurden die Knie weich. Trotzdem brachte er hervor: „Nur Jahwe kann mich meines Amtes befreien. Ich werde nicht ‚Ischi Schofet‘ zu dir sagen.“ Dann aber, aus der Tiefe seiner Brust heraus, klagte er: „Ich weiß, daß ich fehl am Ort bin auf dem steinernen Stuhle Gileads. Ich verstehe nichts vom Krieg, ich habe keine Macht über Menschen, ich kann nicht schalten und amten und befehlen. O Jefta, wie froh wäre ich, wenn Jahwe dich zum Richter machte! Ich sehne mich danach, Priester zu sein, die Taten des Gottes zu lesen aus den Tontafeln und aufzuzeichnen, was er in Zukunft für Gilead tun wird. Kannst du dich nicht frei machen von den falschen Göttern, Jefta?“ bat er treuherzig. „Was für ein großer Richter wärest du!“ Und nahe an ihn herantretend, scheu, mit fast versagender Stimme fragte er: „Hast du Zaubersteine an deinem Leib getragen bei dem Gespräch mit König Nachasch?“

Nun hatte Jefta natürlich keine Terafim an sich getragen damals. Trotzdem war in dem einfältigen Gerede des frommen Eiferers ein winziger Teil Wahrheit. Es war nun einmal so: in jener Unterredung mit Nachasch hatte dem Jefta zumeist Jahwe, manchmal aber auch hatte ihm der Gott seiner Mutter die Worte gesetzt.

Jeftas Zorn verebbte. Er ließ ab von Schamgar. „Sei du unbesorgt, du Frommer, Bedenklicher“, sagte er voll mitleidiger Hoffart. „Du wirst dich nicht mehr lange abschleppen müssen mit deinem Amt. Dein Erzpriester wird mir im Zelte Jahwes das Richteramt zusprechen, wie es vorgesehen ist in unserm Vertrag. Dann kannst du dich verkriechen in die Gewandfalten deines Abijam und die Taten aufzeichnen, die *ich* tun werde für Gilead!“

7

Jefta ging ins Zelt Jahwes, stand vor Abijam, verkündete: „Kein feindlicher Krieger mehr ist sichtbar und kein Zelt Ammons im Umkreis von Mizpeh." In seiner Stimme war Sieg, in seiner Brust Unsicherheit. Er fürchtete, Abijam könnte ahnen, aus welchen Gründen Nachasch den Feldzug abgebrochen hatte.

In der Tat hatte der Erzpriester die Meldung vom Abzug des Feindes nicht ohne Bestürzung gehört. Jefta, der berühmte, bewährte Kriegsmann, hatte lieber die Stadt Jokbecha dem Feind preisgegeben, als daß er sich mit Ammon schlug! Jener Argwohn, den ihm damals die zweideutige Wendung des Jefta erregt hatte, erwachte neu.

Nun Jefta kam und auf seinen Anspruch pochte, sagte er trocken: „Du hast recht. Du hast den Vertrag erfüllt. Du hast getan genau nach deinen Worten. Das zu hören, bist du wohl gekommen?"

Jefta spürte die Herausforderung. Es lag ihm ferne, sich vor dem Alten zu rechtfertigen; aber er hatte mehrmals die eignen Zweifel mit guten Gründen zum Schweigen gebracht, es war ihm willkommen, diese gültigen Gründe vor einem andern auszusagen. „Ich weiß", antwortete er, „du hast von mir einen schallenden Sieg erwartet. Aber ich habe die Macht der Ammoniter neu gewogen, sie ist sehr groß, und selbst wenn ich in offener Feldschlacht gesiegt hätte, wäre der Krieg nicht aus gewesen. Nachasch hätte in seiner festen Stadt Rabat, die uneinnehmbar ist, in Ruhe abwarten können, daß ihm alle Wehrfähigen Moabs und sogar Baschans zu Hilfe kommen. Und dann hätte ich vielleicht nicht einmal Mizpeh halten können. Ich bin kein schlechter Hauptmann, Erzpriester. Ich denke, ich habe gezeigt, daß ich nicht feig bin und nicht geneigt zu Vergleichen. Ich habe mich gesehnt nach einer Feldschlacht. Aber ich habe es für klüger gehalten, vorerst einmal Gilead zu retten."

Was Jefta sagte, klang einleuchtend. Trotzdem schlief Abijams Mißtrauen nicht ein. Er sagte: „Erzähle mir doch, ich bitte dich, wie kamst du mit dem König der Ammoniter zurecht? Welche kräftigen, überzeugenden Worte hast du gebraucht, daß er mit all seiner Macht ohne Schwertstreich abzog?" Wieder sprach der Priester gelassen; dieses Mal aber hörte Jefta die ganze Schwere des Verdachts heraus. Der Mann wußte oder argwöhnte doch, daß Jefta mit dem König ein geheimes, verfängliches, unerlaubtes Abkommen getroffen hatte. Jefta war auf der Hut, er wollte lieber ein Wort zuwenig als ein Wort zuviel sagen, er antwortete, auch er sehr ruhig, fast beiläufig: „Ich habe König Nachasch klargemacht, daß, auch wenn er uns in einer Feldschlacht besiegt, der Krieg noch lange nicht entschieden ist. Ich habe keine starken Worte gebraucht, nur vernünftige, und König Nachasch ist selber vernünftig, ein Kriegsmann und umgänglich."

Nun aber hielt sich Abijam nicht länger. „Dein König Nachasch", sagte er mit zornigen Augen, „mag ein umgänglicher Mann sein: aber Jahwe ist nicht umgänglich. Er ist kein Gott kläglicher Vergleiche, er ist ein Gott des Krieges. Er sieht es kaum mit Wohlgefallen, daß du seine Stadt Jokbecha dem Feinde gelassen hast."

Fast freute es Jefta, daß der andere in Wut geriet. Er selber fühlte sich jetzt sehr sicher. Gelassen erwiderte er: „Ich habe Israel sieben gute Städte im Norden erobert, bessere als die Stadt Jokbecha, vergiß das nicht. Auch hab ich mir von König Nachasch zuschwören lassen, daß er keinen behindern wird, der in der Stadt Jokbecha den Jahwe verehrt. Ich glaube nicht, daß Jahwe mit mir unzufrieden ist. Er hat bewirkt, daß Ammon zurückwich, sobald ich kam. Vorher hat er müßig zugeschaut, wie Ammon um die Stadt lagerte."

Der Priester war des eiteln Streites müde. „Höre doch endlich auf", bat er, „mich für deinen Feind zu halten. Wir wollen das gleiche, wir sorgen uns um Gilead, jeder auf seine Art. Gib mir das zu. Und dann erkläre mir, ich bitte dich: was ist gewonnen dadurch, daß du die Entscheidung hinausgeschoben hast? Dieses Mal hast du dem Nachasch die Stadt Jokbecha abgetreten. Was wirst du tun im nächsten Frühjahr? Wirst du ihm dann mehr Gebiet einräumen?"

Für einen Augenblick war es dem Jefta, als wisse dieser unheimliche Alte genau, was in dem Gespräch mit Nachasch vorgegangen war, als kenne er den wahren Preis, den er Ammon bezahlt hatte, jenes halbe Versprechen, sich mit dem

König zu verschwägern und einen dauernden Bund mit ihm zu schließen.

Abijam sprach weiter: „Begreife doch, Jefta, mein Sohn, es ist nicht gut, einen Bund mit Ammon zu haben, und sei es auch nur auf kurze Zeit. Ammon bleibt ein Volk der Steppe und der Wüste. Uns hat Jahwe zusammengefügt, daß wir siedeln in diesem guten Land. Wir gehören nicht zu den Söhnen der Wüste, wir gehören zu unsern Brüdern am andern Ufer des Jordan. Begreife das doch, du Feldhauptmann Jahwes. Raffe dich auf. Sei der Sohn deines Vaters, nicht deiner Mutter."

Für einen Augenblick stiegen in Jefta die Gedanken und Spürungen auf, die ihm auf dem Gipfel des Chermon durch die Brust gegangen waren; er sah das große eine und ungeteilte Reich Israel diesseits und jenseits des Jordan. Gleichzeitig aber hörte er im Geist die schalkhaft vernünftigen Worte des Königs Nachasch: „Sind wir nicht alle Hebräer?" Er fand sich nicht zurecht in diesem Widersprüchlichen und zog es vor, dem Priester zu zürnen. Der wollte nur von neuem über ihn Macht gewinnen. „Da dachte ich", sagte er mit finsterm Spott, „ich hätte euch befreit aus schlimmer Not, und siehe, ich habe euch verraten!" Er ließ seinen Zorn wachsen, blühen. „Was ist denn geschehen, Priester?" ereiferte er sich. „Ihr seid zu mir gekommen und habt gewinselt: Wir sind umringt vom übermächtigen Feind, mache dich auf und hilf uns! Und ich habe mich eurer erbarmt und erwidert: Gut, ich werde den Feind vertreiben aus der Sicht von Mizpeh. Und das hab ich getan. Ich habe mehr getan. Ich habe zwei Städte zurückgeholt von den dreien, die ihr nicht habt halten können, weil ihr schlaff geworden seid in euerm Fett und in der Habgier eures Herzens. Ihr aber, was war euer Dank?" Er stieß den viereckigen Bart vor gegen den Priester, kleine, böse, grüne Lichter funkelten in seinen Augen, er sagte ihm heiser ins Gesicht: „Ihr habt mir den heiligen Baum niedergehaut vor meinem Machanajim. Der Baum ist mir lieb gewesen und meiner Frau Ketura, und mein Vater Gilead saß gerne in seinem Schatten mit meiner Mutter, und er war Richter in Israel. Und da ist der fromme Dummkopf Schamgar hingegangen und hat geblökt: Jahwe wohnt nicht in Bäumen, und hat

Männer geschickt, und sie haben mir meinen lieben Baum abgehauen, während ich hier in Mizpeh saß zu eurer Hut. Du aber hast es zugelassen, mir zum Schimpf und meinem Weib zur Kränkung."

Abijam erkannte, daß sich der Mann nur deshalb in seinen Zorn flüchtete, weil er seinem Vorwurf nichts zu erwidern wußte. Er war nun sicher, daß sein Argwohn begründet war. Er sagte: „Du bist zornig, aber nicht wegen des Baumes. Du bist zornig, weil ich weiß, was in deinem Herzen vorging, als du mit dem Ammoniter geredet hast, und es war nicht gut, und du hast nicht geredet, wie es dem Feldhauptmann von Gilead ziemt. Ich weiß nicht, was du ausgehandelt hast bei deinem Gespräch auf den Trümmern der Stadt Elealeh, aber ich fürchte, dieser König wäre nicht zurückgewichen, wenn du ihm nicht mehr in Aussicht gestellt hättest als ein Jahr Waffenruhe. Vielleicht hast du zum Nutzen Gileads gehandelt, aber es ist ein kurzer Nutzen, und ich fürchte, du hast deinen Kriegsherrn Jahwe geschmälert."

Jefta, rauher, als er wollte, erwiderte: „Genug der Mahnung! Ich bin kein Knabe. Gebiete du im Zelte Jahwes. Wie ich im Feldlager verhandle, ist meine Sache. Ich habe erfüllt, was ich euch zugesagt habe, und nun ihr mäkelt und mich schmäht und mir Unbill getan habt in meinem Machanajim, besteh ich auf meinem Lohn. Es ist gut, daß ich dem Hauch eurer Worte nicht traute und daß alles aufgezeichnet ist."

Abijam, und er sah plötzlich uralt aus, sagte: „Es soll geschehen, wie du es verlangst. Du sollst sitzen auf dem Stuhle Gileads. Aber es wäre besser gewesen für uns und für dich, du hättest gewartet, bis Jahwe dich ruft."

Die Rede des Priesters prallte ab an Jeftas gutem Manneszorn. Bis Jahwe dich ruft! Der Alte, mit schillerndem Gefasel, versuchte nur, ihn weiter hinzuhalten. Ungeheuer hochfahrend antwortete er: „Er *hat* mich gerufen. Jahwe ist *mein* Gott, er wohnt in meiner Brust. Was *ich* will, ist sein Wille."

Abijam, angeschauert von solcher Vermessenheit, sagte: „Bevor du lange auf dem Richterstuhl sitzest, Jefta, wirst du erfahren: du irrst."

Dann, sehr sachlich, schloß er: „Ich habe dir's versprochen, und ich werde dir den Stab geben. Du hast es erreicht mit deiner List und mit deinem zwieschichtigen Wort. Aber salben werd ich dich nicht. Das heilige Öl ausgießen über dich werde ich erst, wenn Jahwe den Auftrag gibt. Wenn er *mir* den Auftrag gibt."

8

Nun gerade wollte Jefta seine Einsetzung zum Richter zu einer großartigen Feier machen. Er sandte Botschaft an seine Nächsten im Lande Tob und im Lande Baschan, sie sollten nach Mizpeh kommen. Alle berief er, Ketura, Ja'ala, Kasja und Par; auch den alten Tola in Machanajim vergaß er nicht. Kaum weniger als auf die Einsetzung zum Richter freute er sich auf die Stunde, da Ketura der gedemütigten Feindin als Siegerin ins Gesicht schauen wird.

Er ritt den lieben Gästen weit entgegen.

Da waren sie, an ihrer Spitze seine Frau und sein Mädchen. Sie waren wild und lieblich wie je; wie hatte er so lange ohne sie leben können?

Er führte sie zunächst ins Lager und ließ Silpa und Schamgar melden, daß er jetzt Besitz nehmen werde von seinem Haus. Dann zogen sie in die Stadt ein. Gingen hinauf zum Hause Gileads. Klopften an das große Tor, das in den Hof führte. Ein alter Diener öffnete. Weit und leer lag der Hof; die Brüder und ihre Frauen und Kinder hielten sich im Innern der Häuser.

In der Tür des Vaterhauses begrüßte Schamgar den Jefta. Er entschuldigte die Mutter, sie sei unpaß. Da Jefta und die Seinen aus der Helle des Hofes kamen, brauchten sie eine kurze Weile, ehe sie sich in dem dämmerigen Innern zurechtfanden und Silpa entdeckten, die im rückwärtigen, erhöhten Teil des Raumes lag, ganz im Dämmer, auf einer Matte. Sie erstiegen die wenigen Stufen, die zu ihr hinaufführten.

Und nun war es an dem. Da war die Frau, die Ketura verfolgt und geschmäht hatte, alle die Jahre hindurch, und hinausgetrieben zu den Tieren der Wildnis. Und da stand sie, Ketura, und hatte gesiegt. Ihr gehörte das Haus und ihrem Jefta der Richterstuhl und der Stab des Vaters.

Silpa hatte sich aufgerichtet auf ihrer Matte, sie hockte niedrig vor der andern. Die dunkle, kehlige Stimme belegt, sagte sie: „Verzeih, Ketura, Weib des Richters Jefta, daß ich nicht aufstehe bei deinem Eintritt. Du mußt dich begnügen, wenn die Frau meines Sohnes Schamgar und seine Töchter dir die Füße waschen."

Ketura stand leicht, schlank, braun, jung vor der sitzenden Alten, und an der Hand hielt sie ihre Tochter Ja'ala. Mit den großen, grauen, tiefliegenden Augen musterte sie die Frau, die ihr alles Böse der Welt hatte antun wollen, aber siehe, das Böse war ihr zum Segen ausgeschlagen. Sie spürte die Narbe, die sie behalten hatte aus ihrem Kampf mit dem Wolf, sie spürte sie gerne, sie hatte bezahlt für diese Stunde des Sieges. Sie antwortete, und in ihrer Stimme war es wie Gesang: „Es lag mir fern, die Fußwaschung zu erwarten von der Frau des Richters Gilead. Aber ich bin sicher, wir alle werden uns wohl fühlen in diesem Hause, und der Friede, den mein Mann Jefta dem Lande Gilead gebracht hat, wird auch in diesen Mauern sein."

Sie setzten sich auf die niedrigen Stühle, und die dürre Zilla und ihre Töchter wuschen ihnen die Füße. Zilla war so voll Haß, daß ihr die Eingeweide brannten und der Mund bitter wurde. Daß Jahwe dies zuließ! Aber es wird nicht dauern; es war nur eine Prüfung, die er seinem treuesten Diener, ihrem Manne Schamgar, schickte. Der Mensch da, der so unbekümmert dasaß und ihr den Fuß hinstreckte, der Bastard, hatte die rechte Verehrung Jahwes nie gekannt. Er trug Milkom im Herzen und vielleicht seine Terafim noch immer am Leibe. Jahwe wird ablassen von seiner unverständlichen Vorliebe, er wird sein Antlitz dem bessern Manne zuwenden, ihrem Schamgar, und diesem wird der letzte Sieg gehören.

Silpa, von ihrer Matte aus, schaute zu, wie sich die Ihren demütigten vor dem Bastard. Vielerlei Gedanken gingen ihr durch die Brust in dieser Stunde der Schmach. So tief mußten sie und ihre Söhne sich erniedrigen vor dem Manne dort. Und was er ihnen dafür gebracht hatte, war nichts als ein fauler Friede. Er hat die Stadt Jokbecha dem Götzen Milkom preisgegeben, vielleicht noch darüber hinaus einen krummen Handel mit Ammon gezettelt. Sicher hat er's getan um dieser Ketura willen; ihrethalb hat er's vermieden, Krieg zu führen gegen Ammon.

Seltsamerweise sog Silpa aus dieser Erwägung etwas wie Stolz und grimmige Befriedigung. Gut anzuschauen war sie, die Ammoniterin, gewiß, doch keineswegs fürstlich, eine halbe Wilde war sie. Und sogar eine solche hatte es vermocht, einen klugen, mutigen Mann – denn das trotz allem war Jefta – nach ihrem Willen zu lenken. Wenn aber selbst ein so geringes Weib eingreifen konnte in das Schicksal des Stammes, brauchte sie, Silpa, die Hoffnung nicht aufzugeben. Sie bog und streckte die harten Hände, sie waren noch stark genug, zu greifen und zu halten. Sie nahm ihre Niederlage nicht an. Kein Friede war erkämpft, der Krieg war nur unterbrochen. Ein Frühjahr wird kommen, wahrscheinlich schon das nächste, da wird sich Gilead trotz allem messen mit Ammon. Und sie, Silpa, wird die Debora dieses Krieges sein.

Am Tage darauf versammelte sich am Tore von Mizpeh eine große Menge Volkes. Da standen und hockten sie auf dem besonnten Marktplatz. Auf den Dächern aller Häuser waren Menschen, und die Männer der Schar, die Jefta zurückbehalten hatte, saßen auf den Stadtmauern und schauten und hörten, wie der Erzpriester ihren Jefta zum Richter einsetzte. Jefta nahm aus den alten, schwachen, dünnen Händen den Stab in seine kräftige Faust, er setzte sich auf den steinernen Stuhl, und alle schrien: „Jahwe mehre deine Kraft, Jefta! Er mehre deine Kraft, unser Richter und Herr!"

Die Männer der Schar, Emoriter ebenso wie Gileaditer, hielten es für einen Triumph, daß jetzt einer von ihnen Richter war in Mizpeh. Nun waren sie, die Unsteten, die Heuschrecken, anerkannt als die Retter der Seßhaften. Sie feierten ein großes Fest in ihrem Zeltlager vor Mizpeh und luden das ganze Stadtvolk dazu ein.

Jefta ging unter seinen Leuten herum, aß von ihren Speisen, trank von ihrem Wein und Rauschtrank, sie küßten ihm den Bart.

Auch die Frauen nahmen teil an dem großen Fest. Ketura, noch voll vom Gefühl ihrer köstlichen Rache, war glücklich, daß ihr kluger Jefta das alles erreicht hatte, ohne gegen ihr Volk Krieg zu führen. Sie war gewiß, Jefta hatte sich ihrethalb mit diesem Frieden begnügt, sie war überstolz auf sein Geschenk.

Ja'ala, begleitet von Jemin, ging herum im Lager, wortkarg, den Blick nach innen gekehrt; die Fülle des Erlebens wollte ihr die Brust sprengen. Des Morgens, als sie aufschaute zu dem Vater, wie er auf dem steinernen Stuhle des Richters saß und mit seiner rauhen, warmen Stimme das Volk grüßte, war über sie das ganze Gefühl seiner Herrlichkeit gekommen und hatte sie hoch emporgeschwemmt, sie war vergangen im Gefühl ihrer eigenen Nichtigkeit und demütigen Verehrung, und aus dieser Spürung war ihr tief im Innern ein Lied aufgekeimt, Worte und Weise. Noch genoß sie das Glück dieses Liedes in Stille, aber sie wußte, sie durfte das nicht, sie mußte alle teilhaben lassen an ihrem Erlebnis, und sie hatte, da sie mit Jemin ins Lager ging, ihr Musikwerkzeug mitgenommen, Leier und Trommel.

Jeftas Leute und die Männer und Frauen von Mizpeh sahen die Tochter des Richters, und sie war anders als die meisten Mädchen. Viele dachten: Glücklich der Mann, der diese auf seiner Matte haben wird. Vielleicht wird es der Lange sein, der jetzt an ihrer Seite geht. Wie heißt er? Jemin? Er scheint einer von den Refa'im, den Riesen, und sicher ist er ein Diener des nördlichen Baal gewesen, wiewohl er sich jetzt zu Jahwe bekennt. Wie seine Augen an ihr hängen! Aber man begreift es.

Und nun war es so weit, daß Ja'ala ihr Lied nicht länger in der Brust wahren konnte. Als sie den Vater in seiner Herrlichkeit hatte sitzen sehen, waren ihre Liebe und Verehrung, ihre eigene innere Musik und die Weisen, die sie von den Meistern Babels gelernt hatte, ineinandergeschwommen. Nun überschwemmte sie das alles von neuem, und sie sang: „Alle Kraft dem Jefta, dem neuen Richter! Jahwes Gnade ist mit uns: er hat einen jungen Mann erhöht über die alten. Das Feuer Jahwes zürnt von Jeftas Brauen, wenn er zürnt. Der Segen Jahwes leuchtet von Jeftas Antlitz, wenn er segnet. Jefta hebt die Faust, und die Feinde stürzen, als wären sie Bilder aus Ton. Alle Kraft dem Jefta, dem neuen Herrn Richter! Sein Name ist: Jahwe öffnet den Weg. Jefta, Jefta, Richter in Gilead! Und rufet es, daß es schalle über alles Land: Jefta!"

Wie Ja'ala braun und schmal in der starken Sonne stand, ihr ganzes Leben in den großen, begeisterten Augen, wie sie mit ihrer kindlichen, etwas spröden Stimme, die sehr einmalig war, ihren Jubel, ihren Stolz, ihre Verehrung heraussang aus der innersten Brust, sich zunächst mit Leier und Trommel begleitend, wie sie sich dann immer mehr begeisterte an dem Lied und weitersang ohne Musik, den Boden stampfend, tanzend, da packte es die Männer, die sie sahen und hörten. Alle liebten sie dieses Kind. Es ging von Ja'ala ein Strahlendes, Beglückendes aus. Viele kannten Jefta von seinen Anfängen her. Erst hatte er sich zum Herrn der Wildnis gemacht, dann zum Fürsten des westlichen Baschan, dann zum Richter in Gilead, jetzt, beim Gesang Ja'alas, stieg er noch höher. Wurde ein Held, ein Übermann, zu zwei Dritteln nur Mensch, zu einem Drittel Gott. Jahwe hatte sich aufgemacht von seinem Berge Sinai, er war in Jeftas Feldzeichen, er war in Jefta selber, dieses Mädchen hatte es gesehen, und jetzt sahen sie alle es. Und sie sangen mit und stampften mit, und sie schrien: „Jefta! Jefta! Alle Kraft dem Jefta!"

Jefta sah sein Kind, seine Tochter Ja'ala, hörte ihr wildes Jubellied. „Jahwe hat einen jungen Mann erhöht über die alten." Er spürte seine ganze junge Kraft, sein war die Macht und der Sieg über den alten Priester. Diese seine Ja'ala war in Wahrheit sein Fleisch und Blut, doch war sie weit mehr, ihr zugehörte auch, was er an Ketura liebte. Seltsamerweise lebte trotzdem sein Gott Jahwe in dieser seiner Tochter mächtiger als in ihm selber, und wenn er gesegnet war, dann segnete ihn der Gott um dieser seiner Tochter willen.

Ein Abgesandter der Silpa-Söhne nahm an dem Feste teil, Gadiel. Er hörte Ja'ala und war gepackt wie alle andern. Er erzählte seiner Mutter von Ja'alas Lied. Es war Silpa Genugtuung gewesen, daß die Ammoniterin dem Bastard keinen Sohn geboren hatte. Jetzt erschrak sie; vielleicht war es nicht ihr, sondern dieser Tochter Jeftas bestimmt, dem Volke Gileads zur Debora zu werden.

Jefta hatte vorgehabt, am folgenden Tag nach Baschan zurückzukehren. Eine unerwartete Aufgabe hielt ihn in Mizpeh zurück.

Gleich nach dem Fest war der alte Tola gestorben. Er hatte mit angesehen, wie sein junger Herr zum Richter in Gilead eingesetzt worden war, er war im Lager herumgegangen, feiernd mit den andern, und hatte einem jeden erklärt, die Freude mache ihn jung und frisch wie eine grüne Olive. Dann hatte er sich im Zelt zum Schlafen auf die Matte niedergelegt, sein Kleid unterm Kopf, und so war er gestorben.

Jefta ließ es sich nicht nehmen, ihn zu Grabe zu tragen nach Obot, der Gräberstätte, damit er fortan dort wohne in der Höhle bei dem Herrn, dem er so lange gedient hatte. Er selber setzte sich nieder, sehr nahe bei Gilead. Und er richtete ihm ein Totenmahl, zu dem er die besten Männer einlud.

Nun auch der alte Tola in der Höhle hockte, war es dem Jefta, als sei die Zeit des Richters Gilead ein für allemal zu Ende. Er ritt nach dem Norden, sein Feldzeichen vor sich, und spürte: Jetzt beginnen die Jahre des Jefta.

9

Als er indes im Lande Tob angelangt war, wich seine Zuversicht den früheren Zweifeln. Abijam hatte recht: der Streit mit Ammon war nicht zu Ende, der Krieg war nur aufgeschoben.

So dachten alle, so auch diejenigen, die Jefta am besten kannten. Par und Kasja, in seiner Gegenwart, besprachen miteinander seine Lage und seine Aussichten. Er hatte mehr erreicht, als sie zu träumen gewagt hatten. Er war nun Hauptmann der Leeren Leute sowohl wie Gaufürst in Baschan und Richter in Gilead. Er war Hüter des Mischpat, des Rechtes, und stand selber jenseits des Rechtes, über dem Recht. Und er hatte sich durch seine Erfolge nicht in gefährliche Abenteuer verlocken lassen, er hatte vielmehr in reifer Weisheit den geliebten Krieg bis zum nächsten Frühjahr aufgeschoben; dann wird er, besser vorbereitet, des Sieges sicher sein können.

Die einzige, die fest glaubte, Jefta werde auch im nächsten Jahre den Krieg vermeiden, war Ketura.

Dieser Frühsommer im Lande Tob war ihr eine Zeit ruhigen, starken Glückes. Köstlich war es gewesen, der Feindin als Siegerin gegenüberzustehen, köstlich, Jefta sitzen zu sehen erhöht über die Brüder und über alles Volk von Gilead, und voll frohen Stolzes war sie herumgegangen in der Stadt Mizpeh. Aber gleich jenen Städten, die Jefta in Baschan unterworfen hatte, war ihr auch Mizpeh gefährlich erschienen, voll von Gedemütigten, die den Sieger am liebsten gemeuchelt hätten. Ja, dieses ganze Mizpeh mit seinem Gott, seinem Priester und den Silpa-Söhnen, die ihren Jefta hineintreiben wollten in den Feldzug gegen Ammon, gegen ihr Volk, war ihr noch bedrohlicher erschienen als die nördlichen Städte. Sie war tief befriedigt, daß man nun nach erreichtem Sieg heil zurück war im Lande Tob und in der Wildnis. Hier waren keine Mauern und keine feindliche Satzungen. Hier war, was in ihrer Brust vorging und was rings um sie war, *eines*.

Auch ihrem Jefta fühlte sie sich tiefer vereint als je. Sie wußte, wie heiß er sich nach Schlacht und Krieg sehnte und was es ihn gekostet haben mußte, auf den Feldzug gegen Ammon zu verzichten. Er hatte es ihr zuliebe getan.

Einmal sagte sie zu Jefta: „Seitdem du dich entschlossen hast, mit meinem Volk in Frieden zu leben, ist mir, als stünden wir für immer auf dem Gipfel des Chermon."

Er war bestürzt, wie tief sie ihn begriff und wie tief sie ihn mißverstand. Er spürte das Zweierlei seines Wesens und den Widerspruch seiner Welt. Er war Richter in Gilead, eingesetzt und bereit, Gilead zu verteidigen – und Sohn der Lewana, nicht gewillt, gegen Ammon zu kämpfen. Er war Feldhauptmann Jahwes, begierig, die Feinde des Gottes zu zerschmettern – und Führer einer Schar Leerer Leute, ein Held und Dreinschläger, ein Gideon, ein Abenteurer, heiß bestrebt, sich ein großes Reich zu erraffen von wem immer und wie immer, wägend sogar, ob er nicht zu solchem Zweck dem Feinde Jahwes seine Tochter geben sollte. Das alles war nicht so einfach, wie Ketura annahm. Es war sehr verknäuelt.

Es trieb ihn, diese verworrenen Dinge auszusprechen, sie mit Ketura zu besprechen. Auch beschwerte es ihn seit langem, daß er vor Ketura geheimhielt, was er mit Nachasch beredet hatte. Aber es war verfänglich, die Worte zu wiederholen, die er dem Nachasch gesagt hatte. Sie waren kein Versprechen gewesen oder doch nur ein halbes; ein zweites Mal ausgesprochen, wurden sie greifbarer, bindender, ein Ärgernis für Jahwe. Es war besser, das Dunkle, Wolkige in der eigenen Brust zu verschließen.

Er antwortete, und seine Stimme hatte nicht die fröhliche Entschiedenheit wie sonst: „Du sagst es, Ketura: ich bin im Frieden mit Ammon. Doch nur bis zum nächsten Frühjahr. Und ich bin Feldhauptmann Jahwes. Wenn Ammon streitet gegen Jahwe, bin ich nicht mehr im Frieden."

Ketura erschrak. Sogleich aber sagte sie sich, er wolle sie nur ein wenig narren, wie er das manchmal tat. „Bist du nicht zu streng gegen dich selber, Jefta?" fragte sie lachenden Gesichtes. „Wo hätte Jahwe einen treuern Krieger finden können? Ihr habt beide den Bund gehalten, du und der Gott. Du hast ihm Mizpeh frei gemacht und den ganzen Gau, und er hat den Priester und die Frau gezwungen, dich anzuerkennen als den rechten Sohn deines Vaters und mich als die Erste Frau in deinem Stamme."

Da stand sie und glaubte wahrhaftig, er habe sich mit soviel List und Blut das Reich in Tob und Baschan erkämpft, nur um vor seinen Brüdern zu glänzen und um Ketura zu erhöhen über Silpa! Er hörte es, fast erheitert. Dann aber fiel ihm ein: das war ja in Wahrheit sein Ziel gewesen lange Zeit hindurch. Und plötzlich erkannte er, wie sehr er sich verändert hatte. Der Jefta, der nur danach trachtete, es denen in Mizpeh zu zeigen, war nicht mehr da. Der Jefta von heute wollte ein Reich, sein Reich.

Ketura spürte, daß er ihr fern war; vielleicht erriet sie, was in ihm vorging. Noch immer halb scherzhaft, doch nicht ohne kleine Angst, fragte sie: „Oder begehrst du jetzt mehr? Willst du Herrscher der vier Himmelsrichtungen werden?"

Jefta aber, unerwartet ernsthaft, erwiderte, und er sprach mehr zu sich selber als zu ihr: „Ich weiß es nicht. Es war gut, deinen Schrei zu hören auf der Flur von Machanajim. Es war gut, mit dir zu jagen und zu ruhen in der Wildnis. Es war gut, mit dir auf dem Gipfel des Chermon zu stehen. Aber das war die Sonne von gestern. Die Sonne von heute ist noch hinter den Bergen."

10

Gesandte des Königs Nachasch kamen zu Jefta. Es war eine ansehnliche Abordnung, sie nahm sich merkwürdig aus in der Wildnis des Landes Tob. Die Gesandten überbrachten Gaben, Waffen für Jefta, Stoffe und Spezereien für Ketura, Musikwerkzeug für Ja'ala.

Die Botschaft des Königs lautete: „So spricht Nachasch, König von Ammon, zu Jefta, Richter in Gilead. Wir haben vereinbart in der Stadt Elealeh, daß du innerhalb eines Jahres sagen wirst, ob zwischen Ammon und Gilead Freundschaft sein soll oder Feindschaft. Schon werden die Nächte länger, binnen kurzem wird Winter sein und hernach Frühling, da die Könige zu Felde ziehen. Sage mir also, Jefta, Sohn Gileads, ob zwischen uns Gemeinschaft des Zeltes und der Matte sein soll oder aber Schärfe des Eisens."

Jefta hörte die Botschaft mit freundlicher Miene, doch mit verworrener Brust. Wiewohl er sich nach dem Vertrag nicht vor dem Frühjahr entscheiden mußte, war die Forderung des Königs billig. Denn wenn der Friede nicht erneuert werden sollte, dann mußte König Nachasch noch vor dem Winter Bündnisse schließen mit Moab und Baschan, um fürs Frühjahr eine starke Macht bereit zu haben. Der Führer der Gesandtschaft verriet denn auch dem Jefta mit verstellter Treuherzigkeit, er habe Auftrag, entweder nach Rabat-Ammon zurückzukehren mit einem klaren Freundschaftswort des Herrn Richters, lieber noch mit seiner Tochter, oder aber, wenn der Herr Richter die Entscheidung des Eisens wähle, weiterzuziehen zu König Abir von Baschan. Jefta, mit erkünstelter Scherzhaftigkeit, erwiderte: „Hier in meinem Lande Tob bin ich nicht Richter von Gilead, sondern Anführer einer Schar Leerer Leute. Da kitzelt mich natürlich der Krieg mehr als der Friede. Aber sei du für drei Tage mein Gast. Dein König ist meinem Herzen freund, und das will ich meinem Schwerte sagen, wenn es mich zu sehr kitzelt."

Jefta sah mit Unbehagen, wie erstaunt seine Leute über die Gesandtschaft waren. Sicher hatten auch die in Mizpeh von der Gesandtschaft gehört; die Reise einer so ansehnlichen Abordnung konnte nicht verborgen bleiben. Vor allem aber drückte es den Jefta, daß er Ketura und Ja'ala noch immer nicht von seinem Gespräch mit Nachasch erzählt hatte.

In dürren Worten berichtete er Ketura, König Nachasch werbe um Ja'ala für seinen Sohn.

Die grauen Augen Keturas wurden weit vor entzücktem Erstaunen. Der Sohn des Königs von Ammon, der Auserwählte Milkoms, warb um ihre Tochter!

Zuerst begriff Jefta nicht ihr wildes Glück. Dann begriff er, bekümmert. Es hatte Jahre gegeben, in denen Ketura, ohne daß er hätte sprechen müssen, um jede seiner Regungen wußte. Sie hatte seine Gedanken gedacht, seine Sorgen gesorgt. Jetzt war sie blind vor dem Ungeheuern, das eine Verschwägerung mit Nachasch über sie alle bringen mußte.

Behutsam suchte er ihr zu erklären, daß aus einer solchen Verbindung Krieg wachsen mußte, Krieg innerhalb Gileads und vielleicht Krieg mit dem ganzen übrigen Israel. Sie hörte zu, nicht eben überzeugt, wischte seine Bedenken mit der schmalen, starken Hand beiseite, und: „Mag es doch so kommen", sagte sie. „Bist du nicht schon einmal fertig geworden, und allein, mit den Söhnen der Silpa und dem Stamme Gilead?"

Er sah, daß ihre Götter ihm den Weg zu ihr versperrten, und sprach nicht weiter von seinen Sorgen.

Er suchte Ja'ala auf. Er hatte wahrgenommen, wie kindlich entzückt sie war von der Leier, die ihr die Männer aus Ammon gebracht hatten. Er forderte sie auf, ihm auf dieser Leier vorzuspielen, ihm allein, in einer ihrer Lichtungen. Ja'ala war froh und dankbar. Sie machten sich auf den Weg. Ja'ala rühmte die neue Leier. „Was für eine kostbare Gabe", sagte sie, „hat dieser König von Ammon uns geschickt. Er hat erkannt, mein Vater und Herr, wer du bist, und beugt sich vor dir und unserm Gott." Jefta war gerührt. Seine Ja'ala glaubte offenbar, die Geschenke des Königs seien nichts als Zeichen demütiger Freundschaft. Sie, die Arglose, kam nicht auf den Gedanken, daß einer hinter Worten oder Taten eigennützige Absichten verstecken könnte.

In Ja'alas Lichtung angelangt, hockten sie nieder, auf Baumstümpfen, einander gegenüber. Ja'ala schwatzte fröhlich betrachtsam. Konnten die Ameisen bei ihren vielen und eifrigen Geschäften ohne Richter auskommen? Und wie unterschied sich wohl dieser Richter von den andern? Jefta hatte darüber nicht nachgedacht. Er hatte kaum über den Sinn seiner eigenen Befugnisse nachgedacht. Er hatte sein Amt begehrt, weil ihm dadurch die Kraft der andern zuwuchs.

Ja'ala schwatzte weiter, er hörte halben Ohres. Er erinnerte sich der Angst, die er durchlebt hatte, als sie verirrt war. Wie heiß wird er sie entbehren, wenn er sie den Ammonitern überläßt. Er mißgönnte sie schon heute diesem Prinzen Mescha.

Er riß sich zusammen. Er mußte endlich reden. Er sagte und zwang sich ein Lächeln ab: „Wie gefiele es dir, wenn ich dich zu dem König schickte, der dir die Leier geschenkt hat?" Ja'ala begriff nicht. „Mein Vater will mich fortschicken?" fragte sie. „Ich will dich nicht fortschicken", antwortete behutsam Jefta. „Ich möchte nur wissen, ob es dir Freude machte, nach Rabat zu gehen zu diesem König." Ja'ala dachte nach. Strahlte auf. „Jetzt verstehe ich", sagte sie. „Wenn Jahwe siegreich einzieht in Rabat, dann willst du mich mitnehmen."

Jefta, vor ihrer Einfalt, schämte sich seiner plumpen Schlauheit. Und plötzlich überkam ihn erschreckend die Einsicht, in welch heillose Verwirrung er Ja'ala stürzte, wenn er sie dem Prinzen von Ammon vermählte. Ihn selber bedrückte Sorge, diese Verschwägerung müßte ihn mit Jahwe entzweien. Ja'ala liebte und verehrte den Gott viel inniger mit ihrem ganzen, arglosen Herzen, und wie wird es ihr ergehen? Vielleicht wird er's von Nachasch erreichen, daß sie Jahwe weiter verehren durfte. Aber die um sie werden den Milkom anrufen bei jeder Mahlzeit, sie werden ihm Opfer bringen, er ist der Gott, der in Ammon Segen und Fluch austeilt. Wie soll das Kind den Weg finden zwischen den beiden Göttern? Und du selber, Jefta, treibst sie in die Irre mit deinen närrischen Sprüngen. Erst hast du sie im strengen Dienste Jahwes erzogen, daß sie nicht ihrer ammonitischen Mutter nachschlage, du hast zu solchem Zweck sogar ihren Meribaal zu einem Jemin gemacht, und jetzt weihst du sie, du Heilloser, zur Dienerin des Milkom!

Wie er schon wieder hineinrennt in wildes Geträume. Er

denkt doch gar nicht daran, dem Nachasch das Kind zu geben. Er hat ihn doch nur hinhalten wollen. Er wird sich eindeutig zu Jahwe bekennen und den Krieg führen.

Aber da sind die beiden Reiche, die der Erbe des Nachasch einmal vereinigen wird, ihm dargeboten auf der flachen Hand. Soll er darauf verzichten? Soll er verzichten auf sein Ostreich? Und ist er nicht hierhergekommen, um erst einmal zu erfoschen, was in der Brust der Tochter umgeht?

Und er quälte sich und das Kind weiter und sagte: „Vielleicht wird nicht Jahwe, wohl aber die Tochter des Jefta siegreich in Rabat einziehen." Er schluckte. Es war gemein, daß er so krumme Worte brauchte vor Ja'ala, der klaren, wahrhaftigen. Ja'ala mühte sich, zu begreifen, gab es auf und antwortete voll freudiger Ergebenheit: „Was immer mein Vater tut, ist das Rechte." Dann, ohne Übergang, kindlich heiter, fragte sie: „Dürfte Jemin mitkommen?" Jefta, und wieder wog er täppisch jedes Wort, entgegnete: „Du würdest ihn mitnehmen können. Aber er wird eine schwere Entscheidung treffen müssen; er wird wählen müssen zwischen mir und dir." Ja'ala fragte erschrocken: „Du würdest nicht mitkommen?" – „Ich würde mitkommen", erwiderte Jefta. „Und ich würde auch später oft zu dir kommen, doch immer nur auf kurze Zeit. Denn wenn wir nach Rabat gingen, dann würde fortan das Land Ammon deine Heimat sein und das Haus des Prinzen von Ammon dein Haus. Den Jemin würde ich dir mitgeben, wenn du es so wünschest."

Ja'ala, erblaßt bis in die Lippen, sagte: „Aber dich würde ich nicht haben", und da wußte Jefta, was er hatte erforschen wollen. Wohl war sie dem jungen Menschen, ihrem Retter, innig freund, doch war er ihr nicht mehr als ein Spielgefährte. Ihn aber, den Vater, liebte sie. Sie wird tun, was er beschließt, sie wird nach Ammon gehen, wenn er sie hinschickt, aus Liebe zu ihm. Und wenn sie Jahwe vergißt, ihn, Jefta, wird sie nicht vergessen.

Mit künstlicher Munterkeit meinte er, sie seien doch hierhergekommen, damit Ja'ala vor ihm auf der neuen Leier spiele. Gerne möchte er noch einmal jenes Lied hören, das sie sang, als sie ihn zum Richter machten. Ja'ala, errötend und erfreut, erwiderte, sie wisse nicht, ob ihr die gleichen

Worte einfallen würden, aber ähnliche werde sie finden. Und sie sang: „Alle Kraft dem Jefta, dem Richter Jefta! Jahwes Gnade ist mit uns, da er den jungen Mann erhöht über die alten. Das Feuer Jahwes zürnt aus Jeftas Augen, wenn er zürnt. Der Segen Jahwes leuchtet von seinem Antlitz, wenn er segnet. Alle Kraft dem Jefta, meinem Herrn Richter! Sein Name ist: Jahwe öffnet den Weg. Und ich rufe es durch den Wald und über die Höhen: Jefta! Jahwe öffnet den Weg!"

Jefta, da er die Worte des Liedes in sich aufnahm, war betreten. Ja'ala in ihrer Arglosigkeit wußte mehr als er selber von der Quelle seiner Kraft und seines Erfolges. Sie liebte in ihm den Gesegneten. Sie trennte ihn nicht von Jahwe. Wenn sie Jefta sagte, sagte sie Jahwe. Und er, Vater dieser Künderin, dieser Seherin, schickte sich an, Jahwe zu verraten! Denn nun wurde ihm schmerzhaft klar: was er anstrebte, war Gileads Verschmelzung mit Jahwes Feinden. Wenn er den Bund mit Ammon schließt, wird Gilead aufgehen unter den Fremden; Jahwe wird ein Gott sein unter vielen Göttern, und er, Jefta, einer der vielfältigen Hebräer des Ostjordanlandes, kein Israeliter mehr. Silpa und die Ihren werden ihn zu Recht verklagt haben; er wird der Mann sein, der sein Geschlecht, sein Volk, seinen Gott verrät.

Das Mädchen war mittlerweile zu einem Schluß gelangt. „Wenn es meinem Vater ein Dienst ist, daß ich nach Ammon gehe", sagte sie entschieden, fröhlich und ernst, „dann werde ich glücklich sein. Ohne meinen Vater bin ich nichts. Wenn ich in seinen Plänen bin, dann bin ich ein Teil von ihm."

Ihre gläubige Demut verwirrte ihn noch tiefer. Er konnte sie nicht preisgeben. Er gab den Segen Jahwes preis, wenn er sie preisgab. Er wird Krieg führen mit König Nachasch.

Allein er rang es sich nicht ab, auf sein Ostreich zu verzichten. Er sagte halbherzig: „Noch ist nichts entschieden, meine Ja'ala."

Die Gesandten von Ammon entließ er mit freundlich zweideutiger Botschaft. Sie lautete: „So spricht Jefta, Schutzherr des östlichen Baschan, zu Nachasch, dem großen König von Ammon, seinem Freunde: Fern ist es von mir, dir nein zu sagen. Aber laß mir noch Zeit, ehe ich das Ja und meine Tochter schicke. Ich muß meinem Gott süße Worte geben, daß er sich sänftige und beruhige, und daß nicht sein Zorn komme über mich und alles Land im Osten."

Der Führer der Gesandtschaft hörte ihn aufmerksam an, überlegte lange, dankte in würdigen Worten und küßte ihm den Bart. Er schien befriedigt. Die Gesandtschaft wandte sich denn auch nach Süden, zurück nach Rabat.

Nach drei Tagen indes erhielt Jefta Nachricht, daß die Gesandten ihren Weg verändert und wieder nach Norden gegangen waren in der Richtung nach Edre'i, der Hauptstadt Baschans.

Viertes Kapitel

1

Als der Erzpriester Abijam von der Gesandtschaft des Königs Nachasch erfuhr, verstärkte sich sein Argwohn gegen Jefta. Wer konnte wissen, durch welche neuen Zugeständnisse der zweideutige Mann den Söhnen Ammons eine Verlängerung des Friedens abzukaufen gedachte. Der alte Priester war entschlossen, einen solchen zweiten Verrat an Jahwe nicht zu dulden. Der Krieg mußte geführt werden, und wenn Ammon mächtige Bundesgenossen fand, mußte eben auch Jefta Hilfe suchen.

Wirkliche Hilfe leisten konnte freilich nur das westliche Israel, der Stamm Efraim, und Efraim anzurufen mußte jedem Sohne Gileads widerstreben. Als Efraim in Not war, hatte der Bruderstamm Gilead es im Stich gelassen, die Efraimiter hatten ihren größten Sieg ohne Gilead ersiegt, und sie hatten nicht vergessen. Aber Jefta durfte Ammon nicht noch mehr Gebiet abtreten. Er mußte seinen Stolz überwinden und sich zu einem Bittgang über den Jordan bequemen. Und er mußte das rechtzeitig tun, bald, jetzt. Er mußte die Hilfe Efraims gewinnen, bevor der Winter kam.

Aber der Priester konnte Jefta nicht mahnen und warnen. Jefta war nicht in Mizpeh, er vernachlässigte das Richteramt, das er sich so frech erzwungen hatte, er blieb in seinem Norden, er entzog sich dem Rate des Priesters. Der sandte ihm dringliche Botschaft, zählte die vielen Geschäfte auf, welche die Anwesenheit des Richters in Mizpeh erforderten. Jefta gab ausweichende Antwort, blieb im Norden.

Da er sich nicht stellte, beschloß Abijam, ihn aufzusuchen. Die Reise war beschwerlich, und es war erniedrigend, daß der Erzpriester dem hochfahrenden Manne nachlief. Doch Abijam mußte das auf sich nehmen.

Jefta hörte von seinem Kommen mit Mißvergnügen. Er trug sich noch immer mit dem Gedanken, den Bund mit Ammon zu schließen. In seinem Innern freilich wußte er, daß er's nicht tun wird; er wird es nicht über sich bringen, Ja'ala herzugeben. Auch wollten Jahwe und ganz Gilead den Krieg, er selber wollte ihn in seiner heimlichsten Brust. Dabei war auch er sich klar darüber, daß er ohne Bundesgenossen nicht siegen konnte. Er mußte sich an das westliche Israel, an Efraim, um Hilfe wenden. All sein Wesen bäumte sich dagegen auf. Und nun wird der Priester kommen und ihn im Namen Jahwes und der gemeinen Vernunft beschwören, sich vor Efraim zu demütigen. Jefta verhärtete jetzt schon sein Herz.

Der Priester kam. Er stand vor Jefta, gestützt auf seinen Stab, schwach, gebrechlich, der Kopf saß lächerlich groß auf dem kleinen Leib; doch unter den dicken, zusammengewachsenen Brauen blickten wild und mächtig die entschlossenen Augen.

Abijam sagte: „Das Zelt Jahwes und der Stuhl des Richters stehen einander nahe in Mizpeh, aber seit Monaten fehlt der Richter." Jefta erwiderte: „Hast du nicht meinem Haupte das heilige Öl verweigert? Nicht der Erzpriester hat mich auf den Richterstuhl gesetzt, ich selber hab es getan. Laß es also meine Sorge sein, was meine Richterpflicht ist."

Der Alte hockte auf der Matte nieder. „Ich komme nicht, um mit dir zu hadern, mein Sohn Jefta", sagte er. „Ich komme, um die Stunde schneller herbeizuführen, da Jahwe mir erlauben wird, dich mit seinem Öl zu salben. Ich warte mit Sehnsucht auf das Frühjahr, auf den Krieg, auf deinen Sieg über Ammon."

Jefta, abweisend, antwortete: „Es ist Sache des Feldhauptmanns, die rechte Zeit zu bestimmen für den Krieg. Ich schulde dir keine Rechenschaft. Aber ich sehe deine Sorge, ich ehre dein Alter, ich will dir meinen Plan darlegen. Ammon ist mächtig, es hat die Hilfe Moabs, es wird im Frühjahr auch die Hilfe Baschans haben. Ich will keinen so ungleichen Krieg führen. Ich trachte, meine Macht hier im Norden so zu stärken, daß König Nachasch es im nächsten Jahr für klüger hält, den Waffenstillstand zu verlängern."

„Man sagt mir", erwiderte heftig Abijam, „daß du jetzt

schon mit ihm zettelst. Willst du ihm neue Stücke Gileads preisgeben? Siehst du immer noch nicht ein, daß wir keinen Bund schließen dürfen mit Ammon? Die Wüste greift überall hinein in das Land Ammon, seine Männer sind nur Gäste im bebauten Land, ihre Heimat bleibt die Wüste. Sie sehnen sich nach jener Unordnung, die sie Freiheit nennen. Uns aber hat Jahwe gegeben, zu siedeln, zu säen und zu bleiben. Wir dürfen uns nicht verbinden mit jenen, die uns zurück in die Wüste zerren wollen. Wir müssen scharfe Grenzen ziehen gegen Ammon. Schon haben zu viele den falschen Gott Milkom sich einschleichen lassen in ihre Herzen. Ich fürchte, du selber hast ihn niemals völlig ausgerissen aus deiner Brust. Siehst du nicht, daß du Gilead von innen her schwächst, wenn du weiter mit Ammon zettelst? Jahwe ist ein eifersüchtiger Gott, er wird nicht lange mehr zusehen. Treibe doch endlich Milkom aus den Grenzen! Führ Krieg gegen Ammon! Jahwe will es!"

Jefta sah den Mann, der diese Worte sprach, und alles an ihm reizte ihn, die klägliche Gestalt, der große Kopf, die wilden Augen, die dringliche, herrische Stimme. Die Machtgier des andern erhöhte seine eigene. Voll bösen Spottes antwortete er: „Jahwe will es? *Du* willst es."

Der Alte erhob sich mit Mühe. Schickte sich an, seine Botschaft zu verkünden. Jefta sah es und machte sich in seinem Innern stark. Er stellte sich ohne Mitleid den kümmerlichen Körper vor, der sich unter den vielen, weiten Hüllen verbarg. Was konnte schon ein Kopf, und mochte er noch so mächtig, weise und gebieterisch dreinschauen, sich ausdenken, wenn er auf einem so jämmerlichen Rumpfe saß?

Da sprach auch schon Abijam: „Du weißt, was du tun mußt, aber du willst es nicht wissen. So sag ich es dir in klaren Worten. Da du dich nicht mächtig genug fühlst gegen Ammon, so such dir den rechten Bundesgenossen. Geh über den Jordan. Geh nach Schilo, in die Hauptstadt Efraims. Verlange Hilfe."

Der Alte sprach so sachlich, daß auch Jefta ruhig erwidern mußte. Er suchte nach einer Antwort, die trocken klingen und doch den Priester tief verwunden sollte. „Falls Jahwe den Krieg befiehlt", sagte er, „dann soll nicht der Feldhauptmann Efraims die Scharen führen, sondern ich. Ich allein.

Aber da du es wünschest, will ich verträglich sein. Wenn Efraim mir seine Hilfe anbietet, dann werde ich sie nicht zurückweisen. Dir zuliebe, alter Mann."

Das war nun reiner Hohn. „Jefta, Jefta!" mahnte Abijam. „Bedenke, wenn du Tachan wärest, der Feldhauptmann Efraims, würdest du dem Stamme, der dich in entscheidender Stunde im Stich ließ, ungebeten Hilfe anbieten?" Jefta, überaus hochmütig, log: „Der Feldhauptmann Tachan wird es wohl nicht tun, er ist sehr hoffärtig. Ich, Jefta, bin stolz. Ich würde es tun."

Der Priester, hilflos vor solcher Vermessenheit, beschwor ihn ein zweites Mal, leise, inbrünstig: „Jefta, geh nach Schilo, hole dir Hilfe!"

Nun aber brach Jeftas ganzer Zorn los. „Nie, nie, nie!" schrie er.

Abijam, unendlich müde, sagte: „Da du deinen harten Stolz nicht beugst, werde *ich* nach Schilo gehen und den Erzpriester Efraims bitten, uns zu helfen."

Jefta sagte: „Ich kann dir das nicht verbieten. Wohl aber verbiete ich dir, in meinem Namen zu sprechen. Und bedenke dieses: es kommt kein Krieg. Weder will König Nachasch den Krieg, noch will ich ihn. Und bestimmt nicht will ich Krieg führen im Bunde mit Efraim."

Der Priester wandte sich zu gehen. „Ich fürchte, Jefta", sagte er, „du hast die Geduld Jahwes erschöpft."

Jefta war zufrieden mit sich, er war im Recht. Ein Jefta winselt nicht vor Efraim. Ein Jefta läßt sich nicht befehlen von einem Priester. Wenn ihm einer Ketten anlegt, ist er es selber.

2

In Jeftas Stadt Afek kam ein Maschal, ein Sänger, einer jener Maschalim, die in der guten Jahreszeit im Lande herumzuziehen pflegten. Die Sänger stammten fast alle aus dem Westen des Jordan, die meisten aus dem Stamme Efraim. Nun waren die Efraimiter sehr stolz, sie hatten die berühmtesten Helden Israels hervorgebracht, Joschua und Debora, sie machten sich gerne lustig über die faulen, feigen, bäurischen Männer von Gilead, die zu Hause geblieben waren in der höchsten Kriegsnot. Die Gileaditer ihresteils vergalten es den Männern von Efraim, indem sie ihre Hoffart verhöhnten. Vor allem spotteten sie über die vielen vornehmen Namen, welche die Hausväter Efraims sich zu geben liebten; diese nämlich pflegten dem Vatersnamen den des Großvaters beizufügen, der Sippe, des Bezirks, des Stammes, und jeder Abiel war der Sohn des Beker, des Afia, des Abi'eser. Allein die Sänger, die Maschalim, waren auch im Osten des Jordan beliebt, und dieser Sänger gar, Jaschar mit Namen, galt als einer der besten. Die Männer der Stadt Afek verziehen es ihm, daß er aus dem Stamme Efraim war.

Jaschar sang in allen sieben Städten Jeftas. Er sang von den Taten Jahwes und seiner Helden in alter und neuer Zeit. Die Hörer dachten an den Krieg, den sie im Frühjahr führen würden, die Lieder gingen ihnen ins Blut. In der Stadt Golan hörte Par den Sänger. Par nahm an, daß die Lieder auch Jefta und seine Leute begeistern müßten. Er bewog Jaschar, Jefta aufzusuchen.

Jeftas Leute freuten sich. Ja'ala strahlte. Jefta selber begrüßte den Jaschar geteilten Gefühles. Er liebte die Sänger, ihre kriegerischen Lieder sprachen ihn an, aber es war ihm eine unbehagliche Mahnung, daß nun dieser Mann aus Efraim zu ihm kam. Als Jaschar unschuldig erzählte, der Hauptmann Par habe ihn aufgefordert, ins Land Tob zu gehen, war Jefta zwiefach betroffen. Offenbar hielt auch der nahe Freund es für selbstverständlich, daß Jefta Krieg führen werde in Gemeinschaft mit Efraim. Ein wenig höhnisch fragte Jefta den Sänger nach seinen Geschlechts- und Sippennamen, war spöttisch verwundert, daß Jaschar nur vier Namen trug, und erkundigte sich mit böser Schalkhaftigkeit nach dem Wohlbefinden des Tachan, des Feldhauptmanns von Efraim. Der Sänger, ein älterer Mann, ließ sich den Spott nicht verdrießen, er antwortete mit Laune. Jefta, voll Verdruß über sich selber, bat ihn zum Mahle, wie es sich ziemte.

Nach dem Mahle sang Jaschar.

Man war in einem Hochtal, ringsum waren bebuschte Berge, ein gelber Halbmond schwamm in einem dunkeln Himmel; wer gute Augen hatte, konnte fern den Chermon flimmern sehen. Sie hockten, ihrer zwanzig oder dreißig, um

Jaschar, und dieser, halb singend, erzählte von den Taten, die Jahwe getan hatte zum Heile der Väter und auch der Heutigen. Er war ihnen Führer gewesen in der Wüste, bald in Gestalt einer Feuersäule, bald in Form einer Wetterwolke. Er hatte freundlich zu ihnen gesprochen, manchmal aber auch, wenn er unmutig war, geblitzt und gedonnert. Er hatte seinen Spaß gehabt mit ihnen und sie geneckt. Er hatte sie hierhin und dorthin geführt, viele Wege, nach Ägypten zum Beispiel, wo er den Stammvater Josef ungeheuer erhöht hatte. Dann indes hatte er's geschehen lassen, daß ein Pharao sie versklavte, hatte sich ihrer aber bald wieder erbarmt und sie herausgeführt aus dem bösen Lande. Die Ägypter hatten sie verfolgt, doch Jahwe, in seiner Lust an großartigen Späßen, hatte das Meer vor den Israelitern gespalten und es über den verfolgenden Ägyptern wieder zusammenschlagen lassen, so daß sie ersoffen mit Mann und Roß und Wagen.

Dann beschloß der Gott, seine lieben Israeliter seßhaft zu machen. Er suchte für diesen Zweck das Jordanland aus, gelobte es ihnen und hieß sie dort einbrechen. Da aber trat den fast Waffenlosen das Volk der Emoriter entgegen, eisenbewaffnete Riesen auf Pferden und Wagen, Männer, die bisher alles zerstört hatten, was ihnen im Wege stand. Mit großen Worten sang Jaschar von der Macht dieser Emoriter und von der Gewalt ihres Königs Sichon und wie dieser das ganze Moab und Ammon besiegt hatte. Aber was half dem König Sichon alle diese Gewalt, nun die Kinder Israel und ihr Gott über ihn kamen? Der Sänger sang: „Da aber kamen wir, die Söhne Jahwes, und jetzt, was ist noch da von König Sichon? Mache sich, wen immer es lüstet, auf nach seiner Hauptstadt Cheschbon und sehe zu, was noch da ist! Eine Flamme ging aus von der Stadt Cheschbon und verzehrte weitum die Siedlungen König Sichons und fraß seine Städte. Wir haben sie verwüstet, daß niemand sie mehr aufbauen kann, und verheert alles Land und in Brand gesteckt alle Häuser und Felder." Es waren wilde Verse, die er sang, es brannte in ihnen das Feuer des Feuergottes Jahwe, der die Seinen anführt in der Schlacht und Schrecken schickt in die Knochen der Feinde.

Die Männer atmeten schwer, als er so sang, in Gedanken

prüften sie ihre Waffen, spannten ihre Bogen, schärften ihre Schwerter, die Frauen träumten davon, wie sie selber durch ihre Lieder die Männer begeistern würden. Jefta aber dachte an die Stadt Elealeh, welche die Gileaditer damals errichtet hatten an Stelle des zerstörten Cheschbon und die nun König Nachasch ebenso verheert hatte wie seinerzeit die Israeliter jene andere Stadt. Nachasch indes hatte ihm, Jefta, die eroberte Stadt versöhnlichen Geistes zurückgegeben, ein Hebräer dem andern, und sollte Jefta kämpfen gegen einen solchen König?

Der alte Sänger sah, daß Jefta brütend dasaß, nicht mitgerissen wie die andern. Er beschloß, ein wilderes Lied zu singen. Es gab mehrere solcher Lieder, das von der blutigen Rache des Lamech oder das von dem nie endenden Krieg mit den tückischen Amalekitern. Das stärkste und berühmteste Lied aber, das schönste und wildeste, das seit Menschengedenken in den Jordanländern gesungen wurde, war das, welches den großen Sieg unter der Richterin Debora feierte. Dieser Sieg freilich war erfochten worden in jenem Kriege, in welchem Gilead die andern Stämme im Stich gelassen hatte, die Männer von Gilead wollten schwerlich daran erinnert sein, und Jaschar hatte denn auch das Lied hier im Osten des Jordan bisher nicht gesungen. Aber Jefta hatte ihn geneckt wegen seines efraimitischen Ursprungs, Jefta stand vor einem Krieg, in dem er auf die Hilfe Efraims angewiesen war, und da saß er, und der Gesang Jaschars rührte ihn nicht an. Das kränkte den Sänger. Es hatte ihn schon alle die Zeit her Überwindung gekostet, das Lied der Debora in der Brust zu bewahren, und nun wollen wir doch sehen, ob dieser Richter in Gilead auch vor dem besten Sange Jaschars so steif und stumpf hocken bleibt!

Jaschar griff in die Saiten und hub an das Lied der Debora.

Er sang zunächst von der Unterdrückung Israels durch die Könige von Kana'an. Da ruhte Handel und Wandel in Israel, die Bauern säten nicht und ernteten nicht, keiner wagte, die Große Straße zu gehen, auf Seitenwegen schlichen sie. Vierzigtausend wehrfähige Männer waren in Israel, doch man sah nicht Schild noch Lanze. Statt dessen hockten die Adirim faul auf ihren Decken, schlenderten auf dicken

Teppichen, ritten auf weißen Eselinnen und waren voll gelber Furcht in ihren Herzen.

„Da aber stand Debora auf, die Richterin, die Mutter in Israel. Sie bestellte Barak zum Feldhauptmann, sie sandte Boten durchs ganze Land. Da bliesen Trompeten auf den Marktplätzen, Widderhörner an den Brunnen und Tränken. Und die Männer Israels hörten den Ruf und griffen zu den Speeren. Sie zogen hinab, Reiter, Schwerbewaffnete und Leichtbewaffnete, Fürsten, Sippenführer und Bauern. Aus Efraim ergossen sie sich ins Tal, aus Benjamin, aus Machir, aus Naftali. Doch in den Sippen Re'ubens wogen sie hin und her und blieben zwischen den Hürden und hörten lieber das Geblök der Herden. Und Gilead blieb hocken auf seinem Ufer des Jordan und überlegte träg und grübelte unschlüssig.

Und es kamen die Könige Kana'ans und kämpften bei Ta'anach und an den Wassern Megidos. Kein Silber erbeuteten sie, keine Sklaven. Jahwe kam. Von Se'ir schritt er mächtig herab, die Erde bebte, der Himmel wankte, die Wolken troffen, die Berge schwankten vor Jahwes Antlitz. Morgen war, noch blaßten die Sterne, die blassen Sterne kämpften gegen Kana'an. Der Bach Kischon schwoll und strömte und kämpfte gegen Kana'an und riß es fort und ertränkte Kana'an. Da ersoff Kana'an. Und es stampften und polterten die Hufe der fliehenden Rosse, und es wieherten, wieherten reiterlos die Pferde.

Und es floh Kana'ans Feldhauptmann Sissera, zu Fuße fliehen mußte er, und er kam in ein Zeltlager wandernder Keniter, und er versteckte sich im Zelt eines der Weiber. Gesegnet sei Ja'el, gesegnet unter den Weibern. Wasser verlangte er, Milch gab sie, dicke fette Milch in guter Schale. ‚Leg dich nieder', sagte sie, ‚raste, fürchte dich nicht.' Und er legte sich nieder. Nach dem Zeltpflock griff ihre Hand, nach Zeltpflock und Hammer, und sie hämmerte auf Sissera, zerschmetterte sein Haupt, zerschlug, durchbohrte die Schläfe ihm. Zu ihren Füßen lag er; wo er sich zur Rast gelegt hatte, lag er, erschlagen.

Durchs Fenster hält Ausblick Sisseras Mutter, späht durchs Gitter. ‚Warum verzieht sein Wagen? Warum hör ich nicht die Hufe seines Gespannes?' Tröstliche Worte gibt ihr die klügste ihrer Frauen: ‚Sie müssen die Beute teilen, sie ist so reich. Eine Kebse, zwei Kebsen für jeden, bunte, prächtige Gewänder für Sissera, kostbare Tücher, bestickte, zwei, drei für den Hals unserer Herrin.'

So mögen vergehen alle deine Feinde, Jahwe."

Die Männer und Frauen hörten. Scham brannte sie, daß Gilead feig hocken geblieben war, doch die Scham wurde weggeschwemmt von der lustvollen Bewunderung der blutigen Größe Jahwes. Sie konnten nicht stillsitzen, es riß sie hoch, wirbelte sie hinein in den Rausch des Schlagens und Tötens. Sie sagten und sangen mit die Verse, in denen der Sänger all das Gräßliche und Großartige malte, schmetterten mit die Worte, aus denen der Galopp und das Gewieher der erschreckt fliehenden Pferde widerklang: „Daharót daharót abiráv."

Jemin hörte. Zwiefach glücklich jetzt in der nahen Nähe der beiden Wesen, die er am höchsten verehrte, des Jefta und der Ja'ala, genoß er im voraus die Freuden des bevorstehenden Kämpfens. Im Geiste gab er seiner Abteilung Weisungen mit der rauhen Stimme Jeftas, stürmte vor auf seinem Streitwagen und stieß das Kinn in die Luft wie Jefta.

Ketura hörte. Nicht einmal sie konnte sich der Lust des Liedes entziehen, wiewohl sie spürte, daß diese Verse Jefta von ihr fortrissen in den abscheulichen Krieg gegen Milkom. Wider ihren Willen schmeckte sie selber die ganze selige Wildheit der Schlacht.

Ja'ala hörte. Das Lied zum Ruhm der Debora wurde ihr ein Lied des Preises für den Vater. Das Bild des Vaters, wie er saß auf dem Stuhle des Richters, wie er herrscherhaft einherging durch seine Wildnis, wie er die Feinde niederhämmerte in der Schlacht, und das Bild des Gottes, der, Triumph donnernd und brüllend, Schrecken sandte in die Herzen der feindlichen Männer und rasende Furcht in die gewaltigen Leiber der Pferde, mischten sich ihr in ein strahlend Einziges. Das Lied trieb, riß, jagte sie. Sie sang, schrie, tanzte, stampfte, wütete.

Taumel packte die andern. Sie wurden zu Nabis, zu Besessenen, sie lallten, tanzten. Schließlich schrie einer mit geller Stimme: „Wir wollen nicht länger in den Bergen hocken! Wir wollen streiten gegen Ammon! Führ uns gegen

Ammon, Jefta!" Ein zweiter nahm den Schrei auf, alle nahmen ihn auf, auch die Weiber und Kinder, die Bergwiese, die Wälder ringsum waren voll von begeistertem Lärm: „Führ uns gegen Ammon, Jefta!" Der Wald wurde lebendig, Vögel riefen, aus dem Schlaf gestörtes Getier stimmte ein, das Land Tob schrie: „Führ uns gegen Ammon, Jefta!"

Jefta hatte sich zuerst gewehrt gegen das Lied. Er wollte sich nicht übertölpeln lassen von schönen Versen, schon gar nicht von solchen, die Efraim feierten, er wollte nicht seine gute Vernunft ertränken lassen in kriegerischem Taumel. Aber er sah sein Kind, seine Ja'ala, Jahwe war eingezogen in sie, sie war besessen von dem Gott, der Gott schrie aus ihr. Wilde, strömende Zärtlichkeit füllte ihn, er verströmte in seine Tochter, wurde *eins* mit ihr.

Der Sänger sagte und sang, wie Ja'el den Sissera erschlägt mit dem Zeltpflock. Ja'el und Ja'ala, die Wildziege und die Gazelle, waren nahe verwandt. Ja'ala war sanfter, lieblicher von Klang, aber die Art war die gleiche. Jefta spürte, wie ihm die kalte Vernunft zerschmolz, verwirrende Bilder glimmerten auf. Waren Ja'ala und Ja'el *eines*? Er schauerte zurück. Konnte Ja'ala ihrem Mescha den Zeltpflock durch die Schläfe treiben?

Der Sänger sang weiter, sang von anderem. Die wirren Bilder verschwanden, und Jefta gab sich, nun auch er, ungeteilt der wilden Lust des Liedes hin. Spürte tief den ganzen grausamen Triumph der Schlacht, haute selber mit drein, ein Gideon, ein Hämmerer, ein Dreinschläger. Vernahm die mächtige Stimme Jahwes, die ihn anschrie: Schlag zu, schlag zu! Ich segne dein Schwert.

„Führ uns gegen Ammon, Jefta!" toste es auf ihn ein. Er stand inmitten des Lärms, fast töricht lächelnd, den Kopf vorgestoßen, halboffenen Mundes, daß die sehr weißen Zähne sichtbar waren. In seinem Innern rief er: Ihr sagt es, ihr sagt es, ich will es. Er war sehr einsam gewesen in der letzten Zeit, allein mit seinen Zweifeln und Bedenken, er hatte die Kälte dieser Einsamkeit gespürt, nun wurde er *eines* mit seiner Schar und seinem Stamm. Er spürte Dank und Bewunderung für den Sänger, der aussprach, was ihm selber, Jefta, die Brust füllte.

In der Nacht indes kehrten ihm Vernunft und Mißtrauen zurück. Noch hatte er die freie Wahl, er wollte sich nicht darum betrügen lassen. Sollte er selber einstimmen in den unverschämten Spott, mit dem der Sänger, der Mann aus Efraim, ihn überhäufte? Ein Jefta ließ sich nicht dumm machen von einer Leier und einem alten Lied. „Sind wir nicht alle Hebräer?" hörte er die kluge, freundliche Stimme des Königs Nachasch, und er fühlte sich ihm brüderlich nahe, sehr viel näher als den leiblichen Brüdern.

Dann aber klangen von neuem die Verse des Liedes in ihm auf und der Schrei der Männer: Führ uns gegen Ammon, Jefta! Er konnte nicht schlafen. Bald waren die Verse und der Schrei in ihm laut, bald die gemessene, scharfe Sprache der Vernunft.

Am nächsten Morgen schenkte er dem Sänger Jaschar einen schönen Becher und eine kostbare Decke und sagte zu ihm: „Nun aber mach dich rasch aus meinem Hause, du Mann, der die Schmach meines Stammes gesungen hat. Du bist ein großer Sänger, dein Lied hat mich angerührt. Aber wenn ich dein Gesicht noch lange sehe, dann schlag ich dir auf den Mund, daß dir der Bart rot wird von deinem Blut."

3

Abijam lag auf seiner Matte in dem dunkeln, dumpfig kühlen Zelte Jahwes. Er war krank, erschöpft von den Anstrengungen der Reise, und ließ sich die ängstliche Pflege Schamgars unmutig gefallen.

Wieder und wieder überprüfte er das Ergebnis seiner Reise. Er war auf Widerstand gefaßt gewesen, aber daß Jefta so vermessen an dem frevelhaften Bund mit Ammon festhalten werde, das hatte er nicht erwartet. Erst die Lästerreden des Mannes hatten ihm den jähen Plan eingegeben, nun selber den Bittgang nach Efraim anzutreten.

Je länger er's überdachte, so härter schien ihm dieser Bittgang. Den Priester von Schilo um Hilfe anwinseln, den hochmütigen Elead, den Erzfeind! Die Priester von Schilo nämlich – und mit ihnen leider das ganze westliche Israel – machten sich lustig über sein, des Abijam, Heiligtum. Sie wollten das Zelt Jahwes hier in Mizpeh nicht gelten lassen; sie rühmten sich, im Besitz der echten Lade Jahwes zu sein, welche die Kinder Israel begleitet habe durch die Steppe und die Wüste. Aber dieser Schrein von Schilo war unecht: die echte Bundeslade des Stammes Josef stand hier in Abijams Zelt. Und nun sollte der Hüter dieser Lade wallfahrten nach Schilo!

Die Zeit drängte. Abijam mußte sich sogleich auf den Weg nach Schilo machen. Er mußte, wenn er den Jefta verhindern wollte, das verfängliche Abkommen mit Ammon zu erneuern, ihm noch vor dem Winter die Hilfe Efraims zusichern. Doch Abijam fühlte sich der zweiten, anstrengenden Reise nicht gewachsen. Er mußte die heikle Sendung einem Boten anvertrauen. Wo war ein geeigneter Bote, ein Mann höchsten Ansehens und ihm grenzenlos ergeben? Er wählte den früheren Richter, den Sohn des Richters Gilead, den gelehrten, einfältigen, glaubensstarken Schamgar.

Er legte ihm die genauen Worte der Botschaft in den Mund. Gab ihm Weisung, dem Erzpriester von Schilo die ganze Not Gileads darzustellen, doch ihn nicht um Hilfe anzugehen. Diese eigentliche Botschaft, die Bitte um die Entsendung wehrfähiger Männer, wollte er, Abijam, selber ausrichten. Er nahm eine Tonplatte und schrieb. Schrieb als Priester dem Priester, erklärte unumwunden die Schwierigkeiten, die aus dem eigenwilligen Wesen des Jefta rührten, und bat den sehr weisen Herrn und Bruder in Schilo um Rat und Hilfe. Er grub umständlich mit seiner alten Hand die Zeichen in die Platte, überlas das Geschriebene, seufzte, rollte mit zitternden Fingern die Tonplatte zur Walze, siegelte sie.

Schamgar machte sich auf den Weg. Er ritt auf einer weißen Eselin und war begleitet von einem Diener. Er überquerte den Jordan, ritt nach Schilo, verweilte dort drei Tage. Abijam hatte ihm Eile anbefohlen, er war auch nach kurzer Zeit zurück in Mizpeh, überwältigt von dem, was er gesehen hatte, und mit einer gesiegelten Botschaft des Erzpriesters Elead.

Abijam, der seine ängstliche Spannung auf Eleads Antwort nicht zeigen wollte, mußte sich zunächst einen langen Bericht des Schamgar anhören. Der hörte nicht auf zu erzählen von der Menge der beschriebenen Tafeln und Rollen, welche die Priester von Schilo besaßen, von ihrem erstaunlich reichen Wissen um die Geschehnisse der Väter und Vorväter. Damit zu Ende, legte er umständlich dar, was er von dem Erzpriester Elead dachte. Der sei ein Mann von schneller Klugheit und hoher Gelehrsamkeit, er habe sehr verständige Fragen gestellt; soweit indes Schamgar aus seinen überfeinen Worten klug geworden sei, ermangele er der letzten rechten Frommheit und Demut vor Jahwe.

Endlich war Schamgar fertig und Abijam allein. Ungeduldig machte er sich an das nicht einfache Geschäft, die Walze zu entrollen. Las. Elead hatte Worte des Verständnisses und Mitgefühls für die Schwierigkeiten, welche seinem Herrn und Bruder in Mizpeh das wilde Wesen des Herrn Richters Jefta bereitete. Trotzdem, meinte er, sei es wohl besser, wenn nicht die Priester, sondern die Feldhauptleute, Tachan also und Jefta, die Beteiligung Efraims an dem Kriege Gileads besprächen. Er glaube, wenn sich Jefta mit geziemender Dringlichkeit an den Feldhauptmann Tachan wende, werde dieser ihm mit viel Kriegsvolk zu Hilfe kommen. Finde eine solche Zusammenkunft nicht statt, dann könne er, Elead, die Entsendung höchstens einiger Hundertschaften in Aussicht stellen, und auch das nur für den Fall, daß die Ammoniter in der Tat Mizpeh ernstlich bedrohten.

Abijam starrte auf die Platte. Lachte grimmig. Guten Ton und gute Griffel hatten sie, die in Schilo, schreiben konnten sie. Aber was sie schrieben, war niederträchtig. Einige Hundertschaften! Wie sollte er mit einer so armseligen, vagen Versprechung Jeftas Einwände gegen den Krieg entkräften! Er hatte sich wiederum umsonst gedemütigt. Er wütete gegen sich selber, gegen Schilo, gegen seinen Erzpriester. Machte sich auf billige, grimmige Art über ihn lustig. Man verlachte gerne die Männer von Efraim wegen ihrer wunderlichen Aussprache, sie konnten kein „sch“ sprechen, sie verwandelten es in ein „s“, sie lispelten. Abijam las die Botschaft des Elead von neuem, diesmal mit lauter Stimme, in efraimitischer Aussprache, alle „sch“ in „s“ verwandelnd, wild erheitert. Nicht einmal den Namen seiner Stadt vermochte dieser Elead auszusprechen. „Silo, Silo“, sagte Abijam höhnisch vor sich hin, vornehm lispelnd. „Der Herr Erzpriester von Silo.“

Als er aber die Botschaft des Elead nochmals und in Ruhe überdachte, klang ihm ihr Ja lauter als ihr Nein. Es war nicht viel, was Efraim in Aussicht stellte, aber es war seit langer Zeit die erste freundliche Botschaft, die aus dem westlichen Israel kam. Es war ein Zeichen. Jahwe hatte die Herzen der hochfahrenden Efraimiter erweicht. Jahwe wollte den Krieg. Er, Jahwes Priester, hatte jetzt das Recht, den störrischen Feldhauptmann in den Krieg hineinzuzwingen.

Abijam belebte sich. Die Tugenden, die dem andern gegeben waren, Kraft des Leibes und kriegerische Tüchtigkeit, minderten sich mit den Jahren; die Gabe, mit der Jahwe *ihn* gesegnet hatte, ungewöhnliche Schlauheit, hielt vor. In der Not, in welche das zwielichtige Wesen des Jefta das Volk von Gilead und das ganze Israel gebracht hatte, war diese seine Gabe zwiefacher Segen. Mit Leidenschaft ging er daran, einen Anschlag zu ersinnen, der den Riß zwischen Gilead und Ammon unheilbar machen sollte. Er rechnete, wog, billigte, verwarf. Meister in Schlichen und Kniffen, der er war, hatte er bald einen kühnen, kunstvollen Plan gezettelt.

4

Auf dem Hügel von Cheschbon hatten seit Urväterzeiten Götter gewohnt. Die ältesten waren vertrieben worden, neue waren gekommen, auch sie hatten weiterwandern müssen. Vor sieben Geschlechtern hatte der Gott Milkom auf dem Hügel gewohnt. Die Söhne Israels hatten sein Haus zerstört, als sie die Stadt nahmen. Doch dann hatte König Nachasch den Hügel erobert und sogleich begonnen, seinem Gotte dort ein neues Haus zu errichten. Dies war das Heiligtum, das Nachasch durch feierlichen Vertrag mit Jefta geschützt hatte. Es war ein einfacher Bau. Im offenen Mittelhof stand ein Erzbild des Gottes, die Bildsäule eines Stieres; sie war mit zwei Türen versehen, in ihrem Innern konnte Feuer entzündet werden. König Nachasch hatte das Haus selber durch ein feierliches Brandopfer eingeweiht und es der Hut dreier Priester übergeben.

Kein Israeliter war bei dem Opfer zugegen gewesen, Monate waren seither verstrichen. Mit einem Male jetzt hieß es, es sei damals kein Tier geopfert worden, sondern ein Mensch, ein israelisches Kind. Sogar den Namen wollte man wissen; es sei der Knabe Ben Chajil gewesen, einer der Knaben, die Nachasch bei der Eroberung von Elealeh gefangengenommen und dann in seine Hauptstadt geführt hatte.

Die Gileaditer rings um Cheschbon waren empört. Wohl waren seit Erschaffung von Sonne und Mond dem Gotte, der jeweils auf der Höhe von Cheschbon wohnte, kostbare Brandopfer gebracht worden, Menschenopfer, doch nur in Zeiten der Not oder nach ungewöhnlich großen Siegen. König Nachasch hatte ein solches Opfer ohne besondern Anlaß gebracht, er hatte es aus reinem Übermut getan, den Gileaditern und ihrem Jahwe zu Schimpf und Trutz.

Die Gileaditer wollten den feindseligen Gott, in dessen Innern der Knabe Ben Chajil verbrannt worden war, nicht länger in ihrem Lande dulden. Besonnene mahnten, daß Jefta streng verboten hatte, das Heiligtum anzutasten, er hatte es den Ammonitern zugeschworen. Die Eifernden erwiderten, der Schwur sei hinfällig, da Nachasch seinen Eid nicht gehalten habe. Auch die Priester in Mizpeh dächten so.

In einer dunkeln Nacht brach ein Haufe zorniger Männer in das Heiligtum ein, schlug die Priester, schor ihnen die Bärte ab, zerhackte die Mauern des Hauses, stürzte das Erzbild des Gottes um, besudelte es. Als die Sonne kam, sahen, von den geschändeten Priestern herbeigerufen, die Anhänger des Milkom die Entweihung ihres Heiligtums. Ringsum war alles mit Kot beschmiert, der Gott Ammons und sein König waren ungeheuerlich beschimpft, Jeftas Vertrag lästerlich gebrochen.

Den Jefta, als ihn in seinem Lande Tob die Kunde der Tat erreichte, packte grenzenlose Wut. Die frommen Tölpel hatten alles zerstört, was er in den listigen Verhandlungen mit König Nachasch erreicht hatte. Bitterer Argwohn stieg in ihm hoch. Er rüstete sogleich zum Aufbruch nach Mizpeh.

Ketura hatte ihm niemals einen Rat aufgedrängt; dieses Mal sprach sie. „Ich weiß", sagte sie, „daß du alles tun wirst, das Verbrechen an Milkom zu rächen. Aber versöhne nicht nur den Gott, versöhne auch König Nachasch. Gib ihm Ja'ala. Gib sie ihm sogleich."

Jefta wußte, Ketura hatte recht. Nach diesem bübischen Schimpf gab es kein anderes Mittel, den Krieg zu vermeiden. Aber wenn er alles ersticken konnte, was sich in ihm gegen den Bund mit Ammon regte, das Gefühl des Verrats an seinem Volk, die Furcht vor dem Zorn seines Kriegsherrn Jahwe: niemals wird er's über sich bringen, Ja'ala hinzugeben. Mochte Nachasch dem Milkom Opfer bringen: er, Jefta, konnte sein Kind dem Gotte nicht opfern.

Ketura spürte nichts von seiner Zerrissenheit. Sie war sicher, er werde sich mit Nachasch verschwägern. Niemals in all den langen Jahren war sie ihm so fern gewesen. Er hatte Mitleid mit ihr, er gab ihr leere, halbe Versprechungen.

Er stürmte nach dem Süden, in die Gegend von Cheschbon. Berief die Männer, die das Heiligtum zerstört hatten, fragte sie aus. Es waren einfältige Menschen, sie fühlten sich in ihrem Recht. Ja, sie hatten gewußt von seinem Verbot, aber hatte nicht das Verbrechen des götzendienerischen Königs dieses Verbot ungiltig gemacht? Sogar in Mizpeh hatte es geheißen, jetzt müsse Milkom getilgt werden vom Boden Gileads.

Jefta eilte nach Mizpeh, stellte den Schamgar zur Rede, voll kalter Wut, in Gegenwart Zillas. Er fuhr ihn an: „Du hast Männer von Gilead verführt, meine Befehle zu mißachten. Du hast mich meineidig gemacht vor dem König von Ammon!" Schamgar, nicht weniger erstaunt als die Eiferer von Cheschbon, erwiderte: „Aber Jefta! Nachasch hat seinem Gott ein israelisches Kind zum Brandopfer gebracht. Sollte ich den Männern verbieten, Jahwe zu rächen?" Jefta sah, wie sich Zillas dünner Mund zu einem bösen Grinsen verzerrte. Er schrie: „Ihr habt es mit frecher Absicht getan! Ihr reißt das ganze Gilead ins Verderben, nur um zu zerstören, was ich aufgerichtet habe. Steh nicht so dumm da, du blutiger Narr!" schrie er und schlug ihm ins Gesicht. Zilla heulte gell auf. Jefta kehrte sich von Schamgar ab. „Du weißt ja nicht einmal, was du angerichtet hast", sagte er.

Eine Gesandtschaft Ammons traf in Mizpeh ein. Ihre Botschaft lautete: „So spricht Nachasch, der König von Ammon, zu Jefta, dem meineidigen Richter von Gilead. Warum bist du wortbrüchig geworden, du Heilloser? Sind wir zwischen den Stücken des Tieres hindurchgegangen, damit du mich und meinen Gott schändest?" Der Führer der Gesandtschaft aber hatte eine zweite, heimliche Botschaft, nicht für Jefta den Richter, sondern für Jefta den Mann, und sie ging wie folgt: „Denk an den Vorschlag, den ich dir gemacht habe. Ich bin dem Kriegsmann Jefta nicht feind, mein Vorschlag gilt weiter, trotz allem. Gib meinem Gesandten deine Tochter mit, und es wird Freundschaft sein zwischen uns. Wo nicht, wird mein Gott Milkom viel Unheil senden über dich und Gilead."

Den Jefta bewegte diese Botschaft. Er an Stelle des Nachasch wäre nach dem frechen Vertragsbruch sogleich über Gilead hergefallen und hätte alle Männer niedergemacht, die rings um Cheschbon saßen. Er dankte es dem König, daß der sich überwand und ihm von neuem den Bund anbot. Aber bei aller Freundschaft für den klugen, tapfern Mann: sich mit ihm verschwägern konnte er nicht. Ja'ala war ein Stück von ihm selber. Er lieferte sich selber und das ganze Gilead dem fremden Gotte aus, wenn er sie hingab.

Er antwortete dem König: „So spricht der betrübte Richter in Gilead zu dem mit Recht gekränkten König von Ammon: Es ist mir leid, daß welche von den Meinen deinem Gott zu nahe getreten sind. Ich will dir die Übeltäter gebunden ausliefern, daß du mit ihnen verfahrest nach Willkür. Aber meine Tochter will ich dir nicht geben. Ich begreife es, wenn du nun im Frühjahr mein Land mit Krieg überziehst. Ich weiß, du hast diesen Krieg nicht gewollt. Glaube mir, auch ich will ihn nicht. Es sind die Götter, der meine und der deine, die miteinander streiten wollen."

5

Jefta ging ins Zelt Jahwes. „Nun hast du ihn, deinen Krieg, alter Mann", sagte er zu Abijam. „Wenn er Gilead verdirbt, ist es deine Schuld." Inmitten seines Zornes spürte er grimmige Bewunderung für Abijam. Es war dem Priester gelungen, ihn, Jefta, gegen seinen Willen in den Krieg zu zwingen, und die Männer um Cheschbon wußten heute noch nicht, wer sie gegen Nachasch aufgehetzt hatte, noch wußte Schamgar, wer ihn lenkte.

Abijam antwortete gelassen: „Ich habe nie ein Hehl daraus gemacht, daß ich den Krieg Jahwes gegen Ammon wünsche." Er sprach väterlich auf Jefta ein: „Prüfe dich. In deinem Herzen bist du selber froh, daß du zu Felde ziehst." – „Ich habe Lust am Krieg", erwiderte Jefta. „Ich hatte von jeher daran Lust, ich leugne es nicht. Aber diesen Krieg führe ich gegen meine bessere Einsicht, und ich werd es dir nie vergessen, daß du mich dazu gezwungen hast. Ich bin nicht dein Freund", schloß er bündig und finster.

„Auch ich habe manches auf mich nehmen müssen, um diesen Krieg vorzubereiten", entgegnete Abijam. „Der Stolz des Priesters ist anders als der des Kriegers, doch kaum geringer. Es ist mir nicht leichtgefallen, mich an Efraim um Hilfe zu wenden. Ich bin ein alter Mann, und Elead, der Priester Efraims, ist noch in grüner Kraft, und er ist hochfahrend, auf eine besondere, heimliche und sehr feine Art. Aber ich bedachte, was du mir gesagt hattest von der Macht Ammons und seiner Verbündeten, ich überwand mich, ich bat das übermütige Efraim um Hilfe, wie ich dir's versprochen hatte im Lande Tob." Jefta musterte ihn feindselig, schwieg. Abijam fuhr fort: „Ich habe keine Fehlbitte getan. Aber Elead wird uns nur einen Teil der Macht Efraims über den Jordan schicken können; er ist der Priester seines Stammes, nicht sein Hauptmann. Bezwinge nun auch du dich, Jefta. Geh nach Schilo. Sprich mit dem Feldhauptmann Tachan."

Jefta, sehr finster, erwiderte: „Reize mich nicht. Es ist *dein* Krieg. Führen freilich muß *ich* ihn, und ihr habt es mir nicht leicht gemacht." Und bitter klagte er den Alten an: „Ihr habt den Gott unserer Feinde geschändet, sehr zur Unzeit, so daß wir nun in Wahrheit den Wehrbann des ganzen Ostens gegen uns haben, auch Baschans. Das hast *du* geschafft, alter Mann, mit deiner frommen Schlauheit."

„Es ist nicht mein Krieg und nicht der deine", sagte Abijam, „es ist ein Krieg Jahwes. Du brauchst nur zu reden mit dem Feldhauptmann Tachan, und du wirst ein größeres Israel in deinem Lager haben. Wenn sich Ammon mit Baschan verbündet, bringen *wir* es nicht übers Herz, unsere Eifersucht abzutun?"

„Ich bringe es nicht übers Herz", antwortete trocken Jefta.

„Sei nicht verstockt, Jefta", bat der Priester. „Bezähme deine Eitelkeit. Du willst jeden Sieg dir allein verdanken. Du kannst aber diesen Krieg nicht führen ohne den Beistand Jahwes."

Jefta *wollte* seine Siege der eigenen Kraft verdanken, er gestand es sich trotzig ein; es war ihm recht, daß er so geartet war. Er sah sich, wie er auf dem Hang des Chermon lag, geduckt hinter dem Felsen, und auf dem Vorsprung drüben hob sich scharf im Morgenlicht der Bock mit den mächtigen Hörnern ab, der Akko, der Steinbock. Er fühlte sich *eins* mit dem stolzen, eigensinnigen Tier, das sich durch keinen Wind und keinen Frost von seinem Platz treiben ließ. Er, Jefta, wird sich von dem Alten nicht nach Schilo schicken lassen. Er sagte: „Wie ich den Krieg führen werde, ist meine Sorge. Ich brauche die Hilfe keines Tachan. Ich werde allein mit Ammon fertig."

Abijam antwortete mit trübem Spott: „Noch vor kurzem, im Lande Tob, warst du keineswegs so sicher." Er sprach von neuem auf ihn ein, dringlich: „Reiße die Träume deiner Eitelkeit aus deiner Brust. Vielleicht war ich es, der diese Träume in dir aufsteigen machte. Vielleicht hätte ich nicht sagen sollen, daß du ausersehen sein könntest, das große einige Israel zu schaffen. Ich glaubte, mit einem Manne zu reden, der gewillt war, den schweren Befehl des Gottes auf sich zu nehmen. Du aber bist lüstern nach bunten Taten und willst dir ein Königreich zusammenstücken aus den Ländern des Ostens. Wolle das nicht, Jefta. Ein Bund Ammons und Gileads hält nicht. Ein Königreich des Zufalls hält nicht. Jahwe hat nun einmal Gilead mit den andern Stämmen *Israels* zusammengebunden und nicht mit Stämmen, die in der östlichen Wüste schweifen. Begrabe die frechen Träume. Trachte nicht, ein Reich *Jefta* zu gründen. Geh nach Schilo. Führe den Krieg für Jahwe und Israel."

Die Worte des Priesters machten nur, daß Jeftas Träume größer und farbiger glitzerten. Der Alte war eifersüchtig. Er wollte ihm das Vertrauen in die eigene Kraft schwächen. Das mag er an andern versuchen. Er, Jefta, wird den Bund mit Ammon schließen. Aber er wird nicht Jahwe an Ammon verraten, sondern Ammon dem Gotte unterwerfen. Er wird durch List und Kühnheit Gilead zur Vormacht machen im

Osten des Jordan. Und dann wird er der Oberherr sein der östlichen Fürsten, und das ganze Land von Dameschek bis zum ägyptischen Meer soll heißen: Gilead, das Reich des Jefta.

Abijam sagte müde: „Meine Rede erreicht nur dein Ohr." Er tröstete sich. „Der Krieg wird dich sehen lehren. Du wirst Jahwe sehen, wie ihn dein Vater gesehen hat. Du wirst siegen. Ich werde es noch erleben, daß ich auch dich salben darf."

Jefta erwiderte trotzig: „Ich führe diesen Krieg nicht, um mich von dir salben zu lassen, Erzpriester."

Er ging.

6

Allein er konnte sich nicht frei machen von der Erinnerung an das Gespräch. So wie einer gegen seinen Willen die Tropfen nächtlichen Regens ständig aufs Dach tropfen hört, hörte er immer wieder die mahnenden Worte des Priesters: „Geh nach Schilo, sprich mit dem Feldhauptmann Tachan."

In seinem Innern setzte er das Streitgespräch fort. Wenn er sich weigerte, Efraim um Hilfe zu bitten, geschah es nicht aus törichter Eigenliebe, er hatte triftige Gründe. Bestimmt würde Tachan in den Kriegsplan einreden wollen, und nach erreichtem Siege würde sich das prahlerische, streitlustige Efraim für alle Zukunft die Vorherrschaft auch im Osten des Jordan anmaßen. Nein, keine Hilfe von Efraim!

Er betrieb die Rüstung mit wildem Eifer. Schickte jetzt schon, im Herbst, Botschaft an die Adirim, sie sollten sich vor Mizpeh einfinden im frühesten Frühjahr, sowie die Wege gangbar würden. Setzte jetzt schon die Lagerplätze fest für die Stämme des östlichen Israel, für Re'uben, Gad und Menasche. Versammelte einen Teil des Heeres schon jetzt, um die Grenzgebiete zu schützen vor einem überraschenden Einfall des Königs Nachasch.

Diese Abteilungen unterstellte er dem Gadiel. Der tummelte sich glücklich in dem kriegerischen Wesen und schloß sich dem Jefta mit der früheren Herzlichkeit an. „Es ist gut, daß wir dich haben", sagte er täppisch.

Die Leute von Mizpeh, nun sie Jeftas emsige Vorbereitungen sahen, waren nicht länger enttäuscht über den Waffenstillstand. Sie nahmen an, Jefta habe mit gutem Bedacht den Feldzug um ein Jahr verzögert, sie setzten neues Vertrauen in ihren Feldhauptmann, sie freuten sich auf das Frühjahr und den Krieg.

Selbst Schamgar vergaß sein Mißtrauen und die Unbill, die Jefta ihm zugefügt hatte. Wie früher fühlte er sich hingezogen zu dem Bruder, um welchen trotz allem sichtlich noch der Segen Jahwes war. Jefta merkte seine Wandlung und sagte gutmütig derb: „Seid ihr endlich zufrieden mit mir, du, dein Priester und dein Gott? Denk nicht weiter daran, daß ich dich ein wenig am Bart habe zupfen müssen. Wenn du mich im Frühjahr mit der Bundeslade in den Krieg begleitest, dann halte die Augen offen und schau dir an, wie ich eine Schlacht schlage. Du wirst einiges zu sehen kriegen, das du aufzeichnen kannst in deine Tafeln."

Als der Winter kam, bereitete sich Jefta zur Rückkehr nach seinem Norden. Am Tag vor seinem Aufbruch gaben ihm die Leute von Mizpeh ein Abschiedsmahl. Alle waren sie aufgeräumt und zuversichtlich. Der Wein erhöhte ihre Herzen.

Gadiel sagte: „Im Frühjahr eroberst du uns zum westlichen Baschan noch ein Stück Ammon und Moab. Dann werden viele sein, die dich grüßen: ‚Mein Herr Richter in Israel.'" Jefta schaute ihn an, nachdenklich, ein wenig spöttisch, wollte etwas sagen, schwieg.

Doch Jemin, der gelernt hatte, sich im Gesicht seines Führers auszukennen, dachte an die Pläne, die Jefta ihnen eröffnet hatte, als er verwundet in seinem Zelt gelegen war, und er tat den Mund auf und sagte: „Warum soll sich der Richter Jefta begnügen mit Stücken von Ammon und Moab? Warum soll er nicht über den Jordan gehen und dort die Städte erobern, welche die Männer von Efraim und Menasche in der Hand der Kana'aniter haben lassen müssen?" Die andern schwiegen, verwundert. Jemin indes, nun gerade, fuhr fort, und er stieß das Kinn in die Luft wie Jefta: „Und dann wird endlich ein richtiges Reich Israel sein unter einem großen König, so wie ein Reich Babel ist unter dem Herrscher der vier Himmelsrichtungen."

Die Männer waren betreten. Israel war stolz darauf, daß

seine Stämme ihren Ältesten und Richtern gehorchten, keinem König, sie verachteten die Unfreien, die sich einem König beugten. Schamgar wies denn auch den Emoriter Jemin zurück. Mit seiner dünnen Stimme streng in das Schweigen hinein sagte er: „Kein einzelner darf König sein in Israel, du Unwissender. Jahwe ist König in Israel."

Es war ein Sänger nach Mizpeh gekommen, ein gewisser Jedidja, und plötzlich verlangte erst einer, dann mehrere, dann alle: „Sing uns das Lied vom Dornstrauch, Jedidja." Das war ein Lied, das jeder Sänger kannte und mit dem jeder Sänger sich Beifall holte. Jedidja ließ sich nicht lange bitten, er hub an und sang:

„Einst machten sich die Bäume daran, einen König zu salben. Sie sprachen zum Ölbaum: Sei du König. Aber der Ölbaum sagte: Soll ich aufgeben mein gutes Fett, das gepriesen wird von Göttern und Menschen, und statt dessen geschäftig sein unter den Bäumen? Sie sprachen zum Feigenbaum: Wohlan, sei du unser König. Aber der Feigenbaum sagte: Soll ich aufgeben meine Süße und meine schmackhaften Früchte und statt dessen geschäftig sein unter den Bäumen? Und sie sprachen zum Weinstock: Wohlan, sei du unser König. Aber der Weinstock sagte: Soll ich aufgeben meinen Wein, der fröhlich macht Götter und Menschen, und statt dessen geschäftig sein unter den Bäumen? Da wandten sie sich schließlich an den Dornstrauch und sagten: Wohlan, sei du unser König. Und siehe, der Dornstrauch war willig und sagte: Gut, salbet mich zu euerm König und berget euch in meinem Schatten."

Die Männer freuten sich lärmend. Der Sänger Jedidja war kein großer Sänger, aber das Lied vom Dornstrauch klang gut auch aus seinem Munde, und ein jeder verstand die erheiternde Lehre des Gleichnisses: daß anständige, nützliche Männer Besseres zu tun hatten, als den andern den König zu machen, daß nur unnützes, stacheliges Volk sich auf den Thron drängte. Und die Männer lachten, sie lachten sehr und freuten sich der Freiheit Israels und seiner Stämme.

Jefta aber war dem Jemin nicht dankbar, daß er etwas von seinem Traum verraten hatte. Er wußte nicht, lachten die Männer über das Lied oder über den Sänger oder über ihn selber. Das Lachen klang ungut in seinen Ohren.

7

Jefta verbrachte den größten Teil dieses Winters in seinen Gauen in Baschan. Seine sieben Städte blühten. Friedlicher Handel und Wandel war zwischen dem Westen Baschans, der ihm unterstand, und dem Osten, in welchem König Abir herrschte. Trotzdem war Unruhe im ganzen Land. König Abir rüstete. Und wenn auch niemand erwartete, er werde den Friedensbund brechen und Jeftas Städte angreifen, so fragten sich doch die Männer des westlichen Baschan: was wird geschehen, wenn Jefta in Gilead Krieg führt? Werden nicht die Emoriter seine Abwesenheit nützen, um in seinen Städten herzufallen über die Anhänger Jahwes?

Jefta beriet mit Par, wie weit er sein Baschan von Kriegsvolk entblößen könne. Par nahm an, er werde die Städte mit zwei Tausendschaften halten können. Doch Jefta brauchte auch diese zwei Tausendschaften für seinen Feldzug. Man mußte neues Kriegsvolk anwerben. Das war kostspielig, nun auch König Abir rüstete. Jeftas Schatz reichte nicht. Aber da war der Schatz, den Par für Jahwe angehäuft hatte, ein beträchtlicher Schatz, und war Jefta nicht berechtigt, ihn zu verwenden, da es sich um einen Krieg Jahwes handelte? Par, nach einigem Überlegen, stimmte zu. Der Schatz Jahwes verwandelte sich in Kriegsvolk, Pferde, Streitwagen.

Kasja und Par, in einer langen Winternacht mit Jefta am Feuer sitzend, maßen Jeftas Kriegsmacht. Sie war gering, verglichen mit der Stärke des Feindes. „Aber“, sagte auf ihre bündige Art Kasja, „durch die acht Tausendschaften Efraims ist der Mangel reichlich ausgeglichen.“ Und Par ergänzte: „Sie sind hoffärtig bis zum Ekel, die Efraimiter, aber kluge Rechner und tapfere Kämpfer. Sie wissen, daß ein siegreiches Ammon dieses Mal auch in das westliche Israel einfallen würde. Bestimmt schicken sie ihre ganzen acht Tausendschaften.“

Jefta war bestürzt. Offenbar glaubten die beiden, er habe längst von Efraim Hilfe verlangt. Sie mußten so glauben. Ein Mann, der den Schatz Jahwes forderte, durfte sich nicht bedenken, auch die wehrfähigen Männer Efraims zu verlangen. Immer tiefer bestürzt hörte er Kasja sagen: „Du bist kein Nabi gewesen, kein Schwärmer, als du uns damals deinen Plan offenbart hast. Jetzt zeigt es sich, du hast nicht den Wind gejagt. Genau wie du dir's damals ausgerechnet hast, bist du deinen Weg gegangen Schritt um Schritt. Erst hast du dir deine sieben Gaue sicher gemacht gegen Baschan, dann hast du dich auf den Richterstuhl von Gilead gesetzt, und jetzt, wenn du die Drohung Ammons niedergeschlagen hast, gehst du über den Jordan, und auch die Stämme des Westens anerkennen dich als Richter in Israel."

Par, und seine nüchterne Stimme klang beschwingt, sagte: „Ja, jetzt sehen wir, mit wie gesegneter List du dir's gewoben und gezettelt hast. Den Nachasch hast du hingehalten, so daß jetzt Efraim wie von selber in dein Lager kommt. Hab ich dich erraten? Ohne daß du bitten oder drohen müßtest, wirst du so zum Feldhauptmann auch der westlichen Stämme. Das ganze Israel in *ein* Reich zusammenfügen. Als du es damals sagtest, erschrak ich in meine Eingeweide, so verfänglich schien es mir. Und jetzt fügt sich alles von selber wie auf einer wohlvorbereiteten Jagd."

Jefta mußte sich die Begeisterung seiner Nächsten wohl gefallen lassen. Er antwortete vag, einsilbig und schämte sich seiner Zweideutigkeit.

Später, allein auf seiner Matte, bedachte er das Gespräch. Sie hatten recht, Par und Kasja, es gab keine andere Rettung, alle waren sich darin einig: er mußte nach Schilo gehen und Tachan um Hilfe bitten. Aber wenn er sich vorstellte, wie er vor Tachan hockte und auf dessen Bescheid wartete, erstickte er fast vor Zorn. Es wäre schlimm, wenn sich Tachan auf jenen Verrat Gileads beriefe und ihm die Hilfe abschlüge; es wäre noch schlimmer, wenn er hochmütig sagte: Seht, wir sind nicht so wie ihr, und ihm die Hilfe gewährte. Nein, Jefta wird nicht nach Schilo gehen.

Er mußte etwas finden, irgend etwas, das es ihm ermöglichte, allein zu siegen, ohne Efraim. Jahwe mußte ihm die Eingebung schicken.

Jefta, der kräftige, gesunde Mann, schlief gut selbst in dieser Nacht der Sorge. Und siehe, während seines gesunden Schlafes kreißte sein Verstand und warf einen Plan aus.

Zweifellos werden die Hilfskräfte Baschans bestrebt sein, sich möglichst früh im Jahr mit dem Heere des Königs Nachasch zu vereinigen. Sie werden also von der Großen

Straße des Pharao auf die kürzere westliche Straße abbiegen und den Jabok durch die Furt des Penuel überqueren. Der einzige Weg zu der Furt führt durch die Enge des Nachal-Gad. Jefta wird das Heer Baschans in der Schlucht umzingeln. Wenn es ihm gelingt, diese stärkste Hilfstruppe Ammons zu vernichten, dann kann Nachasch keine Feldschlacht mehr wagen, dann ist der Krieg entschieden, bevor er recht begonnen hat, und Jefta kann den Ammonitern seinen Frieden aufzwingen.

Freilich gab es da mancherlei Gefahren. Um die Krieger König Abirs in der Schlucht abzufangen, mußte Jefta noch in der Regenzeit aufbrechen, und der Marsch auf den unwegsamen Pfaden verlangte härteste Mühe. Auch konnte der Anschlag nur gelingen, wenn der Zug dem Feinde verborgen blieb. Jefta durfte also nur wenige Abteilungen mitnehmen, und sie mußten ihren Weg durch verstecktes, unwirtliches Gelände suchen. Andernteils war der Feind bestimmt auf den Angriff nicht vorbereitet, und Jefta konnte sein Kriegsvolk verstärken durch Abteilungen der Gileaditer aus dem Lager vor Mizpeh; der Weg vom Süden zum Jabok war erheblich leichter.

Er teilte den Plan nur dem Jemin mit. Der hatte sein ganzes Leben in der Wildnis verbracht, er war der rechte Mann für den abenteuerlichen Zug durch den harten Winter.

Jemin war hineingewachsen in die selbstgestellte Aufgabe, seinem Hauptmann ähnlich zu werden. Er stieß das Kinn in die Luft wie Jefta, er suchte seine hohe Stimme rauh zu machen gleich der Stimme Jeftas, so daß Ketura und Ja'ala manchmal lächelten. Aber er hatte auch gelernt, viele von Jeftas Gedanken zu denken. Er begriff den Plan bis in die letzten Verästelungen und erschaute sogleich Vorteil und Hindernis. Noch niemals hatte ein Feldhauptmann sein Kriegsvolk so früh im Jahr einen so schweren Weg geführt. Doch Jeftas Leute waren geübt, in der Wildnis zu streifen, und wenn auch mancher unterwegs liegenbleiben wird, die meisten werden rechtzeitig am Jabok anlangen. Er rechnete sich erstaunlich schnell aus, auf welchen Pfaden diese, auf welchen jene Abteilung ziehen könnte, er überschlug mit Umsicht, wieviel Bogenschützen mitzunehmen seien, wieviel

Speerwerfer. Sah schon im Geiste, wie die Leute die wilden Pfade kletterten, sah, wie er die Männer auf die Höhen zu beiden Seiten der Schlucht verteilte, hörte, wie er Befehle gab mit der Stimme Jeftas. Jefta erkannte mit Genugtuung, welche Reife sein junger Freund erreicht hatte in der Kunst des Krieges.

Sie wogen und prüften nochmals und abermals, Jemin brachte Jeftas Bedenken vor, Jefta entkräftete sie mit Gründen Jemins, Jefta überzeugte den Jemin, Jemin den Jefta. Mehr und mehr erwärmte sich der Jüngere, war stürmisch entzückt und brach schließlich jubelnd aus: „Dies, mein Herr und Richter Jefta, ist unter deinen vielen großen Plänen der größte. Auf diese Art mußt du siegen." – Und ohne die Hilfe Efraims, sagte sich im stillen voll grimmiger Freude Jefta.

Er schickte Jemin nach Mizpeh mit Botschaften für Gadiel und Abijam. Gadiel sollte ihm einige Abteilungen Gileaditer so früh an den Jabok schicken, daß sie bestimmt zum Neumond des Adar dort eintrafen, der Erzpriester sollte dem Gadiel die Lade Jahwes mitgeben, alles in größter Heimlichkeit.

Gadiel, stolz auf Jeftas Vertrauen, versprach, er werde zur Stelle sein. Abijam war bereit, die Lade herauszugeben. Doch wollte er das kostbare Gut nicht dem Gadiel und dessen Kriegern anvertrauen; nur Priester vom Zelte Jahwes sollten es hüten und berühren. Da er selber zu hinfällig war, den Schrein in der unwirtlichen Jahreszeit zu begleiten, sollte Schamgar ihn zum Jabok bringen.

Jefta hörte es mit Mißvergnügen. Die Lade mußte auf schwierigen, versteckten Pfaden ziehen und in großer Eile. Jefta fürchtete, der schwerfällige, ungeschickte Schamgar werde nicht zur Stelle sein, wenn man den Segen der Lade am dringendsten brauchte.

Die Regenzeit war in diesem Jahr kurz. Jefta bereitete sich, schon im Monat Schewat aufzubrechen.

Er forderte Ketura auf, ihn zu begleiten. Sie wäre ihm auf diesem großen Feldzug gern nahe gewesen, es drängte sie, sein Anerbieten anzunehmen. Aber es war ein Feldzug gegen ihren Gott Milkom, Milkom war eifersüchtig, sicher zürnte er dem Jefta, sie mußte im Norden bleiben, im Lande des

Gottes, um seinen Groll zu sänftigen. Sie überwand sich, sie lehnte Jeftas Vorschlag ab.

Ja'ala, kurz bevor er aufbrach, sagte vertraulich, wichtig und stolz: „Ich glaube, mein Vater und Herr, ich habe erraten, was du vorhast. Nicht Nachasch soll mich seinem Sohn zur Frau geben. Du nimmst ihm sein Königreich weg, dann setzest du seinen Sohn Mescha zu deinem Statthalter in Ammon ein, und dann gibst *du* mir den Mescha zum Mann." Jefta war überrascht und bewegt, daß Ja'ala in ihrer kindlichen Geradheit in klaren Worten aussprach, was er dunkel plante. Denn noch immer träumte er davon, nach einem großen Sieg die Tochter dem Mescha zu vermählen, doch so, daß sich nicht Ja'ala zu Milkom, sondern Mescha zu Jahwe wird bekennen müssen.

In der Nacht vor Jeftas Aufbruch besuchte Ja'ala die Pferde der Schar. Die Schar besaß nun eine Reihe von Pferden, und es drängte Ja'ala oft, die Tiere zu trösten. Sie bewunderte die Schnelligkeit der wilden Pferde, sie spürte Mitleid mit den gezähmten. Welch ein Jammer, daß Geschöpfe, deren Glück eiliger Lauf im Unbegrenzten war, nun beschwert dahinleben mußten, verlangsamt, gedrückt unterm Gewicht von Reitern.

Sie näherte sich dem Pferde Jeftas, die Hände hinterm Rücken, wartete, bis das Pferd an sie herankam, brachte ihr Gesicht seinen Nüstern ganz nahe, hauchte ihm ihren Atem ein, flüsterte ihm Bitten zu und Ermahnungen, dem Vater treu zu sein und ihm zu helfen.

Mit der ersten Dämmerung brach Jefta auf. Vor ihm lag der mühevolle, verfängliche Marsch. Es war sicher, daß, geführt von Jemin, er und seine Leute zur rechten Zeit eintreffen werden, vor den Feinden. Aber werden sie nicht zu erschöpft sein? Und wie viele wird er am Wege liegenlassen müssen? Und wird Gadiel mit seinen Gileaditern zur Stelle sein? Und werden nicht trotz aller Bemühungen, den Zug zu verschleiern, Späher des Feindes seine und des Gileads Bewegungen entdecken? Und wird der täppische Schamgar ihm die Lade Jahwes zur rechten Zeit zuführen? Mehr als bei jedem früheren Unternehmen brauchte er dieses Mal die Hilfe des Gottes.

Wenn nicht den Schrein, so hatte er doch sein Feldzeichen.

Seine Giborim trugen es vor ihm her. Erregend in der ersten Sonne strahlte das kupferne Bild. Der Blitz Jahwes flammte aus der Wolke, grell, zackig, unheimlich, den Feind zu schrecken. Das Herz Jeftas aber füllte er mit Zuversicht.

8

Der Zug der Männer Jeftas zum Jabok war so mühevoll, wie er's vorausgesehen hatte. Mancher blieb zurück. Aber Jemin bewährte sich. Jefta langte mit seiner Streitmacht am Nachal-Gad an zu der Frist, die er sich gesetzt hatte.

Am gleichen Tage langte auch Gadiel an und brachte mit sich einen stärkern Haufen Kriegsvolk, als Jefta gehofft hatte. Jefta fürchtete, der Zug einer so großen Menge habe nicht verborgen bleiben können. Doch hatte Gadiel dafür gesorgt, daß im Lager von Mizpeh geschäftige Bewegung war, auch hatte er Streifzüge ins Gebiet Ammons angeordnet, so daß der Feind schwerlich die Abwesenheit der Männer entdecken konnte.

Späher berichteten von den Bewegungen der Krieger Baschans. Der Zug der Feinde nahm die Große Straße des Pharao, dann aber bogen, wie Jefta und Jemin es errechnet hatten, die meisten Abteilungen der Leichtbewaffneten und sogar einige Gruppen der Reiter ein in die kürzere Straße zur Furt des Jabok.

Die Streitmacht, welche Baschan dem König Nachasch sandte, war über Erwarten stark und führte viel Troß mit sich. Sie kam nur langsam voran. Jefta und Jemin konnten ihre Vorbereitungen in Ruhe und mit Umsicht treffen. Sie besetzten die Höhen zu beiden Seiten des Nachal-Gad dergestalt, daß sie Eingang und Ausgang der Schlucht in kürzester Zeit sperren konnten. Die Menge Kriegsvolks, die Gadiel dem Jefta zugeführt hatte, erlaubte ihm, eine starke Abteilung auch ans andere Ufer des Jabok zu legen, um diejenigen, die aus der Schlucht entkommen mochten, beim Überschreiten der Furt abzufangen. Das alles ging, wie sich's Jefta nicht besser wünschen konnte. Nur *eines* fehlte: Die Bundeslade Jahwes war nicht da; der schläfrige, ungeschickte Schamgar war nicht zurechtgekommen.

In der frühesten Dämmerung des Tages, da die Feinde die Schlucht erreichen mußten, stand Jefta mit Jemin und Gadiel auf der Höhe, von welcher aus er die Schlacht zu leiten gedachte. Alle die Tage her war strömender Regen gewesen. Nun aber hatte es zu regnen aufgehört, klarer Himmel zackte in die Wolken. Jemin indes, der sich aufs Wetter verstand, meinte, der laue Südwestwind werde stärkeren Regen bringen, wahrscheinlich sogar werde es ein Gewitter geben, und das werde den Baschanleuten den Weg durch die Schlucht nicht leichter machen.

Da warteten sie also im Buschwald der Höhe, gut gedeckt, und spähten. Der Zug der Feinde kam in Sicht. Es schien ein sehr langer Zug, die Kundschafter hatten nicht übertrieben. Mit grimmiger Fröhlichkeit sah Jefta, wie unbekümmert sie dahinzogen. Er verstand gut ihre Sorglosigkeit. Der längste, härteste Teil ihres Weges lag hinter ihnen, vor ihnen nur noch *ein* Schwieriges, der Abstieg durch die Schlucht des Nachal-Gad und der Übergang über den Jabok. Verglichen mit dem Überstandenen wird das leichte Mühe sein. Aber darin, ihr Männer, dachte der fröhliche Jefta, seid ihr im Irrtum. Nicht sehr viele von euch werden die Wende des Tages sehen. Er schaute auf sein Feldzeichen und rief seinen Gott an: „O Jahwe, ich gestehe dir's ein, ich habe mich bemüht, diese Schlacht für dich zu vermeiden. Aber wenn du gerecht bist, dann billige mir zu: ich hatte gute Gründe. Sei es, wie es sei, jetzt kämpfe ich für dich mit all meinem Herzen, Hauch und Blut. Tu du das Deine und gib mir deinen Segen."

Nun erreichte die Vorhut der Feinde die Schlucht, sie zogen hinein, die Enge verschluckte sie, Jefta konnte sie nicht mehr sehen. Doch mit seinem innern Auge sah er, wie sie ihren tödlichen Weg gingen. Die Regenzeit hatte den Bach Gad zum Fluß gemacht; trotzdem war wenig Gefahr, daß die Strömung einen mitriß. Munter schlängelten sich die Männer am Rande des Flusses dahin, einige sprangen wohl auch in der Mitte von Stein zu Stein.

Jetzt zogen Reiter in die Schlucht, und nun mußte Jefta wohl das Zeichen geben, den Eingang zu sperren. Er zögerte. Der Zug war in der Tat schier endlos, und da waren noch Zahllose außerhalb der Schlucht im Norden. Aber

Jefta wollte die Reiter nicht entkommen lassen. Er gab das Zeichen.

Eine Abteilung seiner Schwerbewaffneten stürmte hinunter auf die Feinde, zerbrach ihren Zug, besetzte den Eingang der Schlucht. Das gleiche geschah am Ausgang, wo der Nachal-Gad in den Jabok mündete. Von den Hügeln, welche die Seiten der Enge säumten, schossen Jeftas Schützen ihre Pfeile auf die Eingeschlossenen, die Speerwerfer warfen ihre Speere. Verwirrung und Tod war in der Schlucht. Jeftas Männer hatten Weisung, zuerst auf die Pferde zu zielen. Die wunden Tiere suchten sich zu retten, schlugen um sich, ihr Wiehern klang gräßlich durch das Geschrei der Kämpfenden; der Schrecken der Tiere erhöhte die Verwirrung der Männer. Und nun drangen Jefta selber und die Seinen auf die entsetzten Männer ein, sie hauten sie zusammen mit ihren guten Schwertern, Jeftas Herz schwoll vor Lust.

Jeftas Leute, bewährte Krieger, sperrten den Eingang der Schlucht, so daß von den Eingeschlossenen keiner mehr herausdringen konnte. Aber die Soldaten Baschans, die die Enge noch nicht erreicht hatten, waren sehr zahlreich, sie waren in der Übermacht, sie flohen nicht, wie Jefta vermutet hatte, sie nahmen den Kampf auf, sie drohten, Jeftas Leute am Eingang der Schlucht zu überwältigen. Jefta mußte ihnen helfen, er mußte es seinen Bogenschützen und Speerwerfern überlassen, mit den Eingeschlossenen fertig zu werden, er selber mußte vordringen ins nördliche Hügelland, um den Feind dort in die Flucht zu schlagen.

Die Luft war schwer geworden. Jemin hatte sich nicht getäuscht, ein Frühlingsgewitter bereitete sich vor, fahles, gelblich dunkles Gewölk zog auf und erschwerte die Sicht. Aber soviel erkannte Jefta sogleich, als er das nördliche Hügelland erreichte: er hatte Feinde nicht nur vor sich, sie kamen von allen Seiten, sie wimmelten aus den Hügeln zur Rechten und zur Linken.

Noch mehr erkannte Jefta, und für einen Augenblick setzte ihm das Herz aus: die da vom Osten her auf ihn eindrangen, das waren nicht hochgewachsene Krieger Baschans, es waren keine Emoriter, es waren Männer von Ammon, Soldaten des Königs Nachasch. Nicht Jefta hatte den Nachasch, der hatte ihn überlistet! Er hatte offenbar seinen

Plan entdeckt und ihn im Osten umgangen. Jetzt begriff Jefta auch, warum die Abteilungen Baschans so langsam herangezogen waren. Nachasch hatte ihnen Weisung gegeben zu zögern, damit er Zeit habe, ihn zu umgehen.

Erste, schwere Tropfen fielen, erste Windstöße fegten. Ginge es nur darum, die in der Schlucht aufzureiben, dann wäre das Gewitter dem Jefta förderlich. So half es dem Feind.

Und siehe, da kam auch der Gott des Feindes heran, mitzukämpfen, der Baal von Baschan, der geflügelte Stiergott! Jefta hatte sich alle die Zeit her gewundert, wo er blieb. War vielleicht dem Feind ein ähnliches Mißgeschick zugestoßen wie ihm selber, mußte er ohne seinen Gott kämpfen? Doch nun war alles klar: der Baal hatte sich nur klüglich weit hinten im Zuge gehalten und gemächlich seine Zeit abgewartet. Jetzt war die Zeit da, jetzt schwankte er auf Jefta zu, sich zu rächen an dem Mann, der auf seinem Berge, dem Dach seines Hauses, gestanden und ihn verspottet hatte. Getragen von vier riesenhaften Männern schwebte er heran, plump, mit schweren, kupfernen Flügeln, inmitten einer Menge von Kriegern, unausweichlich, ein Ungeheuer. Und sein, Jeftas, Gott war nicht da! Sie hatten ihn im Stich gelassen, der alte, eigensinnige Priester und Schamgar, der Blöde, sein Bruder. Das war ihre einzige Aufgabe gewesen, die Lade Jahwes herzuschaffen in der Not: und nicht einmal das hatten sie gekonnt, die Nichtskönner!

Für einen Augenblick zerteilte Sonne das dichte Gewölk, der Baal glänzte auf in wildem, Entsetzen erregendem Glanze. Allein Jefta fürchtete sich nicht. Er wird nicht fliehen, er wird sich dem prahlerischen Stiergott entgegenwerfen, ihn bei seinen Flügeln packen, ihn in den Schlamm reißen, und seine und seiner Krieger Füße sollen ihn vollends in den Kot trampeln.

Eine dichte Menge von Verteidigern umringte den Baal. Jefta hatte keine Aussicht, sich des Gottes zu bemächtigen. Das Klügste wäre, wenn er sich durchschlüge zurück zur Hauptmacht der Seinen am Nachal-Gad. Aber sein wildes, wütiges Verlangen, den feindlichen Gott zu packen und in den Schmutz zu treten, war stärker als sein Verstand und seine Kriegserfahrung, das Entzücken der Schlacht war zu heiß, es trieb ihn dem Baal von Baschan entgegen. Der Taumel, der seinen Vater Gilead so manches Mal vorangejagt hatte, jagte nun auch ihn. Er schrie: „Für Gilead und Jahwe!“ Und neben ihm schrie Gadiel: „Für Gilead und Jahwe!“ Und es schrie Jemin: „Für Jahwe und Jefta!“ Und die Hornisten stießen in ihre Hörner, sie bliesen die Terua Gedola, den großen Ruf zum Angriff, der Träger vor Jefta hob das Feldzeichen, die Wolke und den Blitz, Jeftas alte Gefährten aus dem Lande Tob stießen ihren Kriegsruf aus: „Hedád, hedád!“ und stürmten vor gegen die dichte Masse der Feinde, die das Bild des Baal deckten.

Das Erz des Bildes war schwer, die Träger, so riesenhaft sie waren, kamen nur langsam voran; es schien, als weiche der Gott zurück und verschwimme in dem gelblich dunkeln Gewölk. Jefta lachte sein rauhes, fröhliches, knabenhaftes Lachen, stieß den Bart vor, feuerte seine Leute an, verlachte den Stiergott Baschans: „Da fährt es dahin, das Kalb von Baschan, es verkriecht sich, aber wir holen es uns.“

Nun aber hatten die Feinde das Feldzeichen Jeftas entdeckt, und es reizte sie nicht weniger als ihn das Bild des Baal. Sie waren in der Übermacht, sie stießen gewaltig vor und bedrängten Jefta und die um ihn. Der Träger des Feldzeichens fiel. Ein anderer packte die Stange und hob sie hoch, auch er wurde erschlagen. Und nun packten fremde, feindliche Hände die Stange. Jeftas Leute entrissen sie ihnen, auch sie wurden niedergemacht. Jetzt aber packten emoritische Fäuste unwiderstehlich die Stange mit dem Schild, rissen sie zurück in die eigenen Reihen, schnell von einer feindlichen Hand in die andere entwich Jeftas Wolke und Blitz. Das Feldzeichen war verloren. Jahwe wandte sich ab von ihm, von nun an mußte er ohne seinen Schutz kämpfen.

Sie waren wenige geworden, und alle jetzt erkannten sie, daß sie zu weit vorgedrungen waren. Sie waren umzingelt, abgeschnitten von ihrer Hauptmacht, eine kleine Insel in einem Meer von Feinden. Doch sie taten, als sähen sie die Gefahr nicht. Es war wie eine stumme Verschwörung. Sie schrien, sangen, kämpften weiter, wütig, verbissen, fröhlich, betrunken von der Schlacht.

Vor den andern war Gadiel verzückt. Er lachte, lallte, redete Zeug, das ihm allein verständlich war. Elf Schlachten hatte er erlebt, doch keine wie diese, in der man nach allen vier Windrichtungen kämpfte. „Das hast du großartig gemacht, Jefta", sagte er ein übers andere Mal, bis ihm ein Schwert den Hals zerschnitt. Er fiel zusammen, grotesk, gurgelnd, sich haltend an seinem Nächsten, ihn mit sich reißend. Jefta beneidete ihn. Gadiel war gestorben inmitten seiner liebsten Beschäftigung, kämpfend, in frommem Taumel, ein braver Krieger Jahwes.

Das Unwetter brach nun mit voller Gewalt herein, Sturm fauchte von überallher, wilder Regen nahm jede Sicht. Jemin, der an Jeftas Seite kämpfte, blieb fröhlich unbekümmert. Er glaubte weiter an den Sieg. Vorläufig kam es darauf an, sich vom Feind zu lösen, und das war jetzt nicht schwer, da man im strömenden, sturmgepeitschten Regen den Gegner nicht mehr recht wahrnehmen konnte. Sein geübter Blick blieb auch im Unwetter rasch und klar, er entdeckte eine bebuschte Höhe, auf welcher der Verfolger einen weder suchen noch erreichen wird. Dort kann man rasten, Atem holen, Kraft sammeln.

Sie schlugen sich ihren Weg, Jefta und Jemin voran. Jefta haute um sich, verbissen, ein rechter Gideon, ein rechter Dreinschläger und Hämmerer. In dieser leibhaften Gefahr dachte er nur das unmittelbar Nächste, er dachte nur: Hinauf! Durch das Gehölz hinauf! Den Hügel hinauf! Er dachte nicht einmal mehr an den Zweck des Aufstiegs; es tat wohl, nur dieses Eine zu denken: Hinauf!

Sie erreichten die Höhe. Ließen sich in die schlammige Erde fallen, erschöpft, atmend, im dicken, grünlich strömenden Regen. Sie waren geborgen.

Jemin freute sich laut. Das hatte Jahwe gut gemacht, daß er ihnen sein Gewitter schickte. Das Gewitter hatte sie gerettet. Jefta widersprach nicht, aber er wußte, es war nicht so. Es war der Baal, der die Blitze und Donner schickte, sie kamen nicht von Jahwe. Jahwe gönnte ihm nur eine kurze Spanne, daß er nachdenke und in sich gehe. Dann wird er ihn untergehen lassen in Sturm und Niederlage. Und so mit Recht. Der Gott hat ihn gewarnt, durch Abijam, den Sänger Jaschar, durch Ja'ala, durch seinen Freund Par. Er hätte hören und zu den Söhnen Efraims gehen sollen. Aber er hat sich vermessen im närrischen Gefühl seiner Stärke. Er hat seiner Gier nachgegeben nach immer mehr Macht und immer mehr Ehre. Es hat ihm nicht genügt, Feldhauptmann zu sein und Richter, er hat Herr eines großen Reiches sein wollen, er hat sogar daran gedacht, dafür seine Tochter den Ammonitern hinzugeben und ihrem Gotte Milkom. In Wahrheit ist weder Jahwe sein Gott gewesen noch Milkom, sein Gott war immer nur Jefta. Und darum wandte sich jetzt Jahwe ab von ihm, er hielt seine Lade zurück, er nahm ihm sein Feldzeichen, und nun kommen die Feinde über ihn, und er wird hier im Schlamm verrecken.

Jemin unterbrach ihn in seinem bösen Brüten. Rührte ihn am Arm, wies nach Osten. Jefta blickte hoch, und für einen Augenaufschlag sah er, wie da undeutlich im flutenden Regen ein ihm Vertrautes, Ersehntes heranschwankte. Er wagte nicht, dem unsichern Anblick zu glauben. Aber offenbar doch hatte auch Jemin das Ferne erkannt. Es war kein Wahn und Gesicht, es war wirklich. Was er da schwankend einen Augenblick lang gesehen hatte, das war die Lade Jahwes.

Allein zwischen ihr und ihm stand noch immer, fester als die festeste Mauer, die dichte, zahllose Masse der Feinde. Wie sollten sie zueinander kommen, Schamgar mit der Lade und er mit seinem Schwert? Aber nun er wußte, daß es also doch Jahwe war, der das Wetter gesandt hatte, und Jahwes Antlitz, nicht Milkoms, das in den Blitzen leuchtete, kehrte ihm die alte Spannkraft zurück. Er wird sich seinen Weg zu der Lade hauen. Er wollte es, mußte es, wird es.

Er stand auf, langsam, doch mit wieder kräftigen Gliedern. Riß aus seiner Brust, was noch von Milkom darin sein mochte, ballte zusammen alles, was an Willen in ihm war, und schrie in seinem Herzen zu Jahwe: Du hast das Recht, mich zu strafen, denn ich war lau vor dir. Schlimmer als das: ich habe dich verraten. Ich habe die Tochter, die du mir gabst, die Hindin, die Liebliche, den Söhnen des Milkom und des Kemosch ausliefern wollen. Aber strafe mich nicht. Tu es nicht. Du hast das Wetter gesandt, dein Blitz hat mir die Augen geöffnet, ich sehe dich, erkenne dich, verehre dich. Die Berge Sinai und Libanon und Chermon sind nichts als die Zehen deines Fußes, und was bin ich vor dir? Ich erniedrige mich, ich bekenne es: ein Wurm. Doch nun höre auch du mich und strafe mich nicht länger. Bleib nicht hocken auf deinem Sitz. Mache dich auf und kämpfe für mich, wie du's getan hast für meinen Vater Gilead, der kein besserer Mann war als ich und nicht stärker an dich glaubte. Laß mich nicht Schmach häufen auf meinen Stamm vor den Augen Ammons und des westlichen Israel. Erschlage mich, wenn du willst, aber vorher laß mich den Sieg sehen. Laß mich vordringen bis zu deiner Lade. Laß meine Männer sich vereinigen mit den andern. Schicke aus deine Hornisse, die Zirea, die wilde Furcht, und schicke sie nicht uns in die Knochen, sondern in die Gebeine der Feinde. Es reut mich, was ich getan habe, er reut mich sehr. Aber laß nun auch du es genug sein, mich zu plagen, und ich will dir ein treuer Sohn sein fortan.

Jefta stand und bewegte die Lippen. Er sprach wohl nur in seinem Herzen, und wenn dann und wann ein Wort aus seinem Munde kam, schwemmten Sturm und strömender Regen es ihm fort. Die andern sahen, wie er in das Wetter und Gewölk hineinsprach, sie sahen sein gesammeltes Gesicht, sie erkannten, daß er einen letzten gewaltigen Griff tat, flehend und hadernd um den Sieg mit *einem,* der im Gewölk einherfahren mochte. Sie sahen, wie er die Fäuste hinaufstieß in die Luft, sie sahen ihn dann die Hände öffnen, als brächte er eine Gabe dar.

Er aber, lautlos, dringlich, innig, rief in den Sturm: Und wenn du auf mich hörst, Jahwe, dann bring ich dir ein Opfer, wie es der Rettung aus so ungeheurer Not gemäß ist, und wie du es noch nie zu schmecken bekommen hast. Wenn du mich hörst und mich siegen machst, dann schlacht ich dir auf deinem Stein den besten der Feinde, und wenn es König Nachasch selber wäre, dem ich sehr freund bin. Und wenn er nicht unter denen ist, die ich fange, dann bring ich dir zum Brandopfer, wer immer mir als erster aus meinem Gut entgegenläuft, und wenn er mir das Teuerste ist. Dir bring ich ihn zum Opfer, keinem Milkom, aber höre mich und laß mich nicht untergehen besiegt unter meinen Feinden.

So schrie Jefta in seinem Herzen. Und er sah in der Ferne die Lade Jahwes schaukeln, sich heben, verschwinden und von neuem sich heben. Da zog eine große Freudigkeit in ihn ein. Er spürte: der Gott in der Lade hatte ihn gehört.

Er rief, und jetzt drang seine rauhe Stimme durch den prasselnden Regen und das knackende, splitternde Holz der Bäume: „Sehet die Lade Jahwes! Laßt uns stürmen zu der Lade und dem Gott!“ Er schritt hinunter durchs Gehölz, mächtig stapfte er, manchmal rannte er, aus dem Wege stoßend, was ihn hinderte. Seine Kraft verzehnfachte sich. Er hieb, schlug, strebte der Lade zu. Die andern folgten ihm, seine Stärke und Zuversicht ging in sie über, sie drangen vor, kämpfend, durch Wirrnis, Wetter, Finsternis. Viele wurden verwundet und sanken, Geschrei war, Gestöhn, dunkler Regen, Ruf der Hörner, Gewölk, Flut, Blitz und Donner, aber sie drangen vor, sie kamen der Lade näher.

Die Schlacht wendete sich. Die Feinde, obwohl in der Überzahl, wichen, ihre Reihen öffneten sich vor Jefta, sein Name: Jahwe öffnet, bekam neuen Sinn. In aller Erregung und Entzückung der Schlacht indes verstand er nicht, warum die Emoriter, tapfere Männer ohne Frage und im Vorteil, sich wandten und nach allen Seiten flohen. Es mußte so sein: Jahwe hatte die Zirea, die Hornisse, die Panik, den großen Schrecken unter sie geworfen.

Und nun erreichte Jefta die Lade. Sie glänzte vor Nässe, ihr bräunlich altes Holz schien frisch, und die Träger inmitten all der Gefahren und des wüsten Wetters standen schwer atmend, grinsend, glücklich. Und da war Schamgar, die nassen Kleider wehten, klatschten, klebten ihm um den armen Leib, aber da stand er und lachte Jefta entgegen, blöd und froh. Jefta betastete die Lade mit seinen rauhen Händen, sie war wirklich, er streichelte sie sanft, küßte sie. Er befahl den Trägern: „Hebt die Lade hoch!“ Sein herrisches Wort gab den Ermatteten neue Kraft, sie hoben die Lade hoch.

Alle sahen sie. Es war ein Wunder Jahwes, daß seine Lade heil durch die Scharen der Feinde gedrungen war. Aber da war sie jetzt in der Mitte des kämpfenden Gilead, sie schwebte in der Luft, und alle spürten: sie war so hoch und leicht, weil der Gott sie verlassen hatte und nun in seinem Sturm und Gewölk für Gilead kämpfte. Sein Hauch trieb Gilead vorwärts und blies Ammon und Baschan zurück.

Der übermächtige Feind floh in Verwirrung. Die Männer Jeftas und Gileads schrien ihren Sieg hinaus, wild taumelig. Das gelle Getön ihrer Hörner und ihr wüstes Geschrei:

„Hedád!" und: „Jefta!" und: „Gilead!" übertönte Donner und Sturm.

Und nun erwies sich, daß Jemin recht hatte: das wilde Wetter kam in der Tat von Jahwe. Denn nun schwollen die Flüsse Gad und Jabok und kämpften für Gilead. Die Schlucht und die Ufer des Jabok wurden tödlich ungangbar. Den Feinden blieb nur die Flucht nach Norden. Dort aber, wie es schien, jagte ein Unsichtbares sie zurück. Sie verzweifelten. Viele zogen ihre Mäntel über den Kopf und ließen sich niederhauen ohne Kampf. Nur wenige Krieger Baschans und Ammons entkamen.

9

Nach seinem Sieg zog Jefta nicht zurück nach Mizpeh; er blieb am Flusse Jabok und versammelte die Reste seines Heeres in und um die feste Stadt Penuel.

Es verknüpften sich mit dieser uralten Siedlung am Jabok glückliche und unglückliche Erinnerungen. Hier, bei Penuel, war der Gott des Flusses dem Stammvater Jakob entgegengetreten und hatte die ganze Nacht hindurch mit ihm gerungen. Der Stammvater aber hatte ihm die Hüfte ausgerenkt und ihn nicht freigelassen, bevor er ihn segnete. Von da an wurde der Stammvater „Israel" genannt, der Mann, der auch mit einem Gotte streiten und ihn besiegen kann. Später dann hatte in dieser Gegend der Feldhauptmann Gideon, der Hämmerer, der Dreinschläger, Feinde Israels glücklich bekämpft. Freilich auch hatte er die Männer von Penuel, Israeliter, weil sie ihm nicht halfen, niedergemacht und ihre Festung zerstört. Jetzt hatten die Gileaditer Stadt und Festung wiederaufgebaut, und nun zogen ihre Bewohner dem Jefta jubelnd und voll Verehrung entgegen.

Jefta fühlte sich stolz und leicht wie damals auf dem Gipfel des Chermon. Dieser sein Sieg hatte es erwiesen: er war nach wie vor der Liebling Jahwes; was immer er tat und ließ, der Segen Jahwes war mit ihm.

Schamgar erzählte ihm von dem langen, schwierigen Weg der Bundeslade. Jefta bespöttelte freundlich die Saumseligkeit des Bruders. „Wenigstens bist du noch früh genug angelangt", sagte er, „um meine Schlacht mit eigenen Augen zu sehen. Ich hoffe, du wirst davon berichten auf deinen Tafeln." – „Ich werde mir alle Mühe geben," versicherte der bescheidene Schamgar. Er seufzte: „Wenn nur meine Kunst ausreicht! Die Priester in Schilo sind bessere Schreiber. Sie werden sicher das Wunder, daß Efraims Kriegsvolk zur rechten Zeit kam und eingriff, so berichten, daß auch die Späteren ihre Freude daran haben."

Jefta verdüsterte sich. Es kümmerte ihn nicht, wie sich dieser Schamgar den Verlauf der Schlacht vorstellte; der war blind, und wenn er die Augen noch so weit aufriß. Aber Tatsache blieb, daß nach dem Sieg Krieger Efraims zu seinem Heer gestoßen waren. Offenbar hatten sich die Männer Efraims der Bitte Abijams erinnert und Kriegsvolk über den Jordan geschickt, und nun werden sich die Aufdringlichen brüsten, er habe ihre Hilfe gebraucht. Mit einem Male verdroß es ihn auch, daß, während sein, Jeftas, Feldzeichen verlorengegangen war, der linkische Bruder den Schrein heil durch den Wirrwarr der Schlacht geführt hatte. Kurz und unfreundlich erklärte er: „Du kannst deine Lade nach Mizpeh zurückbringen, wenn du willst. Ich brauche ihren Schutz nicht mehr."

Der Hauptmann Eran meldete sich bei Jefta, der Führer jener Efraimiter, die zu seinem Heer gestoßen waren. Eran kam ohne großes Gefolge, er brachte nur eine Siebenschaft mit, seine Leibwache. Er gab sich höflich, keineswegs großspurig, er beglückwünschte Jefta zu dem Sieg, den er für Gilead und ganz Israel erkämpft habe, und freute sich, daß Efraim zu dem Sieg habe beitragen können. „Wir haben nur etwa dreihundert Gefangene erbeutet", sagte er. „Zuerst haben wir alle niedergemacht, die uns in den Weg liefen. Erst als wir sahen, daß wir gesiegt hatten, machten wir Gefangene. Aber ein Anderes haben wir erbeutet, du wirst deine Freude daran haben", und er gab einem seiner Männer einen Wink.

Der Mann brachte Jeftas Feldzeichen und hielt es ihm vor Augen. Er war keine Augenweide mehr. Die Stange war zersplittert, das Schild zerkratzt und zerlöscht, Wolke und Blitz hatten ihren Glanz verloren. Jefta hatte keine Freude an dem wiedergewonnenen Zeichen.

Mit raschem Verstand reimte er sich zusammen, wie aus

seiner Niederlage Sieg geworden war. Es war die Nachricht von dem Anrücken der Efraimiter gewesen, welche die Feinde hatte fliehen machen. Aber er sträubte sich gegen diese Erkenntnis. Es war nicht so, es durfte nicht so gewesen sein. Er, Jefta, hatte den Gott gerufen mit starkem Ruf, hatte ihn gezwungen, aus seiner Lade herauszutreten und den Schrekken unter die Feinde zu werfen. Und da stand nun dieser unverschämte Wicht und wollte ihm den Sieg stehlen.

Mit heiserer Stimme fragte er: „Wann seid ihr über den Jordan gegangen? Und wie viele seid ihr? Und habt ihr gekämpft? Oder sind die Männer, die vor mir geflohen sind, euch einfach in die Hände gelaufen?" Eran, nach wie vor fröhlich und gelassen, erwiderte: „Als ich hörte, daß feindliches Kriegsvolk in Fülle vom Norden her auf dem Weg nach Rabat war, hab ich's gewagt und den Jordan früher überquert, als ich's zuerst vorhatte. Wir sind nicht eben viele, nur dreizehn Hundertschaften, und einige meiner Männer sind mir auch umgekommen bei dem Übergang über den Fluß, aber wir waren immer noch genügend viele, um euch zu helfen." Jefta sagte: „Ich danke dir für das Feldzeichen, doch hätte es sich wohl auch ohne euch gefunden. Im übrigen erinnere ich mich nicht, daß ich euch gerufen hätte."

Jetzt verfinsterte sich Eran. Er fragte: „Herrscht so viel Zwistigkeit in Gilead, daß der Richter nicht weiß von dem, was der Erzpriester tut?" – „Der Priester Abijam", antwortete Jefta, „mag Verabredungen getroffen haben mit dem Priester von Schilo. Ich hatte keinen Anteil daran. In Gilead sind es nicht die Priester, die die Geschäfte des Krieges besorgen."

Noch immer hielt Eran an sich: „Wer immer uns um Hilfe gebeten hat", erwiderte er, „ich sehe nicht, wie du dich hättest retten können ohne mich. Ammon und Baschan waren im Vordringen, als wir uns dem Gebiet des Nachal-Gad näherten, und von deinen Leuten waren sehr viele gefallen. Wir kamen, und die Feinde flohen. Ich hadere nicht um unsern Anteil an der Beute; Efraim ist niemals habgierig gewesen. Aber ich verlange meinen Anteil am Ruhm des Sieges. Israel soll sehen, daß wir da waren, als Gilead in Not war, während Gilead nicht da war in der Bedrängnis Efraims."

Jefta war empört, daß dieser Mensch, sein Gast, ihn hier in seinem Zelte zu mahnen wagte an das Versagen seines Stammes, und das in der lächerlichen Aussprache Efraims, seine „s“ lispelnd an Stelle der „sch“. Er erinnerte sich der prahlerischen Gewohnheit der Efraimiter, ihren Namen Vaters- und Großvaters- und Sippennamen beizufügen, und er höhnte: „Höre, Eran, Sohn des Schutelach, Sohn des Bered, Sohn des Sabad, Sohn des Ichweißnichtwer, auch wir sind nicht gierig nach Habe, und von mir aus mögt ihr mit euern Gefangenen und eurer Beute machen, was ihr wollt. Und wenn ihr Lohn erwartet für euern Weg und für den Übergang über den Fluß, dann könnt ihr auch den haben, vier Schekel pro Kopf. Aber die Freude an meinem Sieg und am Segen Jahwes laß ich mir nicht verderben durch eure Prahlerei. Ihr habt es gut gemeint, und ich danke dir. Ihr habt mein Feldzeichen gefunden, auch das dank ich dir. Iß und trink und sei mein Gast heute nacht. Aber dann mach dich fort, zurück über den Jordan. Du sagst, der Weg war schwierig. Ich gebe dir Zeit, ausgiebig zu rasten. Ich gebe dir Zeit bis zum Vollmond. Aber wenn du dann nicht fort bist aus Gilead, du und alle die Deinen, dann bist du nicht mehr Gast, dann acht ich dich als einen, der feindlich eingefallen ist in mein Land wie Ammon und Moab, und dann wirst du lernen, daß Gileads Schwert nicht stumpf geworden ist in dieser einen Schlacht.“

Eran sagte: „Israel wird richten zwischen dir und deinem Retter.“ Er ging.

Jefta, allein, schnaubte verächtlich. Dieser eingebildete Efraimiter glaubte offenbar im Ernst, er habe mitgewirkt an dem Sieg.

Schamgar kam, eifrig, wichtig. Eran habe gedroht, Efraim werde seine ganze Kriegsmacht aufbieten, die Schande zu rächen. Wenn aber Efraim losschlage, dann werde auch Ammon neuen Mut schöpfen, Gilead werde gleichzeitig gegen Ammon und Efraim zu kämpfen haben, und aller Sieg Jeftas sei vergeblich gewesen. „Welch ein Glück“, schloß er, „daß ich noch nicht aufgebrochen war mit der Lade. Ich habe dem zornigen Eran zugeredet und ihn ein wenig beruhigt. Bezwinge auch du dich, Jefta. Laß mich den Eran zu dir bringen und danke ihm nach Gebühr.“

Klugheit sagte dem Jefta, Schamgar habe recht. Kein Kriegsmann konnte eine Kränkung hinnehmen, wie er sie dem Eran angetan hatte, und schon gar nicht die hochmütigen Männer Efraims. Wenn er jetzt den Schimpf nicht gutmachte, dann schuf er sich ohne Grund und Not einen neuen Krieg, und mit einem mächtigeren Bund von Feinden, und einen Krieg gegen Jahwe. Aber so wie da sein Feldzeichen vor ihm auf der Erde lag, verbeult, verbogen, verkratzt, so war ihm Ruhm und Sieg verschmutzt, wenn er sich jetzt vor dem Efraimiter erniedrigte. Er hatte ihm geboten, das Land zu räumen, er wird den Befehl nicht zurücknehmen.

„Mach dich nicht länger wichtig", antwortete er zornig, doch nicht laut. „Hab ich euch geheißen mir die großmäuligen Efraimiter über den Fluß holen? Du und dein Abijam, ihr habt mir den Sieg verhunzt mit eurer Geschäftigkeit." Schamgar, tief gekränkt, bezähmte sich. „Jefta, mein Bruder", beschwor er ihn, „gefährde nicht selber deinen Sieg. Verhüte es, daß Söhne Israels kämpfen gegen Söhne Israels. Laß nicht diesen Zwist zum Krieg mit Efraim werden." – „Genug jetzt, du Mann der Furcht!" herrschte Jefta ihn an, und durch die noch immer nicht laute Stimme klang um so gefährlicher seine Wut. „Schweig und reize mich nicht länger!"

Schamgar war in der Tat voll gelber Angst. Da stand er, der Schwache, ganz allein vor der wütigen Hoffart dieses unbändigen Menschen. Aber er durfte nicht an sich selber denken, er mußte den Bruderkrieg verhüten in Israel, er unterdrückte die Angst. „Du schuldest dem Eran Dank", erklärte er hartnäckig, „und du weißt es. Er ist gekommen als Sendling Jahwes, dir den Sieg zu bringen. Du hast Jahwe beschimpft, als du ihm Schimpf antatest." Jefta hob die Hand. „Ich sollte dich züchtigen wie schon einmal", sagte er. „Doch du hast mir die Lade hergeführt. Ich schone dich." Er hob sein Feldzeichen vom Boden, hob es drohend gegen den andern. „Nun aber mach dich fort!" schrie er.

In der Nacht hielt Jefta Kriegsrat mit sich selber. Wenn er schon dem Eran nicht Abbitte tat, dann sollte er zum wenigsten zurückgehen nach dem Süden, den König Nachasch, der nun kein Baschan mehr zur Seite hatte, zu einer Schlacht nötigen und ihm Eid und Frieden abzwingen. Die Efraimiter brauchten einen Monat oder noch länger, um den Einfall in Gilead vorzubereiten, und vor Ende dieses Monats mußte er mit den Ammonitern fertig werden.

Aber er war wie gelähmt. Er brach sein Lager nicht ab, er blieb am Flusse Jabok bei Penuel. Zu einem einzigen raffte er sich auf: er schickte einen Boten zu dem Künstler Latarak nach Babel und gab ihm Auftrag, ein neues Feldzeichen zu machen.

10

Eran schlug ein Lager auf bei Bet-Noba, einem kleinen Ort südlich des Jabok an der Straße nach Mizpeh. Offenbar dachte er nicht daran, zurückzukehren, ehe ihm Jefta Teilnahme an den Siegesehrungen zugestanden hatte.

Auch Schamgar verweilte noch in der Gegend des Jabok. Er verhandelte weiter mit den Efraimitern. Eran erklärte sich bereit, den angetanen Schimpf zu vergessen, wenn ihn Jefta auffordere, an seiner Seite in Mizpeh einzuziehen.

Jeftas Vernunft hieß ihn das Angebot annehmen. Was der Efraimiter verlangte, war keine unbillige Sühne für den argen Schimpf. Doch Zorn und Ärger zerfraßen Jeftas Vernunft. Er erwiderte nichts auf Erans Angebot. Vielmehr beschloß er, allen soldatischen Erwägungen zuwider bis zum Vollmond am Jabok zu bleiben. Dann lief die Frist ab, die er den Efraimitern gesetzt hatte. Er war neugierig, was er tun werde, wenn sie das Land nicht räumten. Er wußte es nicht.

Es waren noch drei Tage zum Vollmond. Er fragte seine Leute: „Sind die von Efraim noch nicht aufgebrochen?“ Sie erwiderten: „Nein, mein Herr Richter und Feldhauptmann.“

Er brach sein Lager ab, vielleicht in der Absicht, nach Mizpeh zu ziehen. Doch er zog nicht nach Mizpeh. Er blieb in der Gegend des Jabok und zeltete auf der flachen, weiten Höhe des Hügels von Zafón, der die Straße nach Mizpeh und die Furt über den Jordan beherrschte.

Am Tage vor dem Vollmond, in Gegenwart Jemins, fragte er seine Leute wiederum: „Sind die von Efraim noch immer nicht aufgebrochen?“ Wiederum entgegneten sie: „Nein, mein Herr Richter und Feldhauptmann.“

Als er dann mit Jemin allein war, lief er voll hilflosen Zornes auf und ab. „Ich habe ihnen Schonung versprochen bis zum Vollmond", sagte er zwischen den Zähnen. „Aber was fang ich an am Tage nach dem Vollmond? Man sollte sie totschlagen wie streunendes Wildzeug, das die Herden gefährdet." Er schaute den Jemin nicht an, er lief hin und her im Zelt, als wäre es ein Käfig, er sprach mit sich selber. Wenn er indes in der Richtung des Jemin lief, sah dieser die kleinen, grünen Lichter in seinen Augen und spürte: Jefta sprach nicht nur zu sich selber. Er, Jemin, war Jeftas „rechte Hand", Jefta hatte ihm den ehrenden Namen gegeben. „Man sollte sie totschlagen wie streunendes Wildzeug." Jeftas Worte senkten sich ihm in die Brust, zuckten ihm in der Hand.

Am Morgen nach dem Vollmond waren viele Zelte leer in Jeftas Lager auf dem Hügel von Zafón. Auch das Zelt des Jemin war leer. Jefta sah es. Er fragte nichts. Er ging durchs Lager. Er wechselte die üblichen derb scherzenden Reden mit seinen Leuten. Von der Höhe des Hügels spähte er über die Straße nach Mizpeh und über die zur Furt des Jordan.

Jemin mittlerweile hatte in der Nacht des Vollmonds verlässige Männer aus dem Lager Jeftas aufgerufen, solche zumeist, die seit den ersten Jahren der Schar angehörten. Mit ihnen zog er in raschem Marsch nach Bet-Noba zum Lager Efraims. Als der Tag anbrach, ging er ins Zelt des Eran. „Du hattest Befehl", sagte er und stieß das Kinn vor wie Jefta, „das Land zu räumen. Du hattest angemessene Frist. Sie ist um." – „Ich nehme Befehle entgegen nur von meinem Feldhauptmann Tachan", antwortete Eran. „Er hat mich geschickt, euch von den Ammonitern zu befreien. Das hab ich getan. Sowie ich meinem Feldhauptmann euern gebührenden Dank bringen kann, kehre ich zurück über den Jordan." – „Wenn du nicht sogleich und ohne Widerrede deine Zelte abbrichst und dich über den Fluß machst", antwortete Jemin, „dann wirst du von mir den Dank kriegen, der dir gebührt." – „Mach du dich fort, du Lautmäuliger!" erwiderte Eran. „Sonst zeig ich dir's, wie ich's den Ammonitern gezeigt habe."

Bald hieben die Leute Jemins und die Leute Efraims aufeinander ein, mit Fäusten zunächst und flachen Schwertern, unter viel wüstem Geschrei und höhnischen Schimpfworten.

Jemins Absicht war, die Efraimiter ohne Blutvergießen über den Jordan zu treiben. Doch dauerte es nicht lange, da floß Blut, und bald wurde aus dem Geplänkel eine Schlacht.

Die beiden Gegner waren gleich an Zahl. Eran befehligte dreizehn Hundertschaften. Jemin hatte nicht mehr Männer aufgerufen; er wollte keinen ungebührlichen Vorteil haben. Auch an Kriegskunst waren seine Leute nicht den andern überlegen. Aber die Efraimiter, überrascht, waren nicht vorbereitet auf den Kampf. Sie wehrten sich tapfer, sie erschlugen viele. Der Rausch der Schlacht kam über beide Heerhaufen, sie wüteten gegeneinander, Zahllose wurden getötet. Eran selber war bald nicht mehr zu sehen, die Seinen fürchteten, er sei gefallen, sie gerieten in Verwirrung, wichen. Jemins Leute setzten ihnen nach, die Efraimiter flohen nach Norden, der Furt des Jordan zu, der Furt bei Zafón.

Jefta, von seinem Hügel aus, sah sie kommen. Es waren ihrer nicht mehr viele, und sie waren in wilder Flucht. Was da unten vor sich ging, war kein Kampf mehr, die Verfolger metzelten die Fliehenden.

Jefta spürte mit die wilde Freude seiner Männer an der wüsten, lustigen Jagd. Doch gleichzeitig warnte es in ihm: das da unten ist unwürdig und überaus töricht, es muß Böses daraus wachsen. Er sollte sich seinen Leuten entgegenstellen und die Verfolgten schützen. Sei nicht der Sohn deines Vaters, Jefta! ruft es in ihm. Laß nicht das Fieber deiner Lust über dich Herr sein! Mach ein Ende dem Törichten, Unheilvollen da unten! Und gleichzeitig ruft es in ihm: Laß deine Lust sich austoben! Sei der Mann der Wildnis, der glückhafte Herr der Wildnis! Und inmitten von alledem, in rasender Schnelle, arbeitet sein Verstand und zeigt ihm, was sein wird, wenn er dem da unten Einhalt tut. Damit gäbe er zu, daß ein Verbrechen geschehen ist. Damit unterwürfe er sich dem Mischpat. Efraim wird Sühne verlangen. Er wird den Jemin ausliefern müssen, er wird unheilbar gedemütigt sein und für immer.

Er blieb auf seinem Hügel. Er ließ das, was da unten im Gange war, sich vollenden.

Jemin kam, knabenhafte Freude überm ganzen Gesicht, und meldete: „Es wird kein streunendes Wildzeug mehr deine Herde gefährden, mein Herr Richter und Feldhauptmann."

Jemin hat getan, was Jefta wünschte, aber Jefta hat es nur gewünscht, er hat es nicht befohlen. Noch ist er unbefleckt – außer vor Jahwe. Er braucht nur die Stirn zu runzeln und streng zu fragen: „Was ist denn da unten geschehen? Was habt ihr angerichtet?", und Jemin, nicht er, trägt die Verantwortung vor Gilead und Israel. Noch kann Jefta das, einen Augenaufschlag noch, einen zweiten. Aber soll er den Wunsch verleugnen, den er hat Wort werden lassen? Soll er den Jemin im Stich lassen, der für ihn gehandelt hat?

„Ich danke dir, Jemin", sagte er, „Du hast recht getan, mein lieber Jemin." Nachdem er aber dies gesagt hatte, mußte er sich niedersetzen.

Jemin seinesteils ritt hinunter zur Furt des Jordan. Seine Leute hatten gute Arbeit getan, sie hatten ihren Sieg hoch bezahlt, sie waren wenige geworden, jetzt sollten sie zum Lohn ihren Spaß haben. Sicherlich hatten sich manche unter den Efraimitern nach der Niederlage verkrochen; die werden nun versuchen, über den Jordan zurück in ihr Land zu kommen. Es wird vergnüglich sein, ihnen ein saures Schwimmbad zu bereiten.

Jemin hatte eine Hundertschaft an die Furt gestellt, Wache zu halten. Es waren von seinen dreizehnhundert Mann mehr als die Hälfte gefallen, die Wachsoldaten vergaßen nicht die toten Kameraden, sie freuten sich auf die Efraimiter, die da kommen würden.

Da kamen schon die ersten, ihrer drei. Sie hatten die Waffen weggeworfen und taten harmlos; einer hinkte. Die Wachsoldaten sagten: „Friede mit euch, ihr Männer. Von welchem Stamme seid ihr und was wollt ihr?" Die drei erwiderten, sie seien vom Stamme Abi'eser, aus der Stadt Ofra; nun die Ammoniter eingefallen seien, hätten sie erkunden wollen, wie es um ihre Verwandten in Gilead stehe, und jetzt wollten sie zurück über den Na'ar, den Fluß, den Jordan. „Soso", sagten schmunzelnd die Leute Jemins, „vom Stamme Abi'eser seid ihr, und über den Fluß zurück wollt ihr." Sie gebrauchten aber für das Wort Fluß das Wort Schibolet, das eigentlich nur ein kleines Gewässer bezeichnete und zu gering war für den Jordan. Die andern sagten denn auch: „Ja, vom Stamme Abi'eser sind wir, und wir wollen zurück über den Na'ar." Die Wachsoldaten aber gestanden: „Die Wasser sind im Abnehmen, und hier an der Furt ist der Jordan zu einem Schibolet geworden. Also sagt uns klar und deutlich, daß ihr über den Schibolet wollt." Sie rechneten aber damit, daß die Efraimiter statt des zischenden „sch" ein lispelndes „s" sprechen würden. Sie sagten denn auch: „Ja, über den Sibolet wollen wir." Die Wachsoldaten freuten sich und sagten freundlich: „Nun, ihr Männer von Abi'eser, versucht es noch einmal und sagt uns, daß ihr über den Schibolet wollt." Die drei brachten aber auch dieses Mal kein richtig zischendes „sch" zustande. Da meinten die Wachsoldaten gutmütig: „Seht ihr, jetzt habt ihr zweimal nicht getroffen, ihr Efraimiter", und sie schlugen ihnen den Schädel ein und warfen sie in den Jordan unter schallendem Gelächter.

Jemin erzählte dem Jefta von dem mißglückten Übergang der Männer Efraims. Jemin lachte sehr, und auch Jefta lachte.

Fünftes Kapitel

I

Diesen ganzen Tag hielt Jeftas wilde Lustigkeit an. Noch am nächsten Morgen erwachte er fröhlich im Bewußtsein seines großen Sieges.

Er bedachte die Aufgaben, die vor ihm lagen. Zuerst einmal mußte er in den sieben nördlichen Gauen abrechnen mit denjenigen, die in ihrer Treue schlüpfrig geworden waren.

Statt dessen gab er Befehl, nach Mizpeh aufzubrechen, nach dem Süden. Den überraschten Unterführern erklärte er, er wolle, bevor er in Baschan aufräume, König Nachasch zu einem schnellen Frieden zwingen, damit er sich nicht mit Efraim verbinde.

In seinem Innern wußte er, daß ihn ein anderes abhielt, nach dem Norden zu ziehen. Im Norden waren die Frauen, Ketura und Ja'ala, und: „Ich will dir zum Brandopfer bringen, wer immer mir aus meinem Gut als erster entgegenläuft", hatte er dem Jahwe geschworen. Verwirrung und Bedrängnis hatten ihm die Worte unklar gefügt, und es war fraglich, ob sein Lager und sein Zelt im Lande Tob als „sein Gut" anzusehen waren. Aber klüger und vorsichtiger blieb es, nach Mizpeh zu gehen und den Norden zu vermeiden, wo er den Frauen begegnen könnte. Eine dunkle, ungute Neugier war in ihm, wen nun wohl unter denen, die ihm gehörten, Jahwe in Mizpeh ihm entgegenschicken werde, daß er ihm die Hand auflege und sein Gelübde erfülle.

Überall auf seinem Zuge begrüßte ihn Jubel und Verehrung. Einige wenige fragten sich wohl, ob Jefta recht daran getan habe, über die Efraimiter herzufallen, und fürchteten, Jahwe könnte zürnen. Die weitaus meisten aber hatten unbegrenztes Vertrauen zu ihm und verspürten nichts als

Freude über den großen Sieg. Und lautes Behagen war im ganzen Land an dem herzhaften Spaß, den Jefta sich und seinen Leuten an der Furt des Jordan gegönnt hatte. Die Männer von Gilead waren ernst, würdig und lachten selten; aber wenn sie an die Geschehnisse bei Zafón dachten, dann stießen sie einander an und lachten schallend immer von neuem. „Schibolet", sagten sie, und: „Schalom" und andere Wörter, die mit einem „sch" begannen, und sie freuten sich über die dummen, täppischen Efraimiter, die es ums Leben nicht fertiggebracht hatten, so einfache Wörter richtig auszusprechen.

Jefta ließ auf diesem Zug nach Mizpeh sein Feldzeichen nicht vor sich her tragen. Er wartete das neue Feldzeichen ab, das der Künstler Latarak ihm anfertigen sollte. Aber er machte, als man sich der Stadt Mizpeh näherte, einen Umweg über die Höhe Obot, und dort, an der Gräberstätte, holte er das alte Feldzeichen hervor. Er ließ die Steine fortwälzen und betrat die Höhle, um seinem Vater das verbeulte und verbogene Schild mit der Wolke und dem Blitz zu bringen, das Zeugnis seiner Not und seines Sieges.

Er drang vor durch die Dämmerung und übelriechende Kühle. Trüb flimmerten ihm die Terafim entgegen. Er legte das Feldzeichen nieder vor dem toten Vater und erstattete ihm Bericht. „Dein Sohn Jefta", erzählte er ihm, „hat einen Sieg errungen, wie keiner erfochten wurde, seitdem Barak und Debora die Kana'aniter schlugen. Ammon und Moab werden es auf lange Jahre nicht mehr wagen, in Israel einzufallen. Ich bringe dir das Feldzeichen, das meine Not und meinen Sieg mitangesehen hat. Aber ich gestehe dir, ich habe keine Freude mehr daran. Denn ich habe im Zorn meines Stolzes diejenigen erschlagen, die es mir zurückbrachten, und das war nicht gut; ich fürchte, es war Jahwe ein Ärgernis. Als ich das letztemal bei dir war, hab ich mich gerühmt, ich werde es nicht machen wie du, ich werde mich bezähmen. Ich habe mich überhoben: auch ich habe meine wilden Wünsche über mich Herr werden lassen. Hilf mir, wenn du kannst, daß nichts Böses daraus entstehe. Heute jedenfalls ist alles sehr gut. Heute bin ich der Sieger und melde dir: der Name deines Geschlechtes hat Glanz bekommen durch deinen Sohn Jefta."

Als er ins Freie trat, war ihm das Herz wieder leicht. Gefüllt mit dem Glück des Sieges zog er den Mauern von Mizpeh zu, vorbei an der Remet-Habonim, der Höhe der toten Kinder.

Und siehe, hier um Mizpeh war eitel Jubel, und alles bekräftigte ihm den Umfang seines Sieges. Festlich aus dem Tore der Stadt quoll es ihm entgegen mit Gesang, Geschrei und lauter, freudiger Musik.

Aus dem Getön der Harfen, Flöten, Zithern heraus hörte er einen merkwürdigen und dennoch vertrauten Lärm: Ja'alas Pauke. Was war das? Er war doch hier in Mizpeh. Er war doch nach Mizpeh gegangen, nicht nach seinem Lager in Tob. Oder war er doch in Tob? Er war verwirrt wie inmitten eines Traumes.

Aber es war in Mizpeh, es war Wirklichkeit, und wer da dem Zug der Mädchen tanzend voranschritt, das war Ja'ala, seine Tochter.

Ein schwarzer, ungeheurer Wirbel packte ihn. „Wer immer mir als erster entgegenkommt", hatte er gelobt. „Und wenn er mir das Teuerste ist", hatte er gelobt.

Ja'ala mittlerweile, mit ihrem wilden und trotzdem wunderbar leichten Schritt, tanzte ihm entgegen, und sie schlug ihre Pauke und sang: „Ein gewaltiger Kriegsmann ist Jahwe, er hat die Wasser gesandt gegen den Feind und ihn ersäuft. Aber Jefta, sein Gesegneter, hat gekämpft mit seinem Schwerte. Groß unter den Helden ist Jefta. Sein Vater, der Richter Gilead, hat viertausend erschlagen in seiner großen Schlacht, aber der Richter Jefta hat vierzehntausend erschlagen mit der Schärfe seines Schwertes. Rote, festliche Teppiche liegen vor Jeftas Haus, seine Heimkehr zu feiern. Die Menschen und die Steine der Stadt Mizpeh lobpreisen Jefta, den Richter und Feldhauptmann, den Sieger."

So sang Ja'ala. Jefta breites Gesicht aber verdunkelte sich auf erschreckende Art, grinste, verzerrte sich. Er wollte ausbrechen in Jammer und Wut, wollte um sich schlagen, sich den Bart raufen, sein Kleid zerreißen.

Die Frauen waren bestürzt. Ja'ala hatte zur Stelle sein wollen, damit der Vater, wie er's ihr versprochen hatte, sie mitnehme bei seinem stolzen, sieghaften Einzug in Rabat-Ammon, und Ketura, als Ja'ala sie bat, den Vater festlich in Mizpeh zu begrüßen, hatte ohne Zögern zugestimmt. Sie hatten ihn froh überraschen wollen, doch hatten sie es offenbar nicht gut gemacht.

Jefta, mit gewaltiger Anstrengung, bezähmte sich. Die rauhe Stimme noch rauher als sonst, stieß er hervor: „Dank dir, Ketura. Dank dir, Ja'ala, meine Tochter. Dank euch allen. Aber noch ist nicht Zeit, auf den roten Teppich zu treten. Noch ist der Krieg nicht zu Ende. Erst muß ich Ammon ganz unterm Fuß haben, daß es mir Frieden und Tribut zuschwört."

Er zog nicht in Mizpeh ein. Er lagerte außerhalb der Mauern, wie er's vor der Schlacht getan hatte. Er ordnete einen Rasttag an für die Abteilungen, die mit ihm gekommen waren.

Er selber fand keinen Schlaf. Durch den Kopf gingen ihm die Verse des Debora-Liedes, welche das Weib Ja'el priesen. Ja'el – Ja'ala. Ja'el hat dem Sissera, dem Feldhauptmann der Kana'aniter, den Zeltpflock durch die Schläfe getrieben. Die Mutter hat den Sissera erwartet, wie er heimkehren wird als Sieger mit großer Beute, aber er lag erschlagen. Ja'ala hat nicht vergeblich gewartet. Er ist gekommen als Sieger mit großer Beute, aber er ist gekommen, um sie zu erschlagen.

Es hielt ihn nicht auf seiner Matte. Kurz nach Beginn der dritten Nachtwache stand er auf, ging durch das schlafende Lager, vorbei an überraschten Wachsoldaten. Ging ein weites Stück hinaus in die Nacht, einen Hügel hinauf. Ein halber, tiefstehender Mond warf schwaches Licht. Das Land lag leer, uralt, tödlich schweigsam, tödlich reglos.

Jefta stand auf der Höhe, breit, groß, allein, streckte das Kinn hinaus in die Luft, die Zähne verpreßt.

Jahwe hatte ihn zum Narren gehabt und ein tückisches Spiel mit ihm getrieben. Er hat dem Nachasch eingeblasen, der solle ihm vorschlagen, die Tochter dem Milkom auszuliefern, und weil er die Versuchung nicht sogleich bestand, hat der Gott zum höhnischen Entgelt das Blut der Tochter für sich selber verlangt. Er war lecker, der Gott. Das Kind Ja'ala war ein kostbarer Bissen. Sie spürte stärker, ihre Augen sahen tiefer, ihre Haut und all ihr Wesen fühlte sich feiner an als das der andern. Darum wollte Jahwe sie für sich haben. Der allgierige Gott wollte sie schmecken.

Aber Jefta war keiner, der sich befehlen ließ, auch nicht von Jahwe. Er dachte an den Akko, den Steinbock. Er ist stark, er hat sich ein großes Heer und ein großes Gebiet zusammengerafft. Wenn er jetzt nach seinem Sieg dem Ammoniter die Tochter vermählt, dann kann er das große Reich, das er auf dem Chermon gesichtet hat, fügen auch ohne Jahwe, auch gegen Jahwe.

Er lachte hinaus in die Nacht, frech. „Wenn Milkom für mich ist", erklärte er laut, herausfordernd, „ist's mir recht. Wenn Jahwe für mich ist, ist's mir recht. Aber auch wenn ich allein für mich bin, soll's mir recht sein."

Schreck überkam ihn vor dem Schall seiner eigenen Worte, Kälte überlief ihn. Er erinnerte sich der Geister, die in der Einsamkeit schweiften und am liebsten in der Nacht, und Jahwe war von diesen Geistern der stärkste. Er war machtlos vor Jahwe. Es gab keinen Ausweg. Wenn er die Tochter nicht opferte, dann wird sich der Gott das Versprochene holen und ihn, den Wortbrüchigen, vernichten.

Er hockte nieder. Durchlebte von neuem die Schmach und den Zusammenbruch auf den Höhen des Nachal-Gad. Hörte sich von neuem in das Wetter und Gewölk hinein sein Gelübde tun. In seinem Innern hatte er genau gewußt, daß es die Tochter war, die er dem Jahwe als Preis für die Errettung anbot. Nur hatte er arglistig den Gott durch zweideutig gesetzte Worte betrügen wollen, so wie er seinerzeit den König von Baschan und auch den Nachasch getäuscht und hingehalten hatte. Aber Jahwe war kein kleiner König, Jahwe ließ sich nicht betrügen.

Trotzdem hätte vielleicht der Gott ihm, seinem Liebling, die Erfüllung des Gelübdes leicht gemacht und ihm etwa den jungen Ibzan entgegengeschickt, seinen Lieblingsknecht. Er aber, Jefta, hatte den Gott im Übermut des Siegens weiter herausgefordert; er hatte seiner furchtbaren Lust nachgegeben und die Helfer gemetzelt, die der Gott ihm gesandt hatte. Daß ihm dann Jahwe die Tochter entgegenschickte, war nicht ein tückisch launischer Streich, es war Strafe.

So hockte er auf der Höhe, Jefta, Richter und Feldhauptmann von Gilead, Sieger am Nachal-Gad, überkommen von Erkenntnis und Reue, und starrte hinaus über sein graues, dämmerndes Land.

2

Die Leute von Mizpeh nahmen an, Jefta werde, seinen Sieg ausnützend, sogleich gegen den König Nachasch ziehen, der noch immer die Stadt Jokbecha hielt. Aber die Tage vergingen, und Jefta unternahm nichts.

Der verständige Jelek kam ins Lager und fragte den Bruder geradezu, warum er denn nicht den Nachasch zum Frieden zwinge. Die Äcker müßten bestellt werden, in Haus und Hürde fehlten die Männer, die ihre Zeit im Lager verhockten. Jefta erwiderte, der andere möge es ihm, dem Feldhauptmann, überlassen, wann und wie er den Krieg zu Ende führe. Er sprach so heftig, daß Jelek verstummte.

Jefta sagte sich, der Bruder hatte recht. Aber er wußte: was immer er angriff, werde mißlingen, solang er nicht seine Schuld an Jahwe bezahlt hatte. Er mußte sein Gelübde erfüllen, und dies sogleich.

Allein er traf keine Vorbereitungen, er war wie gelähmt. Mit seinem innern Blick sah er grausam klar, wie sein Kind, seine Ja'ala, gebunden lag auf den Steinen Jahwes. Er sah ihre gespannte Kehle, sah das Messer in seiner Hand, sah die Hand das Messer führen, sah ihren Leib sich recken und erschlaffen, sah ihr Blut fließen über den Stein. Dem starken Manne, der Kampf und Schlächterei so oft gleichmütig mit angeschaut hatte, schwindelte vor hilflosem Zorn.

Er grübelte, wie er sich aus dem Gelübde herauswinden könnte. Wer ein Gelübde tat, pflegte den Gott aufzufordern, ihn im Falle der Versäumnis zu strafen; das war ein entscheidender Teil des Gelübdes. Er hatte es unterlassen, also war sein Gelübde nicht bindend. Doch während er noch so tiftelte, wußte er, das Gelübde *war* bindend. Jahwe hatte genickt und angenommen, Jahwe war aus seiner Lade herausgebraust und hatte für ihn gekämpft. Jahwe hatte sein Teil erfüllt: jetzt war es an Jefta.

Aus Baschan, beunruhigt durch die Gerüchte von dem Überfall auf die Efraimiter, kam Par, der getreue Freund. „Es heißt", sagte er, „die von Efraim seien gekommen, dir zu helfen, und dann seien sie hingemetzelt worden. Von den Unsern. Ich weiß natürlich, daß es so nicht gewesen sein kann. Ich denke mir, viele haben vieles mißverstanden. Unsere Leute waren berauscht von der Schlacht, die Männer von Efraim, hoffärtig, wie sie sind, haben sie wohl herausgefordert, im Taumel eines Sieges geschieht viel Unbedachtes, Ungewolltes. Aber nun ist das ganze westliche Israel voll von Zorn gegen dich, und es heißt, Efraim wolle einfallen in Gilead. Ich bitte dich, mein Jefta, sage mir doch, was sich in Wahrheit ereignet hat."

Jefta, zerstreut und nachdenklich, beschaute den Freund, der besorgt, doch voll Vertrauen vor ihm stand. „Die Abteilungen, die gegen Efraim gekämpft haben", erwiderte er schließlich, „unterstanden dem Befehl des Jemin. Er soll dir berichten, was geschehen ist."

Jemin kam. „Der Feldhauptmann", erzählte er fröhlich und stolz, „hatte denen von Efraim befohlen, das Land Gilead vor dem Vollmond zu räumen. Aber am Tage vor dem Vollmond lagerten sie noch immer vor Bet-Noba. Da sagte der Feldhauptmann, man solle sie totschlagen wie streunendes Wildzeug. Auch sagte er: Wer befreit mich von dieser Krätze? Darauf nahm ich dreizehn Hundertschaften – denn auch der Hauptmann von Efraim hatte dreizehn Hundertschaften, und ich wollte keinen unziemlichen Vorteil haben – und ging zu den Efraimitern und stellte sie zur Rede. Sie aber erwiderten frech und lästerten unsern Feldhauptmann. Darauf tat ich nach dessen Worten und befreite ihn von der Krätze."

Schweigen war. Der breite, massige Par atmete hart, es war wie ein Stöhnen; er mußte sich niedersetzen. Jefta sagte: „Du hast gut berichtet, Jemin. Genauso habe ich gesagt. Du hast mich genau verstanden."

Als er mit Par allein war, sagte Jefta: „Nun weißt du, wie es zugegangen ist. Ich glaube nicht, daß sich von den Efraimitern mehr als zweihundert gerettet haben. Auch von den Unsern sind an die achthundert umgekommen."

Par schwieg noch immer. Dann, und es war das erstemal, daß Jefta solches erlebte, brach der ruhige Mann in wildes Schluchzen aus. „Warum hast du das getan, Jefta?" fragte er. „Nicht aus Gründen, die du verstehen könntest, du wakkerer Mann meiner Schwester", antwortete Jefta. „Ich selber verstehe sie kaum."

Par, ganz still, sagte: „Du verlangtest den Schatz Jahwes von mir. Ich hab ihn dir herausgegeben. Du hast auch für

Jahwe den Sieg am Nachal-Gad gesiegt. Da freute sich jeder Tropfen Blutes in mir." Jefta grinste und nahm seine Rede auf: „Und dann hab ich die Efraimiter totgeschlagen, die Freunde Jahwes. Dafür hab ich seinen Schatz verbraucht. Ich habe einen Ma'al begangen, einen Raub an Jahwes Geheiligtem. Das wolltest du doch sagen. Willst du mich nicht verklagen bei Abijam?"

Par sagte, und seine Rede war eine eintönige Klage: „Ich gedenke des Tages, da du in deinem Zelte lagst und ließest uns hineinschauen in deine Brust. Und siehe, Jahwe hatte dir seinen Atem eingehaucht, und du wolltest alle Stämme Israels fügen in *ein* Volk. Aber nun hat der Atem des Gottes dich umgeweht, und du hast Israel grausamer zerspalten, als es jemals war. Ich wollte zurückkehren in Jahwes besiedeltes Land. Aber nun hast du ganz Israel zur Wildnis gemacht, in der ein jeder Freiheit hat, jede Lust zu büßen. Ich habe dich verloren, mein Jefta. Ich habe jetzt nichts mehr, nur Kasja und die Wildnis des Nordens."

„Du willst von mir gehen, Par?" sagte Jefta. Er wiegte den Kopf, verwundert. „Damals in der Wildnis", sagte er nachdenklich, „als ich den Kerl steinigte, der seinen Knecht Dardar zurückforderte, hast du mich gleich verstanden."

Par flehte: „Erkläre mir, was du getan hast, Jefta! Sprich zu mir!"

Jefta wußte: wenn er dem Freund berichtete von der grauenvollen Sühne, die Jahwe ihm auferlegt hatte, dann wird Par bei ihm bleiben. Aber er wollte keines Menschen Mitleid. Auch nicht Pars. Er wird allein fertig werden mit seinem Gelübde und mit Jahwe.

Er ließ Par gehen.

3

Er mußte endlich den Mut haben, Ja'ala sein Geheimnis zu sagen.

Er forderte sie auf zu einem Gang nach den nördlichen Höhen. Es hatte sie bedrückt, daß sie ihn erzürnt hatte, als sie ihm damals vor dem Tor von Mizpeh entgegenkam. Jetzt wartete sie erregt, doch voll Vertrauen auf das, was er ihr sagen werde.

Er sah, wie sie voll froher Zuversicht an seiner Seite ging, und fast mit Schrecken erkannte er, wie tief er sie liebte, mehr als Ketura, mehr als sich selber, mehr als alle Macht und allen Ruhm der Welt. Er konnte das Messer nicht heben gegen diese. Er wird sie bei der Hand nehmen, sie und Ketura, und fortgehen in die fernste Wildnis. Aber die Wildnis war keine Zuflucht vor Jahwe. Der Gott wird sich aufmachen von seinem Berg Sinai, er wird ihn erreichen, wo immer er sein wird, und sprechen: Ich habe dein Gelöbnis gehört und dir den Sieg gegeben, und du, Meineidiger, wo bleibt dein Opfer? Und Jahwe wird ihn erwürgen und alle die Seinen.

Hier in der Umgebung von Mizpeh war überall Acker, Pferch und Hürde; sie mußten lange gehen, bevor sie ein Gehölz fanden, wo sie sich niederlassen und reden konnten. Jefta sah das stille, von innen leuchtende Gesicht seiner Tochter, er sah, wie innig sie seine Nähe genoß, er erkannte, daß sie ihn nicht minder liebte als er sie. In den Sinn sprang ihm ein Sprichwort, das er von dem alten Tola gehört hatte: „Du kannst den Löwen nicht töten, wenn er dich nicht liebt."

Ja'ala redete eifrig von ihren kleinen Geheimnissen. Der Sieg des Vaters hatte sie nicht überrascht. Seitdem er sie gefragt hatte, ob sie mit ihm nach Rabat gehen wolle, habe sie gewußt, daß er Krieg führen werde gegen Ammon, und auch, daß er den Feind schlagen werde, wo immer und wie immer er wolle. Sie habe, verriet sie arglos, die Verse zum Preise seines Sieges schon vor seiner Schlacht gefügt.

Jefta hörte ihre kindliche, etwas spröde Stimme. Er sah ihre Augen. Wieviel klares, tiefes Leben war in diesen Augen. Und plötzlich stieß er einen stöhnenden, heulenden Laut aus, zerriß sein Kleid, schlug und kratzte sich die Brust und schrie: „Echah!" und: „Chah und Ach!"

„O meine Tochter", sagte er, „wieviel Leiden bringst du über mich durch deine Lieblichkeit und durch deine Liebe. Deine Liebe trieb dich mir entgegen, und du sangest für Jahwe und für mich, und nun will der Gott dich ganz haben, nicht nur deinen Gesang. Echah, echah! Was für ein fürchterlicher Gott ist Jahwe!"

Ja'ala schaute ihn verstört an. Sie hörte seine Worte und begriff sie nicht. Dann begriff sie, daß sie selber es war, die er beklagte, und daß ihr Entsetzliches bevorstand. Sie hatte so manches Mal auf ein wundes, verendendes Tier geschaut, gierig beobachtend, wie Blut und Leben aus dem Tier strömte, und gleichzeitig voll tiefen Mit-Leidens. Dieses Mal war sie selber das Tier. Eine grausame, würgende Qual fiel sie an. Sie glitt von dem Baumstumpf, auf dem sie saß, tödlich bleich, die bräunlichen Lider schlossen sich über den Augen.

Jefta streichelte sie, drückte sie, bewegte ihre Glieder, bis ihr der Hauch zurückkehrte. Sie schaute ihn an mit einem Lächeln, das ihm die Brust eng machte, und bat: „Laß mich noch eine Weile liegen, mein Vater, und dann sage mir mehr, wenn es so dein Wille ist."

Er saß neben ihr und hielt ihre Hand. Von neuem überkam sie jene wilde, rauschende Qual, die sie umgeworfen hatte. Aber nun war der Pein Lust beigemischt, ein Erwarten, ein der Erfüllung Entgegenströmen. Noch hatte sie nicht die Worte dafür, doch war sie sicher, sie werde diesem Wilden, Festlich-Erhabenen Worte geben können. Dem Jefta seinesteils ging mancherlei Gräßliches und Süßes durch den Sinn, allein ihm blieb es wolkig und ohne Gestalt, er hätte es niemals aussagen können.

Nach einer Weile tat Ja'ala den Mund auf und verlangte: „Jetzt sprich, mein Vater, ich bitte dich." Und Jefta, so gut er's vermochte, erzählte ihr von der Schlacht, wie sie zuerst Sieg gewesen war, wie sie sich dann wandelte in Niederlage und Not, und wie er das Gelübde tat und Jahwe es annahm, und wie der Gott aus seiner Lade herausstürmte, ihm und seinen Leuten zehnfache Kraft einhauchte und den Feinden die Kraft aus den Knochen sog.

Ja'ala hörte aufmerksam zu. Sie nickte mehrmals mit dem Kopf, nachdenklich, wägend, zustimmend, begreifend. Ein Festliches, eine wunderliche Freudigkeit erhellte ihr Gesicht, und sie sagte: „Mit all meinen Gliedern preise ich Jahwe. Wie sehr begnadet er mich, weil er Wohlgefallen an dir hat und weil ich von deinem Fleisch und Blut bin."

Und sie vertraute sich ihrem Vater ganz an und enthüllte ihm, was bisher verborgen in ihrer Brust gewesen war. Jemin war ihr ein sehr guter Freund; der Gott hatte ihn ihr gesandt, sie zu retten. Aber er wollte sie auf seiner Matte haben; wenn er's ihr nicht mit Worten sagte, so doch mit seinen

Augen und mit all seinem Gehabe. Und davor scheute sie zurück. Ihr Höchstes und Liebstes war, auszusagen, was ihr durch die Brust ging; in guten Stunden konnte sie es. Sie selber war nichtig, aber wenn sie auf solche Art aussagte und sang, dann lebte und spürte sie etwas vom Wesen ihres Vaters. Wenn sie sich aber zu einem Mann auf die Matte legen wird, wenn sie mit ihrem Hauch und Leben die Lust eines Mannes nähren wird, dann, das weiß sie sicher, verliert sie ihre Gabe. Und jetzt schickt ihr Jahwe in seiner Gnade Erlösung aus dieser Angst. Er gewährt ihr, daß sie sich mit ihm, dem Gott, vereint, daß ihr Blut das Seine wird und ihm zur Stärkung dient.

Jefta, brütend, anklagend, sagte: „Jahwe hat dir eingehaucht, die Menschen durch deinen Anblick und deine Stimme zu rühren, und jetzt will er das für sich allein haben und dich mir rauben. Und dir verweigert er, was jedem Weibe zukommt und eines jeden Weibes Lust ist." – „Ich verlange nicht danach", antwortete Ja'ala. „Ich hatte Furcht davor. Ich bin froh und stolz, daß ich teilhabe an deinem Sieg. Tu an mir, wie es aus deinem Munde gegangen ist, mein Vater."

Sie saßen lange beisammen. Jefta sah, daß er dieses Mädchen liebte mehr und anders als je ein Weib; er war eifersüchtig auf Jahwe und tief gebeugt. Ihr aber gingen wilde und liebliche Gedanken durch die Brust. Sie sah den Stein, auf dem sie liegen wird, sie sah Jahwes Messer, und ihr schauerte. Gleichzeitig indes spürte sie Stolz und Freude; denn dieses Schauerliche war das höchste Glück, das wahrhafte und für sie das einzig rechte. Sie spürte voraus ihre Vereinigung mit Jahwe, ihr Vater und Jahwe wurden ihr ganz und gar *eines*, sie war voll Frieden.

4

Jefta und das Kind, in wortloser Verschwörung, verheimlichten Ketura ihr entsetzliches Wissen.

Ketura ihresteils fragte nicht. Als sie damals vor Mizpeh Jefta wiedersah, hatte es sie nicht befremdet, daß er so verstört war. Sie hatte es kaum anders erwartet. Jefta hatte durch den Sieg gegen das Volk seiner Mutter und seiner Frau den Gott Milkom herausgefordert. Milkom hatte sich auch sogleich gerächt, indem er den Sinn des Abtrünnigen verwirrt und sein Schwert gegen seine Brüder, die Efraimiter, gelenkt hatte. Mittlerweile war sich Jefta seiner Schuld bewußt geworden, und wenn er nicht siegreich in Mizpeh einzog, dann deshalb, weil er sich fürchtete, den Zorn des Milkom noch weiter zu reizen. Sie, Ketura, mußte Jefta helfen, sie mußte ihn zu Milkom zurückführen.

„Du hast nach deinem Versprechen getan", sagte sie, „du hast Gilead gerettet und deine freche Sippe gedemütigt. Aber nun laß uns fortgehen von diesen Menschen, die nach wie vor deine Feinde sind. Kehren wir zurück in das Land, das du dir erobert hast mit deinem Schwert und ohne Jahwe, und wo der wilde, feindselige Gott keine Macht über dich hat. Und dort", fügte sie schlau und vertraulich hinzu, „wird dir sicherlich auch Milkom verzeihen."

Jefta sah erschreckt, in welch ferne Ferne sie ihm entglitten war. Sie glaubte wahrhaftig, er sei gegen Ammon gezogen, nur um vor Silpa und seinen Brüdern zu glänzen. Sie sah in dem großen Krieg zwischen Israel und Israels Feinden einen jener kleinen Feldzüge, wie er sie gegen diese oder jene Stadt Baschans geführt hatte. Wie sollte sie das Furchtbare begreifen, das ihnen bevorstand?

Trotzdem mußte er's ihr sagen. Und jetzt. Er durfte nicht zulassen, daß sie es von Dritten erfuhr.

Vor sich hin sprechend, in dürren Sätzen, erzählte er.

Ketura starrte ihn an aus wilden, riesigen Augen. Der Mann, der da vor ihr stand und Worte aus seinem Munde ließ, die gegen alle Natur verstießen, das war nicht Jefta. Den echten Jefta, ihren Jefta, hatte ein zorniger Gott hinuntergestoßen in die Höhle zu den Toten. Der vor ihr stand, das war der Geist des toten Jefta, ein böser Geist, gekommen, ihr Böses anzutun.

Sie erwachte aus ihrer Betäubung. Begriff den ganzen Umfang seiner Worte. Er wollte Ja'ala umbringen in ihrer Jungfräulichkeit! Ja'ala, ihr Fleisch und Blut, die Tochter, durch die Ketura weiterleben sollte, die wollte er austilgen! Und für den Feind, für Jahwe, damit dieser stärker werde durch ihr Blut! Sie hatte es immer gewußt: einmal wird sich der feindselige Gott auf sie stürzen wie damals der Wolf. Sie konnte nicht sprechen, es würgte ihr Hals und Brust.

Jefta, voll bitterer Sachlichkeit, stellte fest: „Dich, als du dem Jahwe gebannt werden solltest, hab ich ihm entreißen können. Das Kind kann ich ihm nicht entreißen."

Ketura befreite sich aus ihrer Lähmung. Brach los: „Du Narr, du blutiger! Milkom hat dich begnaden wollen und Ja'ala für Ammon verlangt, daß wir uns fortsetzen in einem Geschlecht von Königen. Dir war das nicht genug. Du willst sie deinem Jahwe metzeln, nur damit du noch mehr Macht und Geleucht um deinen Kopf sammelst, du Unersättlicher. Siehst du denn nicht, daß du dich und mich austilgst in ihr? Dein Gott hat dich mit Verrücktheit geschlagen. Ich dulde es nicht!" schrie sie. „Ich stelle mich vor das Kind! Ich dulde es nicht!" Jefta schaute sie an, voll Mitleid, voll Kummer, doch wie eine Fremde.

Sie schlug plötzlich um, wurde ganz jung und kindlich, kam zurück auf ihre frühere Bitte, wiederholte sinnlos und beharrlich: „Jefta, mein Mann, mein Geliebter, ich nehme dich bei der Hand, mit der andern Hand nehm ich unser Kind, und wir gehen fort aus dem Bereich dieses hämischen, schauerlichen Jahwe. Im Umkreis des Chermon vergeht seine Macht." Sie ergriff seine Hand, führte sie an jene Narbe, die ihr aus dem Kampf mit dem Wolf geblieben war, und sagte dringlich: „Ich hab mir's erworben, daß wir leben dürfen im Land unserer Freude. Mein Gott ist dein Gott, er wird dir dort nichts tun."

Jefta war kein Mann der Zärtlichkeit, aber er zog sie an sich und streichelte sie tröstend. Sie war schön in ihrer Hilflosigkeit. Er nahm ihre Schönheit wahr, er spürte ihre Haut, Begierde stieg in ihm auf.

Er fühlte ein Fremdes, die kleinen Götterbilder, die Terafim, die sie unterm Kleide trug. Er hatte es immer gutartig, selber halb gläubig, hingenommen, daß sie die Talismane, ihre Schutzgeister, verehrte. Nun aber, mit einem Male, störte ihn das Zauberwerk. Hier lag der Ursprung des Furchtbaren, das ihn nun heimsuchte. Und jäh, nachdem sie seit Jahren im Dunkeln geblieben war, überfiel ihn die Erinnerung, wie er Ketura damals nach der Gefangennahme das

Haar abgeschoren hatte, um sie neu zu machen. Sie war wirklich eine andere geworden damals. Sie hatte drollig ausgesehen mit dem baren Schädel, er hatte lachen müssen, auch die neue Ketura hatte ihm sehr gefallen. Jetzt aber erkannte er, sie war gar nicht neu geworden, kein Funke Jahwes war auf sie übergesprungen, und mit dem wachsenden Haar war ihr mehr und mehr von dem alten Wesen zurückgekehrt, bis sie wieder vollends die frühere Ketura geworden war.

Sie spürte, was in ihm vorging. Jefta, ihr Mann, verwandelte sich von neuem in den feindlichen Geist aus der Höhle der Toten, in den Schlächter ihres Kindes.

Sie stieß ihn zurück, kehrte sich ab, ging fort. Hielt an, wandte sich um, beschaute ihn noch einmal, gesammelt, mit großen, prüfenden Augen. Er trat auf sie zu, kam näher. Da aber schrak sie zusammen. Lief. Rannte. Floh vor ihm, voll Haß und Entsetzen.

5

Jefta ging ins Zelt Jahwes, um dem Diener des Gottes sein Gelübde mitzuteilen und seine Bereitschaft, es zu erfüllen. Er hätte, wo immer er wollte, aus unbehauenen Steinen einen Altar bauen und sein Opfer bringen können, er brauchte den Priester nicht, er wußte, es werde dem feindseligen Abijam Genugtuung sein, daß er sich zu dem blutigen Gelöbnis hatte hinreißen lassen. Aber gegen alle Vernunft hegte er eine verstohlene Hoffnung, der Priester werde ihm einen Ausweg aus dem Gelübde zeigen.

Abijam hatte in seinem Innern lange Nächte hindurch mit Jefta gehadert. Er, Abijam, hatte sein Ziel erreicht, er hatte den Krieg gegen Ammon erzwungen und den Beistand Efraims gesichert. Jefta hatte denn auch gesiegt, doch nur, um in blutrünstiger Leidenschaft über seine Helfer, seine Brüder herzufallen und sie zu metzeln. Der heillose Mann hatte den Glanz des Tages in Schmach und Dunkel verwandelt.

Der Priester, als Jefta nun eintrat, erhob sich trotz seiner Gebrechlichkeit mit fast jugendlicher Schnelle. Er öffnete den Mund, dem Frevler den Zorn Jahwes zu verkünden. Aber der da vor ihm stand, war das Jefta? War das der Jefta, von dem solche Helle und Heiterkeit ausgegangen war, daß der Anblick selbst die ernsten, würdigen Männer Gileads fröhlich machte? Dieser tief aufgewühlte Mensch, gefärbt mit Kummer und Grimm, war das der Sieger vom Nachal-Gad? Die strengen, zornvollen Worte blieben dem Priester in der Brust stecken.

Jefta, nach einem bösen Schweigen, sagte: „Jetzt hast du deinen Sieg, Erzpriester Abijam."

Der Priester wußte nicht, wie er diese Worte deuten solle. Wagte es der Verruchte, seinen Lohn zu fordern, die Salbung? „Ich glaube nicht", sagte Abijam streng, „daß ich dich werde salben können. Du hast einen großen Sieg erkämpft. Aber ich fürchte, du hast nicht für Jahwe gesiegt."

Jefta, wunderlich ruhig, erwiderte friedfertig: „Fürchtest du das? Vielleicht hast du recht."

Dem Abijam schien diese Antwort nackter Hohn. Wiewohl er sich mühte, die noch immer mächtige, dunkle Stimme zu dämpfen, klang sein trauervoller Zorn durch, als er entgegnete: „Der Jordan ist der Fluß Jahwes, ein guter Fluß, der keine Grenze war zwischen dem westlichen Israel und dem östlichen. Du hast ihn zu einem wilden, unüberschreitbaren Strom gemacht. Du hast das große Israel heillos zerspalten. Daß Bruder einträchtig mit dem Bruder wohne, war der Plan Jahwes. Du hast deinen Bruder erschlagen."

Es war guter Sinn in den Worten Abijams. Aber alles an ihm, der große Kopf, der armselige Leib, die lehrhafte, priesterhafte Rede, war Jefta widerwärtig. Er lächelte ein ganz kleines Lächeln, daß die sehr weißen Zähne sichtbar wurden. „Warst nicht du es", fragte er mit bitter freundlichem Hohn, „der mich in diesen Krieg getrieben hat?"

Abijam indes klagte weiter: „Wir sind ein Volk schweifender Hirten gewesen. Seit sieben Generationen trachten wir, Siedler zu werden und das Land, das wir erobert haben, zu einem Gebiet zu machen, wo ein jeder friedlich sitzen kann unter seinem Feigenbaum und der Wanderer gewiß sein darf, überall Dach und Nahrung zu finden. Wir gehören zu den Stämmen des Westens, zu den Stämmen der Ordnung und des Mischpat. Ich hatte geglaubt, du seiest der rechte Mann für den Kampf gegen die Söhne Ammons, die uns immer wieder hinausziehen wollen in das Tohu, in die Wüste. Aber du selber hast der Lust an der ruchlosen Freiheit der Wüste nicht widerstanden. Ich hatte erreicht, daß sich Efraim bezwang und Übles mit Hilfe vergalt: du hast die Helfer erschlagen. Du hast die Verbindung Gileads mit Israel zerrissen in deinem Übermut."

Dem war so. Jefta hatte noch mehr Übles getan, er hatte geplant, die Tochter dem Milkom hinzugeben, und vielleicht sollte er das dem Hüter der Lade eingestehen. Aber Jahwe wußte es längst, und es wurde nicht anders, wenn er's diesem Manne eröffnete. Eine tiefe Müdigkeit kam über Jefta, er hockte nieder und sagte: „Spar deine Worte, Erzpriester. Sie sind klein und hohl vor der Mahnung, die mir zuteil wurde."

Abijam verstummte vor Jeftas stiller Verzweiflung. Ein Ungeheuerliches mußte geschehen sein. Er wagte nicht zu fragen.

Jefta sprach weiter: „Ich habe ein Gelübde getan. Es wuchs. Es wurde riesig. Nun ist es ein Berg, der mich zerdrückt."

Abijam, nach einer Weile, fragte behutsam: „Was ist das für ein Gelübde? Hast du verzichtet auf die Salbung und den Richterstuhl?"

„Ist das alles, was du dir ausdenken kannst an Ungeheuerlichem?" höhnte Jefta. „Nein, alter Mann, mit einer so armseligen Demütigung Jeftas gibt sich Jahwe nicht zufrieden. Hör zu, Abijam, Erzpriester, mein Feind, mein Freund! Hör zu, was sich der Gott ausgedacht hat, mich zu verderben." Und er erzählte ihm von dem Gelübde.

Abijam, überrascht, verwirrt, sank vollends in sich zusammen. Hockte mit geschlossenen Augen, reglos. Gedanken und Spürungen in wüster Fülle überschwemmten ihn. Er wurde sich bewußt der eigenen Unwissenheit und Kleinheit. Was für eine menschlich alltägliche Prüfung hatte er damals diesem Manne auferlegen wollen: die Frau sollte er wegschicken. Nein, Jahwe hat sich für seinen Liebling eine sehr andere, tiefere, einzigartige Versuchung ausgedacht.

Er beschaute den Jefta. Da saß er, der Sieger vom Nachal-Gad. Nicht auf dem steinernen Thron des Richters thronte er, bereit, das Salböl zu empfangen. Auf der Erde kauerte er, den Kopf vornüber, zerdrückt von Kummer. Der Priester spürte Mitleid. Vielleicht gab es einen Weg, das Gelübde auf weniger strenge Art zu erfüllen. Lind, behutsam sagte er: „Wiederhole mir doch, ich bitte dich, genau, was du gelobt hast."

Jefta blickte auf. Wahrhaftig, der Priester wollte ihm helfen. Und war er nicht hierhergekommen um Hilfe?

Doch noch während er so dachte, sagte er sich, daß er einen törichten, vergeblichen Gang getan hatte. Der Handel, den er mit Jahwe geschlossen hatte, war klar und eindeutig. Da konnte kein Wortgedrehe eines Priesters helfen.

Leise, doch hart und hoffnungslos antwortete er: „Ich will dein Mitleid nicht, Priester. Ich will nicht, daß du an meinem Gelübde herumtiftelst, es mir zu erleichtern. Das ist eine Sache zwischen Jahwe und mir. Ich selber habe ihm Ja'ala angeboten, ich Narr, und er ist nicht so töricht, auf dieses kostbare Gut zu verzichten. Er will das Kind von mir, Fleisch aus meinem Fleisch, Blut aus meinem Blut." Und trüb, voll höhnischer Verzweiflung, schloß er: „Er braucht wohl Blut. Alle Götter brauchen Blut, oder nicht?"

Abijam durchschaute den Zwiespalt des Mannes. Der war zu stolz, sich einen Ausweg aus seinem Gelübde zeigen zu lassen, gleichzeitig aber sehnte er sich danach. Abijam spürte Genugtuung. Im ganzen Gilead war er der einzige, der dem Jefta helfen konnte, und sein Priesterstolz reckte sich mächtig.

Er zeigte ihm einen ersten Ausweg. „Hast du auch bedacht", fragte er, „daß das Opfer willig und bereit sein muß, wenn es dem Gott genehm sein soll? Jahwe nimmt das Opfer des gebannten Feindes an auch gegen dessen Willen; aber schon dem Opfertier mußt du die Hand auflegen, daß dein Wille in das Tier übergehe. Jahwe nimmt dein Opfer nicht an, wenn es nicht bereit und willig ist mit all seinem Hauch und Blut."

Eine ganz kurze Weile zauderte Jefta. Dann stieß er den Kopf vor gegen den andern und lehnte kurz und finster ab: „Meine Tochter ist bereit und willig. Hab du des keine Angst, Priester."

Abijam spürte ehrliches Mitleid, aber er schaute angelockt zu, wie der Stolz des Mannes stritt mit der Liebe zu seinem Kind. Zum zweiten Male hielt er ihm einen Stab hin, daß er sich retten könne aus dem Wirbel seines Gelübdes. „Weißt du auch", fragte er, „daß ein Gelübde seine Giltigkeit verliert, wenn derjenige, der es tat, sich verwandelt?" Jefta schaute ihn verständnislos an. „Es hat schon mancher", erklärte Abijam, „seinen Namen verändert und verloren. Schinuj Haschem, Änderung des Namens, ist ein harter Entschluß. Schinuj Haschem macht den Mann völlig neu, als wäre er soeben erst aus seiner Mutter Leib herausgekrochen. Er verliert alles Erreichte, aber er ist auch ledig aller Pflichten. Jahwe verlangt von dem neuen Manne nicht, daß er das Gelübde des früheren erfülle."

„Ich soll mich vor Jahwe verkleiden und verkriechen?" antwortete voll finsterer Lustigkeit Jefta. „Ich soll meinen Namen abtun? Ich soll nicht mehr Jefta sein?" Er lachte sein lautes, rauhes Lachen. „Du wirst kindisch, Alter. Soll ich Tola heißen? Oder weißt du einen andern schönen Namen für mich? Sollen am Ende doch noch meine lieben Brüder recht behalten, die mich einen Bastard nannten, nicht den rechten Sohn Gileads? Da hast du eine neue, besonders feine Schlinge gedreht. Aber mit einem Haarseil fängt man keinen Jefta."

Er sank wieder in sich zusammen. Trüb, bitter, schloß er: „Vielleicht willst du mir wirklich helfen, Abijam. Du kannst es nicht. Niemand kann es."

Abijam hatte das Seine getan. Er gab es auf, dem Jefta einen Ausweg zu ersinnen, und bedachte, welche Folgen das Ereignis haben könnte für den Stamm Gilead und das ganze Israel. Vielleicht wird Heil sprießen aus dem schauerlichen Gelübde. Die Söhne Efraims werden nachdenken über das Schicksal des Mannes, den Jahwe so hoch in den Sieg hinaufriß, nur um ihn so tiefer zu stürzen. Wird dem beleidigten Efraim nicht Genüge geschehen sein, wenn der Gott selber die Rache von Jefta einfordert? Abijam sah den Weg zur Versöhnung und zum Frieden.

Der Politiker Abijam wurde wieder zum Priester. Es drängte ihn, den geschlagenen, verstrickten Mann zu trösten. „Wenn Jahwe einen aus unserer Mitte für seinen Altar verlangt", eröffnete er dem Jefta, „dann will er, daß sich der Erlesene feierlich bereite. Gönne also deiner Tochter einige Wochen, daß sie mit ihren Freundinnen ihr Schicksal beklage und preise in den Bergen."

Jefta war überrascht und unentschieden. „Ja'ala ist ihres Vaters Kind", antwortete er. „Sie ist bereit und braucht keine Frist." Aber in seinem Herzen war er froh um die Wartezeit.

6

Als Jefta die Tochter aufforderte, sich noch einige Zeit in der Einsamkeit der Berge zu heiligen und zu bereiten, war sie enttäuscht. „Mein Vater glaube doch nicht", sagte sie, „ich sei zaghaft. Ich werde nicht zurückschrecken und schlechten Willens sein. Mein Blut ist gesättigt mit der lustvollen Demut, die Jahwe gebührt. Ich brauche keine lange Frist und Bereitung." An der Miene des Vaters aber erkannte sie, daß er die Verzögerung wünschte, und er war ihr mit Jahwe *eines* geworden, sein Wunsch war der Wille Jahwes. Ihr Widerstand verging. Sie suchte zu begreifen. So wie vor den König, hieß es in gewissen Liedern der Musiker Babels, dürfe der Bittende vor den Gott nur in gereinigtem, festlichem Zustand treten. Sie neigte sich und sprach: „Ich höre und gehorche." Da sie indes bat, der Vater möge ihr die Zeit in den Bergen kurz bemessen, kamen sie überein, sie solle nur zweimal sieben Tage dort bleiben.

Als Ketura hörte, daß Ja'ala eine Frist gegeben war, schöpfte sie Hoffnung. Sie wird, wenn die Tochter erst fern vom Vater und in den Bergen ist, sie nehmen und mit ihr entfliehen. Sie werden sich in der nördlichen Wildnis verbergen oder bei einem der Wanderstämme Ammons, und Milkom und Baal werden weiterhelfen, bis Jefta von seinem mörderischen Wahn genesen wird.

Aber Ja'ala wollte nicht, daß außer ihren Freundinnen irgendwer sie in ihre Einsamkeit begleite, auch die Mutter nicht. Ja'ala war von ruhiger Freundlichkeit, doch sehr fern und hoch, unerreichbar fern. Ketura kam nicht an sie heran. Ja'ala schien das Furchtbare nicht zu fürchten; sie begriff offenbar nicht, worum es ging. Ketura fühlte sich grauenvoll allein, der Mann und die Tochter waren blind, sie war die einzig Sehende. Sie schrie zu ihrem Gotte Milkom, der möge Ja'ala seinen Hauch einblasen und sie retten.

Jemin hatte gemerkt, daß ihm Ja'ala mehr und mehr entglitt. Es war ein Neues zwischen ihn und sie getreten, aber er war ratlos, was es sein mochte. Als er's erfuhr, fiel er in zornige Verzweiflung. Er hatte dunkel gespürt, daß Ja'ala davor zurückschrak, sich mit einem Manne zu mischen, und hatte sein ungestümes Verlangen bezähmt. Er war empört, daß nun dieser gierige Jahwe sie haben sollte.

Auch sein Held und Vorbild Jefta hatte ihn grausam enttäuscht. Er hatte geglaubt, dieser Jefta sei zu einem Drittel Gott und selber Gottes genug, um der Hilfe eines andern Gottes zu entraten. Und nun war dieser Jefta nichts als ein Bandenführer und hatte dem Jahwe um einen Sieg die Tochter verkauft. Und dieser Jahwe selber, der die Not seiner Anhänger auf solche Art ausnützte, war das der rechte Kriegs- und Feuergott? Jemin bereute, daß er seinen Baal vertauscht hatte gegen einen Gott, der sich gab wie ein Händler aus Dameschek oder Babel. Die Haut des Jemin fiel von ihm ab, er wandelte sich zurück in den freien Menschen der Wildnis, der er gewesen war, in Meribaal. Schon fügten sich ihm die Gedanken nicht mehr in hebräischen Wendungen, sie kleideten sich in ugaritische Worte.

Jefta berief ihn vor sich. Sie standen einander gegenüber, gespannt, befangen. Jemin, da er das vertraute, verehrte Antlitz sah, konnte nicht verhindern, daß in ihm etwas von der früheren Bewunderung aufstieg, vermengt mit ehrfürchtigem Mitleid. Jefta aber forschte im Gesichte Jemins, ob er diesem seinem jungen Freund einen geheimsten Wunsch anvertrauen könne.

„Ich will", sagte er schließlich, „meiner Ja'ala und ihren Begleiterinnen eine Wachmannschaft mitgeben, und ein zuverlässiger Mann soll sie führen. Ich habe dich gewählt. Es wird keine schwere Aufgabe sein. Jahwe, dem nun meine Tochter gehört, wird sie zu schützen wissen, und einen Kampf mit Jahwe auf sich nehmen", schloß er langsam, nachdenklich, „das wird nur ein sehr kühner, ein tollkühner Mann wagen."

Jemin beschaute ihn aufmerksam. Damals, im Lager bei Zafón, als Jefta fragte, ob denn keiner ihn befreien wolle von der Krätze Efraims, hatte Jemin ihn richtig verstanden. Verstand er ihn jetzt? Wollte Jefta, daß Jemin dem Gotte die Tochter mit Gewalt entreiße?

Jefta, mit einem sonderbaren Lächeln, fuhr fort: „Es gab Zeiten, da war ich ohne weiteres bereit, mich in einen Kampf mit jedem Gotte einzulassen. Aber ich bin Jahwe sehr verpflichtet, er hat Großes an mir getan, ich kann das Wort nicht zurücknehmen, das mir aus dem Munde gegangen ist."

Es war also nicht an dem, daß Jefta dem Gott einen Handel angeboten hätte, vielmehr hatte sich dieser Jahwe ihm aufgedrängt und ihm unbedachte Worte in den Mund gelegt. Jemin war dem Manne mit dem herrischen, löwenhaften Gesicht freund und ergeben wie früher. Langsam, auch er jedes Wort wägend, antwortete er: „Ich bin dem Jahwe nicht verpflichtet."

Jefta trat ganz nahe an ihn heran und sagte: „Du bist noch nicht lange im Dienste Jahwes. Triff keine schnellen, tödlichen Entschlüsse, Jemin, mein Freund. Mach dir klar: wer dem Gott zu entziehen sucht, was ihm zugehört, begeht einen Ma'al, einen Raub am Eigentum des Gottes, und Jahwe ist kein Gott, der sich etwas rauben ließe. Er ist sehr eifersüchtig und sehr stark, er hat zur Waffe nicht nur schwarzes Eisen, sondern auch den Strahl des Blitzes."

Jemin fragte: „Was würdest du tun, wenn einer Ja'ala raubte trotz deiner Wache?" Jefta erwiderte: „Ich würde sie für den Gott zurückholen, und den Räuber würde ich erschlagen." Jemin sagte: „Wenn er sie aber hinbrächte, wo du sie nicht zu finden vermagst?" Jefta antwortete: „Jahwe würde sie finden." Jemin sagte: „Es gibt Länder, wo Jahwe ohne Macht ist." Jefta schwieg.

Jemin war stolz, daß Jefta ihm die Rettung der Tochter anvertraute, und er war ohne weiteres bereit, den Zorn Jahwes auf sich zu laden. Nicht aber den Zorn Ja'alas. Er konnte nichts unternehmen ohne ihre Zustimmung.

Er sagte ihr, daß Jefta ihm Weisung gegeben hatte, sie zu begleiten. Sie bat, er möge ihnen in einiger Entfernung folgen; sie wolle auf dieser Fahrt nur ihre nächsten Freundinnen um sich haben, keine Männer. Jetzt, wenn überhaupt, mußte Jemin ihr seine heimliche Sendung offenbaren. Aber er fand nicht die rechten Worte, er stand und stammelte, und schließlich, in seiner Bedrängnis, fiel er ins Ugaritische und sagte plump: „Es gibt unter deinen Nächsten solche, die sich aus Freundschaft für dich freuten, wenn du weiter gingest als in die Berge." Ja'ala glaubte zuerst, sie habe ihn nicht recht verstanden. Dann aber, als sie begriff, antwortete sie, Entrüstung in ihrer spröden Stimme: „Die das tun, sind nicht meine Freunde." Jemin, in steigender Verwirrung, versuchte ein Letztes. „Manchmal ändern Götter ihren Willen", sagte er. „Vielleicht wird sich Jahwe eines anderen besinnen." Ja'ala, ungewöhnlich stolz und entschieden, antwortete: „Das wird Jahwe mir und meinem Vater nicht antun."

Da erkannte Jemin, daß sie das, was ihr bevorstand, mit all ihrem Hauch und Wesen angenommen hatte und daß er ihr, Jefta und sich selber nicht helfen konnte. Und er war betrübt wie nie in seinem Leben.

7

Es waren drei Freundinnen, welche Ja'ala mit in die Berge nahm, Schimrit, Tirza und Sche'ila. Sie waren gleichen Alters mit ihr, sie hatten sie bei ihrem ersten Aufenthalt in Mizpeh kennengelernt. Die Mädchen hatten in Ja'ala ein Besonderes gesehen und sich ihr sogleich angeschlossen. Nun fühlten sie sich bestätigt. Der Erzpriester hatte sie in das Zelt Jahwes gerufen, ihnen erklärt, was Ja'ala bevorstand, und ihnen aufgetragen, mit ihr zusammen zu sein in ihren letzten Tagen. Die Mädchen beklagten Ja'ala, sie bewunderten sie, Ja'ala war ihnen noch teurer und noch mehr fern als bisher.

Sie brachen auf von Mizpeh. Ja'ala ritt auf der hellfarbenen Eselin Jeftas. Sie führten mit sich nur das Notwendigste, darunter aber das kostbare Kleid aus sehr dünnem, safranfarbenem Stoff, das Ja'ala bei der Opferung tragen sollte.

In einiger Entfernung folgte Jemin mit seiner Siebenschaft. Er war voll von streitenden Gefühlen. Er bewunderte Ja'alas festen Willen und war ergrimmt, daß sie den Stolz ihres Vaters teilte: keiner war ihr zum Bräutigam gut genug, nur der Gott Jahwe selber. Manchmal konnte er's nicht glauben, daß sie ihm wirklich für immer entrückt sein sollte. Scheu aus der Ferne schaute er auf sie, Gier überkam ihn, Eifersucht auf Jahwe, den überstolzen Nebenbuhler. Er verspürte ein grenzenloses Verlangen, mit dem Gott um sie zu kämpfen. Aber sooft er Jahwe zum Streit herausforderte, der Gott stellte sich nicht.

Ja'ala, obwohl sie bei ihrem Aufbruch nicht wußte, wohin, ging ihren Weg mit wunderlicher Sicherheit. Am zweiten Tag machte sie halt in einem Hochtal, das gerahmt war von bebuschten Höhen. Jemins Männer schlugen den Mädchen das Zelt auf; dann zogen sie sich zurück hinter eine Höhe, so daß Ja'ala und die Freundinnen allein waren.

Frühling war, der kurze, wilde Frühling Gileads. Grün waren alle Höhen, die Steppe weithin bunt von starkfarbigem Geblühe. Von allen Seiten kamen Wasser herab, ein ständiges Rinnen, Rauschen, Plätschern war, die Luft war satt vom Geruch der Kräuter, aus denen der Balsam Gileads bereitet wurde.

Die drei Freundinnen waren hierhergekommen, um das Schicksal Ja'alas zu beklagen. Sie taten es in den strengen Formen, die sie gelernt hatten, sie schrien und jammerten, verstummten jäh, um die lähmende, sprachraubende Größe des Leides deutlich zu machen, und begannen dann von neuem zu schreien und zu jammern. Auch in ihren eigenen, kindlichen Worten beklagten sie die liebe Freundin und Gespielin, die nun als Jungfrau sterben sollte, als Na'ara Betula, von keinem Manne berührt, sich und ihr Geschlecht nicht fortsetzend.

Aber sie waren jung, Schimrit, Tirza und Sche'ila, sie freuten sich ihrer Jugend, sie freuten sich des Frühlings ringsum, und gerade wenn sie das Los Ja'alas beklagten, wurden sie sich des eigenen jungen Lebens doppelt bewußt. Sie, die drei Freundinnen, werden noch manchen Frühling sehen, sie werden mit einem Mann auf der Matte liegen, sie werden Kinder gebären, sie werden, auch wenn sie einmal in der Höhle sind, fortleben in Söhnen und Sohnessöhnen.

Bald denn auch wurden sie des Jammerns und Klagens überdrüssig. Die bunte Steppe lud zu Spielen ein, sie pflückten Blumen, sich damit zu schmücken, jagten sich, rannten um die Wette nach einem Ziel, nach einem Baum oder einer Höhe, und nahmen es als Vorbedeutung: wer zuerst ankommt, wird zuerst mit einem Manne liegen. Dann freilich erinnerten sie sich, wozu sie hierhergekommen waren, schämten sich ihres Leichtsinns und brachen ihre Spiele ab.

Ja'ala, wenn die Freundinnen um sie klagten, schaute und hörte zu, stillen, ein wenig hochmütigen Gesichtes. Was ahnten eine Schimrit, eine Tirza, eine Sche'ila von den Qualen, die auf sie, Ja'ala, warteten, und von der Großheit des Schicksals, für das sie auserwählt war? Sie waren Mädchen, die auf den Bräutigam warteten, diese andern, sie waren halbe Kinder, wie es ihrer Tausende gab in Gilead. Ihre eingelernten Klagen waren nichts als Worte und Gesten.

Sie nahm es denn auch den dreien keineswegs übel, wenn sie des Jammerns müde wurden und in ihren kleinen Alltag zurückkehrten. Sie selber nahm teil an diesem Alltag und spielte mit den andern.

Und da ereignete sich etwas Seltsames. Ja'ala ereiferte sich im Spiel, sie vergaß die Stadt Mizpeh, in der sie die letzten Wochen verbracht hatte, sie vergaß das Große und Schaurige, das vor ihr lag, sie wurde wieder zur früheren Ja'ala, zur Ja'ala der Wildnis. Sie hatte ihre laute Freude daran, zu zeigen, wie mühelos sie die andern im Lauf besiegen konnte. Sie wies ihnen hundert kleine Dinge, die ihnen verborgen waren, Wildspuren, Vogelnester. Sie fing Vögel mit der bloßen Hand, sie holte Fische und Krebse aus den Bächen. Einmal zeigte sie den andern eine Wassernatter, die an einem Frosche schlang. Die Beine des Frosches streckten sich aus dem verbreiterten Maul der Natter, die Natter schlang langsam. Ja'ala schaute zu und lachte über die Furcht und den Ekel der andern.

Erstaunt sahen diese, wie die stille, in sich versponnene Ja'ala verändert war. Sie ihresteils machte sich lustig über die Töchter der Stadt und des gesitteten Landes, die hier in der Steppe blind und hilflos waren.

Sie erzählte von den Gefahren des Landes Tob. Erzählte vom Kampf der Mutter mit dem großen Wolf. Erzählte stolz; es wurde ihr warm, wenn sie an die Mutter dachte. Erzählte vom Jahr der Löwenplage. Wo immer man nächtigte, mußte man große Feuer anzünden. Die Nacht war voll von dem Gebrüll der Tiere. Die ängstlichen Bauern und Hirten wußten nicht mehr, wie sie ihr Vieh schützen sollten; wagten sie sich doch selber kaum aus ihren Häusern. Ja'ala, die keine Furcht gehabt hatte, freute sich an der großäugigen Furcht der andern.

Ihre Spiele mit den andern wurden wilder. Da war ein Bach, der im Sommer ausgetrocknet sein mochte, jetzt aber rann er lustig und schnell. Sie watete hinein, und als die andern ihr ängstlich zuriefen, zog sie Tirza, die Kleinste, mit sich ins Wasser, immer tiefer, lachte über Tirzas Bangigkeit, wurde ganz die Tochter ihres Vaters, ungeduldig, gewalttätig, zog die sich Sträubende immer weiter und ließ sie erst ans Ufer zurück nach einer Weile, die der Schreienden ewig schien.

Wenn es aber gegen Abend ging, dann trieb es Ja'ala fort von den andern. Der Abend war die Zeit ihrer Bereitung.

Sie wußte nun genau, welche Bereitung Jahwe von ihr forderte: sie sollte für ihr Ahnen und Spüren Worte finden, Töne, eine Seherin, eine Nebia. Sie nahm Zither und Trommel und ging hinaus in das leere, von Höhen umringte Gelände. Sie verwehrte es den andern nicht, ihr zu folgen und vom Waldrande her zu sehen und zu hören.

Da stand Ja'ala im einfallenden Abend, schaute blicklos vor sich hin, trachtete den lauten Tag, der hinter ihr lag, zu vergessen und sich die Größe ihrer Sendung bewußt zu machen. In ihr auf klangen Verse Babels, die sich dunkel und bedeutend ihrem empfänglichen Sinn eingesenkt hatten, Verse von der Seligkeit des Opfers und des Todes. Höchste Höhe des Genusses ist es, im Genuß zu sterben. Sie hatte die Verse nie recht verstanden, auch jetzt begriff sie sie nicht ganz, aber fernher ahnte sie, was ihr Klang einhüllte.

Auch gedachte sie wohl einer alten, geheimnisvollen Erzählung, die in Israel umging. Da hatte Jahwe den Mann Mosche, der das Volk ins Jordanland geführt hatte, in der Brautnacht überfallen; denn wenn der Gott eine Braut begehrte, dann gehörte sie ihm. Diese Braut aber, Zipora, hatte den Gott durch des Mannes Blut versöhnt. Den Blutbräutigam, den Chasan Damim, nannte man seither den Gott. Ja'ala war stolz und glücklich, daß nun der Blutbräutigam sie erwählt hatte, und wilde, vage Gedanken, voll von Drang und Erwartung, kreisten in ihr, wenn sie an die Zeit der Vereinigung dachte.

Der Ring der bebuschten Hügel war um Ja'ala, zu ihren Füßen die bunte, blühende Steppe, über ihr der verblassende Himmel. Sie trank in sich die ganze Schönheit des Frühlings von Gilead, und plötzlich versank ihr alles andere, und nichts blieb als der heiße Wunsch, weiterzuleben, weiterzuatmen. Das Gefühl, daß sie selber ohne Saat und Frucht vorbei sein wird, noch bevor diese Blumen und Blätter welken, packte sie so wild, daß sie sich zur Erde warf. Da lag sie ausgestreckt inmitten der rot und gelben Steppe, spürte den Hauch und die Frische der kleinen, dichten Blumen, griff mit beiden Händen hinein, zerdrückte sie.

Ein Gefühl letzter Verlorenheit und grenzenloser Angst überkam sie. Sie hatte mehrmals Tiere liegen sehen auf den Steinen Jahwes, gebunden, das Messer über ihnen, sie hatte die Furcht der Tiere, ihrer Freunde, mitgefürchtet. Nun wird sie selber auf dem Altar liegen, ein Schlachtopfer. Ihr ganzes Sein sträubte sich dagegen. Sie sah die Schwelle sich heben, die sie wird überschreiten müssen, um zu Jahwe zu gelangen, die Schwelle war scharf, eisern, fürchterlich. Ja'ala schrak davor zurück. Aber sie mußte über die Schwelle, es zog sie über die Schwelle, sie spürte das Blut aus ihrem Leib rinnen, verrinnen, sie verging vor Übelkeit, Furcht, Schwäche.

Sie zwang ihren Sinn fort von dem gräßlichen Bild der Schwelle. Ballte zusammen ihre Sehnsucht nach dem, was jenseits der Schwelle liegen wird, rief dieses Jenseits herbei, beschwor es herauf, inbrünstig. Und endlich versank die Schwelle, die drückende, würgende Angst löste sich, die Schwäche wurde wohlig, sie spürte die Schwere ihres Leibes nicht mehr, sie verwandelte sich in ein Helles, Leichtes. Sie wird ein Brandopfer sein, wird aufgehen in dem Feuer, in dem Jahwe lebt. Wo immer Feuer ist, da wird Ja'ala sein. Und wo immer Jahwe seine Kriege kämpft, wird Ja'ala sein, ein Teil seines Hauches, seines Gewölks.

Auch wird der Stamm Gilead und das ganze Israel wissen, daß sie der Preis war, den der Gott für den Sieg am Nachal-Gad gefordert hat. Sie wird fortleben im Gesang der Sänger, in den Erzählungen am Brunnen; sogar der große Sänger Jaschar wird von ihr erzählen. Ihr Name wird genannt werden wieder und wieder, und wer wüßte nicht, daß es dem Toten vergönnt ist zu sein, wo immer sein Name genannt wird? Und je inniger sein Name genannt wird, um so mehr ist er da.

Sie schloß die Augen, auf daß sie den Gott sehe, in den

sie eingehen sollte. Er trug die Züge des Vaters, er hatte dessen massiges Gesicht. Sie fühlte, wie der Gott in sie einzog. Ihre Gabe wuchs, wurde stärker; jetzt wird sie Wort und Ton finden für ihr Schicksal.

Langsam, ernst, und dennoch leicht stand sie auf. Schritt vor und zurück in strengem Tanzschritt. Holte Töne hervor aus ihrer Zither, aus ihrer Trommel.

Sang in den Abend hinaus von ihrem Sterben. Sang von dem leichten, wehenden Dasein im Feuer und in der Wolke. Tanzte das Flackern und Spielen des Feuers, das Schweben der Wolke. Nur sie konnte das; denn was jenseits der Schwelle war, das begriff in seiner ganzen Helle und Seligkeit keiner unter den Menschen, das begriff nur der, den Jahwe für sich forderte, das begriff nur sie.

Es kam vor, daß Ja'ala, wenn sie sang und tanzte, ihre Kleider abwarf, es kam auch vor, daß sie sich in jenes schleierdünne, safranfarbene Kleid kleidete, in welchem sie die scharfe Schwelle überschreiten wird.

Am Rande des Waldes schauten und hörten Schimrit, Tirza und Sche'ila. Manches von dem, was Ja'ala sang, blieb ihnen dunkel; doch viele der Worte und Töne wiederholten sich und senkten sich ihnen, wiewohl kaum begriffen, in die Brust. Sie standen und hörten, scheu, gefesselt, verzaubert. Sie erkannten, daß Ja'ala begabt war mit der großen grauenvollen Gabe der Nebua, des Sehertums.

Am Tage darauf nahm Ja'ala wieder teil an dem kleinen Leben der Freundinnen, aß und trank mit ihnen, spielte mit ihnen, ängstigte sie durch ihre fröhliche Wildheit. Schimrit, Tirza und Sche'ila konnten es kaum glauben, daß dies die Ja'ala war, die am Abend vorher die Tänze und Gesänge der Bereitung geübt hatte.

8

Die Kunde von Jeftas Gelübde erregte im Lande Gilead Bewunderung und Scheu. Es war oft vorgekommen, daß die Gileaditer ihrem Gotte gefangene Feinde geschlachtet hatten, aber seit langem nicht mehr hatten sie Abkömmlinge des eigenen Stammes geopfert. Sie erinnerten sich des Sippenfürsten Nobach, der Richter gewesen war zur Zeit, als

Ammon, Moab und Midian mit vereinten Kräften einfielen; dieser Nobach hatte damals dem Jahwe seinen ältesten Sohn geschlachtet. Aber Nobach hatte noch mehr Söhne und Töchter gehabt: Jefta opferte das einzige Kind, er zerriß die Kette seines Geschlechtes.

Silpa, als sie die Nachricht hörte, war tief aufgerührt.

Ihr ältester Sohn, der tapfere Gadiel, war gestorben für den Stamm Gilead, und voll Bitterkeit hatte sie wahrnehmen müssen, daß Jefta, der Bastard, den Ruhm dieses Todes erntete. Nun aber gewährte ihr Jahwe süßere Rache, als sie je gehofft hatte. Er zwang die Kebse des Jefta, die Feindin, die Ammoniterin, zuzuschauen, wie ihr die Nachkommenschaft für immer ausgelöscht wurde, wie ihr einziges Kind geschlachtet wurde auf den Steinen des Gottes, den sie haßte. Vernichtet wurde, zu Rauch und Asche verbrannt wurde die schöne Tochter der schönen Frau, die so frech in ihr Haus gedrungen war, sie zu verhöhnen!

Es genügte Silpa nicht, sich den Zusammenbruch der Feindin vorzustellen, sie verspürte ein heftiges Gelüst, sie mit leibhaften Augen zu sehen. Nicht etwa, daß sie sich am Schmerz der Feindin hätte weiden wollen: es war ein tieferes Verlangen, das sie trieb. Was dem Mädchen Ja'ala geschah, war schauerlich, aber es war auch erhaben. Sie, diese Ja'ala, hatte der Gott sich ausersehen, daß sie durch ihren Tod das Band fester knüpfte zwischen dem Stamm und dem Gott. Im Grunde war es also nicht Jefta, es war diese Ja'ala, es war eine Frau, die den Sieg am Nachal-Gad errungen hatte. Silpa fühlte einen kleinen, trauervollen Neid auf Ja'ala und ein betrachtsames Mitgefühl mit der Feindin, die so furchtbar gestürzt war. Sie wollte Ketura sehen, mit ihr reden.

Ketura irrte, seitdem die Tochter sie zurückgewiesen hatte, rastlos in der Gegend von Mizpeh umher. Sie wich den Menschen aus, sie führte Gespräch mit sich selber. Einmal in der Nacht ging sie auf den Marktplatz von Mizpeh, trat vor den steinernen Stuhl des Richters und haderte mit einem, den sie dort sitzen sah; doch nur sie sah ihn, niemand sonst. Einmal rannte sie ins Zelt Jahwes. Trat vor Abijam, wilden, starren Gesichtes, und sagte: „Laß mir mein Kind! Schlachte mich, schlachte andere meines Stammes, aber schone das Kind!“ Abijam suchte sich ihr zu entziehen, die Nähe von

Wahnsinnigen machte den Priester unrein. Sie aber ließ ihn nicht, sie warf sich vor ihm nieder, sie küßte den Saum seines Kleides. Er sagte: „Nicht ich bin es, der deine Tochter fordert, es ist Jahwe, der sie verlangt, und es ist Jefta, der sie ihm versprach.“ Ketura lag vor ihm hingestreckt lange Zeit und sagte immer nur: „Schone sie, schone sie!“

Silpa, nach langem Suchen, fand sie in den ölbaumbepflanzten Hängen östlich von Mizpeh. Rief sie an. Ketura blieb mitten in ihrem Gang stehen, sie wandte indes der andern nur den Kopf zu, bereit, sogleich weiterzufliehen, und musterte sie wachsam. Diese da war die Feindin. Sie und der Priester in der bösen Stadt Mizpeh hatten dem Jefta einen bösen Zauber angetan, er war übergegangen zu dem bösen Gott Jahwe, und sie hatten ihm eingegeben, daß er ihre Ja'ala schlachten müsse. Und da stand sie jetzt, die Feindin, groß, breit, siegreich, und wollte sie verhöhnen.

Sie starrte auf die Frau, den Leib noch immer abgekehrt, nur das hagere Gesicht ihr zugewandt, und plötzlich, mit ihrer tiefen Stimme, doch sehr leise, sagte sie: „Mörder! Mörder! Alle Mörder!“

Silpa beschaute sie, sehr aufmerksam, doch ohne Zorn. Sie hatte sich im Abgrund geglaubt, damals, als diese Ketura über sie triumphierte. Jetzt erst, da sie diese sah, wußte sie, was Vernichtung war. Der Anblick machte sie nicht stolz, er machte sie traurig, demütig. Sie sagte, die Frau zur Frau, die Ältere zur Jüngeren: „Der Gott hat Jefta ein großes Opfer auferlegt für seinen Stamm und sein Land. Es ist mir leid, daß dieses Opfer auch dich trifft. Möge dir Kraft kommen und Sänftigung, du meine Schwester und Tochter.“

Ketura begriff: die Feindin hatte Mitleid, tröstete. So tief also war sie vernichtet, daß die Feindin nicht einmal höhnte. Zwiefach furchtsam, ja entsetzt beschaute sie das starke, ernste, traurige Gesicht. Schaute lang, gebannt. Endlich riß sie sich los. Nahm ihren Gang wieder auf, leichtfüßig; der Kummer hatte ihr den beschwingten Gang nicht genommen. Fort über den nackten Boden durch die silbrigen Ölbäume lief sie, rannte, floh.

Fort, nur fort aus diesem tödlichen Land Gilead! Sie lief den Tag hindurch und auch einen großen Teil der Nacht, eine weite Strecke, fort von Mizpeh. Aber dann wandte sie sich zurück. Es war ihr nicht erlaubt zu entfliehen, solange das Schreckliche nicht geschehen war.

Sie irrte weiter herum in der Gegend von Mizpeh, rastlos.

9

Jefta entließ die Wehrfähigen Gileads und behielt in seinem Lager nur seine eigenen Leute aus dem Norden. Er spürte fast leibhaft das Grauen, das um ihn war. Auch der Feind mußte es spüren; keine Festungsmauer gab so festen Schutz.

Er besorgte in diesen Tagen, da Ja'ala in den Bergen war, gewissenhaft die Geschäfte des Richters und Hauptmanns. Tat es mit geübter Sicherheit, doch kalt, ohne Anteilnahme. Er war allein, den andern fremd, sich selber fremd.

Einmal sah er Silpa, sah, wie ihr neue Kraft zugewachsen war aus dem Triumph, den sie über ihn errungen hatte. Sah sie geschäftig, die Leitung des Stammes an sich zu reißen. Er sah es unbewegt, er haßte die Feindin nicht mehr.

Er erfuhr von Keturas wunderlichem Wesen, von ihrem Besuch bei Abijam. Es regte sich nichts in seinem Gesicht, auch in seiner Brust regte sich nichts. Er machte keinen Versuch, mit ihr zu reden, sie zu trösten. Der frühere Jefta war tot, seine Siege, seine Niederlagen, seine Süchte, seine Strebungen.

Er wartete auf Ja'ala, voll Sehnsucht und voll Angst.

Immer wieder sah er vor sich das Furchtbare, das er tun mußte. Er sah, wie er das Messer zücken wird nach dem Halse seines Kindes. Er schrak davor zurück in maßlosem Schauer. Doch kam es auch vor, daß ihn, wenn er daran dachte, eine grauenhafte Begier packte. Entsetzt wurde er gewahr, daß er sich danach sehnte.

Aus dem Norden kamen Par und Kasja.

Par, als er von der furchtbaren Verwicklung Jeftas gehört hatte, war durchschüttert von Reue und Scham. Er hatte den Freund gescholten und sich von ihm abgekehrt. Jeder andere an Jeftas Stelle hätte daraufhin das Gelübde offenbart; es wäre an den Tag gekommen, daß Jahwe selber Jeftas Schicksal in die Hand genommen hatte, so daß ihm

Ehrfurcht ziemte, nicht Schmähung. Aber der wunderliche, große Mann hatte bitter geschwiegen. Nun schmerzte den Par stürmisch jedes böse Wort, das er dem unseligen Freund gegeben hatte. Er nahm Kasja, und sie eilten, ihm nahe zu sein.

Dem früheren Jefta wäre die Reue und Rückkehr des Par Genugtuung gewesen. Der Jefta von heute blieb kalt. Was verstanden diese Armseligen von seinem Schmerz! Sie konnten nur kleine Taten tun, nur schwache Gefühle fühlen. Er blieb einsilbig vor der Liebe der Schwester und des Freundes.

Abijam schickte ihm Botschaft, er solle ins Zelt Jahwes kommen.

Seitdem Jefta ihm sein Gelübde offenbart hatte, plagten den alten Priester Zweifel, welcher Art das Opfer sei, das Jefta dem Gotte schuldete. War es ein Sühneopfer für die Bluttat an Efraim, und hatte der Gott, indem er dem Manne das gefährliche Gelübde in den Mund legte, seine Untat schon im vorhinein bestraft? Oder aber war es das Opfer eines Gesegneten, das diesen mit dem Gott enger verbinden sollte? Das waren keineswegs müßige Erwägungen. Denn wenn es um ein Vereinigungsopfer ging, dann konnte Jefta selber die Schlachtung vollziehen; war es aber ein Sühneopfer, dann oblag es ihm, dem Priester, das Opfer darzubringen.

Abijam stellte sich vor, wie das Mädchen nackt und gebunden vor ihm auf den Steinen liegen wird hier im Zelte Jahwes, im Allerheiligsten, er sah sich das Messer heben. Es wird eine gewaltige Versuchung sein, die letzte Entscheidung zu treffen. Es war vorgekommen, daß der Gott auf die Opferung verzichtete, nachdem der Opfernde seine Willigkeit erwiesen hatte. Von dem Urvater hatte Jahwe verlangt, daß er ihm seinen Sohn Isaak schlachte. Der Urvater hatte den Berg erstiegen und die Akeda vollzogen, er hatte den Sohn gebunden auf den Altar gelegt; das aber war genug der Prüfung gewesen, Jahwe hatte den Knaben geschont. Vielleicht wird Jahwe seinem Priester eine ähnliche Eingebung schicken. Vielleicht wird er, Abijam, dem geliebten, gehaßten Jefta verkünden dürfen: „Da hast du sie wieder, deine Tochter. Jahwe begnadet dich, wie er dich so oft begnadet hat, er begnügt sich mit deiner Willigkeit."

Was aber wird geschehen, wenn es so kommt? Efraim und das ganze Israel werden höhnen: „Die Gileaditer fühlen sich schuldig, aber sie wollen ihre Schuld nicht zahlen." Und Efraim wird herfallen über Gilead, um sich die Blutrache zu holen, die ihm zusteht.

In seinem Innersten freilich glaubte der Priester nicht, daß Jahwe verzichten werde. Der Krieger Jefta war nicht wie der Urvater, er war nicht fromm und demütig, er war nicht willig, er überließ dem Gotte nur knirschend, was er ihm schuldete: warum sollte der Gott ihn schonen? Andernteils hatte ihm Jahwe trotzdem sein Anlitz von jeher zugewandt. Vielleicht entschloß er sich auch dieses Mal, ihn zu segnen und ihm das Kind zu lassen.

Hin und her gerissen von solchen Zweifeln, schickte der Priester sich an – es geschah wohl das letztemal in seinem Leben –, die Zeichen Jahwes zu befragen, die Urim und Tumim, die Täfelchen des Lichtes und der Vollkommenheit. Er heiligte sich, trat ins Innerste des Zeltes, spürte die furchtbare Nähe des Gottes. Tat die drei Fragen, die ihm erlaubt waren. Sollte er das Opfer deuten als Vereinigungs- oder als Sühneopfer? Sollte er dem Jefta die Deutung verkünden als den Spruch des Gottes oder als seine eigene Meinung? Sollte er dem Jefta sagen, der Gott begnüge sich mit seiner Bereitschaft? Abijam fragte in wütiger Ergebenheit. Tat es umsonst. Der Gott schwieg, er legte dem alten Priester die ganze Bürde der Entscheidung auf.

Und nun kam Jefta, er selber hatte ihn gerufen. Da stand er vor ihm im Zelte Jahwes. Abijam mußte das entscheidende Gespräch beginnen und wußte nicht, wie und wohin er es führen sollte.

„Höre, mein Sohn und Herr", sagte er. „In dem, was du mir berichtet hast, ist vieles dunkel. Sage mir doch, ich bitte dich, noch einmal die Worte deines Gelübdes, damit ich entscheiden kann, ob es giltig ist vor Jahwe. Du könntest den Gott zum Zorne reizen, wenn du ihm eine Gabe gibst, die er nicht begehrt."

Als Jefta die Botschaft des Abijam erhalten hatte, war in ihm eine neue, sinnlose Hoffnung aufgeflattert, Abijam habe trotz allem einen Weg gefunden, ihn auf würdige Art von seinem Gelübde zu lösen. Nun aber der Priester ihn in der

Tat aufforderte, aus der Zweideutigkeit des Gelöbnisses Nutzen zu ziehen, war er zornig beschämt.

„Wenn ich Befehle gebe", sagte er abweisend, „haben meine Leute zu gehorchen. Sie haben zu gehorchen, wenn ich nur andeute. Ich bin Soldat, ich bin ein Soldat Jahwes. Wenn Jahwe nur andeutet, habe ich zu gehorchen. Er hat mir Ja'ala entgegengeschickt. Ich tue nach seinem Willen."

Jeftas Hoffart reizte den Priester. Aber er bezähmte sich und sagte: „Ich bin der Mann, der den Stein und die Lade des Gottes hütet. Du gehorchst ihm am besten, wenn du meiner Deutung folgst."

„Höre, Abijam", antwortete Jefta, „ich will deine Hilfe nicht, ich will deine Freundschaft nicht. Du hast den Gedanken in mich gelegt von dem *einen*, ungeteilten Israel und von dem Gotte Jahwe, der jenseits aller andern Götter und sehr viel höher ist. Dein Gedanke ist richtig, er hat sich in meine Brust eingekrallt, aber ich mag ihn nicht, er ist mir zuwider. Es geschah aus Trotz gegen diesen deinen Gedanken, daß ich die Efraimiter erschlug. Du trägst die Schuld. Gib es auf, an meinem Gelübde zu tifteln und mir deine Hilfe aufzudrängen. Du bist nicht mein Freund, Erzpriester Abijam, und bestimmt nicht bin ich der deine."

Der Priester erschrak vor dem Haß, der ihm entgegensprang. Aber zu tief in ihn eingesenkt hatte sich das Bild, wie er selber die Akeda, die Bindung, vollziehen und die Entscheidung treffen wird, das Mädchen zu töten oder zu schonen. Er erwiderte geduldig: „Seit dem Richter Nobach hat kein Mann in Gilead ein Kind seines Hauses zum Opfer gebracht. Willst du Dienst und Handlung ganz allein auf dich nehmen, ohne Rat, ohne Kenntnis des Brauches?"

Jefta zögerte. Es war verlockend, das Schreckliche nicht mit eigener Hand vollziehen zu müssen. Allein er sah das verhaßte Gesicht des andern. Die Vorstellung, daß seine liebe Tochter gebunden den Händen dieses andern ausgeliefert sein sollte, machte ihn rasend. Eine grauenvolle Eifersucht schwoll in ihm. „Ich brauche keinen Mittler", antwortete er hart, heiser. „Ich will deine Bundeslade nicht, deinen Stein nicht und nicht deine Hand, daß sie das Messer führe. Es ist mein Opfer. Was kümmert es dich?"

Abijam bezwang sich ein anderes Mal und bat: „Sage das

nicht, mein Sohn und Herr. Es geht nicht um dich allein; es ist der ganze Stamm Gilead, der durch das Blut und die Bereitschaft des Opfers mit dem Gotte neu vereint wird. Der Stamm hat Blutschuld auf sich geladen durch deinen Frevel. Die heilige Verbindung des Stammes mit dem Gott ist locker geworden durch dich. Sei nicht verstockt. Laß den Stamm das Opfer bringen durch meine Hand."

Jefta, finster und heftig, erwiderte: „Was ich tue, tu ich nicht für den Stamm. Es kümmert mich nicht, ob sich der Stamm neu vereinigt mit dem Gott. Versteh doch endlich: es ist eine Sache nur zwischen Jahwe und mir. Und niemand soll sich eindrängen. Und schon gar nicht du."

Er verließ den Priester ohne Gruß.

10

Am Tage, bevor Ja'ala aus den Bergen zurückkehren sollte, brach Jefta auf, um ihr die größere Strecke des Weges entgegenzuziehen. Er nahm mit sich Kasja, Par und einen vertrauten Knecht. Ketura folgte, doch im Abstand, wie ein scheues Tier.

Jefta hegte eine leise, unsinnige Hoffnung. Ja'ala werde nicht kommen, Ja'ala werde verschwunden sein. Jemin hatte ihn verstanden, Jemin wünschte so heiß wie er selber, Ja'ala dem gierigen Gotte zu entziehen. Vielleicht gelang es ihm, sie zu rauben, sie zu retten. Jefta sagte sich wieder und wieder, das sei eitles Geträume. Trotzdem war er, als er Ja'ala leibhaft die verfängliche Straße kommen sah, erschreckt und erschüttert, als ob plötzlich Nacht über die helle Landschaft falle.

Langsam kam Ja'ala die sanft sich senkende Steppe herunter. Die Freundinnen blieben ein wenig zurück wie die Folgefrauen einer Fürstin. In weiter Ferne, am Rande des Himmels, sah man Jemin und seine Siebenschaft.

Jefta und die Seinen stiegen von ihren Tieren und grüßten Ja'ala ernst und würdig, nicht ohne Befangenheit. Ja'ala gab den Gruß zurück, freundlich, unbefangen. Doch schien sie von neuer, strenger, hoher Lieblichkeit, und die andern wagten nicht, sich ihr zu nähern; sie standen, Ja'ala und die Freundinnen, Jefta und die Seinen, einander schweigend gegenüber, klein, scharf umrissen in der weiten, hellen Landschaft.

Endlich sagte Ja'ala, und sie hatte noch immer ihre etwas spröde, kindliche Stimme: „Hier bin ich, mein Vater und Herr, und ich bin bereit."

Jefta wäre gern allein mit ihr gewesen. Er mußte ihr noch so vieles eröffnen, was er ihr in all den Jahren nicht hatte sagen können oder nicht hatte sagen wollen, und er mußte sie so vieles fragen, und wenn er auch kein Mann des Wortes war, so hätte sie doch auch aus ungefüger Rede gespürt, was von ihm zu ihr gehen sollte. So aber waren die andern da, und sie war ihm fern. Er sah, alle sahen es, daß der Gott sie bereits an sich genommen hatte; sie war hoch über den andern, freundlich und fremd. Gleichwohl war Jefta sicher, daß er sie dem Gott und ihrer Entrückheit entreißen könnte, wäre er nur mit ihr allein.

Er sagte: „Wo soll es geschehen, meine Tochter? Sollen wir zurückkehren nach Mizpeh? Oder willst du nach Norden gehen, nach Machanajim? Oder auch in unser Land Tob?" Er hoffte, sie werde sich für das Land Tob entscheiden und also für den weitesten Weg, daß er sie noch eine kleine Zeit habe.

Ja'ala sah Ketura, die sich herangeschlichen hatte und sichtlich aus den Worten Jeftas eine letzte, dünne Hoffnung schöpfte. Sie hatte Mitleid mit der Mutter, doch blieb es ein leichtes, sehr fernes Mitleid. Sie sagte: „Es ist nur wenige tausend Schritte von hier eine Höhe, und auf der Höhe ist ein großer grüner Baum, ein Ez Ra'anán, der dem Gotte lieb ist. Auch Steine sind da, aus denen du den Altar bauen kannst. Wenn es dir genehm ist, mein Vater, dann soll es dort geschehen."

Daß es so bald geschehen sollte, traf Jefta wie ein neues, unvorhergesehenes Unheil. Aber er verbarg seine Bewegung und antwortete: „Es soll geschehen nach deinen Worten, meine Tochter. Zeig uns die Höhe, und wir wollen dort das Lager für die Nacht schlagen."

Ja'ala wies ihnen den Ort. Tiefer unten war alles schon verdorrt, doch hier im Hochtal war die Steppe noch grün und bunt. Ringsum war freundlicher Alltag. In der Ferne zogen wandernde Hirten mit ihren Schafen, man hörte ihre eintönigen Rufe. Die um Jefta und Ja'ala saßen und lagen herum in der anmutig blühenden Steppe, in seltsamer Befangenheit. Sie beschauten das stillgeschäftige Leben der Insekten in den Gräsern, Blumen und Kräutern, sie wechselten gleichgültige Reden. Die Mädchen sangen und summten die Lieder, die sie von Ja'ala gehört hatten. Alle bestrebten sich, zu sein wie immer. Sie hätten gerne gesprochen von dem, was ihnen durch die Brust ging, doch waren sie schwer von Wort und konnten es nicht.

Kasja sagte zu Jefta: „Ich habe einen Trank bereitet, er ist süß und kräftig, und wenn du ihn ihr zu trinken gibst, wird sie in Betäubung liegen und nicht sehen, was ihr geschieht." Jefta war dankbar. Das war seine gute, vernünftige Schwester, die sich sorgte, das Schwere leichter zu machen. Aber er glaubte nicht, daß Ja'ala den Trank nehmen werde, und er zweifelte, ob er selber es wollte.

Als die Sonne sich zu neigen begann, setzten sie sich zum Mahle. Dann ließen sie Ja'ala allein, da sie es so zu wünschen schien.

Da indes drang Ketura zu der Tochter. Sie ergriff ihre Hand, ihre riesigen, verwilderten Augen saugten sich fest an ihrem Gesicht. Sie beschwor sie mit ihrer tiefen Stimme: „Komm mit mir, meine Tochter! Geh mit mir! Die Furt des Flusses ist nah. Keiner wird wagen, dich anzurühren. Wenn wir am andern Ufer sind, wird die Macht Jahwes gering, und mein Gott wird dich schützen. Geh fort von diesen Mördern! Komm mit deiner Mutter! Laß uns leben wie früher!" Ja'ala blieb freundlich. Die Mutter tat ihr leid, doch wie ein Tier, das nicht begreift und dem man nicht helfen kann.

Es wurde dunkel. Ja'ala sagte zu ihrem Vater: „Laß uns in die Steppe hinausgehen, mein Vater und Herr, und zusammen sein, wie wir es früher waren."

Sie gingen hinaus in die Nacht. Doch hielt Jefta nicht ihre Hand, wie er es früher wohl getan hätte; er spürte, sie war dem Gotte näher als ihm. Sie gingen eine kurze Strecke, dann setzten sie sich nieder. Aber niemand weiß, ob sie sprachen und was sie sprachen.

Am frühen Morgen brachen sie auf. Ja'ala trug das safranfarbene, schleierige Kleid. Par und Kasja, Jemin und die

Freundinnen begleiteten sie. Ein Knecht lenkte ein Packtier, dem Holz und das Kohlenbecken aufgeladen war. In der Ferne folgte Ketura. So gingen sie schweigend durch den schönen Morgen der Höhe zu.

Als sie der Höhe nahe waren, gab Jefta dem Knecht Weisung, zurückzubleiben, und führte selber das Tier. Er wollte nicht, daß fremde Augen Ja'ala weiter auf ihrem Wege folgten.

Die andern setzten ihren Weg fort. Die Steppe ging über in Buschwald. Da sagte Ja'ala zu Schimrit, Tirza und Sche'ila: „Bleibet hier, meine Lieben, und möge Jahwe sein Antlitz leuchten lassen über euch." Früher hätten die Freundinnen geschrien und geklagt. Nun blieben sie stumm und verneigten sich tief.

Sie gingen weiter in das Gehölz und kamen zu einer Waldblöße. Da sagte Ja'ala zu Par und Kasja: „Bleibet hier, meine Lieben, und möge Jahwe sein Antlitz leuchten lassen über euch." Es drängte Kasja, die Scheidende zu küssen und zu umarmen, aber sie bezwang sich, und sie schwiegen und verneigten sich tief.

Da sie aber an den Rand des Waldes kamen zum Anstieg des Gipfels, hieß Ja'ala auch den Jemin zurückbleiben. In all ihrer Bereitschaft und Entrücktheit nahm sie wahr, daß der Jemin, der zurückblieb, nicht mehr Jemin war; er hatte alles abgetan, was er dem Jefta abgespäht und abgelauscht hatte. Der zurückblieb, war Meribaal, der Mann, der damals aus dem Walde gebrochen war, sie zu retten.

Nun waren sie allein, Jefta und sie. Nur ferne noch folgte Ketura. Sie wimmerte und heulte leise vor sich hin und setzte ihren Weg fort, vorbei an Jemin, die Höhe hinauf, dem grünen Baume zu. Ja'ala aber hatte Erbarmen und ließ sie folgen. Als sie indes nur mehr eine kurze Strecke vom Gipfel entfernt waren, wartete Ja'ala, ließ sie herankommen und sagte: „Geh nun nicht weiter, meine Mutter." Sie sprach nicht laut, sie sprach nicht streng, doch so, daß Ketura gehorchte, ohne länger zu bitten, und daß selbst ihr Wimmern verstummte.

Jefta und Ja'ala stiegen eine kleine Strecke höher. Der Gipfel war kahl, überdeckt mit großen und kleinen Steinen; oben stand breit, grün und mächtig der Baum.

Sie ließen sich nieder. Jefta sah sein Kind. Ihr mattbräunliches Fleisch schimmerte durch das schleierige Kleid. Ihm war, als sehe er sie das erstemal, er liebte sie sehr. Er sehnte sich danach, daß sie ihn anschaue, niemand konnte schauen wie sie, alles, was sie war und lebte, war in ihren Augen. Auch nach ihrer Stimme sehnte er sich. Wer diese Stimme einmal gehört hatte, vergaß sie nicht, und ihm, Jefta, war die Stimme vertraut wie die eigene Hand. Trotzdem war ihm jetzt, als habe er ihre Stimme nie gehört, und in ihm war ein wildes Verlangen, daß Ja'ala spreche.

Und nun hub sie an und sprach: „Ich habe Jahwe gesehen", sagte sie. „Sein Gesicht ist wie das deine. Ich liebe Jahwe, weil sein Gesicht wie das deine ist."

Jefta hörte es bestürzt und mit Scham. Sie waren beide Kriegsmänner, Jahwe und er; aber er hatte sich über sich selber hinausgestreckt, und der Gott hatte die Macht und die Herrlichkeit und brauchte sich nicht zu strecken. Der stolze Jefta, da nun das Kind ihm sagte, er gleiche dem Jahwe, schämte sich bitter, doch durchrann ihn gleichzeitig eine große Wärme.

Er wagte nicht zu sprechen, er schaute sie immer nur an.

Dann, endlich, bot er ihr den Schlaftrunk. Sie aber wandte ihm ein vorwurfsvolles Gesicht zu und sagte: „Ich möchte dich sehen, mein Vater, wenn du dich in Jahwe verwandelst. Ich habe dich in deinem Zorn gesehen, ich habe das große, furchtbare Licht des Zornes aus deinen Augen ausstrahlen sehen und mich nicht gefürchtet. Ich werde mich auch jetzt nicht fürchten. Ich gehöre zu dir." Jefta bestand nicht, er stellte die Schale mit dem Trank zur Erde.

Sie schauten einander an, schweigend, und schweigend sagten sie vieles, was sie sich bisher nicht gesagt hatten. Dann, nach einer Weile, bat Ja'ala: „Gewähre du mir noch *eines*, mein Vater. Ich habe mehrmals in diesen Tagen Jahwe gesehen, er leuchtet furchtbar und herrlich, und ich liebe ihn. Eines aber hat er nicht, was du hast. Ich bitte dich, mein Vater: laß mich noch einmal dein Lachen hören."

Jefta erschrak in seinem Herzen. Wie sollte er lachen aus seiner Brust und aus seiner Kehle an diesem Morgen? Aber er sah die erwartungsvollen Augen Ja'alas. Sie war nie mit einem Manne auf der Matte gelegen, sie war ein Kind, das Kind Ja'ala wollte, daß er lache. Und Jefta nahm seinen Mut zusammen. Jefta lachte.

Da freute sich Ja'ala, und sie selber lachte mit, ein kleines, befriedigtes Lachen.

Dann ging er ans Werk, er zog die Schuhe aus. Er schleppte Steine zusammen und schichtete sie zum Altar. Er legte das Holz auf die Steine. Dann band er das Kind mit Stricken, sehr sacht. Er hob sie hoch. Wie leicht sie war! Er sah ihre Brust sich heben und senken unter dem safranfarbenen Kleid. Er sah ihre Augen, und sie sah seine Augen. Er legte sie auf die Steine.

Dann tat er ihr nach seinem Gelübde.

II

Viele Gileaditer hatten bis zuletzt geglaubt, Jefta werde sich von seinem Gelübde lösen. Nun hörten sie: er hatte es nicht getan, er hatte einen neuen, blutigen Bund mit Jahwe „geschnitten", er hatte die Tochter geopfert. Sie bewunderten ihren Richter, der durch seine Tat dem Stamm auf lange Jahre den Beistand des Gottes gesichert hatte, aber sie spürten Beklommenheit. Flüsternd erzählten sie von Vorvätern, die Kinder geopfert hatten, um die Mauern der Städte Mizpeh und Ramot festzumachen, flüsternd von Mosche, jenem Führer in der Wüste, dem Blutbräutigam, den der Gott in der Brautnacht überfallen hatte. Sie waren Jefta dankbar; aber wenn sie ihm früher freund und nahe gewesen waren um seiner wilden, lustigen Späße willen, so wurde er ihnen jetzt unheimlich.

Jefta blieb mehrere Tage lang verschollen. Die wenigen, die ihn damals zur Höhe hatten begleiten dürfen, hatten ihn den Hang herunterkommen sehen, versteinten Gesichtes, langsam, tastenden Schrittes, als gehe er im Dunkeln; niemand hatte gewagt, sich ihm zu nähern oder gar ihn anzureden. Dann war er im Walde verschwunden, er hatte sich verkrochen wie ein Tier.

Unvermutet dann, eines sehr frühen Morgens, tauchte er auf, verwildert, verschmutzt. Ging ins Lager vor Mizpeh, in sein Zelt. Reinigte sich, wie es Brauch war nach der Trauer um einen Toten.

Par kam. Jefta fragte ihn trocken, wie es im Lager stehe und in Mizpeh. Par berichtete. Er hatte die meisten der Leute zurückgeschickt nach Tob und Baschan; denn nun drohte wohl keine Gefahr mehr, weder von Ammon noch von Efraim. Jefta hörte zu, versperrten Gesichtes, nickte.

Immer im gleichen trockenen Ton fragte er Kasja, wo Ketura sei und wo Jemin. Kasja, stockend, vorsichtig, antwortete, es heiße, die beiden seien nach dem Norden gegangen, in die Wildnis. Jefta, sonderbar gleichmütig, stellte fest: „Es ist also gekommen, wie Abijam es gewünscht hat. Die Ammoniterin ist fort und alles, was ihr zugehört. Fort, hin. Zurück in die Wildnis und Wüste."

Er besorgte die Geschäfte des Lagers. Gab knappe Befehle. Schickte Par zurück nach Baschan mit Weisungen, wie er gegen diejenigen verfahren solle, die in ihrer Treue schlüpfrig geworden waren; es waren strenge Weisungen.

Er ging auf den Marktplatz vor Mizpeh und setzte sich auf den steinernen Stuhl des Richters. Volk stand um ihn herum, scheu, gespannt. Ein paar Leute waren da um Gericht und Spruch. Jefta hörte sie an, fragte kurze Fragen, tat seinen Spruch, harten Gesichtes, gerecht.

Er schickte Botschaft an König Nachasch, forderte ihn auf, sich in seinem Lager vor Mizpeh einzufinden.

Der König, trotz der Niederlage am Nachal-Gad, hatte immer noch erwartet, er werde ein Bündnis mit Jefta schließen können; der Hader mit dem westlichen Israel werde Jefta wieder ihm zutreiben. Dann aber hatte Jefta die Tochter seinem Gotte geschlachtet, er brauchte kein Bündnis mehr mit Ammon, er hatte sich die Oberherrschaft im östlichen Jordanland von seinem Gotte durch einen ungeheuern Preis erkauft. Es war sinnlos, gegen einen solchen Mann weiterzukämpfen. Die ammonitischen Soldaten, voll Grauen, verliefen sich. Der König, so schmerzhaft Jeftas herrischer Befehl an ihm fraß, unterwarf sich. Er ging nach Mizpeh.

Er erschrak, als er Jefta sah. Er war ihm in Wahrheit zugetan gewesen wie einem jüngern Bruder. In dem Manne, der ihm jetzt gegenüberstand, war keine Spur mehr von dem liebenswerten, fröhlichen Jefta von Elealeh. Der Jefta von Mizpeh war finster, böse.

Seine Bedingungen waren dazu bestimmt, Ammon dem Volke von Gilead auf lange Jahre untertan zu machen. Nachasch versuchte, auf die frühere, treuherzig schlaue Art zu verhandeln. Seine Worte prallten ab an der Kälte und Sprödigkeit des neuen Jefta. Mit diesem zerstörten Manne ließ sich nicht reden. Nachasch spürte etwas wie Mitleid mit seinem Sieger, er gab es auf, mildere Bedingungen zu verlangen.

Das neue Feldzeichen traf ein. Der Künstler Latarak hatte gute Arbeit getan, das Kupferbild war noch schöner als das frühere, furchtbar und herrlich zuckte aus der Wolke der Blitz. Doch Jefta spürte keine Freude, als nun endlich das Zeichen wieder vor seinem Zelt aufgerichtet stand. Keiner seiner früheren Träume wurde wach. Er blieb stumpf. Wüste war in ihm.

Auf Silpa und auf seine Brüder blickte er ohne Haß. Den Schamgar ließ er sogar ein wenig näher an sich heran.

Schamgar, nach dem Vorbild der Schreiber von Schilo, hatte begonnen, die Begebenheiten des Jefta aufzuzeichnen. Zuerst, gleich denen von Schilo, versuchte er auch, sie zu erklären. Aber obwohl Jeftas wunderbare Ereignisse, seine Bedrängnis in der Schlacht, sein Gelübde, sein Sieg, die Untat an den Efraimitern und die Opferung der Tochter, offenbar eng verknüpft waren, so vermochte doch Schamgar nicht zu erkennen, was Ursache war und was Folge. Die Sühne des Frevels hatte angefangen, bevor der Frevel geschah, und konnte es sein, daß das Spätere begann, bevor sich das Frühere ereignete? Schamgar gab es auf, die Geschehnisse zu deuten, und beschränkte sich darauf, sie niederzuschreiben; mochten die Späteren sie gemäß ihrer eigenen Einsicht erklären.

In seiner täppischen, demütigen, umständlichen Art erzählte er dem Jefta von seinen Bemühungen und las ihm aus seinen Tafeln vor. Jefta nahm die Tafeln in die Hand und befühlte die eingetragenen Schriftzeichen. Das also war es, was übrigblieb von seinen Siegen, Mühen, tödlichen Leiden.

Er lagerte weiter vor Mizpeh, lebte in seinem Zelt.

Gilead blühte. Die Männer von Gilead verehrten ihn

mehr als irgendwen seit Menschengedenken. Aber ein Unwirkliches war um ihn, er war unter ihnen gegenwärtig und war dennoch abwesend. Ein leises Grauen wich nicht, sie konnten ihm nicht mehr näherkommen. Sogar die Kinder spürten es und ließen ab von Spiel und Geschrei, wenn sie ihn sahen.

Er selber fühlte sich manchmal wie ein Toter, der aus der Höhle herausgedrungen war. Er war wie aus Luft und Nebel, so als ob das Blut des Lebens aus ihm geflossen sei.

12

Die Männer Efraims waren nach Schilo gezogen, gierig nach Rache an dem Mörder ihrer Brüder. Als aber Meldung kam von der Opfertat Jeftas, wurden sie nachdenklich. Jahwe war zwischen sie und Jefta getreten. Der Gott selber hatte Rache an ihm genommen und ihn entsühnt; sie forderten den Gott heraus, wenn sie gegen den Entsühnten kämpften.

Eine neue, ungeheure Gefahr zog auf und machte die Racheschreie vollends verstummen.

Die israelischen Stämme hatten sich im Westen des Jordan, in Kana'an, nur deshalb so lange halten können, weil die kriegserfahrenen Stadtkönige der Kana'aniter, welche die alten, festen Städte beherrschten, unter sich uneins waren. Nun aber, da unheilbarer Zwist entstanden war zwischen den Hebräern des Ostens und des Westens, schlossen diese Stadtkönige ein Bündnis, um gemeinsam über die Eindringlinge, die Israeliter, herzufallen und sie auszutilgen. Niemals seit den Tagen des Barak und der Debora war das westliche Israel in solcher Bedrängnis gewesen.

Nur *einer* konnte helfen, der Sieger vom Nachal-Gad, der Mann, der sich durch sein Opfer den Gott Jahwe zum ständigen Helfer gedungen hatte, Jefta.

Unter den Stämmen des westlichen Israel war Efraim der bedeutendste. Die Richter der andern Stämme gingen zu Tachan, dem Feldhauptmann von Efraim, und forderten ihn auf, die Hilfe Jeftas anzurufen. Er weigerte sich tobend. Sie wandten sich an Elead, den Erzpriester.

Elead erklärte sich bereit, nach Mizpeh zu gehen. Er tat es mit Widerstreben. Er war gemacht, in der Stille seines Jahwe-Zeltes in Schilo über die Geschehnisse Israels nachzudenken, sie mit seinen Schülern zu bereden, sie aufzuzeichnen und zu deuten. Er griff ungern in die Lenkung Israels ein, er zog es vor, sachten Rat zu geben, und er fühlte tiefes Unbehagen, daß er sich nun mit diesem Jefta, der so gewalttätig übers Land fuhr, auseinandersetzen sollte. Aber es mußte wohl sein; ohne Jeftas Hilfe konnte Israel nicht gerettet werden.

Er brach auf. Schöner Frühsommer war, der Weg war leicht und angenehm, doch ihm war er bitter. Von der Macht seiner Rede hing es ab, ob Israel bestehen wird oder verderben, und wird er die rechten Worte finden für diesen Jefta?

Er war gewohnt, über Menschen nachzusinnen, und hatte Wesen und Taten des Jefta oft bedacht. So unwillkommen ihm die Begegnung war, er war gierig, den Mann zu sehen und mit ihm zu reden.

Er fragte sich, wie er sich verhalten sollte. Die Gileaditer hatten sich nicht eingewöhnt in den Brauch der festen Siedlung, Gesittung schnürte und behinderte sie wie ein zu enges Kleid, sie waren noch immer Söhne des Tohu, der Wüste, und dieser Jefta war offenbar noch mehr als die andern seines Stammes ein Mann der Wüste und der Wildnis. Zudem war er wohl übermütig geworden durch Erfolg und Ruhm, und das blutige Gelöbnis mußte ihm das Gemüt vollends verstört haben. Wenn es schon hart war, sich mit einem Tachan zu verständigen, wie schwer mußte es sein, die Brust eines solchen Helden und Besessenen durch Gründe und Vorstellungen zu bewegen. Der Erzpriester Elead nahm sich vor, während der ganzen Unterredung seines Zweckes eingedenk zu bleiben, sich den Launen des Mannes anzuschmiegen und den rechten Augenblick abzuwarten.

Jefta, als ihm gemeldet wurde, der Erzpriester Efraims bitte um ein Gespräch, spürte eine leise Regung des alten Hochmuts. Dieser Priester von Schilo galt als sehr weise; die Efraimiter schickten ihm ihren klügsten Mann, ihn zu überreden. Aber es war ihm ein starker Schild um die Brust gewachsen, und da war kein Priester, mit dem er sich nicht hätte messen können.

Er war sehr versucht, auf seiner Seite des Jordan in Ruhe zuzuschauen, wie sich die Efraimiter in der Not bewähren würden. Aber er wollte sich nicht festlegen vor sich selber. Vielleicht auch wird er ihnen geringschätzige Großmut zeigen und sie retten. Er wird handeln gemäß der Laune, die ihn im Gespräch mit dem Priester anfliegen wird. Wenn es ihn danach juckt, wird er helfen, wenn nicht, nicht.

Elead kam. Der Mann aus Schilo sah anders aus, als Jefta ihn sich vorgestellt hatte. Er war unauffällig von Gestalt und Bewegung, das hellfarbige Gesicht mit den schleierigen, gescheiten Augen war gerahmt von einem sehr kurzen Bart. Er war jung für sein Amt, wohl noch nicht fünfzig Jahre alt. Sein Gewand war von schlichter, brauner Farbe, doch von bestem Stoff und der etwas dicklichen Gestalt gut angepaßt; niemals hätte ihn Jefta für einen der Priester Jahwes gehalten, die gemeinhin ungepflegt waren und ungestüm von Gebärde. Dieser Mann aus Schilo erinnerte ihn eher an den gepflegten Herrn aus Babel, der einmal sein Gefangener gewesen war, an den Prinzen Gudea.

Eine kurze Weile standen sie einander gegenüber, schweigend, sich betrachtend. Dann neigte sich Elead und grüßte: „Friede sei mit dir." Er sprach aber das Wort „Schalom" mit dem lispelnden „s" der Efraimiter. Und da geschah, was seit langem nicht mehr geschehen war: Jefta lachte. Er lachte schallend. Er dachte an die Späße, die er von Jugend an gehört hatte über die schnurrige Aussprache der Efraimiter, er dachte an die Efraimiter an der Furt des Jordan und an ihr „Sibolet", und ein immer neuer, wilder Lachreiz überfiel ihn.

Der Erzpriester Elead war darauf gefaßt gewesen, daß Jefta ihn nicht eben gesittet und würdig begrüßen werde; aber diesen Empfang hatte er nicht erwartet. Einen Augenaufschlag lang war er gekränkt. Doch dann gedachte er seines Vorsatzes, niemals zu vergessen, daß das Heil Israels abhing von der Hilfe dieses Jefta. Auch erkannte er: sein tolles Lachen galt nicht dem Stamme Efraim und nicht ihm, dem Elead, es rührte her aus einer der wilden, blutigen und lächerlichen Erinnerungen des Mannes. Elead hielt dem Lachen des Jefta stand, gelassen, abwartend.

Jefta, nachdem er sich gefaßt hatte, sagte denn auch: „Verzeih, nichts lag mir ferner, als den Gast zu kränken." Er trat auf ihn zu, grüßte ihn, Umarmung und Kuß andeutend, und lud ihn ein, sich auf der Matte niederzulassen.

„Ich denke mir", begann er das Gespräch, „daß du nicht ohne Widerstreben zu mir gekommen bist nach allem, was euch auf dieser Seite des Jordan zustieß. Eure Not muß sehr groß sein." – „Sie ist sehr groß", gab Elead schlicht zu. „Zum erstenmal seit den Zeiten der Debora haben sich die Könige und Städte Kana'ans gegen uns vereinigt. Sie sind uns überlegen an Zahl und an Waffen. Es kann auch dir nicht lieb sein, wenn Kana'an das westliche Israel austilgt, so daß Feinde dir nicht nur im Osten, sondern auch im Westen sitzen." Jefta erwiderte ruhig, fast beiläufig: „Ich hatte Feinde im Norden und im Süden und auch im eigenen Hause, das ist dir sicher nicht unbekannt. Ich bin mit ihnen fertig geworden."

Elead beschaute ihn nachdenklich und sagte: „Du hast gekämpft im Dienste Jahwes. Jahwe ist nicht allein Gileads Gott, er ist der Gott des ganzen Israel. Ich komme zu dir als zu dem Feldhauptmann Jahwes."

„Da kommst du zum falschen Mann", antwortete Jefta. „Meine Schulden an Jahwe sind abgezahlt. Ich bin nicht mehr in seinem Dienst und brauche keinen Krieg mehr für ihn zu führen. Wir sind quitt, Jahwe und ich."

Elead durfte die ungeschlachten Worte nicht, wie er's gern getan hätte, mit höflichem Spott erwidern, er durfte den Mann nicht reizen. Er schwieg, rieb mit den kräftigen, schreibgeübten Fingern der einen Hand die Fläche der andern und bedachte seine Antwort. Er forschte im Gesicht des Jefta. Es war in all seiner Härte ein müdes Gesicht. Das Fleisch war eingeschrumpft, der knochige Grundbau, der Schädel des toten Jefta, arbeitete sich durch das Gesicht des lebendigen. Der Mann hatte mit seinem Gotte gekämpft, er war erschöpft, er wollte den Kampf aufgeben; aber er kam nicht los von Jahwe.

„Ich glaube, Jefta", sagte schließlich der Priester, „du bist im Irrtum. Es geht zwischen dir und Jahwe nicht um Dienst, Pflicht und Schuld. Du kannst nie quitt werden mit dem Gott. Du bist ein Teil von ihm."

Schreck durchfuhr Jefta. Daß er und Jahwe *ein* Gesicht

hatten, das hatte keiner unter den Menschen gewußt, nur Ja'ala. Woher wußte es dieser Fremde?

Elead sah, daß seine Worte den andern angerührt hatten. Behutsam, mit seiner hellen, geschmeidigen Stimme, fast beiläufig und doch entschieden, fuhr er fort: „Wenn *einer* in Israel, dann bist du ein Held und also zu einem Drittel Gott. Wir, die wir die Begebenheiten Jahwes aufzeichnen, wissen das. Du hast mehr teil an Jahwe als wir andern, und wer den Gott angreift, greift dich an."

Jefta suchte sich aus seiner Befangenheit zu befreien und höhnte: „Arbeite dich nicht ab, Herr Erzpriester von Efraim, mich zu loben und zu preisen. Ich bin nicht der Bär, den man mit Honig fängt."

Elead erkannte: Jefta war verhärtet und voll Trotz, doch er war gescheit und konnte denken; seine, Eleads, Worte hatten einen Bruch geschlagen in die Verkrustung. Elead schöpfte Hoffnung, er warf seinen Plan um und wagte den Versuch, Jefta mit gewissen kühnen, verfänglichen Wahrheiten zu locken, die andern lästerlich erscheinen mochten.

„Es wundert mich nicht", sagte er, „daß du deinen echten, stolzen Anteil an Jahwe nicht wahrhaben willst. Du bist Soldat, du hast zu handeln, zu kämpfen; über den Gott nachzusinnen und zu grübeln ist nicht deines Amtes. Dazu sind wir Priester da. Wir in Schilo haben lange und mit Eifer über den Gott nachgedacht, wir glauben, nicht ohne Erfolg. Ich sage dir, und ich weiß es: du *bist* ein Teil von Jahwe, ob du es willst oder nicht. Jahwe lebt in dir, und du lebst in ihm. Die Baalim der fremden Völker leben in Bäumen, Steinen, Quellen, Bildern, und den Einfältigen unter uns ist auch unser Jahwe nur in solcher Gestalt sichtbar und betastbar; der wahre Jahwe aber, dein und mein Jahwe, lebt in den Taten Israels."

Jefta war betroffen, daß dieser Priester wiederum nackt und deutlich aussprach, was er manches Mal, ohne es recht zu begreifen, aus den Reden Ja'alas herauszuspüren vermeint hatte. Die unerhörten, nach Lästerung schmeckenden Worte zogen ihn an und ärgerten ihn. „Versteh ich dich recht?" fragte er, ein wenig höhnisch. „Behauptest du im Ernst, Jahwe lebe also auch in meinen Taten?" – „Du sagst es", antwortete Elead. Jefta, herausfordernd, fragte weiter:

„Wenn also ich frevle, dann frevelt Jahwe?" Der andere belehrte ihn freundlich: „Nicht ganz so. Wenn du frevelst, wird Jahwe schwächer. Jahwe verringert sich, wenn Jefta frevelt."

Jefta, nach einem kleinen Schweigen, sagte ablehnend: „Ich bin Soldat, du selber hast es gesagt. Ich bin nicht gemacht, deine feinen, verschlungenen Worte zu verstehen."

Elead widersprach mit ungewohnter Heftigkeit: „Natürlich verstehst du mich, auch wenn du dich zusperrst."

Er hielt ein. Er erinnerte sich seines Vorsatzes, dieses Gespräch nur auf seinen Zweck hin zu führen. Jefta war nun zur Genüge aufgelockert; es war an der Zeit, ihn mit starken Worten zu bedrängen, daß er an dem Krieg teilnehme. Allein Elead konnte nur selten und nur vor seinen treuesten Schülern von seiner gefährlichen Lehre reden, und dieser wilde, ungewöhnliche Jefta – Elead konnte es ihm vom Gesicht ablesen – hatte Ahnung und Sinn für seine Einsichten, er ließ sich von ihnen erregen. Die Brust des Elead aber war voll von seiner neuen Wahrheit, es trieb ihn, diesem Manne mehr davon zu verkünden.

Er trat nahe an ihn heran und redete auf ihn ein, leise, dringlich, doch ohne priesterliche Lehrhaftigkeit: „Siehst du, es ist so: Jahwe wurde geboren mit Israel. Die Kämpfe Israels sind seine Kämpfe. Er lebt stärker, wenn Israel stärker ist, er verdämmert, wenn Israel schwach ist. Er stirbt, wenn Israel stirbt. Er ist, was wir waren und sind und sein werden."

Die Worte des Elead drangen dem Jefta in die Brust; er bedachte sie weiter, gegen seinen Willen. Sicher war der Gott dieses Priesters nicht der seine. Sein, Jeftas, Gott war ein Kriegsgott, Feuer schnaubend, Sturm dröhnend. Aber Jefta begriff, daß Jahwe auch andere Gesichter hatte, viele Gesichter, und dieser Elead hatte wohl in der Tat Gesichter des Gottes gesehen, die ihm, dem Jefta, für immer unsichtbar blieben. Trotzdem gehörte er, Jefta, noch lange nicht zu jenen Einfältigen, die von dem Gott nur das begriffen, was sie sehen und betasten konnten. Und nun zum zweiten Male, seitdem Elead das Zelt betreten hatte, geschah dem Jefta etwas, was ihm seit langem nicht geschehen war: er raffte die Gedanken des andern an sich, machte sie sich zu eigen, nahm sie in seine Brust, daß sie dort wuchsen, dachte sie weiter.

Wenn Jahwe nicht von menschlich gemeiner Beschaffenheit war, dann hatte er auch nicht die menschlichen Bedürfnisse. Und plötzlich, mit schreckhafter Helle, erkannte Jefta, was am Ende der Gedanken des Elead lag. Die kleinen, grünen Lichter des Zornes leuchteten auf in seinen Augen, und ungestüm, wie es seine Art war, ließ er aus dem Munde, was ihm durch den Sinn ging. Die Stimme heiser und spröd von unterdrückter Wut, herrschte er den andern an: „So rede doch weiter, du Erzpriester, Erzgrübler, Erzschreiber, und sag mir's gerade ins Gesicht: du hältst mein Opfer für eitel. Du hältst es für überflüssig."

Nun war es an Elead, zu erschrecken. Er erschrak vor diesem plötzlichen Anprall. Er erschrak vor der Gescheitheit dieses rohen Kriegsmannes, der so schnell durchschaute, was er sich selber kaum einzugestehen gewagt hatte.

Er faßte sich. Einen Augenaufschlag lang war er versucht, dem andern mit höflich kunstvollen Worten zu widersprechen. Dann aber überwältigte ihn die Erkenntnis, daß dieser grobschlächtige Kämpfer, der vor lauter Tun und Erobern und Raffen und Töten keine Zeit zum Denken hatte, daß dieser Mensch, der die Tafeln nicht lesen konnte, ebenso scharf und gut sah wie er selber, ja in seiner Einfachheit vielleicht tiefer, und Elead, zum erstenmal in seinem Leben, schämte sich seines geistigen Hochmuts und seines Gelehrtendünkels. Er konnte nicht lügen angesichts dieses Mannes. Er sagte: „Darin magst du recht haben, daß Jahwe, wenn weitere sieben oder zweimal sieben Geschlechter gekommen und gegangen sind, Opfer wie das deine nicht mehr wird haben wollen. Taten des Mutes und der Hingabe indes, wie du sie getan hast, wird er immer brauchen."

Jefta hörte aus dem, was der andere sagte, nur die Bestätigung heraus, daß also in Wahrheit sein ganzes schmerzhaftes Tun Eitelkeit und Narretei gewesen war. Er stand von der Matte auf, lief hin und her; eingesperrt in seine Gedanken, lief er zwischen den engen Zeltwänden hin und her, ein Tier im Käfig.

In seinem Innersten ahnte er seit langem, daß sein Gelöbnis und sein Opfer eitel waren; die Ahnung war ihm aufgestiegen gleich nach der Tat, als er sich im Busch verkrochen hatte. Es gab also auch andere, die das ahnten. Wußten. Zumindest dieser *eine* wußte es. Es war also nicht Nebel, es *war* so: er, Jefta, hatte sein furchtbares Gelöbnis getan, um sich den Beistand eines Gottes zu erkaufen, der nicht war. Er hatte sein bestes, eigenstes Blut für einen Gott vergossen, der nicht war. Jefta der Held, Jefta der Narr. Kein Gott hatte ihm geholfen, Efraim hatte ihm geholfen. Und dafür hatte er die Tochter erschlagen, die liebe, liebliche. Er hatte das beste, röteste Blut seines Leibes um nichts verschüttet.

Die Worte kamen ihm zurück, die der Priester gesagt hatte, erst ihr Laut, dann ihr Sinn. „Taten, wie du sie getan hast, braucht der Gott, braucht Israel." Und auf einmal wurde ihm bewußt, daß alles, was er jetzt war und galt, verknüpft war mit seiner sehr großen und sinnlosen Tat. Was die Feinde klein und verzagt machte, was ihn schützte, mehr als Waffen und feste Mauern, das war das Grauen, das seine Tat um ihn erzeugt hatte. Die verwickelten, grausam verzerrten Folgen der Opferung wurden ihm für einen Augenblick ganz hell in ihrer grimmigen Lächerlichkeit, in ihrer läppischen Größe.

Auch der Priester war aufgestanden. Jefta schaute auf ihn, leeren Blickes zuerst, dann sehend. Und dieser da hatte alles gewußt und genau bedacht, die Sinnlosigkeit des Opfers und die ungeheuern Folgen. Er war ja hier, um das große Grauen zu nutzen, das von der Tat ausging. Das Grauen gab Schutz auch gegen Kana'an, wenn er, Jefta, nur über den Jordan zog. Der da vor ihm kannte die Zusammenhänge und hatte sie ihm verbergen wollen. Aber er, Jefta, hatte die Wahrheit aus ihm herausgeholt.

Eine wilde, böse Befriedigung faßte ihn. Er sagte: „Hab ich dir also doch die echte Meinung aus der Brust und Kehle gezogen, Herr Erzpriester von Schilo! Meine Taten!" höhnte er. „Meine Taten! Wie klug weißt du deine Worte zu setzen, du Erzgrübler und Erzschreiber, daß sie weich und streichelnd klingen, dieweil sie einem den Schädel einschlagen!" Seine bittere Lustigkeit wuchs. „Und zu denken", sagte er, „daß Männer wie du das Bild formen, das die Späteren von mir zu sehen bekommen!"

Elead schwieg. Er wußte nicht, wie der Ausbruch des Jefta enden werde. Er hatte nicht vorhergesehen, daß Jefta seine wahre Meinung erraten werde. Vielleicht hatte er sich nun alles verscherzt durch die unzeitige Verkündung seiner Lehre, und Jefta wird ihn mit Hohn zurück über den Jordan schicken.

Jefta seinesteils war noch durchschüttelt von Wut. Aber angesichts des Priesters, inmitten und jenseits seiner Wut, dachte er und wog. Er hatte keinen Grund, diesem Priester zu zürnen, er mußte ihm dankbar sein. Er war ein kluger, weiser Priester, sehr anders als der eitle, herrschsüchtige Abijam. Nun er, Jefta, das Große, Törichte getan hatte, wollte der Priester es nützen – und hatte er nicht recht? Das Blut sollte nicht einfach in Erde, Holz und Feuer versickert sein, der Priester wollte dem großen Grauen, das aus dem Blut herausgewachsen war, Sinn geben – und hatte er nicht recht?

Jefta faßte einen Entschluß. Der Entschluß faßte ihn. Er blieb vor Elead stehen, stieß den Kopf vor und fragte mit wüster Schalkhaftigkeit: „Sag mir doch, du kluger, weiser Priester, gib mir einen Rat: wie stell ich's an, daß die Geschichten, die du von mir erzählst, nicht zu übel klingen in den Ohren der künftigen Geschlechter? Soll ich dir so viele Hundertschaften schicken wie du mir? Dreizehn, denke ich, waren es?"

Elead atmete tief auf. In seiner Stimme war Freude, Wärme, hohe Achtung, als er antwortete: „Die bloße Meldung, daß Jefta an dem Feldzug teilnimmt, wird Kana'an zurückschrecken. Und wenn du uns eine einzige Siebenschaft schickst, ist uns geholfen."

Es hatte sich aber etwas in Jefta gelöst. Er verstand sich mit diesem Mann, mit diesem Manne konnte er reden, wie er früher mit Freunden hatte reden können. Er scherzte: „Ich habe mit König Abir von Baschan verhandelt, der ein kluger Feilscher ist, und mit König Nachasch, dem schlauesten Händler und Wortedreher unter den Fürsten des Jordanlandes. Aber du, Herr Erzpriester von Efraim, verstehst es besser als die beiden, dich mit listigen Worten einzuwurmen in die Brust dessen, der dein Feind sein sollte."

„Sage nicht, daß du mein Feind sein solltest, Jefta", antwortete Elead. „Wir sind Genossen *einer* Straße. Meinem Wort war es vergönnt, dich anzurühren, und du hast jetzt durch wenige Sätze mehr getan, Israel zu retten, als irgendwer sonst es vermöchte mit Tausendschaften und Schwerterschärfe."

Er schickte sich an zu gehen. Jefta aber sagte: „Einen Gefallen mußt du mir tun, Erzpriester Elead, bevor du zurückkehrst in dein Efraim, und sei nicht gekränkt. Vermeide nicht das Wort, sondern sag es mir noch einmal: Schalom."

13

Jefta zog mit acht Tausendschaften und viel Belagerungswerkzeug über den Jordan. Er schloß Geser und Jebus, die starken Festungen Kana'ans, ein und schnürte sie ab vom Heer der Kana'aniter, das in der Ebene des Nordens eine Schlacht suchte. Auf diese Art aber war das westliche Israel nicht mehr bedroht im Süden, und sein ganzes, von Tachan befehligtes Heer wurde frei für die entscheidende Feldschlacht im Norden.

Eine kurze Weile lockte es Jefta, selber an der Schlacht teilzunehmen. Aber er dachte an die schleierigen, wissenden, prüfenden Augen des Elead und an die schreibgeübten Finger, die seine Taten betasten und aufzeichnen werden. Er begnügte sich mit der wichtigeren, doch danklosen Aufgabe, die beiden uneinnehmbaren Festungen weiter zu belagern, und überließ dem Tachan den Rausch und Glanz der Schlacht.

Tachan besiegte das Heer Kana'ans, und Jefta ging zurück über den Jordan ohne kriegerischen Ruhm.

Das ganze Israel aber sah seinen Retter in Jefta.

Jefta ging auch dieses Mal in die Höhle, um dem toten Vater Bericht zu erstatten. „Ich habe Krieg geführt in Kana'an", erzählte er ihm. „Ich habe die Ehren des Sieges dem Feldhauptmann von Efraim gelassen. Doch auf beiden Seiten des Jordan wissen sie, daß dein Sohn Jefta es war, der Israel aus seiner höchsten Not gerettet hat, und es ist nun gewiß, daß die Tafeln der Schreiber diese Jahre ‚Die Jahre des Jefta' nennen werden. Aber ich habe für meinen Ruhm einen fürchterlich hohen Preis gezahlt. Nicht ich, mein Vater Gilead, darf dein Geschlecht fortsetzen, deine andern Söhne setzen es fort, die wackern, braven, gewöhnlichen. Mein Sieg freut mich nicht. Ich bin trüben Mutes und sehne mich nach der Zeit, da sie mich zu dir in die Höhle tragen."

Vielen Männern aber im Lande Gilead war es leid, daß Jefta die Ehren des Sieges dem verhaßten Efraim überlassen hatte.

Am meisten bekümmert war der Erzpriester Abijam. Warum hatte Jefta die Gelegenheit verschmäht, Gilead zum glorreichsten Stamme Israels zu erhöhen? Der alte Priester sagte sich, Jefta habe es nur deshalb getan, weil er's ihm, dem Abijam, mißgönnte, Mizpeh, seine Lade und seinen Stein vom ganzen Israel als Mittelpunkt anerkannt zu sehen.

Der Hader zwischen Efraim und Gilead war begraben, die Einigung Israels Wirklichkeit, und wenn Abijam auch nicht alle die wunderlich verschlungenen Wege gewählt hatte, auf denen dieses große Ziel erreicht worden war, so war doch immer er es gewesen, der den Anstoß zu Jeftas Taten gegeben hatte. Abijam fühlte Stolz. Doch es ärgerte ihn bitter, daß Jefta es unterlassen hatte, die Vereinigung des östlichen mit dem westlichen Israel durch ein feierliches Bündnis zu bekräftigen. Abijams Werk war nicht besiegelt.

In seinem geschulten Hirn entstand ein letzter, listiger Plan. Die westlichen Stämme hatten den Titel des alten Gilead, „Richter in Israel, Schofet Godol, Hoher Richter", niemals anerkannt. Dem Sohne können sie nach der Waffenhilfe für Efraim den Anspruch nicht verweigern. Er, Abijam, wird dem Jefta anbieten, ihn zum Hohen Richter zu salben. Jefta kann die Salbung nicht wohl abschlagen. Dann aber wird der Sitz des Hohen Richters Mizpeh sein, nicht Schilo, Gilead wird die Vormacht sein in Israel, er, Abijam, wird sein Werk vollendet sehen, bevor er in die Höhle geht.

Er nahm seinen Stab und machte sich auf ins Lager vor der Stadt, zu Jefta.

Der sah ihn, das hagere Gesicht mit der höckerigen Nase, den zottigen Brauen und dem wilden Bart, und spürte fast mit Genugtuung, wie der alte Haß in ihm aufstieg.

„Nimm mir's nicht übel, mein Vater und Herr", sagte er, „wenn ich dich so lang und genau betrachte. Ich habe noch nie in meinem Leben einen vollkommen glücklichen Mann gesehen: du bist ein solcher. Du hast alles erreicht, was du jemals gewollt hast. Ich bin getrennt von der Tochter Ammons, Ammon ist in Staub getreten, Kana'an ist in Staub getreten, kein Hader ist zwischen dem östlichen und westlichen Israel, und das alles hast du bewirkt, es ist dein Verdienst. Aber den Preis dafür hast du mich zahlen lassen."

Abijam war alt und müde, er hielt sich fest an seinem Stab, er bedauerte es, daß der andere ihn nicht zum Sitzen aufforderte. Aber er genoß von Herzen die Bitterkeit des Jefta. Was der Mann da vorbrachte, war alles richtig. Jahwe hatte ihm, dem Priester, den Hauch und den Geist eingeblasen, dem andern hatte er nur die starke Faust gegeben. Die Faust mußte tun, wie der Geist wollte.

Und so wird es auch weiter sein.

Er sagte: „Ich habe Jahwes großen, feurigen Gedanken auf dich übertragen. Du hast ihn in deiner Brust geschürt, bis die Flamme ausbrach. Wenn heute Israel geeint ist, dann ist es das Verdienst des Feldhauptmanns nicht weniger als des Priesters. Es ist meine Pflicht, das allem Volke zu zeigen. Du sollst dich nicht länger begnügen mit dem Stab des Richters von Gilead. Dir zu kommt das heilige Öl des Schofet Godol, des Hohen Richters, des Richters in Israel."

Jefta beschaute den schmächtigen Greis fast erheitert. „So alt bist du", sagte er, „so schwach sind deine Hände, und noch immer willst du auf mir und allem Volke spielen wie auf den Saiten einer Zither. Du bist sehr hartnäckig, alter Mann, und ich schätze deinen harten Willen. Aber ich liebe dich nicht darum. Ich bin nicht dein Freund. Es ist wenig Feuer mehr in meiner Brust, ich kenne keine Freunde mehr und keine Feinde; aber wenn ich deinen großen Kopf sehe, Erzpriester Abijam, dann weiß ich wieder, was Haß ist."

Er hielt ein. Abijam antwortete nicht, er wartete. Jefta, nach einer Weile, fuhr fort: „Ich könnte dir sagen, ich brauche dein Öl nicht, ich habe mich selber gesalbt, mit Blut. Aber natürlich hast du auch dieses Mal recht: es wird die Herrschaft Jahwes festigen im Jordanland, wenn ich mich salben lasse. Und recht hast du auch mit dem, was verborgen steckt in deinen Worten: Gilead wird dann die Vormacht sein in Israel. Also sei es drum, ich folge deinem Rat. Ich werde mich zum Richter in Israel salben lassen. Und es soll hier geschehen, in Mizpeh, angesichts deiner Lade und deines Steins."

Abijams Gesicht entspannte sich in einer Freude, die er nicht zu verbergen trachtete. Jefta weidete sich daran. Dann, fast beiläufig, fuhr er fort: „Damit aber, wie du es wünschest, alles Volk sehe, daß nun Gilead und Efraim in Wahrheit geeint sind, will ich den Erzpriester von Efraim bitten, mich zu salben."

Abijam, so jäh und grimmig enttäuscht, wurde aschfahl. Dieser Jefta hatte gelernt, was Haß ist und was Rache ist. Wie tückisch kehrte er seine, des Abijam, eigene Worte gegen ihn und betrog ihn um die Beglückung seines Alters. Aber der Priester beherrschte sich, er fiel nicht um, er hielt sich an seinem Stabe, er antwortete: „Ich hoffe, es wird dir gelingen, den Mann von Schilo zu bewegen, daß er kommt."

In seinem Innern hoffte er, Elead werde sich weigern, ein zweites Mal nach Mizpeh zu gehen.

Aber er erlebte nicht mehr den Bescheid des Rivalen. Der Schmerz, daß ihm die Vollendung seines Werkes versagt blieb, zehrte an Abijam dergestalt, daß er drei Tage nach dem Gespräch mit Jefta starb.

14

Am Tage nach der Ankunft Eleads in Mizpeh trugen Schamgar und seine Gehilfen die Lade und den Stein Jahwes aus dem Zelte des Gottes und stellten sie auf den Platz am Tore. Und wie damals, als Abijam dem Jefta den Stab des Richters übergeben hatte, sammelte sich eine große Menge Volkes. Dieses Mal aber kam zum Tore von Mizpeh nicht Gilead allein, dieses Mal kam Israel. Vier mal sieben Stämme und Hauptsippen zählte man in Israel, und alle hatten ihren Richter oder ihren Priester gesandt, daß er Jefta grüße am Tage seiner Salbung.

Vorne unter den Zuschauern stand die Frau Silpa, die Mutter ihres Geschlechtes. Nachdenklichen Auges schaute sie auf Jefta. Der ließ es zu, daß sie die Geschäfte des Stammes Gilead führte. Abijam war tot, und sie brauchte die Herrschaft mit niemand zu teilen, sie war jetzt in Wahrheit die Mutter des Stammes. Ihr Sohn Jelek, der tüchtige Rechner, mehrte den Besitz, ihr Sohn Schamgar war Erzpriester, der treue Hüter der Lade, und mehr konnte wohl ein Mann von so geringen Gaben nicht verlangen. Der größte freilich unter den Söhnen Gileads war der Bastard, der Sohn der Lewana. Er hatte Israel geeinigt durch seine Taten, und sein Ruhm und das Grauen, das um ihn war, umgab das Land wie eine feste Mauer. Aber da sie ihn nun sitzen sah auf dem Stuhle des Großrichters, fühlte sie weder Neid noch Haß. Sein Gesicht war starr, als sei es ein Teil des steinernen Hochsitzes. Er war nicht glücklich, Jefta, der Sohn der Lewana.

Auch Par und Kasja waren gekommen, dem Jefta Liebe und Verehrung zu erweisen. Doch spürten sie nur eine trübe Freude. Ihr Jefta hatte das Ziel erreicht, das er sich vorgesetzt hatte; seit Joschua war kein Mann in Israel aufgestanden wie Jefta. Aber er hatte zuviel seines Fleisches und Blutes ausgerissen für Jahwe; es war ein todwunder Mann, den sich Israel zum Richter ausersah.

Der Erzpriester Elead kam, begleitet von Priestergehilfen. Er war angetan mit dem weißen Linnen und dem Efod, dem kurzen, viereckigen Mantel, der an den Ecken besetzt war mit den Urim und Tumim, den Täfelchen des Lichtes und der Vollkommenheit. Er trat vor die Lade. Die Gehilfen reichten ihm die Gefäße aus Alabaster, die Öl, Wein und Würzwerk enthielten. Schamgar öffnete die Lade. Elead weihte und opferte, und stolz sahen die Männer von Gilead, wie der Priester von Efraim den Schrein und Stein ihres Jahwe verehrte.

Dann bestieg Elead das niedrige Gerüst, das zur Seite des steinernen Stuhles errichtet war. Die Gehilfen reichten ihm die Gefäße. Jefta sah zu ihm auf, die Salbung zu empfangen. Er sah die ernsten, schleierigen Augen des Priesters, die voll Achtung und Mitleid auf ihn gerichtet waren. Er sah die schreibgeübten Hände des Priesters, die seine Taten aufzeichnen werden. Und er führte ein stummes Gespräch mit dem Priester. Denke daran, daß du ein Teil von Jahwe bist, sagte Elead. Jefta erwiderte: Ich denke daran. – Ich werde aufzeichnen, daß du nicht ausgewichen bist, sagte Elead. Jefta bekannte: Ich wollte es mehrere Male. – Aber du bist nicht ausgewichen, sagte Elead, und ich werde es aufzeichnen.

Und nun gab Elead dem Jefta zu trinken von dem Weine

Jahwes, er ließ auf ihn träufeln das heilige Öl, er rieb ihm Stirn und Hände mit dem Würzwerk des Gottes. Es war edelstes Gewürz, bereitet aus Narden und Myrrhen, aus Balsam von Gilead und aus Kräutern ferner Länder; nur die Priester Efraims verstanden, es so edel zu bereiten.

Alle sahen, wie die Hände des Erzpriesters von Efraim den Gileaditer Jefta salbten. Alle hörten den Elead mit lauter Stimme verkünden: „Hierdurch läßt Jahwe, der Gott Israels, dich teilnehmen an seiner Kraft. Kraft von der Kraft des Gottes ist in dich eingeströmt durch deine Taten. Mehr Kraft strömt in dich durch das Öl, den Wein und das Würzwerk Jahwes. Deine Kraft ist gemehrt, Jefta, Sohn Gileads, Ischi Schofet Godol, mein Herr Hoher Richter!" Und alle riefen: „Deine Kraft ist gemehrt, Ischi Schofet Godol!"

Jefta sog ein den starken und lieblichen Duft des Gottes, und für den winzigsten Teil eines Augenaufschlags war ihm, als wäre es der Duft der Ja'ala. Mit einer bittern, höhnischen, zerreißenden Lust, während das Getön der Pauken und Zimbeln und die Schreie Israels um ihn waren, dachte er: Welch ein Lied hätte Ja'ala für mich gesungen an diesem Tage. Aber lange bevor das Gewürz verwehte, war ihm der Hauch Ja'alas verweht. Und während sein Ruhm betäubend hinauf in den Himmel tönte, spürte er scharf und spöttisch die Eitelkeit dieses Ruhmes. Er stand auf dem Gipfel, den zu ersteigen er sich vorgesetzt hatte damals auf dem Gipfel des Chermon. Er übersah das ganze weite Land zu seinen Füßen, er sah weiter und mehr als die andern, er hatte Tieferes, Größeres erlebt als die andern, ihm eignete Meisterschaft und Wissen um die Lenkung des Landes. Aber er spürte qualvoll die Einsamkeit des Gipfels und seine klare, schneidende, tödliche Kälte. Der Mann Jefta ist nicht mehr da. Was der Priester salbt, ist nicht mehr der Mann Jefta. Der Hauch ist verweht, das Leben ist verweht, kein Öl, Wein und Gewürz kann es neu in ihn einströmen lassen. Es ist nicht der Mann Jefta, es ist der Ruhm des Jefta, der hier auf dem steinernen Stuhle sitzt.

15

Die Jahre, die folgten, waren Jahre der Blüte, und die Gileaditer priesen den Jefta. Die Väter erzählten den Söhnen von seinen Taten, und ihre ernsten, würdigen Gesichter schmunzelten, wenn sie von seinen Listen berichteten und von seinen wild lustigen Streichen.

Aber mehr noch als von Jefta erzählten sie von Ja'ala, der Hindin, der Lieblichen, die durch ihre zarte und starke Opferbereitschaft dem Stamme Gilead und dem ganzen Israel die Gnade Jahwes erworben hatte. Im Frühjahr zogen die Mädchen, die mannbar geworden waren, in die Berge, sie beklagten und priesen den Gott der Flur, der gestorben war und nun auferstand, sie flehten zu Jahwe, er möge sie segnen, wenn sie sich zu dem Manne auf die Matte legten, sie beklagten und priesen Ja'ala, die gestorben war in ihrer Jungfräulichkeit.

Schamgar machte sich daran, die Lieder der Ja'ala aufzuzeichnen. Nicht wenige hatten solche Lieder im Gedächtnis behalten, vor den andern die Freundinnen Schimrit, Tirza und Sche'ila. Manches in diesen Liedern war dunkel, doch sie rührten die Menschen mächtig an. Schamgar suchte einen jeden auf, der ein Lied Ja'alas kennen mochte, er mühte sich um höchste Treue.

Er ging zu Jefta und sagte ihm voll bescheidenen Stolzes einige der Lieder auf. Jefta hörte zu, ohne Regung. Schamgar fragte: „Sage mir, Jefta, so gingen doch diese Lieder?" Jefta, trocken, erwiderte: „Ich weiß es nicht mehr."

Er sagte die Wahrheit. Während Ja'ala den Männern und Frauen Israels deutlicher wurde, verdämmerte sie dem Jefta. Nebel legte sich um ihr Bild, er sah sie selten und undeutlich.

Israel aber hatte Ruhe vor seinen Feinden in den Jahren, da Jefta Richter war. Doch waren dieser Jahre nicht viele. Im siebenten Jahre seiner Richterschaft, im vierzigsten seines Lebens, wurde er versammelt zu seinen Vätern.

Nachwort des Autors 1957

I

Die Geschichte Jeftas ist aufgezeichnet im „Buch der Richter.“ Dieses Buch, das siebente des Alten Testaments, erzählt von der Eroberung des Jordanlandes durch die israelischen Stämme. Die Ereignisse, von denen das Buch berichtet, fanden statt in den Jahren 1300 bis 1000 vor Beginn unserer Zeit. Die Autoren aber, die sie uns überliefern, lebten im neunten oder achten Jahrhundert, die letzte Redaktion dürfte sogar erst im sechsten Jahrhundert vor unserer Zeit unternommen worden sein, und diesen späten Schreibern war die Welt der alten Berichte fremd geworden. Auch wollten sie die Ereignisse in eine fromme Deutung hineinzwängen. So ist das „Buch der Richter“, wie es uns jetzt vorliegt, verworren und voll von Widersprüchen.

Doch enthält es Stücke, die zu den schönsten und stärksten im Alten Testament gehören: das großartige Kriegslied der Debora, die volkstümlichen Geschichten von Gideon, dem „Schläger“, dem „Draufgänger“, die Geschichten von dem starken Simson und den Philistern und vor allem auch die Geschichten um Jefta.

In die siebenundvierzig Sätze der Bibel, welche das Leben dieses Jefta, des fünften großen Richters in Israel, erzählen, sind vier alte Berichte hineinverarbeitet, die aus verschiedenen Zeiten stammen und ursprünglich nichts miteinander zu tun hatten. Sicher liegt diesen vier Quellen geschichtliches Material zugrunde, aber ebenso gewiß haben die späten Autoren und Redakteure dieses Material mißverstanden. Die Dinge können nicht so gewesen sein, wie die biblischen Autoren sie erzählen.

Da ist zunächst die Geschichte, wie Jefta, der Bastard, von seinen Brüdern um sein Erbe gebracht und vertrieben wird, dann aber als Bandenführer solche Erfolge hat, daß ihn sein Stamm in Kriegsnot zurückruft und ihn zum Häuptling erhöht. Daran angeknüpft ist ein Bericht von Verhandlungen, in denen der Häuptling Jefta dem feindlichen König auf spitzfindige, theologisch-juristische Art beweisen will, daß Israel Anspruch hat auf ostjordanisches Land. Die Ausführungen nehmen sich merkwürdig aus im Munde des Bandenführers, der in der ersten Erzählung gezeigt worden ist; überdies verwechselt der späte Autor, der sie ihm in den Mund legt, die Götter der Feinde. Nun folgt die dritte Geschichte, die schöne und erregende von dem Gelübde Jeftas und der Opferung seiner Tochter; an dieser Erzählung, die von einem wahren Dichter geformt ist, haben die späten Bearbeiter nur wenig geändert. Die vierte Episode, ohne Zusammenhang angeschlossen, berichtet von einem wilden, sinnlosen Bruderkrieg zwischen dem Stamme Jeftas und dem Stamme Efraim, einem Krieg, der mit einem ungewöhnlich wüsten, blutigen Spaß endet.

Dies alles also preßt der späte Redakteur des Buches der Richter in seine siebenundvierzig Sätze, und da sein Buch in den Kanon der Heiligen Schrift einging, wurden die siebenundvierzig Sätze treulich durch die Jahrtausende bewahrt.

Lebendig aber blieben nur jene zehn Sätze, in denen ein Unbekannter ums neunte Jahrhundert vor unserer Zeit bewegt und bewegend von dem Gelübde und dem Opfer Jeftas erzählt.

Diese Geschichte, aus dem ganzen Leben Jeftas nur sie, ließ die Phantasie der Späteren nicht los. Dichter, Musiker, Maler haben sie immer von neuem dargestellt. Shakespeare, der nur selten Menschen der Bibel erwähnt, spricht von Jefta, seiner Tochter und seinem blutigen Eid an drei Stellen, einmal im Hamlet. Der alte Georg Friedrich Händel, in der schrecklichen Zeit seiner Erblindung, schrieb das große Oratorium um Jefta und um sein Gelübde.

2

Die frühesten uns bekannten Dichtungen von der Opferung geliebter Menschen entstanden um die gleiche Zeit in Israel und in Hellas, wohl im neunten Jahrhundert vor unserer Zeit. Damals erzählte einer der Dichter des Kyprischen Epen-Zyklus von Agamemnon, der seine Tochter Iphigenie opfert, ein anderer griechischer Dichter formte die Geschichte von Idomeneus, der infolge eines unglücklichen Gelübdes dem Poseidon den Sohn schlachtet. Um die gleiche Zeit erzählte in Israel jener Dichter, den wir den Elohisten zu nennen pflegen, von der Opferung Isaaks, und um diese Zeit auch entstand die Geschichte von Jeftas Gelübde.

Es wurden damals in beiden Ländern noch Menschenopfer gebracht; doch müssen die hebräischen sowohl wie die griechischen Dichter die Opferung eines Sohnes oder einer Tochter bereits als etwas Unmenschliches empfunden haben. Sie milderten, die einen sicher unabhängig von den andern, die altüberkommenen Berichte. Idomeneus gelobt nicht geradezu das eigene Kind, auch Jefta tut es nicht; das Gelübde des einen wie des andern ist umwegig. Der zu opfernde Isaak wird von dem Gott zuletzt verschont, auch Iphigenie wird gerettet. Die Dichter schon dieses Jahrhunderts, aus der eigenen, sanfteren Gesinnung und Gesittung heraus, billigten nicht mehr die blutigen Gelübde der Vorväter. Sie versetzten naiv die Menschen ihrer Dichtungen, die ein halbes Jahrtausend vor ihnen gelebt hatten, in die eigene Zeit und verspürten bei aller Verehrung ihrer Helden ein leises Grauen. Sie wußten nicht oder kümmerten sich nicht darum, daß Anschauungen und Bräuche sich geändert hatten. Sie ließen den Agamemnon, den Jefta denken und handeln, wie sie selber taten.

Wir heute, im Besitz der Ergebnisse jahrhundertelanger Forschung, sind besser vertraut als Homer mit den Lebensverhältnissen zur Zeit des Trojanischen Krieges. Wir wissen erheblich mehr als die biblischen Autoren von den Sitten und Anschauungen um die Wende der Bronzezeit, der Epoche, zu der die Richter Israels gewaltet und gekämpft hatten. Wir wissen mehr als die Redakteure des Richterbuches von den Gottesvorstellungen, die einen Jefta veranlaßt haben mögen, seine Tochter dem Gott als Opfer darzubieten.

3

Von der Zeit an, da ich als Knabe das Buch der Richter mühevoll aus dem Hebräischen ins Deutsche übersetzen mußte, ließ mich die merkwürdige Erzählung von Jeftas Gelübde nicht mehr los. Mein Lehrer, der übrigens Jeftas Gelübde höchlich mißbilligte, ergänzte den biblischen Bericht durch Geschichten, mit denen nachbiblische Erklärer, die Autoren der Targumim und Midraschim, die ursprüngliche Erzählung umsponnen hatten: wie Jeftas Tochter Sche'ila bei den Rabbinen herumgeht, um diese zu bewegen, das Gelübde gemäß der Schrift für ungültig zu erklären; wie Gott, empört über das sündhafte Gelübde, die Rabbinen mit Blindheit schlägt; wie der Hohepriester, der um die Nichtigkeit des Schwures weiß, zu stolz ist, zu Jefta zu gehen, und dieser seinesteils zu hochmütig, den Hohepriester aufzusuchen; und wie zur Strafe der Priester seines Amtes entsetzt wird, dem Jefta aber die Glieder einzeln abfaulen, so daß sein Leichnam zerstückelt an vielen Orten begraben liegt.

Später befaßte ich mich mit methodischem, wissenschaftlichem Studium der Bibel. Was Archäologen, Historiker, Philologen aus der Erde und aus dem Wust früher Dokumente ausgegraben hatten und wie sie daraus die Wirklichkeit der Frühgeschichte der Jordanländer konstruierten, das schien mir spannender und erregender als jeder Detektivroman. Langsam verschmolzen mir die Gestalten der Bibel, die ich als Knabe gesehen hatte, mit den Menschen, welche die Forschung mir erschloß. Die unverbundenen, widerspruchsvollen Geschichten, welche die Bibel von Jefta zu erzählen weiß, fügten sich ineinander, rundeten sich mir, nun ich sie in die rechte Zeit und in die rechte Welt stellen konnte. Langsam wurde mir der wilde, blutige, große, unselige Bandenführer Jefta der biblischen Geschichte zu einem Manne historischer Wirklichkeit.

Ich sah ihn im Lande Gilead, inmitten von Menschen, die, aus Generationen von Wanderhirten stammend, sich nur mühsam in die neue Ordnung des Siedlerlebens fügen. Ich sah ihn, halb willig, halb gestoßen, zurückfliehen in das freiere Leben der Wildnis. Ich sah ihn sich herumschlagen mit den Gefahren des Tohu und mit den Gaufürsten der angrenzenden besiedelten Gebiete.

Die Versuchung lag nahe, das ganze Land und die ganze Zeit darzustellen. Da sind die uralten Städte des Jordanlandes, geschützt von ihren starken Mauern, erfüllt mit schönen und nützlichen Dingen, die eine tausendjährige Technik hergestellt hat, sich freuend ihrer Gesittung. Die Fürsten dieser Städte sind seit langen Jahrhunderten dem Pharao von Ägypten oder den Großkönigen im Norden untertan gewesen; nun aber sind die Großreiche im Süden und im Norden geschwächt, und die Stadtfürsten des Jordanlandes haben sich selbständig gemacht. Dafür sind sie bedroht von neuer Gefahr. Die Wanderstämme der Chabiri, der Hebräer, die von jeher Raubzüge ins besiedelte Land unternommen haben, sind nun, da die alte Zentralgewalt nicht mehr da ist, in Scharen eingebrochen und haben sich den größten Teil des offenen Landes und die kleinen Städte genommen. Sie bedrohen auch die alten, festen, reichen Städte und haben bereits die eine oder die andere erobert oder zerstört. Die Eindringlinge sind ihren frühern nomadischen Sitten treu und hassen und verlachen die Zivilisation der Ureinwohner. Gleichzeitig aber erkennen sie, daß deren Lebensweise die einzige dem Siedlerleben gemäße ist, und allmählich übernehmen sie selber die alten Bräuche und Anschauungen des Landes. Es schien mir verlockend, das Gewimmel dieser Stämme, Völker und Gesittungen zu gestalten, die alle im Werden oder im Vergehen sind, und darzustellen die Wandlungen, die eine solche Entwicklung des Ganzen im Wesen der einzelnen hervorbringen muß.

Inzwischen aber hatte ich den Mann Jefta gesichtet, wie er groß, allein und rebellisch unter einem blassen, leeren Himmel steht, allen Streit und Widerspruch der Zeit in sich selber auskämpfend. Er hadert mit dem Volk der Siedler, doch auch mit den Stämmen der Wandernden, er gehört der Familie seines Vaters an, doch auch dem Stamm seiner Mutter. Er lehnt sich auf gegen den Gott der Siedlung, doch auch gegen den des Feuers und des Tohu. Er lehnt sich auf gegen den Priester seines Vaters, gegen den König seiner Mutter und gegen sich selber.

Diesen Mann also hatte ich gesichtet, groß und allein, und

ich brachte es nicht mehr über mich, ihn zu verkleinern und zu verschatten, indem ich seine bunte, überreiche Welt in all ihrer Vielfältigkeit malte. Vielmehr vermaß ich mich, die Wandlungen der Zeit in ihm allein darzustellen. Ich versuchte, durch Darstellung seiner sich wandelnden inneren Landschaft die Entwicklung der gesellschaftlichen Ordnung des gesamten Jordanlandes zu gestalten. Ich wollte darüber hinaus meinen Jefta, ohne ihm seine besondern Einzelzüge zu nehmen, ins Typische erhöhen. Sein Schicksal, so einmalig und merkwürdig es scheint, sollte zum Gleichnis werden.

4

Der Autor, der es heute unternimmt, die schlichte Wirklichkeit biblischer Menschen in Wort und Gestalt zu fassen, muß gewärtig sein, mißdeutet zu werden. Im Wege steht ihm das fanatische Vorurteil derjenigen, die in der Bibel „Gottes Wort“ sehen, ein Vorurteil, das zu verhärten siebzig Generationen sich bemüht haben. Und selbst wenn er's mit unbefangenen Lesern zu tun hat, bleibt seine Aufgabe heikel.

Da ist dieser Mann Jefta. Sein wichtigster Gegenspieler ist „Gott“; in Jeftas Geschick greift „Gott“ entscheidend ein. Viele Leser aber werden, und mit Recht, argwöhnisch, wenn sie das Wort „Gott“ hören. Kein Wort und kein Begriff ist so vieldeutig, hat so viele Wandlungen durchgemacht, ist so umwölkt von Weihrauch und mannigfachen Spezereien. Der Autor muß also dem Leser von Anfang an ein unmißverständliches Bild des Gottes Jahwe geben. Der Leser muß klar sehen, daß es sich um den Gott des Jefta handelt, den Gott eines bestimmten Zeitalters und eines bestimmten Mannes. Der Autor muß den Gott wiederbeleben, der vor dreitausend Jahren in der Vorstellung der Hebräer war und weste und wuchs.

Nun haben sich viele Gelehrte des neunzehnten und zwanzigsten Jahrhunderts damit befaßt, uns vertraut zu machen mit den Göttervorstellungen des frühgeschichtlichen Vorderasiens. Sie haben an vielen Fakten gezeigt, wie Völker und einzelne ihre Götter nach dem ständig wechselnden eigenen Bilde schufen und modelten. Göttervorstellungen, welche die Bronzezeit für Aberglauben hielt, müssen in der Steinzeit Glaube gewesen sein; der Glaube der Bronzezeit war dazu bestimmt, in der Eisenzeit Aberglaube zu werden. Der Gott der hebräischen Stämme wandelte sich allmählich aus einem Kriegs- und Feuergott in einen Gott des Ackers und der Fruchtbarkeit, er nahm den Siedlern ein anderes Gesicht an als den Wanderhirten, er nahm immer neue Gesichter an.

Die Forscher unserer Zeit waren nicht die ersten, die das erkannten. Schon Goethe hatte den Satz der Bibel: „Die Elohim sprachen untereinander: ‚Lasset uns den Menschen machen nach unserem Bilde'" umgedeutet: „Der Mensch sagt: ‚Lasset uns Götter machen, Bilder, die uns gleich seien.'" Und ein Jahrhundert vor ihm hatte mit sublimem Humor Spinoza gescherzt: „Das Dreieck, wenn es sprechen könnte, würde sagen, Gott sei hervorragend dreieckig (deum eminenter triangularem esse)."

5

Erkenntnisse solcher Art in theoretischen Essays überzeugend darzustellen ist nicht allzu schwierig. Der Autor indes, der Göttervorstellungen der Menschen der biblischen Frühzeit zum Gegenstand einer Dichtung machen will, steht vor einer verfänglichen Aufgabe. Er muß erreichen, daß der Leser die Göttervorstellungen dieser frühen Zeit nicht nur mit dem Hirn begreift, sondern sie teilt und mitspürt. Der Leser soll sich verwandeln in einen Mann der Bronzezeit. Soll sich einfühlen in Jefta. Soll, unbefangen vom Wissen der eigenen Zeit, den Gott des Jefta sehen, den andern der Ja'ala, den andern des Abijam, der Ketura, des Elead.

Mich stärkte und mir half bei diesem Unternehmen der Gedanke, daß die Menschen meines Romans schon einmal historisch gesehen worden waren.

Die Autoren der historischen Bücher der Bibel nämlich besaßen viel stärker als alle andern Dichter vor Beginn unserer Zeitrechnung ein Gefühl der Geschichtlichkeit. Sie trachteten ihre Menschen in einen historischen Zusammenhang einzuordnen, ja, sie schufen sie zu solchem Zwecke um. Dieser Zusammenhang ist konstruiert, und manche ihrer

Menschen sind den biblischen Autoren schief geraten. Aber sehr viele Gestalten der Bibel haben jene Atmosphäre der Geschichtlichkeit, die den Gestalten der andern frühen Literaturen fehlt. Gewiß waren auch die hebräischen Autoren eingesperrt in die Vorurteile der eigenen Zeit, doch waren sie sich, anders etwa als die großen Dichter der Griechen, bewußt, daß ihre eigene Epoche Glied einer endlosen Kette war, Brücke zwischen Vergangenheit und Zukunft. Sie bestrebten sich, den Geschehnissen der Vergangenheit Ordnung, Zusammenhang, Richtung, in die Zukunft weisenden Sinn zu geben. Auch feindselige Betrachter gestehen den biblischen Autoren zu, daß sie, früher als alle andern, Philosophie der Geschichte besaßen, Gefühl der Geschichtlichkeit, Bewußtsein des Werdens und Fließens, des Dynamischen, des Dialektischen. Ihre Menschen haben nicht nur Eigenleben, sie sind durchtränkt mit Geschichte.

Mein Bemühen war, meinem Buch aus dem breiteren Wissen unserer Zeit heraus solche Geschichtlichkeit zu geben. In diesem Sinne, doch nur in diesem, sollte „Jefta“ ein biblischer Roman sein.

6

Nun ist unsere Epoche eine Zeit schneller, starker Wandlungen, und in solchen Zeiten verstellen die Ereignisse, gigantisch verzerrt, den Menschen den Blick aufs Ganze, aufs Universale, aufs Geschichtliche. Sie haben Blick nur für die allernächste Zukunft, fürs Morgen, sie sind ausgefüllt von den Ereignissen, gezwungen, Entschlüsse zu fassen, zu handeln, und: „Der Handelnde“, fand Goethe, „ist immer gewissenlos, Gewissen hat nur der Betrachtende.“

Als ich an den „Jefta“ heranging, sagte ich mir denn auch, es sei eine in unserer Zeit fast unlösbare Aufgabe, das Buch mit jener Geschichtlichkeit zu durchtränken, die der wahre biblische Roman erfordert. Ich wagte es dennoch. Ich hoffte, der Versuch werde seinen Lohn in sich selber tragen.

So war es. Gerade die sich häufenden Schwierigkeiten brachten mir neue Einsichten und Erlebnisse.

Die halbvergessene Kunst des geschichtlichen Dichtens ist eine sehr hohe Kunst. Der historische Roman ist der legitime

Nachfahr des großen Epos. Er befreit denjenigen, der ehrlich daran arbeitet, aus seiner statischen Nur-Gegenwart. Hebt ihn über sich hinaus, gibt ihm Spürung des unendlichen Werdens, lehrt ihn die eigene Zeit als ein Dynamisches verstehen.

Und wenn ein historischer Roman nur halbwegs glückt, dann schafft er auch dem Leser ein Erlebnis, das keine andere Dichtungsart ihm zu geben vermag. Der Leser kann die Menschen einer historischen Dichtung gleichzeitig aus der Distanz betrachten und an ihrem Sein und Leben teilnehmen. Er begreift nicht nur, er spürt, daß die Probleme dieser Menschen, so anders sie aussehen mögen, die gleichen sind, die ihn selber bewegen und einmal seine Enkel bewegen werden.

L.F.

Lion Feuchtwanger

Erfolg
Roman. Band 1650

Die Geschwister Oppermann
Roman. Band 2291

Exil
Roman. Bd. 2128

Jud Süß
Roman. Bd. 1748

Goya
Roman. Bd. 1923

Die häßliche Herzogin Margarete Maultasch
Roman. Band 5055

Die Jüdin von Toledo
Roman. Band 5732

Jefta und seine Tochter
Roman. Band 5730

Simone
Band 2530

Ein Buch nur für meine Freunde
Eine Auswahl aus den Essays
Band 5824

Josephus-Trilogie
Bd. 1: **Der jüdische Krieg**
Roman. Band 5707
Bd. 2: **Die Söhne**
Roman. Band 5710
Bd. 3: **Der Tag wird kommen**
Roman. Band 5711

Die Füchse im Weinberg
Bd. 1: **Waffen für Amerika**
Roman. Band 2545
Bd. 2: **Die Allianz**
Roman. Band 2546
Bd. 3: **Der Preis**
Roman. Band 2547

Die Brüder Lautensack
Roman. Band 5367

Der falsche Nero
Roman. Band 5364

Narrenweisheit oder Tod und Verklärung des Jean-Jacques Rousseau
Roman. Band 5361

Fischer Taschenbuch Verlag

fi 223/2

fi 180/1